Puro enquanto

Sérgio Luís Fischer

Puro enquanto

Organização de Luís Augusto Fischer

Texto de acordo com a nova ortografia.

Capa: Marco Cena. *Ilustração*: © Anglo Vestibulares
Revisão: Lolita Beretta e Marianne Scholze

CIP-Brasil. Catalogação-na-Fonte
Sindicato Nacional dos Editores de Livros, RJ

F562p

Fischer, Sérgio Luís, 1964-2007
    Puro enquanto / [Luís Augusto Fischer (org.)]. – Porto Alegre, RS: L&PM, 2010.
    296p.

    ISBN 978-85-254-2026-8

    1. Fischer, Sérgio Luís, 1964-2007 - Crítica e interpretação. 2. Literatura brasileira - História e crítica. I. Fischer, Luís Augusto, 1958-

10-4863.
                                CDD: 869.93
                                CDU: 821.134.3(81)-3

© sucessão Sérgio Luís Fischer, 2010

Todos os direitos desta edição reservados a L&PM Editores
Rua Comendador Coruja 314, loja 9 – Floresta – 90220-180
Porto Alegre – RS – Brasil / Fone: 51.3225.5777 – Fax: 51.3221.5380

PEDIDOS & DEPTO. COMERCIAL: vendas@lpm.com.br
FALE CONOSCO: info@lpm.com.br
www.lpm.com.br

Impresso no Brasil
Primavera de 2010

Tudo é uma questão de manter
A mente quieta
A espinha ereta
E o coração tranquilo

Walter Franco

Este livro existe por causa do Alfredinho

Puro enquanto

Luís Augusto Fischer

Este é um livro de homenagem, de memória, de saudade. Ele contém duas partes: na primeira, foi reunida praticamente toda a produção ficcional, poética e cronística do Sérgio Luís Fischer; na segunda, há uma série de depoimentos sobre ele, por parte de familiares e amigos, que ainda agora estão com vontade de conversar com ele, ouvi-lo, compartilhar seu jeito amigo, ameno, caloroso, solidário, sábio.

Nascido em 5 de outubro de 1964 e falecido em 3 de maio de 2007, aos 42 anos, o Sérgio – na vida profissional era chamado pelo sobrenome, na vida familiar e entre os amigos chegados era conhecido como "Prego" – estudou a vida toda no colégio São João. Depois, fez Letras na UFRGS. Deu aulas em alguns colégios de Porto Alegre: o próprio São João, o Santa Rosa de Lima, o Farroupilha e o Anchieta, sendo este o mais duradouro, nele tendo permanecido por muitos anos (ingressou em 1985 como monitor para corrigir redações, ainda antes de se formar, depois virou professor de Português e de Literatura). Trabalhou em alguns cursinhos, em Porto Alegre e em Caxias do Sul. Na última fase de sua vida profissional, foi professor substituto de Literatura Brasileira no curso de Letras da UFRGS e era sócio do Anglo Vestibulares de Porto Alegre, onde lecionava Literatura, sua especialidade.

Teve uma decisiva vivência pessoal e profissional na Espanha, país onde esteve algumas vezes, e numa delas cursou por um semestre uma especialização na Universidade Complutense de Madrid. Conheceu vários países da Europa; no tempo em que viveu na capital espanhola, tornou-se torcedor irremediável do Barcelona – era o tempo de Romário por lá, uma glória. Essa paixão não suplantou, é claro, seu coloradismo nato e hereditário, de que se orgulhava muito. (Quando menino, chegou a jogar xadrez num departamento do Inter dedicado ao velho esporte mental.) Não faleceu antes de ver o Inter campeão da Libertadores e do Mundial de Clubes.

Gostava muito de Montevidéu e Buenos Aires, onde também esteve várias vezes. Ingressou no mestrado da UFRGS, mas não chegou a escrever sua dissertação, um estudo de *Os Lusíadas*. Sobre Camões publicou o principal de sua obra, particularmente uma edição anotada e comentada dos cinco primeiros cantos do épico português (pela editora Novo Século, de Porto Alegre) e uma edição também anotada, com paráfrases e comentários, de sonetos de Camões (uma primeira versão pela Novo Século, de Porto Alegre, outra mais sofisticada e mais completa pela Ática, de São Paulo, publicada já depois de sua morte, para a qual eu colaborei, completando o serviço que ele havia iniciado e desenvolvido). Também em colaboração, escrevemos uma biografia de Mario Quintana (*Mario Quintana, uma vida para a poesia*, WS Editor: Porto Alegre, 2006) e uma *Antologia comentada da poesia brasileira*, para uso escolar, também pela editora Novo Século, em 2001.

No fim da vida, teve um filho, Alfredo Pasternak Kramm Fischer, que herdou seus cabelos cacheados e a candura do olhar.

Os textos do Prego são inéditos em forma impressa. Por que ele não publicou nada disso em vida? A resposta melhor é: porque insistiu pouco. Creio que apenas uma vez encaminhou um original para uma editora, ainda nos anos 80, e foi recusado; talvez por timidez, não voltou a insistir. (Neste particular, o Prego era uma encarnação daquela frase famosa de um poema do Rimbaud, "Eu perdi minha vida por delicadeza".) Continuou escrevendo, de várias maneiras, mas só publicou a parte didática de sua produção.

As narrativas são todas de tipo policial, gênero que era de seu superior agrado. Como o leitor verá, é um jeito todo particular que o Prego usou, dentro dessa tradição literária: seus heróis são marcados por uma suave melancolia, que os afasta dos padrões mais ativos e agressivos. Por que gostava tanto do estilo policial, em que se tornou especialista? Creio que era mais ou menos como gostar de xadrez, gostar de enigmas em palavras cruzadas, de charadas e coisas assim. Como outras grandes inteligências, a exemplo de Jorge Luis Borges, o Prego tinha muito o prazer da especulação de tramas de suspense, policiais, essas coisas. Mais de uma vez eu vi ao vivo essa qualidade, que apareceu desde adolescente nele: muitas vezes estávamos vendo o começo de um filme na tevê, por exemplo, e ele comentava certeiramente algo sobre o futuro da trama, o culpado, a evidência que faria diferença, a sutileza que não podia escapar, etc. Nunca errava.

O caso das crônicas, que ele assinou como Professor Pescador, está bem explicado lá na página 113, na apresentação que seu amigo Fábio Pinto escreveu. Trata-se de textos escritos para uma publicação eletrônica bastante informal, mas de boa circulação em seu tempo, chamada *Arcana*; ali, o Prego exercita um estilo de ironia e de dribles linguísticos em que era mestre oralmente, um estilo que pode ser considerado um refinamento da arte do trocadilho.

Em poesia, curiosamente, foi quase exclusivamente um sonetista. Poema de confecção exigente e forma rígida, o soneto não faz muitas concessões: o cara tem que saber manejar os quatorze versos, distribuídos em quatro estrofes fechadas, cada linha contendo em geral as dez sílabas da tradição clássica. Como se explica lá na seção dedicada a eles, os sonetos foram escritos em cima da hora, a cada semana, conforme o Prego tinha tempo de glosar o tema semanal do Sarau Elétrico, que ele frequentava com gosto. De onde nasceu a habilidade para o soneto? Do estudo e da intimidade miúda, amorosa, que o Prego adquiriu com os sonetos de Luís Vaz de Camões. Tanto leu, tanto estudou, tanto comentou, que aprendeu. Prova viva do bem que faz estudar a sério.

Acrescenta-se ao conjunto do livro um pequeno ensaio com viés pedagógico, publicado numa revista escolar do colégio em que trabalhava na época, uma reflexão do professor Sérgio Fischer sobre as novas gerações, que ele acompanhava com sua sensibilidade, e um outro artigo, encomendado pelo Sergius Gonzaga quando dirigia o Instituto Estadual do Livro, para publicação em revista na época, com um panorama sobre o romance policial, assunto de que gostava tanto e sobre o qual deu cursos e palestrou. Ficaram de fora alguns artigos acadêmicos, feitos para estudos de pós-graduação, assim como anotações de leitura, que talvez, com o vagar que faltou, poderiam ter virado ensaios.

O estado em que estavam os textos: o Prego não estava preparado para morrer, não pensava em morrer – e a melhor prova disso é que seus originais estavam naquela bagunça de quem acredita ter tempo futuro para ajeitar tudo. Havia vários originais de um mesmo texto, alguns com anotações, havia arquivos desdobrados em computador, havia textos com títulos diversos mas o mesmo conteúdo, esboços, havia de tudo. Consultando manuscritos e arquivos de computador, tentei chegar o mais próximo possível de uma obra fiel e completa, expressando o que me pareceu ser a melhor vontade do autor. De todo modo, ficaram de fora uns poucos rascunhos, alguns promissores, e uns poucos poemas nitidamente menos interessantes. (Também aqui é ruim ter que decidir sozinho, sem conversar com ele. Que tu acha, Preguinho? Ficou bem assim?)

Ficou de fora também uma história que estava esboçada por escrito (mas eu não sabia) e que ele me contou, na última conversa relativamente amena que tivemos, no hospital, poucos dias antes de ele falecer. Ele me relatou o enredo básico, os nomes, a situação. Era uma história policial, envolvendo a produção da biografia de um escritor falecido, mas era mais que isso, porque o contratado para a tarefa teria que conversar com ex-amores do cara; todos esses antigos amores gostavam de fotografar, mas cada uma delas – por um desses acasos que a vida tem e a ficção imita, o nome de todas elas começava com a letra A – o fazia de um jeito, com uma determinada característica.

Assim que saí do quarto, anotei o que pude, como se ele tivesse não simplesmente contado um embrião de história, mas me passado uma missão. (Se o futuro me permitir, ainda vou tentar escrever isso.) Na hora mesmo pensei que ele talvez estivesse ocupando a cabeça com a bolação do enredo, enquanto vivia o tormento dos últimos procedimentos médicos que precisou fazer. Pode ser: bolar intriga policial realmente é uma diversão, para quem como ele gostava, ou na pior hipótese é uma distração para a mente.

Este livro se chama *Puro enquanto*, expressão que é uma filosofia de vida e também um trocadilho. Também foi no hospital, em um de seus agônicos últimos dias, que ele me falou disso. Não sugeriu que usasse como título de livro, mesmo porque não falamos sobre publicar seus inéditos lá – ele e todos nós apostávamos a nossa alma, até o último momento, numa reversão da doença, que permitisse a ele continuar aqui, conosco e, mais que tudo, com o Alfredinho. De todo modo, ficou na minha memória a frase, nascida de uma cena dura: o Prego já estava muito sedado, para não sentir as dores que no entanto sentiu, e por isso mergulhava em sono por horas a fio, para despertar apenas por momentos; e foi num desses momentos que, estando eu ali do lado, ele sorriu um sorriso desencantado mas sereno e disse isto, apenas isto, "A vida é puro enquanto". Disse escandindo as sílabas, para marcar o trocadilho: por enquanto, puro enquanto. E é mesmo.

A epígrafe com os versos do Walter Franco era um bordão do Prego, com os amigos ou em aula. Vários deles, assim que ele adoeceu e depois da morte, lembraram para mim e para todo mundo que essa era a mensagem principal dele para a garotada, manter a mente quieta, a espinha ereta e o coração tranquilo, porque a vida é puro enquanto, é puro encanto, e tudo passa. Ele sabia tudo isso, até o fim, sábio que foi, discreto, modesto e profundo.

Fica aqui um agradecimento a todos os que colaboraram para este livro sair: os que contribuíram com seu depoimento, muitas vezes escrito com lágrimas reais; os que deram força espiritual para a empreitada; e os que ajudaram a viabilizar o volume que o leitor tem agora em mãos.

julho de 2010

Sumário

PARTE I – Ficção, Poesia & Pensamento 17

I – Narrativas 19
Elementar, meu caro Bogart! 21
Zona norte 62
Olhar no espelho 70
Os vizinhos podem ouvir o tiro 81
Último trem para casa 105

II – Crônicas 111
Professor Pescador, vida e obra 113
Espinha dorsal – A coluna do Professor Pescador 116

III – Poemas 137
Sonetos de ocasião 139
Sonetos roubados 159
Outros sonetos 170
Outros poemas 179

IV – Artigos 185
A era dos aquários (um palpite sobre a adolescência) 187
O romance policial 190

PARTE II – Depoimentos 199

1 – Família e amigos de infância 201
Zélia Maria Fischer, mãe 201
Bruno Inácio Fischer, pai 201
Ana Rosa "Nise" Fischer, irmã 203
Luís Augusto "Mano" Fischer, irmão 205
Maria Isabel "Bela" Fischer, irmã 208
Antônio Dutra Júnior, vizinho do prédio, amigo de infância 209
Geraldo Bueno Fischer, primo 213
Solange Netto Fischer, prima 215
Maria Lúcia "Lula" Arenhardt Moerschbaecher, prima 216

Eduardo Kindel, primo 217
Marta Orofino, amiga 218
Antônio Carlos Rizzo Neis, amigo 220
Márcio Kauer, padrinho de crisma 221
Cícero Gomes Dias, cunhado 221
Nilton Bueno Fischer, primo 222
Aline Gonçalves Fischer, prima 225
Cláudio "Nêgo" Bueno Fischer, primo 226
Giberto "Biba" Bueno Fischer, primo 227
Olívia Fischer Dias, sobrinha e afilhada 228
Luíza Fischer da Cunha, sobrinha 229
Cecília Fischer Dias, sobrinha 230
Liliane Pasternak Kramm, mãe do Alfredinho 231

2 – AMIGOS DA JUVENTUDE E DA FACULDADE 233
Márcia Ivana de Lima e Silva 233
Homero José Vizeu Araújo 234
Paulo Seben de Azevedo 236
Paulo Coimbra Guedes 238
Eveli Seganfredo 239
João Armando Nicotti 241
Ricardo Silvestrin 241
Flávio Azevedo 242
Maria Isabel Xavier 244
Leo Henkin 246
Francine Roche 248
Cláudia Laitano 249
Adriane Fraga Ricacheski 251

3 – COLEGAS E AMIGOS DA VIDA ADULTA 253
Denise Simas Baptista 253
Ruben Daniel Castiglioni 255
Fátima Rodrigues Ali 256
Diana Lichtenstein Corso 257
Arthur de Faria 259
Maria Elizabeth Pereira de Azevedo 260
Leandro Sarmatz 262
Ana Maria Marson 263
Luiz Osvaldo Leite 264
Luiz Paulo de Pilla Vares 267
Frank Jorge 269

Pedro Gonzaga 269
André "Fozzy" Kersting 270
Gustavo de Mello 272
Fabrício Carpinejar 274
Luiz Antonio de Assis Brasil, com a colaboração de Valesca de Assis . 275
Vanessa Longoni 276
Kátia Suman 278
Abrão Slavutski 278
Ernesto Fagundes 279
Jane Tutikian 280
Alexandre Schiavoni 282

4 – ALUNOS 288
Laura Lichtenstein Corso 288
Lolita Beretta 288
Felipe Altenhofen 289
Janaína Fischer 292
Raquel Fischer Barros 294

PARTE I

FICÇÃO, POESIA & PENSAMENTO

# I – Narrativas

Elementar, meu caro Bogart!

Quem me garante que é
a Arte que imita a Vida?

I – O escritor

Era uma noite de chuva. Estava quente, a chuva era fina e, para variar, eu estava andando pelas ruas próximas à minha casa. Andar na chuva é um vício antigo. Quando criança, sempre que chovia, saía de casa e corria pela chuva, tomando o cuidado de escolher sempre os piores caminhos, os mais alagados e esburacados. Hoje em dia sigo o mesmo ritual, com um pouco mais de calma, é claro, como convém aos adultos, mas sempre que posso ando na chuva. Na verdade, acalento a esperança de na próxima esquina encontrar o Gene Kelly, *Singing in the rain*, olhar pra ele e dizer: Eu sempre preferi o Fred Astaire. Mas acho que isto não tem mais importância, pois o Fred já morreu e o Gene está velho, ninguém mais fala neles. Ao contrário, eu ainda sou jovem e ultimamente sou muito comentado. Pra quem não sabe, tenho trinta anos, sou alto, pouco gordo, simpático. Sou escritor e acabo de lançar um livro. Já é o quinto, chama-se *Quinteto* e já está tendo uma boa aceitação.

Como eu ia dizendo, estava chovendo e eu caminhava na chuva, um vício antigo. Estava a três quadras de minha casa e seguia sem nenhum problema. Olhei o relógio. Oito e trinta. Tudo estava calmo, o formigueiro já havia desaparecido, as pessoas já tinham deixado seus trabalhos e agora estavam em casa vendo televisão ou tomando chimarrão ou dormindo, quem sabe?

Já tinha andado cinco quadras e começava a pensar em voltar, estava um pouco cansado e queria tomar uma boa cerveja. Em vez de voltar pra casa resolvi andar um pouco mais e beber a cerveja num bar próximo. Eu precisava voltar aos antigos hábitos, voltar a encontrar os amigos, voltar ao mundo real. Desde que publiquei meu primeiro livro, há quatro anos, não parei mais. Minha vida ultimamente se resume a uma máquina de escrever, folhas de papel, algumas ideias e telefonemas para o editor e para a pizzaria da esquina. Preciso voltar à ativa, voltar ao mundo dos vivos, e um bar e uma cerveja são uma boa forma de reencontrar minha ligação com o mundo das entrelinhas.

Entrei no bar, pedi uma cerveja, paguei. Alguém me reconheceu – meu rosto está estampado em alguns jornais e revistas. – Sim, sou eu mesmo, que bom que tu gostou do livro, é, realmente é muito caro, não, não sei quando sai o próximo... Bebi a cerveja, conversei um pouco, fui gentil, dei autógrafos, sorri, disse que já era tarde, precisava trabalhar... De volta à rua, a calma retornou. Nunca soube conviver com o mundo real, ele sempre me assustou. Minha única ligação com ele nestes últimos anos, os livros que escrevi, são tudo o que posso fazer para perpetuar uma convivência pacífica entre nós.

O caminho de volta foi mais lento, pois a chuva apertara um pouco, mas eu gosto de chuva, é um vício antigo. Durante todo o caminho, eu ia pensando na minha vida, no que tinha feito até aqui, na minha infância, meus namoros, meu casamento, o divórcio repentino, a saudade das crianças, os amigos de outrora, as cervejadas, as brigas, os desentendimentos; tudo ia passando pela minha cabeça e eu vi que de certa forma, como não poderia deixar de ser, tudo estava presente nos meus livros.

Mais alguns passos e estaria em casa. Queria ir ao banheiro, a cerveja sempre teve um efeito rápido em meu organismo. Mais alguns passos e senti duas batidas em meu corpo. Na minha nuca e no meu peito. Duas batidas fortes.

II – O delegado

Existem três coisas que me irritam profundamente, simplesmente me tiram do sério. A primeira é ser incomodado fora de hora, o que equivale a dizer ser incomodado a qualquer hora do dia. Outra coisa que me irrita são noites chuvosas, com seus pés molhados, gripes, cabelos colados nos olhos e ondas provocadas pelos ônibus correndo pela rua. A terceira coisa são crimes sangrentos e complicados de entender e resolver, mas este é o meu trabalho, ora bolas.

Porém, por mais estranho que pareça, quando estas três coisas acontecem ao mesmo tempo, fico calmo, tranquilo, até feliz. É que aí tenho certeza de que nada pior pode me acontecer pelo resto da semana.

O telefone tocou pouco depois das nove e imediatamente eu desejei que meu pai nunca tivesse encontrado minha mãe. Atendi, disse que era eu mesmo, que não estava dormindo nem jantando. Olhei pela janela e vi que a chuva estava piorando e pensei que dali a poucos minutos começaria o jogo que eu tanto queria ver na tevê. Ouvi todo o caso com atenção e disse que em no máximo meia hora estaria no local, droga!

Me arrumei para sair e, como sempre faço, comecei a mentalmente narrar os passos que ia dando em direção a mais um crime e mais uma noite sem sono. Este costume era antigo, resultado dos inúmeros romances policiais que eu lia desde jovem. Sempre que saía para um serviço, ou mesmo quando ainda era garoto e andava pelas ruas atrás de alguma namorada ou briga, todos os meus passos eram narrados para mim mesmo, único leitor de minhas próprias aventuras. Então eu me transformava em Samuel Spade ou Philip Marlowe, meus inesquecíveis heróis, durões, canalhas, corretos, amorosos, sensíveis, tudo na dose certa.

Aqui, na realidade, aparece a grande diferença que sinto existir entre mim e meus colegas de profissão. Para eles os grandes detetives dos romances policiais são Mr. Holmes e M. Poirot, que, para mim, estão para os policiais como o Super-Homem está para os mortais. Eles, meus colegas, acham que são super-heróis, enviados dos deuses, símbolos da justiça divina. Eu não. Sou comum, igual, não sou ninguém. Tenho a impressão de assemelhar-me a Coveiro Jones ou Ed Caixão, formidáveis policiais de Chester Himes, que meus colegas odeiam por serem "tiras" como nós, de carne e osso e, principalmente, de sangue. Não gostam deles porque são reais. Ora bolas, é aí que está a graça: realidade – desde que não chova.

Em meia hora os pensamentos voam e meu carro quase. Já estava lá, como também já estavam todos os de costume: imprensa, legistas, policiais, curiosos, vizinhos, chatos em geral. Eles nunca faltam.

A vítima era um jovem de aproximadamente trinta anos, estava bem-vestido, molhado, como eu agora, e estava estirado no chão próximo à entrada do edifício onde, diziam, morava. Tinha duas balas no corpo, seu sangue era vermelho forte e misturava-se à água da chuva. Parecia estar feliz.

O sargento que me chamara aproximou-se de mim, cumprimentou-me e pôs-se a falar das circunstâncias do crime. Possibilidades, dados pessoais, opiniões dele, dos colegas, dos vizinhos... Como sempre, fiz de conta que entendia, sorri educadamente, fiz alguns comentários paralelos e algumas perguntas óbvias, e deixei que falasse. Era sempre assim, queriam dar a impressão de que era um caso simples de resolver, que os suspeitos eram este, aquele e aquele, que o motivo era obviamente este, que os tiros vieram dali e dali... Eles sempre queriam fazer o meu trabalho, e muitas vezes faziam. Eu não ligava, estava acostumado.

Tudo parecia indicar um crime comum, mas duas coisas desde o princípio me intrigaram e me deixaram interessado. Primeiro, a vítima era um jovem escritor que só agora estava alcançando um certo sucesso. Políticos, ricos, pessoas famosas, artistas de cinema, cantores; gente deste tipo morre e é morta a toda hora e são crimes que normalmente não te emocionam, às vezes a vontade é arquivar imediatamente o caso. Um escritor jovem e de pouco sucesso ser morto é novidade, é um caso que dá vontade de investigar – depois de um certo tempo, nós, os policiais mais velhos, temos a tendência de querer escolher os crimes a que vamos nos dedicar. O segundo ponto intrigante era o crime propriamente dito. O corpo foi encontrado perfurado por duas balas. Mas uma das balas entrara na nuca do escritor e a outra o atingira no coração. Ou ele levara um tiro e se virara antes de ser atingido pela segunda vez, o que me parecia meio complicado, ou havia no mínimo dois assassinos, o que era mais provável e mais interessante.

Depois de mentalmente tomar nota de tudo o que sabia sobre o caso, resolvi voltar para casa, mas antes, quase sem pensar, fui a uma livraria e comprei os dois últimos livros do "recente sucesso falecido". A manhã seguinte seria dura, mas eu sabia que aquela noite devia ser de leituras.

III – O personagem

Quando acordei naquela manhã e li a manchete do jornal, percebi que minha vida tinha acabado. Nada mais restava para fazer. A candidatura à Câmara de Vereadores da cidade deveria ser esquecida.

Ela era uma mulher bonita, inteligente, agradável, dava gosto ficar com ela horas a fio, conversando, bebendo algo, dizendo bobagens. Ela sorria bonito. Ela era casada com um amigo meu, dos tempos da escola, tinha dois filhos, era professora universitária, psicóloga. Nos conhecemos numa das tradicionais festas de reencontro dos ex-colegas de escola. Cheguei sozinho e logo fui apresentado a ela, a esposa de meu antigo colega, que oferecia a festa.

Desde aquele dia ela ficou presente em minha vida. Diversas vezes nos encontramos ao acaso, nos mais variados lugares, pelos mais variados motivos. Depois, passei a provocar encontros, indo aos lugares em que, sabia, a encontraria. Aos poucos as coisas começaram a ficar mais sérias, começamos a nos encontrar quase que diariamente, nos declaramos apaixonados e um caso de amor, inevitável, aconteceu.

Não queria mal ao marido dela, meu ex-colega, era um cara legal, inteligente, divertido, mas eu a amava e ela a mim. Com um certo orgulho eu dizia a mim mesmo que era uma questão de justiça, pois ele não a merecia, ela era maravilhosa demais para ficar com um cara como ele, que não dava o valor que a ela devia.

Minha vocação política, apesar de algumas tentativas frustradas na época de estudante, nunca foi abandonada. Nos últimos anos trabalhei como assistente de um dos secretários municipais e, agora, depois de atingir uma certa popularidade devido a um escândalo financeiro bem administrado, fui indicado pelo partido para disputar uma vaga na Câmara da cidade. A campanha, recém-iniciada, já estava engrenando e até acho que poderia me eleger, mesmo sendo candidato da situação, cuja eleição, aqui, é sempre muito difícil. Mas agora, com esta notícia divulgada nos jornais... A foto dela na primeira página do jornal estava linda. Era impossível acreditar que estava morta. Dez facadas, dizia a legenda da foto. Ninguém sabia se era assalto, vingança ou crime passional. Sua morte era um mistério. Mas a manchete dizia: Amante de candidato morta a facadas.

Eu também estava bonito na foto do jornal, embora fosse uma foto velha, dos tempos da formatura em Direito, mas estava bonito. Minha candidatura, meu grande romance secreto, minha amizade, um crime, tudo fazia parte agora de um mesmo enredo.

O marido choroso jurava vingança na tela da tevê. Ele não conseguia acreditar no que era dito a respeito de sua mulher, aquela santa criatura com quem vivera quase dez anos e com quem tivera dois filhos. E o que dizer do fato de o amante ser um amigo seu, colega dos tempos de escola, grande advogado, candidato? Vingança!

Nunca fui bom em soluções para os meus próprios problemas. Sempre me utilizei das respostas dadas por outros. Agora precisava pensar e agir rapidamente. Não era um criminoso, não tinha matado ninguém, precisava me convencer disto. Em breve eu estaria cercado por jornalistas, gravadores, câmaras de tevê, todos viriam para cima de mim, precisava de argumentos, explicações, desculpas, desmentidos...

IV – O delegado

A noite estava quente e a leitura também, o que é, de certa forma, um elogio ao escritor cuja morte eu agora investigava. A trama era interessante: um advogado, uma psicóloga, um ex-colega de colégio, adultério, política; até agora tudo aparecia em boa quantidade. Mas o melhor era o suspense: será que ele a tinha matado? Eu queria saber, não podia simplesmente ir dormir e deixar tudo como estava. Mas, mais do que seguir a leitura, eu precisava mesmo era de uma cerveja. Fui à geladeira, peguei uma lata, abri e tomei quase tudo de um gole, o calor era demais.

Voltei para o quarto e fiquei de pé, próximo à cama, olhando aqueles livros sobre o lençol. Minha intuição, ou seja lá o que for que leva a gente a ter ideias e fazer suposições sobre coisas que não conhecemos bem, me dizia que, se não todas, pelo menos algumas das respostas que eu buscava estavam ali naquelas páginas que misteriosamente me esperavam.

Segui a leitura e fui levado a um passeio pelo passado dos personagens. Alguns dados da infância, os primeiros sinais da adolescência, todas as histórias de uma amizade dos tempos de escola me foram sendo reveladas.

O advogado famoso e o marido da vítima tinham se conhecido ainda meninos, nas peladas que jogavam nas ruas da zona norte da cidade. Frequentaram a mesma escola, foram colegas de classe, jogaram no mesmo time de futebol, mas, na verdade, não passou disso. Respeitavam-se e até, quem sabe, secretamente admiravam-se, mas nunca chegaram a ser grandes amigos, nunca trocaram confidências ou comentaram assuntos de maior importância para qualquer um deles. O elo de ligação que havia entre eles era o fato de terem a mesma idade, serem vizinhos e estudarem na mesma escola. Assim, depois de terminado o segundo grau, separaram-se e só voltavam a se encontrar nas festas de fim de ano, quando os colegas se reviam.

Carreiras diferentes, um tornou-se advogado, entrou na vida política e ganhou certa notoriedade, enquanto o outro virou arquiteto, abriu uma firma, casou-se, teve dois filhos e declarou-se feliz.

Não sei por quê, simpatizei com o arquiteto. Obviamente era um cara sem grandes ambições, sem grandes sonhos. Idealizou um mundo simples, foi atrás dele e quando o alcançou imaginou-se um homem realizado. Era um cara bom, inteligente, divertido, bom pai, bom marido; enfim, um bom ser humano. Gostei dele e imediatamente culpei o advogado por tudo o que tinha acontecido. Este era instável, não muito correto em suas ações, destruíra um lar perfeito e, por fim, matara a mulher de um grande cara, que, decerto, ele invejava. Pelo menos até ali, era isto que parecia. Aí está, aliás, uma das grandes qualidades dos romances policiais: de um momento para outro, numa simples troca de capítulo ou parágrafo, todas as verdades e certezas que temos perdem o sentido, somos sempre levados a ver as coisas por todos os ângulos possíveis. Mas e a vida real, também não é assim?

Declarei culpado o advogado e interrompi a leitura para ir ao banheiro. Perdi alguns minutos me olhando no espelho e pensando em como o livro me ajudaria nesta investigação. Que relação havia entre a trama do livro e a vida real?

De volta ao quarto, acendi o sexto cigarro daquela noite de leitura e voltei às letrinhas miúdas.

V – *O personagem*

Ela foi encontrada morta num quarto pequeno numa casa em que estes eram alugados a qualquer pessoa, desde que pudessem pagar adiantado. O prédio ficava no centro da cidade e o quarto tinha sido alugado há quase um ano. O nome do inquilino, escrito na ficha que o policial insistia em me mostrar, era o meu. Ele queria explicações.

Era difícil agora falar sobre o assunto, eu estava nervoso, assustado, não sabia o que fazer, mas sabia que precisava falar, o mínimo possível mas falar, e ser convincente, afastando de mim toda e qualquer possibilidade de suspeição.

Eu a amava. Muito. Queria, até, me casar com ela. Pedi várias vezes. Sugeri que se divorciasse, que viesse viver comigo, que eu seria um bom marido, um bom companheiro. Eu cuidaria dos filhos dela, poderíamos ter mais filhos, viajar...

Ela nunca aceitou, às vezes até ria quando eu falava neste assunto. Depois, carinhosa, dizia que tinha que pensar nos filhos, no futuro deles, que eram muito ligados ao pai, que ela não poderia nem pensar em viver longe deles e que o marido era um bom pai, certamente o melhor para eles, e era um bom companheiro também. Se entre eles não havia mais amor, restava ainda o respeito e uma grande admiração.

Ela não dizia, mas na verdade eu é que era o supérfluo. Ela gostava de mim, até me amava, mas não o suficiente para largar sua bela vida, sua feliz e realizada vida de mulher e esposa. Ela gostava de estar comigo, isto a satisfazia, mas, mais do que isso, ela gostava era de me ter à disposição, um amigo-confidente-amante sempre pronto a correr para ela assim que chamasse. Ela gostava, principalmente, para poder me recusar, dizer "Hoje não", pisar em mim.

Por causa disso, várias vezes brigamos. Eventualmente até fui violento. Duas ou três vezes cheguei a bater nela, para logo depois pedir desculpas, de joelhos, humilhado. Ela gostava disso, vibrava.

Na tarde do dia em que foi morta também brigamos ao nos encontrar, mas não por negativas ou provocações. Naquela tarde, quando cheguei no quarto, ela estava lá, o que já era uma novidade. Entrei, tirei o casaco, dei-lhe um beijo e fui pegar uma bebida. Uísque sem gelo, um copo cheio. Bebi depressa. Eu estava nervoso, tenso, a campanha política começava a ficar séria, tomava corpo. Minha insegurança aumentava. Enquanto eu bebia e clareava meus pensamentos ela ia falando. Parecia nervosa, não parava de falar, não sei sobre o quê. Desci das nuvens, servi mais um copo e fui dar atenção a ela. Perguntei o que a afligia. Ela parou, percebeu que eu não estava prestando atenção ao que ela dizia, ficou braba, sorriu nervosa e disse que não era nada importante.

Cheguei perto dela, sentei-me na cama, ao seu lado, abracei-a. Tentei confortá-la, dizendo que eu estava nervoso, que a campanha... Mas algo cortou minha voz e tudo o que estava dizendo. Sobre a mesa de cabeceira, ao lado da lâmpada, num velho cinzeiro, havia dois tocos de cigarro e um outro quase não fumado. Ela não fumava, odiava o fumo. Eu também não fumava, e mais ninguém além de nós mesmos ficava ali tempo suficiente para mais de um cigarro.

Entrei em estado de choque, comecei a andar pelo quarto, gesticulando, como se fizesse um longo discurso, um nervoso discurso. Ela ficou sentada, me olhando, sem entender o que estava acontecendo. Volta e meia eu me virava, apontava em direção à mesinha, suspirava... Ela perguntou, pela quinta vez, o que era, qual era o meu problema. Respirei fundo, apontei os cigarros e perguntei se era um novo vício dela. Ela olhou a mesinha, o cinzeiro, os cigarros, deu de ombros, sorriu nervosa e perguntou se eu fazia um escândalo desses por cada cigarro que encontrava pela rua.

Aproximei-me, dei-lhe um tapa e gritando perguntei quem era ele, quem era o "novo amor", marido traído que me sentia. Gritei, gritei, ela gritou, alguns tapas e safanões. Por fim me acalmei, sentei-me na única poltrona do quarto, retomei a bebida e fiquei ali sentado, estático, olhando para ela, também estática, deitada na cama, com as mãos sobre o rosto.

Bebi mais e mais, acho que adormeci. Quando acordei, estava me sentido horrível, com um gosto péssimo na boca, a cabeça dando voltas e doendo muito. Como se alguém tivesse batido nela com força. Levantei-me e fui direto para a porta. Era como se andasse nas nuvens, as imagens estavam completamente embaralhadas. Não sei se ela ainda estava lá, se havia algo estranho, não vi nada. Talvez houvesse uma faca.

O policial continuava à minha frente, me olhando e mostrando o registro de aluguel. Perguntou-me se eu ia permanecer em absoluto silêncio por muito tempo. Sorri, nervoso. Ele, então, perguntou como eu explicava o fato de o meu casaco estar lá, no local do crime, cobrindo o corpo ensanguentado de minha ex-amante, esposa de meu ex-colega.

VI – O delegado

Quando o despertador tocou pela manhã, abri os olhos com a sensação de ter dormido apenas poucos minutos. Era verdade, durante quase toda a noite fiquei lendo aquele livro. Mas este era um fato comum em minha vida. Desde a juventude, sempre reservei longas noites para as leituras. Primeiro, os clássicos.

Levantei, tomei um banho, fiz a barba, tomei um café na corrida e fui pegar o carro. O dia seria longo e a primeira tarefa era visitar o apartamento do escritor.

Eu poderia ter feito isto na noite passada, mas o tempo seria curto para uma boa investigação e a multidão presente no local certamente me atrapalharia. Mas não foi isto que me levou a adiar a busca. Na verdade, eu, antes de revistar todo o apartamento atrás de pistas, precisava conhecer um pouco melhor o seu ex-morador, a fim de saber pelo menos por onde começar a procura.

Alguns dados biográficos do autor apareciam na contracapa do livro, abaixo de uma foto sorridente. Ele havia nascido em Porto Alegre mesmo, cresceu aqui, estudou em um colégio qualquer, formou-se, passou no vestibular para Sociologia, mas não levou adiante. Trabalhou por muito tempo na área de publicidade, e ainda fazia alguma coisa como freelancer, até se decidir pela carreira de escritor, que finalmente agora parecia engrenar. Com os livros que publicara, já havia obtido alguns prêmios, de revelação, jovem escritor. Havia também vencido um importante concurso de contos, promovido por um dos maiores jornais da cidade. Eu sabia, também, que ele tinha se casado ainda jovem, tinha duas filhas, tinha se divorciado e agora vivia só. Tudo isto me tinha sido dito pelo sargento na noite do crime.

Parecia ser um sujeito simpático. E eu sentia cada vez mais vontade de chegar ao seu mundo, de atravessar as fronteiras e desvendar os mistérios que cercavam sua morte.

Ao contrário da noite anterior, o trânsito agora era confuso. Levei quase o dobro do tempo para ir da minha casa ao edifício em que ele morava. Estacionei, andei um pouco, devagar, curtindo o sol que voltava depois de quase uma semana de chuva, acenei para um guarda conhecido, que estava ali para evitar que os curiosos entrassem no prédio, abri a porta de vidro, caminhei pelo corredor, passei pelo elevador e subi os três andares de escadas que me separavam do apartamento.

Número 35, era o último apartamento do andar, num prédio antigo, de seis andares, no meio de um antigo bairro residencial da cidade. Abri a porta e fiquei parado, dando uma olhada panorâmica e respirando os primeiros ares que dali saíam. A sala que eu via era simples, com um pequeno sofá de dois lugares, uma poltrona tipo cadeira do papai, uma mesinha, um aparelho de televisão, dois belos quadros nas paredes, uma mesa maior, encostada na parede oposta à porta, com três cadeiras ao redor e um prato de frutas, sem frutas, em cima. Desta sala saíam três portas, duas à direita e uma à frente, próxima à mesa maior. A primeira porta à direita dava para uma pequena cozinha, com fogão, geladeira, pia, dois pequenos armários e um calendário na parede. Nada de novo ou que chamasse a atenção. A cozinha tinha uma saída para uma área de serviço também comum. A porta seguinte dava para um quarto, também simples, com uma boa cama, um roupeiro grande, de madeira escura, um cabide preso à parede, com dois casacos e um chapéu pendurados, um retrato pintado do escritor na parede frontal à cama e uma janela na parede da esquerda, que dava para os fundos do prédio, onde havia duas casas antigas, habitadas certamente por velhinhos que recebiam os netos nos fins de semana. Do quarto saía um banheiro, pequeno – vaso, pia e chuveiro.

Voltei à sala, olhei para a porta que faltava investigar e tive a sensação de que alguém lá dentro gritava: Respostas, Respostas. Era o local de trabalho do escritor. Três paredes de prateleiras cheias de livros, uma escrivaninha com seis gavetas na parede restante, abaixo de uma janela que dava para as mesmas casas de antes e uma boa vista de parte da cidade, vista que não tinha percebido no quarto anterior. À frente da escrivaninha, havia uma boa cadeira estofada e sobre a escrivaninha uma máquina de escrever, um tanto antiga, e, em lugar de destaque, os volumes dos livros até agora publicados por ele.

Podia ser estranho, mas era a primeira vez, em quinze anos de profissão, que eu não me sentia um intruso ao investigar a casa, os pertences; enfim, a vida de uma pessoa morta ou suspeita.

Sentei-me na cadeira e quase que automaticamente peguei o exemplar do livro que lera durante quase toda a noite, abri e mergulhei nos temores de um advogado.

VII – O personagem

O interrogatório seguiu por mais de duas horas, durante as quais limitei-me a respostas vazias, que não comprometessem nem a mim nem a qualquer outra pessoa. Meu desempenho não foi bom. Consegui apenas irritar o meu interrogador e, quem sabe, levantar mais suspeitas sobre mim.

Mas eu não era culpado, pelo menos não me lembrava de ter matado ninguém, e principalmente não me lembrava de tê-la matado – e se me lembrasse certamente não admitiria ter feito isso. A única coisa que me preocupava era o fato de eu ter ficado algum tempo desacordado, ou pelo menos sem saber o que fazia.

Aliás, esta não era a única coisa que me preocupava, havia também os cigarros que eu tinha visto na mesinha ao lado da cama. De quem seriam? Quem teria estado lá, com ela, só com ela? Ou será que ela também não estava lá no momento em que o fumante esteve? Quem era ele? O que ele queria? Teria ido lá apenas esta vez? Teria voltado lá e...? Claro, poderia ser o assassino. Alguém que lá esteve, com ou sem ela, fumou alguns cigarros e, sabendo de tudo que se passava entre mim e ela e vendo ali uma boa oportunidade, saiu e voltou depois para matá-la, ou quem sabe matar a nós dois? Quem seria? Por que a teria...?

Aquele foi o momento em que pela primeira vez isto me ocorreu. Estava claro demais. Um marido ciumento descobre a traição da mulher, investiga, descobre quem é o amante, onde se encontram, desde quando e tudo o mais. Vai até o endereço que lhe é indicado, consegue entrar, analisa o local, certamente sentindo uma grande raiva a lhe corroer, e dá um jeito de matar a mulher, lavando sua honra e jogando a culpa sobre o seu rival, o amante. A ocasião era perfeita. Nós dois estávamos lá, eu bêbado o suficiente para não lembrar de nada ou para reagir, se fosse o caso, e ela nervosa, indefesa e provocante como sempre. Ele entrou, ela ficou mais nervosa, quem sabe gritou, ele pegou a faca e a atacou. Depois saiu e a culpa passou a ser minha.

Tudo podia ter acontecido desta maneira. Ou será que ele chegou lá depois de eu já ter saído, esfaqueou-a e ainda, sordidamente, a cobriu com o casaco que eu, bêbado, deixara lá?

Minha cabeça dava voltas. Precisava organizar as ideias, explicar tudo isto aos policiais. Era a chance de provar minha inocência. Tudo fechava, o marido tinha motivos, teve a oportunidade, matou e jogou a culpa sobre mim.

Havia ainda mais dois dados: primeiro, ele fumava, e somente Parliament, o cigarro que certamente estava naquele cinzeiro, e, segundo, ela estava muito nervosa quando eu cheguei lá naquele dia, certamente por imaginar que ele já soubesse de algo e por temer qualquer reação que ele pudesse ter.

Tudo combinava. Eu podia ter as respostas do crime nas mãos, precisava falar com alguém, precisava voltar ao apartamento, encontrar os cigarros, encontrar a arma, ainda desaparecida, precisava interrogar o marido, fazê-lo confessar a autoria do crime. Mas eu não sabia para quem dizer tudo isto, não havia ninguém em quem eu pudesse confiar e que me ajudasse a resolver este mistério de forma que meu nome ficasse limpo e eu pudesse retomar minha campanha eleitoral.

Havia, talvez, alguém. Ele era meu amigo há muito tempo e ultimamente trabalhava como assessor de imprensa da nossa campanha. Eu precisava encontrá-lo, certamente seria minha última chance.

VIII – *O delegado*

Deixei a leitura um pouco de lado, acendi outro cigarro, olhei pela janela e vi dois velhinhos brincando com duas crianças. Mais além, via a cidade seguindo seu ritmo normal, barulhento, cansativo, violento.

Decidi que era hora de retomar o caso que eu estava investigando e deixar para depois o caso do advogado, embora estivesse muito interessado em saber como ele conseguiria provar sua inocência, veredito ao qual eu agora tinha chegado. Se a vida dá voltas, os romances policiais ainda mais.

Andei um pouco pelo quarto, prestando atenção aos livros das prateleiras. Fiquei feliz e um certo orgulho tomou conta de mim quando percebi que muitos daqueles livros já tinham sido lidos por mim e que eu conhecia, pelo menos de ouvir falar, a grande maioria dos autores ali presentes. Percebi, então, que de maneira nenhuma poderia ter-me sentido um estranho naquele naquele lugar, um invasor da vida alheia. Eu não era estranho, eu conhecia grande parte das "pessoas" que por ali transitavam. Alguns até eram grandes amigos meus.

Voltei à escrivaninha e mentalmente girei um globo de loteria para saber qual das gavetas eu abriria primeiro. Resolvi abrir primeiro as da esquerda, começando pela bem de cima. Era uma gaveta de "apetrechos de guerra": lápis, borrachas, canetas, fitas de máquina, grampeador, clipes, duas caixinhas de fósforos, uma régua; tudo o que era necessário para a "batalha" de escrever um livro. Declarei-a insignificante e fui adiante. A segunda gaveta estava cheia de cartas, blocos de cartas e envelopes. Declarei-a importante e mergulhei. As cartas estavam divididas em dois grupos. No primeiro grupo havia poucas cartas, enviadas ao escritor por seu editor, falando das edições dos livros, direitos autorais e coisas do gênero; enviadas por alguns fãs, elogiando, e por outras pessoas, solicitando entrevistas ou participação em palestras e debates. O segundo grupo de cartas era maior. Eram cartas escritas por ele mesmo, o escritor, que nunca as tinha remetido. Todas eram destinadas a uma mesma mulher e variavam da grande paixão, com algumas poesias inclusive, ao ódio mais cruel, passando pela burocracia do olá, tudo bem, como vão as crianças? Não notei, assim à primeira vista, algo que esclarecesse alguma das questões que se misturavam na minha mente e que objetivamente eu não sabia quais eram, mas tinha a certeza de que descobriria assim que achasse uma resposta. Fechei. A gaveta seguinte estava cheia de fotos, de todos os tipos. Ele aparecia em algumas, havia um monte de fotos três por quatro colocadas em ordem cronológica, resumindo rapidamente a vida que se passou por aquele rosto. Tive o desejo mórbido de conseguir uma última foto, a que terminaria aquela série e que estava impressa em minha mente, um rosto feliz, molhado, sujo de sangue e morto. Havia algumas fotos de paisagens, lugares bonitos, as tradicionais fotos meio amareladas da infância, do tempo de estudante, fotos dele já mais velho, recebendo homenagens, palestrando... Mas qualquer observador um pouco mais atento veria que o tema central daquelas fotos era uma mulher, morena, sorridente, olhos grandes, corpo bem distribuído, mãos finas, firmes, ela era toda firme, olhar firme. Podia ser a mesma das cartas, certamente era, e era sem dúvida capaz de provocar ódio, amor, dependência, indiferença, tudo ao mesmo tempo. O restante das fotos era de duas crianças. Pareciam ser duas meninas, certamente as filhas daquela mulher e talvez dele. Certamente era a mulher dele, a ex-mulher, de quem ele se separara já havia algum tempo. Era preciso encontrá-la e fazer-lhe algumas perguntas.

Fechei a gaveta e levantei os olhos para a janela. Os velhinhos continuavam lá, mas as crianças tinham ido embora. Acendi outro cigarro, fui até a cozinha, abri a geladeira e encontrei algo interessante: uma lata de Coca, bem gelada. De volta ao quarto, sentei-me e abri a primeira gaveta da direita. Estava cheia de folhas de ofício em branco, um livro ainda não escrito. A segunda gaveta estava cheia de papéis soltos, notas, recados, lembretes, pedaços de escritos; tudo misturado, sem nenhuma organização. Isto contrastava com a ordem do resto das gavetas, do resto da casa e, ao que parece, do resto da vida daquele homem. Passei uma boa hora, uma boa lata de Coca e um ótimo cigarro revirando, lendo e estudando aquela gaveta. Depois, como que corrigindo um pequeno deslize daquele meu novo amigo, dei uma boa organizada no material da gaveta. A ideia de que ela tivesse sido revirada por algum estranho, atrás de algo incriminador, ficou martelando em minha cabeça. Se foi isso que aconteceu, o autor da desordem tinha que conhecer muito bem aquele terreno, pois o resto estava em ordem. A última gaveta guardava vários recortes de jornal e revista. Eram notas e artigos escritos sobre ele e suas obras. Primeiro, um artigo me chamou a atenção. Falava de um dos livros que ele tinha publicado. O artigo era assinado por uma velha conhecida minha e eu sorri com a possibilidade, quase obrigatoriedade, de voltar a vê-la. Havia ainda um outro artigo, escrito por outro jornalista, cheio de fotos, que falava de um conto dele que tinha sido premiado. Voltei à gaveta anterior, procurei uma cópia do conto, mas não encontrei. Revistei também as outras gavetas, a parte de cima da escrivaninha, as prateleiras, o resto da casa e nada. Talvez ela conhecesse o conto e pudesse me ajudar. Mais do que nunca eu precisava voltar a vê-la.

IX – O personagem

Terminado o interrogatório, deixei a delegacia, ainda tenso. Caminhei até o meu carro, entrei e com muita pressa me dirigi ao meu escritório, que a essas alturas funcionava como QG de minha campanha e também da de outros candidatos do meu partido. Certamente ele estaria lá. Apesar do que estava acontecendo comigo, a campanha não podia parar, e ele, como assessor de imprensa, devia estar lá, ao telefone, como sempre estava nos últimos dias.

O escritório era simples, no oitavo andar de um prédio cheio deles. Havia apenas uma mesa, grande, três poltronas, uma prateleira com alguns livros, objetos de decoração, duas fotos minhas, formando de Direito, um diploma, o meu, na parede, e nada mais. Era simples, mas aconchegante. Eu o havia montado para que fosse meu escritório de advogado, mas quase nem cheguei a usá-lo, pois logo depois de formado, por conhecer algumas pessoas certas e ter algumas características certas, passei a trabalhar para o partido, deixando quase que completamente de lado a minha profissão. (Era conhecido como um grande advogado, mas na verdade o destaque era devido mais aos conhecidos do que à minha prática profissional.)

Ao chegar lá, encontrei exatamente quem eu queria. Meu grande amigo repórter, que me ajudaria a sair dessa enrascada. Ele estava sentado na minha poltrona, com os pés sobre a mesa, e falava ao telefone, assegurava a normalidade da campanha, que o fato era desagradável, mas não atingiria a continuidade da campanha, que confiava na inocência do candidato envolvido, que era um homem incapaz de fazer mal a uma mosca, que achava inclusive que não se devia dar muito volume para este assunto, deixando pra lá todo este barulho, dando, quem sabe, mais espaços para os outros candidatos do partido, afinal de contas, havia algumas dívidas, aqueles favores...

Ele era sempre assim, venenoso, escorregadio, um homem talhado para este serviço. Entrei silenciosamente, sorri para ele, que me olhou, fez uma careta apontando para o telefone, como se estivesse naquele papo há horas, tirou os pés de sobre a mesa, apoiou os cotovelos nela e ficou me observando enquanto eu me sentava numa das poltronas à frente dele.

Fiquei assistindo àquela cena por mais alguns minutos, mas mentalmente já começava a ordenar os fatos referentes ao crime, como se estivesse ensaiando, para depois apresentar a ele a minha versão dos fatos, a minha ideia de como tudo tinha acontecido. Seria fácil contar a ele, era um bom amigo, nos conhecíamos bastante. Nos últimos dias, com a correria da campanha, passávamos quase todo o tempo juntos, no escritório, telefonando, planejando, recebendo visitas, ou na rua, panfleteando, conversando com as pessoas, indo a jornais, rádios e televisões, aparecendo.

Terminado o telefonema, ele me olhou com um olhar preocupado. Perguntou como eu estava, se precisava de alguma coisa, estava ali para me auxiliar.

Respirei fundo, disse que estava tudo bem, que ainda não acreditava no que tinha acontecido. Ele sorriu amigavelmente. Me conhecia, sabia que eu não faria uma coisa daquelas, principalmente com ela, a grande mulher da minha vida. Ele a conhecia, por já nos ter visto duas ou três vezes juntos, por eventualmente ouvir algum desabafo ou comentário meu. Na verdade ele sabia de tudo, tinha até o endereço do apartamento, para o caso de precisar de mim em alguma emergência. Contei tudo: aquela tarde, discussão, cigarros, marido, bebedeira, briga, meu casaco, a manhã seguinte, todo o tempo que fiquei na delegacia, a ajuda de que tanto precisava... Será que ele poderia...? Ele sorriu, tragou lentamente o cigarro, disse que faria qualquer coisa por mim. Levantou-se com um ar preocupado, pensou um instante e me disse o que iria fazer. Ele iria certamente conseguir as provas que me inocentariam. Agradeci.

Mudando de assunto, tentando quem sabe amenizar o ambiente, trazer tudo ou o que fosse possível ao normal, ele me mostrou a correspondência que tinha chegado para mim, um bom número de cartas de apoio à candidatura, certamente. Peguei as cartas, corri os olhos sobre a mesa, atrás da espátula, para abri-las, mas não a vi e nem perdi mais tempo em procurá-la. Abri as cartas com as mãos mesmo, devorei todas, minha vida voltava ao normal, não existia nem crime nem amante, nem ontem nem a manhã na delegacia.

X – O delegado

Deixei o apartamento do escritor sem saber exatamente o que descobrira, ou se tinha realmente descoberto algo. Passei na Delegacia para ver se tinha alguma novidade, dei uma lida no jornal, que falava do crime na primeira página, tomei um bom café preto e tomei coragem para fazer aquilo que eu queria fazer desde que ali chegara. Peguei o telefone e o número saiu rapidamente das minhas mãos. Após o terceiro toque, alguém atendeu a meu pedido e passou a chamada para uma voz feminina, uma voz que há muito tempo eu não ouvia.

Depois dos tradicionais silêncios de quem não sabe o que fazer, das palavras que saem pela metade, dos, finalmente, como é que vai, sou eu, há quanto tempo, combinamos de almoçar juntos. Ela tinha alguns dados a me oferecer, a respeito do crime, e tínhamos muito o que dizer.

Nós nos conhecemos durante a investigação da morte de um roqueiro local, que fora encontrado morto em sua casa, enforcado, com as mãos amarradas às costas. Para mim, desde o princípio, apesar do detalhe das mãos amarradas às costas, pareceu ser um caso típico de suicídio, mas os fãs não admitiam isto, os jornais, as rádios, a cidade inteira; todos clamavam por justiça, queriam ver o assassino atrás das grades, ou quem sabe morto. Eu, delegado encarregado do caso, tive muitos atritos com a imprensa, e com ela, correspondente local de uma revista de artes e cultura de circulação nacional. Foi suicídio.

Depois de vários encontros marcados por discussões terríveis, eu e ela percebemos que aquilo não nos levava a lugar algum e decretamos uma trégua. Saímos para almoçar.

Ela era bonita, inteligente, do tipo brabo, que quando fala se inflama e parece estar brigando. Muitas vezes isso era verdade, mas outras não. Eu era assinante da revista para a qual ela trabalhava. Ela achava impossível um "porco", um policial como eu, ser assinante de uma revista de cultura; era pra estar por dentro das "manobras da esquerda"? Apresentei meu currículo de leitor, uma média de vinte e cinco livros por ano, clássicos, franceses, ingleses, americanos, alemães, brasileiros, teatro, alguma poesia, geração beat, existencialistas; tudo que caísse na minha mão. A preferência, lógico, eram os policiais, os noir em especial, mas indo desde Dostoiévski até Rubem Fonseca, passando por Conan Doyle, Agatha Christie e Georges Simenon. Além destes, havia ainda uma grande admiração por Joseph Conrad, Franz Kafka, Salinger, Pirsig, e os brasileiros Machado, Graciliano e Guimarães Rosa. Aqui no sul a devoção ia para Luiz Antonio de Assis Brasil e Luis Fernando Verissimo, especialmente por Ed Mort, meu maior herói policial depois dos personagens de James Cain, Hammett, Chandler, Goodis, Himes, Macdonald e Chesterton.

Cinema? Antigamente frequentava mais, mas ainda sim, muito. Era mágico. Muitas vezes me imaginava como Bogart, interpretando Sam Spade ou Marlowe, como Paul Newman, Jack Nicholson, Fred MacMurray, John Garfield e tantos outros que viveram as tramas criadas pelos mestres da literatura policial e que foram tão bem adaptadas para o cinema.

Mas não havia para mim apenas os filmes policiais ou baseados em escritores policiais, havia outros. *Apocalypse Now, Cidadão Kane*, os filmes de Chaplin, *Novecento*, de Bertolucci, e muitos outros, numa lista interminável, que ia dos clássicos às comédias, passando pelos musicais e por alguns melodramas, não deixando de fora também alguns históricos, baseados em fatos reais. Eu só fazia questão de deixar fora da lista, não dando nenhuma possibilidade de entrada, os filmes de Godard, o chato.

Ela quase não comeu naquele almoço, passou o tempo todo me ouvindo falar. Eu também quase não comi, não parei de falar um só minuto. Ela estava espantada, nunca havia imaginado que um delegado de polícia – e ela dizia isto com uma linda cara de nojo – escondesse dentro de si um intelectual – e ela dizia isto com uma bela cara irônica. Tive que provar a ela que não havia nada escondido, que eu era um só, assim mesmo, eu. Ela estava realmente espantada, pensou até em fazer uma matéria comigo para a revista, mostrando o outro lado da lei, a face doce e inteligente da lei – e ela dizia isto com uma bela cara cândida.

A conversa foi boa e durou duas horas. Mas ela tinha que trabalhar e eu também, tínhamos que voltar a brigar em público por causa da morte do roqueiro local. Fui caminhando até seu carro. Ela ofereceu carona, mas eu recusei por precisar caminhar um pouco, sempre caminhava depois do almoço. Ela sorriu, disse que era uma pena, mas o que se vai fazer. Até logo, Bogart! A partir daquele dia ela sempre me chamou assim: Bogart. Eu sorria constrangido, mas não disfarçava um certo orgulho. Passei algum tempo, alguns dias, cantarolando, quase que sem parar, *As Time Goes By*. De vez em quando até a chamava de Ingrid ou Mary Astor, mas ela não combinava com nenhum destes nomes. Era moderna e rápida demais para ser chamada assim. Eu, por meu lado, se não era parecido com o Bogart, o que não chega a ser um defeito, pelo menos era do seu time, fazia o tipo durão, mas sensível.

Ficamos juntos durante uns três meses, até que ela teve que viajar para São Paulo, para a cobertura de uma mostra de cinema e teatro. Duas semanas depois ela voltou, passou poucos dias aqui e se mandou para a Itália, junto com um qualquer coisa importante que ela conheceu na mostra. Ela chegou a me escrever algumas vezes, contando como a Itália era bonita, como era cheia de vida, de cultura e energia. Falava dos filmes que estavam passando por lá, as peças que tinha visto, as exposições... Nunca respondi. Fiquei sabendo por alguém que ela tinha voltado há uns dois anos e que perguntou por mim.

Ela acabou de entrar no restaurante. O mesmo da primeira vez. Bogart!

Ela sentou e olhou para mim. Sorriu. Eu não conseguia esconder a satisfação de vê-la de novo. Ela também estava contente. Há quanto tempo, você não mudou, que é isto, estou mais gorda, mais gordo, mais careca ou grisalho. E a Itália, e por aqui, e a vida. Tudo igual. E os artigos, e as investigações. Foi suicídio.

A impressão que eu tinha e que certamente era compartilhada por ela era a de que estávamos sentados a uns bons metros de altura, longe daquele restaurante, longe daquela cidade, daquela investigação. Ela continuava bonita, sorridente, braba. Eu ainda me sentia o mesmo. Parecia que o tempo decorrido entre a última vez que nos vimos e agora era de uns quinze minutos, tempo suficiente apenas para o telefonema que nos trouxera até ali.

Falei pra ela sobre o crime, ela disse já saber. Falei sobre o rumo que tomavam as investigações, a visita ao apartamento, os livros que eu tinha comprado, as gavetas, cartas, fotos, artigos. O artigo assinado por ela, a vontade de falar com ela, mas não só sobre o crime... Não parava de falar. Ela me olhou sorrindo e perguntou por que eu sempre "dava depoimentos" quando estava com ela, sempre agia como se estivesse sendo entrevistado por ela. Aí fui eu que sorri, meio envergonhado.

Ela contou-me o que sabia sobre a vida e sobre a obra dele. Falou do casamento ainda cedo, das filhas que ele tivera, dos desentendimentos

Ficção, poesia e pensamento

com a esposa e com o editor, que ao que parece não concordava muito com o destino que ele estava dando para suas histórias, o divórcio; enfim, deu-me um breve e belo resumo da vida daquele grande amigo que, embora sem me conhecer, me deu a grande oportunidade de reencontrá-la. Pedi a ela mais detalhes da briga dele com o editor e também com sua mulher. Ela me disse não saber muito. Apenas sabia que o desentendimento com o editor não tinha nada a ver com dinheiro, direitos autorais ou coisas deste tipo, era exclusivamente relacionado com o conteúdo das histórias que ele escrevia. Mas ela não sabia exatamente do que o editor não gostava ou o que gostaria de alterar. De qualquer forma, o certo é que meu amigo escritor não se deixou vencer nenhuma vez nestas discussões, dando sempre o rumo que quis para seus heróis e histórias. Com a mulher as brigas eram de caráter puramente familiar, pelo que sabia, não tendo também nenhuma relação com dinheiro ou coisa deste tipo. Ela não estava, ao que parece, satisfeita com o matrimônio, com a vida que ambos levavam. Não sabia mais nada.

Perguntei de onde viera o interesse dela pelas obras daquele escritor, se havia algum motivo especial, se o conhecia bem... Ela disse, sorrindo meio marota, com seu jeito meio brabo, que o fato de ela ter passado a se interessar por romances policiais tinha a ver com um certo cara que ela tinha conhecido um tempo atrás e que tinha mostrado pra ela que este tipo de romance era muito bom. Ela disse que este amigo dizia que eram romances puros, limpos, sem firulas, como uma pedra preciosa ainda escondida, não lapidada, como a vida, ora bolas.

Lembrar que eu já tinha dito coisas daquele tipo me fez sorrir. Eu ainda concordava com o que tinha dito e ainda dizia ora bolas, mas uma frase, assim, afirmativa, parecendo uma verdade absoluta contra a qual não se pode levantar dúvidas, saindo de minha boca, parecia piada. Sorri.

Quanto ao fato de conhecer ou não o escritor, ela me disse que o conhecia vagamente, de quando ela ainda trabalhava no meio publicitário, e que acompanhou de longe os primeiros passos dele na carreira de escritor, mas que um interesse maior só veio quando entrou em contato com ele para fazer a matéria sobre novos autores porto-alegrenses. Ele era um dos que ela deveria entrevistar, mas acabou sendo o único, pela boa qualidade que ela descobriu em seus dois livros já publicados naquela época. Agora, ela sabia. Ele já tinha publicado o quinto e pelo que se sabe já escrevia um outro.

Fiz a ela uma última pergunta relacionada ao caso. Eu queria saber se ela conhecia o conto que ele escrevera e que tinha sido vencedor de um concurso aqui na cidade. Ela disse que não, que isso devia ter acontecido quando ela estava viajando, mas que ela poderia descobrir para mim, se isto era realmente importante para o caso. Sim, era.

Terminamos o almoço, saímos caminhando pela rua, em direção ao meu carro. Ela estava a pé e não haveria recusas de carona desta vez. Fomos ao meu apartamento. You must remember this, Bogart!

XI – O leitor

O leitor é a última parte, o ponto final de um livro. Do escritor ao leitor, o livro faz uma viagem que passa pela revisão, edição, distribuição e venda. Ele, o leitor, é a parte final. Pode-se dizer que o livro só atinge o seu real sentido quando chega às suas mãos e é por ele deglutido. Se quisermos ir mais fundo, podemos dizer que, mais do que percorrer um caminho que vai do escritor ao leitor, o livro percorre um caminho que vai da inspiração à identificação desta inspiração. A ideia original do escritor passa por todos os processos pessoais dele, pelos processos editoriais. E finalmente chega ao leitor, que, de certa forma, se transforma num escritor às avessas, percorrendo através do livro um caminho inverso ao percorrido pelo escritor.

Bem, isto é o que se espera de um livro, isto é o que se espera deste ciclo, este é o caminho normal: o escritor tem lá sua inspiração, que nada mais é do que o motivo ou sensação que o leva a escrever, nada tendo a ver, portanto, com as musas ou sopros divinos, e o leitor, na outra ponta da corda, identificando os dados escritos, identificando-se com os aspectos reconhecíveis da obra, chega ao prazer da inspiração ao contrário.

Talvez isto seja muito difícil de entender, muito complicado, mas tenho a convicção de que é assim que acontece, pelo menos quando as coisas vão pelos caminhos normais.

Faço esta ressalva por ter tido pessoalmente uma experiência um pouco distinta. Na verdade esta experiência passou por todos estes caminhos, mas, ao contrário do que era esperado, não parou por aí, foi adiante.

Como já disse, numa leitura normal o papel do leitor é identificar os dados apresentados pelo escritor, e muitas vezes esta identificação deixa de ser apenas uma decodificação e passa a ser efetivamente uma identificação pessoal, uma percepção de semelhanças entre o escrito e ele, o leitor. Noutras palavras, o leitor se vê dentro da obra, desempenhando qualquer dos papéis, normalmente o de herói ou heroína. Isto é o normal. Qualquer um que tenha lido *Os irmãos corsos* ou *Alice no país das maravilhas* ou *A história sem fim* sabe do que estou falando.

Mas comigo esta história foi adiante, não houve apenas uma identificação ideológica com o personagem deste livro que li, não foi apenas uma vontade secreta e fantástica de tomar o lugar dele e viver uma série de aventuras. Na verdade, durante a leitura do livro eu me vi claramente ali colocado. A ficção que eu estava lendo era quase que minha vida real sendo contada. O personagem do livro era eu mesmo. Era eu mesmo, de verdade. E mais, os fatos ali narrados, os fatos da minha vida, especialmente alguns fatos bastante recentes, se eram identificados por mim, também o podiam ser por outros, o que certamente, devido a alguma gravidade que apresentavam, poderia trazer muitas complicações para minha vida.

De certa forma me senti como se alguém quisesse me dizer algo, como se fosse uma provocação de alguém, uma chantagem muito bem feita. E era.

XII – O delegado

Quando acordei estava sozinho, ela já havia ido embora. Tinha deixado um bilhete, um beijo e um até logo. Além disto tinha deixado ali, deitado na cama, sem muita coragem ou vontade de levantar, um cara feliz, daqueles que não param de rir, mesmo que a graça da piada já tenha terminado. Fiquei na cama por mais algum tempo até decidir que realmente era preciso levantar e seguir adiante.

Aquele início de noite estava reservado para uma visita muito importante. Eu iria falar com a esposa do escritor. Já havia ligado para ela e ela disse que me esperaria lá pelas sete, que eu não me atrasasse porque ela tinha um compromisso mais tarde.

Vesti um terno elegante, quer dizer, vesti o único terno que tinha, mas que àquela altura, com a felicidade que me dominava, parecia ser um terno elegante, desses de propaganda de loja masculina. Comi alguma coisa, peguei um maço novo de cigarros e fui para o carro.

Durante o trajeto fui mentalmente recolocando em ordem todos os dados de que dispunha, para ir já preparando as perguntas que faria. Isto me custou dois cigarros.

O edifício em que ela morava era comum, mas muito simpático, com um jardim bastante florido na frente e sacadas bem espaçosas. Entrei, peguei o elevador e fui ao quinto andar.

Ela mesma atendeu à porta. Era realmente uma bela mulher. Lembrei das fotos que vira na casa do ex-marido. Lembrei das cartas e do que elas diziam. Concordei: ela era mesmo capaz de provocar todos aqueles sentimentos ao mesmo tempo, e talvez alguns outros mais.

Eu me identifiquei, disse que sabia que não era uma boa hora e que na verdade para assuntos como aqueles nunca havia uma boa hora, ela me indicou uma poltrona, perguntou se eu queria beber algo. Uísque, pensei, mas pedi um café.

Começamos falando de obviedades, perguntei a ela como o tinha conhecido, como foi o casamento, como foi a separação, como ela se sentia agora com a morte dele. Ela respondeu a tudo de forma breve, sem entrar em muitos detalhes. Disse que o tinha conhecido através de amigos comuns, numa festa na casa de alguém, que tiveram uma grande paixão, que decidiram casar logo, sem esperar por noivados e coisas do tipo, que nos primeiros tempos tiveram uma vida muito boa, mas que depois virou um inferno, pois ele não ligava mais para nada, só queria saber de seus livros, não ligava para as crianças, não ligava mais para a vida. Ela, então, pediu divórcio. Ele relutou, mas acabou cedendo. Ela ficou com a guarda das filhas. Ele, pelo acordo, daria a ela uma pensão mensal e poderia ver as filhas quando quisesse. Com a morte dele ela ficou um tanto chocada, mas não como se esperava que ficasse uma esposa apaixonada. Ela definitivamente não o amava mais, se é que algum dia o amara.

Perguntei a ela qual era a situação financeira da família, se ele ganhava muito dinheiro, se tinha recebido alguma grana da família dele, se esta era rica, se ela, esposa, tinha algum dinheiro de família, se trabalhava, em que trabalhava, como se sustentava...

Ela não conseguiu evitar uma certa irritação com o monte de perguntas feitas ao mesmo tempo. Perguntou-me se eu sempre conversava assim, fazendo todas as perguntas que me viessem à mente e deixando que o pobre do meu interlocutor enlouquecesse tentando responder a todas.

Disse a ela que fazia parte do jogo, sorri e fiquei aguardando as respostas. Olhei bem firmemente para ela e disse a mim mesmo que era uma bela mulher, que gostaria de a ter conhecido em outra situação. Acendi mais um cigarro e escutei.

Mais uma vez as respostas foram curtas e secas. Ela disse que o marido, o ex-marido, não vinha de família rica, pelo contrário, sua família era até bem humilde. Disse que ele ganhava muito dinheiro com os livros que publicava, que ganhava tanto que até podia dedicar-se somente à literatura, deixando de lado a carreira de publicitário que seguia antes. Quanto a ela, também não tinha família rica, aliás nem tinha o que se costuma chamar de família. Atualmente trabalhava como secretária em uma empresa multinacional, onde ganhava o suficiente para viver e criar suas filhas, desde que o marido não atrasasse a pensão.

Perguntei, então, se isto acontecia, se ele atrasava a pensão, e perguntei também como ficaria a situação agora que ele estava morto.

Ela disse que ele nunca atrasara a pensão e que até eventualmente aumentava o valor sem nenhuma necessidade legal, sem que isso fosse pedido. E agora, com a sua morte, pelo que ela sabia, os direitos autorais dele seriam pagos a ela, sua única herdeira, ou melhor, a responsável pelas crianças que eram suas reais herdeiras.

Um frio me correu pela espinha. Ela era uma mulher bonita, até demais. Ele tinha muito dinheiro, o que era estranho, uma vez que o dinheiro ganho com livros nunca ou poucas vezes chegava para sustentar quem quer que fosse. Apenas autores consagrados podiam se dedicar somente à literatura. Dinheiro.

Ela perguntou se eu tinha mais alguma pergunta, se queria mais alguma informação, outro café. Disse que não, que por enquanto era só isso. Lembrei que ela dissera pelo telefone que tinha um compromisso e perguntei se ela queria uma carona ou se precisava de alguma coisa. Ela, mais uma vez mal disfarçando a irritação, disse que não, que não precisava de nada, só de um tempo para se arrumar pois já estava atrasada.

Fui caminhando para a porta, dizendo lamentar o incômodo, a falta de jeito, que eu esperava não ter que incomodá-la de novo... Fui saindo, mas lembrei de um detalhe, parei e perguntei onde e como estavam as crianças. Ela soltou mais algumas faíscas, respirou fundo e disse que estavam bem, que eram ainda pequenas e não entendiam muito bem o que estava acontecendo e que estavam no quarto com a babá. Boa noite!

Saí do edifício, acendi mais um cigarro e fui caminhando até o meu carro. Ela era uma bela mulher. Não saía de minha cabeça, nem de minha escassa lista de suspeitos. Uma pena.

XIII – O personagem

Combinamos de nos encontrar na manhã seguinte, ali mesmo no escritório, quando ele já traria as primeiras novidades sobre o fato, suas primeiras descobertas. Por isso cheguei cedo, depois de uma noite de pouco sono – era a primeira depois da morte dela. Sentei na minha poltrona e fiquei ali, parado, esperando.

Algum tempo depois ele chegou, bufando por causa do calor e da correria. Sentou, acendeu um cigarro, me olhou bem no fundo dos olhos e disse que tinha ido, na noite anterior, ao apartamento, ao meu lugar secreto, revistar tudo, de cima a baixo, de cabo a rabo, mas não encontrara nada, nem cigarros, nem a arma do crime, nem nada que pudesse me ajudar em minha defesa. Sentia muito, mas...

Não tinha nenhum espelho para me olhar naquele momento, mas tenho certeza de que fiquei branco como cera. Todas as minhas esperanças tinham ido por água abaixo. Estava novamente no mesmo ponto, acusado de um crime que achava que não tinha cometido, mas sem nenhuma maneira de provar a minha história. Se ele sentia, eu muito mais.

Ele perguntou se eu não tinha outra ideia, se eu não tinha outra prova, ou melhor, outra possibilidade de prova contra o marido dela ou contra quem quer que fosse. Ele estava ali para me ajudar em qualquer coisa que eu precisasse.

Eu estava triste e confuso demais para pensar em outra maneira de provar minha inocência. E ainda havia a possibilidade assustadora de que realmente eu a tivesse matado, embora não lembrasse de nada que pudesse conferir veracidade a esta versão.

Enquanto estávamos ali, tristes, apreensivos, esperando que uma solução caísse em nossas mãos, alguém bateu à porta, com insistência. Certamente seria algo relacionado com a campanha. Pedi ao meu amigo que atendesse e, se possível, dispensasse logo o visitante, quem quer que ele fosse.

Mas não era nada ligado à campanha, como eu esperava. Era a polícia. Estavam atrás de mim. Será que queriam me interrogar de novo, depois de tudo que passei na delegacia? Ou será que tinham achado o verdadeiro assassino, ou alguma pista que levasse a ele? Queriam falar comigo.

Entraram, então, dois homens em meu escritório. Um deles eu já conhecia, estava na delegacia quando eu estava depondo, mas o outro, mais novo, certamente um auxiliar ou assistente, eu não conhecia. Pedi que sentassem, que se sentissem à vontade, que eu estava às ordens.

O policial que eu já conhecia começou a falar e disse que havia algumas novidades no caso. Disse que precisavam me fazer algumas perguntas, queriam saber se eu não tinha mais nada para acrescentar ao meu depoimento, algo que tivesse me escapado na primeira vez, pelo nervosismo, ou algo que eu só tivesse percebido depois de ter deixado a delegacia.

Eu sorri e disse que realmente eu tinha deixado algumas coisas para trás, alguns dados que só depois tomaram forma em minha mente e que só agora estavam suficientemente claros para serem ditos. Falei então sobre os cigarros que tinha visto no apartamento, sobre o marido dela, sobre a suspeita, quase certeza, que eu tinha, de que o assassino era o marido dela, ou alguém por ele mandado. Disse que tinha pedido ao meu amigo repórter que fizesse algumas investigações por mim, para ver se era cabível a minha suspeita, se poderia ter sido o marido dela...

O policial olhou para o companheiro, olhou para o repórter, respirou fundo e começou a falar. O marido era inocente e isso já estava provado. Na hora do crime ele estava fora da cidade, em um congresso de arquitetura, onde inclusive fora palestrante. Parecia difícil, também, que ele tivesse tido tempo de estar lá naquele dia, fumar os cigarros, que aliás nem foram encontrados, contratar alguém para matá-la e viajar para Pelotas, onde se realizava o congresso e onde, aliás, já estava há dois ou três dias. Era muito difícil. Lamentavelmente eu continuava sendo o principal, aliás, o único suspeito.

Gelei. Não podia ser verdade, eu não podia estar vivendo aquele momento. Eu era inocente, eu não tinha nada a ver com o crime. Fiquei muito nervoso e desandei a falar, sem dizer coisas muito lógicas. Falei da briga que tivera com ela, da bebida que tomei, do tempo que, acho, fiquei desacordado; tudo se confundia.

Ele mais uma vez respirou fundo, pigarreou e seguiu falando. Eles tinham recebido um telefonema de um informante que teria dito que nesta manhã, aqui no escritório, eu estaria pronto a fazer uma confissão, terminando de vez por todas com o caso. Por isso eles estavam ali, para me ouvir contar como eu havia esfaqueado a minha amante, não queriam saber de novas histórias, possibilidades, teorias, queriam a confissão. Queriam que eu mostrasse, também, a arma do crime, que, segundo o informante, estaria em meu poder aqui no escritório.

Disse a eles que isto era um absurdo, que eu não era o assassino e que por isso não podia confessar. Disse que não tinha arma nenhuma, que não sabia de nada, que eles deviam procurar o marido dela e fazê-lo confessar o crime. Eu estava nervoso, muito nervoso. Levantei-me, gesticulando, falando alto, quase gritando, voltei ao meu lugar, dizia não, não, não, bati várias vezes na mesa, acabei derrubando algo no chão.

O policial se abaixou, juntou o objeto do chão, olhou bem para ele, para mim, mostrou ao colega, colocou-o na mesa e disse que a autópsia tinha revelado que os ferimentos não tinham sido provocados por uma faca, pois havia perfurações largas, mas não havia corte. A arma do crime era certamente uma lâmina mais ou menos larga, mas sem fio, como uma espátula, como um abridor de cartas.

Olhei para a mesa, para o objeto que ele havia juntado do chão. Um abridor de cartas, o meu abridor de cartas, aquele que eu não havia encontrado no dia anterior, aquele que não estava no lugar quando eu quis abrir as cartas que haviam chegado para mim e me foram entregues pelo meu...

Ele estava em pé, encostado na porta, meio sério, meio sorridente, muito nervoso. Ele estava fumando. Um cigarro de filtro amarelo. E a imagem do cinzeiro veio à minha mente, cheio de pontas de cigarros. Filtros amarelos. Ele sabia de tudo. Sabia dela. Do apartamento, das minhas preocupações, das minhas teorias, dos cigarros que eu vira, sabia que eu estaria aqui esta manhã, esperando por ele e pela polícia, que certamente ele avisou. Ele.

Naquela tarde ela estava nervosa, ficou falando o tempo todo sobre algo ou alguém que a estava incomodando. Se eu tivesse deixado um pouco de lado o meu mundo, a minha vida política, talvez tivesse sabido de tudo e talvez evitasse o que aconteceu depois. Certamente ele a estava pressionando, queria dinheiro, ou queria ela, em troca do silêncio que manteria. Mas ela resistiu e ele, contrariado, a matou, e aproveitou as circunstâncias para me incriminar. O crime perfeito, embora não levasse a nada.

Não havia nada que eu pudesse fazer, estava liquidado. Só faltava assinar a confissão e me despedir dos conhecidos. O fato de ser primário e ter confessado o crime me dariam grandes possibilidades de em pouco tempo sair em liberdade condicional. Além disso, por ter nível superior e também por ser advogado e um tanto conhecido, certamente teria algumas regalias e não iria para uma prisão muito ruim.

FIM

XIV – O escritor

Não vou torturar ninguém com detalhes mórbidos, doentios, sangue, brigas, lutas; enfim, não vou encher o tempo de ninguém com aquele amontoado de detalhes e pequenas voltas que sempre aparecem quando se fala de um crime. Não. Tenho pouco tempo e pouco a dizer.

Há um crime se desenvolvendo. Alguém vai matar e alguém vai morrer. Os nomes destes dois seres, destas duas vítimas das artimanhas do destino, eu ainda não sei. Tenho pistas, algumas suposições, mas nada definitivo, nada que me possibilite afirmar verdades ou enunciar todas as soluções.

Quando alguém tem acesso a dados ou fatos importantes, decisivos no desenvolver da vida comum, sempre aparece uma dúvida, um temor, uma indecisão quanto ao que fazer. Normalmente surgem duas possibilidades: tendo em poder alguma informação importante, ou se guarda essa informação, como conhecimento e dado para futuras conclusões e análises, ou, então, se usa imediatamente estes dados, a fim de conquistar alguma vantagem.

A primeira opção é a que utilizamos durante toda a nossa vida quando, ao longo dela, vamos adquirindo conhecimentos. Todo o nosso saber se baseia em informações recebidas, ou descobertas, ou estudadas. É assim na escola, nos nossos primeiros passos, em todas as pequenas partes de nossa vida.

À segunda opção dá-se o nome de chantagem. E esta foi a minha escolha.

Quando se tem acesso a informações muito importantes a respeito da vida de alguma pessoa, tem-se um poder muito grande, para melhor entendê-la, ou um poder objetivo sobre esta pessoa. Especialmente se esse alguém não quer que outros saibam.

O que eu fiquei sabendo, meio por acidente, meio por estar de certa forma envolvido, é uma coisa normal, uma coisa bastante comum nos dias de hoje. Duas pessoas casadas, mas não uma com a outra, se conhecem, se apaixonam, decidem que não podem viver uma sem a outra e passam a viver juntas, às escondidas.

Para alguns, especialmente o casal diretamente envolvido, isto é um grande amor, para outros, a sociedade em geral, isto é um "caso", e para os outros dois parceiros, os preteridos, isto é traição. Para quem tem o domínio sobre todos estes dados esta é uma oportunidade de lucrar de alguma forma, especialmente se há algum dinheiro misturado em toda esta história. Era exatamente este o caso e foi exatamente esta a minha ideia.

Agora, depois de passado algum tempo, as coisas estão tomando um rumo incontrolável. Eu, que tinha o domínio da situação, já não o tenho mais. Muitas coisas se modificaram, pessoas erradas ficaram sabendo de tudo ou de boa parte da história, pessoas envolvidas tentaram terminar com tudo, e eu, de controlador, agora estou passando a uma posição de muito perigo. Não sei exatamente o que vai acontecer, não sei que rumo esta história vai tomar, não sei quem vai levar a melhor, mas sei que alguém vai perder feio. Alguém vai morrer, alguém vai matar. Tenho quase certeza de que o meu papel é um destes dois, ou vítima fatal, ou assassino. Não sei qual seria o melhor.

Sei que as histórias policiais não seguem este ritmo, nem seguem este caminho, mas histórias policiais não são verdadeiras, são todas falsas, criações de mentes fantasiosas. Eu sou real.

Olho bem à minha volta, estou só. Desde o início desta história, estou só. Um "caso", traição, saber de tudo, chantagem, solidão. Não necessariamente nesta ordem.

Tento imaginar uma possível arma em minha mão, um possível tiro, ou facada, ou enforcamento... Nada disso combina, nada faz sentido. Resta apenas um papel para mim. Melhor sair e caminhar, na chuva.

XV – *O delegado*

Quando terminei de ler, minhas mãos suavam. Então era aquele o conto premiado, então ele já sabia? Ou não? Seria apenas ficção, uma casualidade, uma peça, uma brincadeira do destino? Ou ele realmente já sabia? Ficção, realidade; quem sabe onde começa uma e termina a outra? Ainda mais na vida de alguém especializado em criar ficções.

Ela percebeu minha tensão e tentou me confortar. Sentou-se ao meu lado, afagou meus cabelos, me beijou a face. Minha repórter! Quando eu cheguei em casa e a vi ali, com o olhar parado no chão, percebi que algo a preocupava. Ela também ficara tensa ao ler aquele conto, era surpresa para ela também, era assustador.

Fumei mais um cigarro, ela também. Ficamos parados em silêncio por mais um tempo, até que as ideias sentassem e tivéssemos novamente condições de dizer algo.

Pensando objetivamente, parecia difícil crer que ele já soubesse de seu destino e nada fizesse para evitá-lo. Também era difícil, por outro lado, pensar que aquilo fosse apenas uma coincidência. O que realmente significava aquilo? Afinal, quem era esse cara que morria e me deixava com um pepino daqueles nas mãos? De certa forma era irônico: alguém que ganhava a vida criando histórias de suspense, de crimes sem solução, de grandes tramas envolvendo as vidas de muitas pessoas, na sua morte se transformar em mais uma peça em uma destas tramas, em um destes crimes, em um destes suspenses. Parecia até uma brincadeira, de uma mente diabólica, atingindo, depois de várias tentativas de mentira, a perfeição, criando a maior trama policial de todos os tempos, uma trama real.

Todas estas perguntas e dúvidas só me deixaram descansar quando ela me trouxe uma boa dose de uísque. Ela sentou-se à minha frente, passou a mão no meu rosto e perguntou: "Como é que é, Bogart?". Ela sabia que eu tinha uma bomba nas mãos e sabia que eu estava preocupado com isto. Para um policial existem vários fatores que motivam e estimulam uma investigação deste tipo. Há, ainda que muitos não acreditem, uma vontade secreta de restabelecer a ordem, de botar a vida novamente nos eixos. Há também, embora muitos não admitam, aquela vontade de mostrar quem é o melhor, quem é o mais esperto, que é o outro lado da vontade que tem o assassino ou assaltante de praticar o crime perfeito. Para mim, porém, estes dois motivos não são lá muito importantes, o que me move é a vontade de desvendar as voltas e reviravoltas da mente humana. Não me comparo a um psicólogo ou psiquiatra, minha vontade é compreender o mundo em que vivo, aquilo que o move e me leva junto, aquilo que me atrapalha e me faz ficar sem entender direito o que se passa comigo e com os outros. Quando encontro, então, um caso assim, cheio de possibilidades, cheio de pequenos detalhes, cheio de loucuras humanas gritando cada uma para o seu lado, fico alterado, fico preocupado, fico procurando respostas, querendo achar o nó, o ponto de partida e o de chegada.

Perguntei a ela se não tinha conseguido mais nenhuma informação, sobre a separação dele, sobre suas brigas com o editor, se ela não tinha conseguido nenhuma informação com seus amigos repórteres...

Ela disse que tinha falado com um amigo que conhecia um pouco da vida de meu misterioso amigo escritor, que tinha conseguido a cópia do conto com ele. Disse que ele ficou tão espantado quanto nós dois, que quando soube da morte do escritor correu para reler o conto e ficou completamente atrapalhado. Aliás, ele disse que este era um sentimento comum entre os que conheciam o conto e ficaram sabendo do assassinato.

Perguntei se ele não tinha dito mais nada, se ele não tinha nenhuma informação importante, uma pista, uma pista...

Ela seguiu falando, dizendo que para seu amigo havia alguma coisa estranha na relação do escritor com seu editor. Ele era um jovem escritor, recém iniciando uma carreira séria, mas mesmo assim já vivia exclusivamente da literatura, não trabalhava mais em publicidade, não tinha nenhuma outra fonte de renda, só os livros.

Disse a ela que isto também me chamara a atenção, que a esposa dele tinha falado sobre isto naquela mesma noite. Falei também do que tinha pensado sobre ela, a herança que receberia, a frieza ao falar dele, o talvez nervosismo ao ser questionada, minhas suspeitas.

Ficamos um tempo calados, olhando um para o outro, colocando mentalmente todos os dados em ordem, tentando achar onde estava o furo, a chave de todo aquele mistério.

Fomos interrompidos pelo telefone. Depois do terceiro toque, me levantei e fui atender. Era da delegacia, alguém queria falar comigo, tentara durante toda a tarde, mas não conseguira. Havia um número para eu ligar. Agradeci, desliguei, disquei o número que me foi dado, alguém atendeu e me identifiquei.

XVI – O editor

Quando o delegado encarregado de investigar a morte do meu escritor entrou em meu escritório, na manhã seguinte ao nosso primeiro contato por telefone, eu respirei fundo, tentei um sorriso, mas desisti. O ar estava pesado demais para eu ser simpático ou querer de alguma forma impressionar. Ele entrou, sentou na cadeira que indiquei, acendeu um cigarro, olhou em volta, olhou para mim e disse que estava disposto a ouvir as grandes novidades que eu tinha para dizer.

Chamei a secretária pelo telefone e pedi que ela não interrompesse aquela conversa por nada, por nenhum motivo, por mais importante que fosse. Ela disse que sim. Desliguei o telefone, me acomodei melhor em minha poltrona, ensaiei três inícios de fala e por fim comecei.

A primeira coisa que disse é que não estava na cidade quando se deu o crime. Não queria que isto soasse como uma defesa antecipada, mas foi exatamente isso que pareceu. O delegado me olhou, sorriu e disse que não estava me acusando de nada, que só estava ali porque eu o chamara.

Concordei, disse que não estava me defendendo, pedi que desculpasse, mas que estava muito nervoso e não sabia muito bem por onde começar a falar. Respirei fundo, tomei novas forças e tentei de novo.

Não estava na cidade quando aconteceu o crime. Logo que fiquei sabendo da notícia, através dos jornais, cancelei todos meus compromissos e tratei de voltar e assim que cheguei tentei entrar em contato com a polícia, a fim de dizer algumas coisas que sabia e que certamente eram importantes na resolução do caso. Perguntei se ele conhecia a obra do escritor, se conhecia o conto que ele havia escrito e que tinha sido premiado. Disse isto enquanto alcançava para ele uma cópia do conto, que nunca havia sido publicado em livro. Ele me disse que conhecia pouco da obra, mas que conhecia o conto, que já o tinha lido e que já tinha se espantado com ele.

Disse que também estava espantado, que agora, depois de tudo o que ocorreu, aquilo parecia algo assustador, algo demasiado grave. Ele concordou e pediu que eu seguisse adiante.

Eu estava tenso e não encontrava o começo do que devia dizer. Na verdade, agora, na frente do delegado, não sabia nem se devia dizer aquilo que eu achava que podia ser importante. Eu estava com medo.

Segui falando da vida do escritor, sempre perguntando ao delegado se ele já tinha conhecimento do que eu estava falando. Falei de sua separação, de sua dedicação à literatura, de sua grande capacidade de escrever, e escrever bem.

Ele percebeu que eu não estava avançando muito em minha história e me interrompeu fazendo duas perguntas que me levavam justamente ao ponto em que eu queria ou devia chegar, mas não conseguia. Ele perguntou como eu explicava o fato de um jovem escritor viver exclusivamente da literatura, especialmente em um país e em uma cidade em que isto não é nada comum, e perguntou o que eu tinha a dizer sobre as brigas que, diziam, tínhamos os dois a respeito dos livros.

Agora eu não tinha mais escapatória. Eu precisava falar tudo, sem rodeios, sem deixar nada de fora, terminando de uma vez por todas com aquela história.

Ele queria saber das brigas. Na verdade nunca houve brigas entre nós, pelo menos no que se refere aos livros, suas tramas, suas criações. Nossos desentendimentos eram de outra ordem, bem mais difíceis de resolver, bem mais profundos em sua origem. Quando alguém tomava conhecimento de algum desentendimento nosso, dizíamos que tinha a ver com os livros, com o tipo de histórias que contavam. Era mentira, uma forma de defendermos nosso "acordo".

Tomei fôlego e comecei a falar sem parar. Há vinte anos trabalhava no setor de edição de livros, comecei com trabalhos menores, fui crescendo, progredindo, até chegar a esta editora, a minha editora. Nada disto que eu agora tenho seria possível se não fosse o meu trabalho, a minha competência no ramo editorial e o dinheiro da família de minha esposa. Na verdade tudo isto pertence a ela, a real dona de todo este "império". É claro que sem meu suor e minha dedicação este negócio não teria prosperado, mas a grana...

Por vários anos minha vida seguiu uma rotina normal, um bom casamento, um bom trabalho, uma boa vida. Tudo, porém, se modificou no momento em que cometi a bobagem de me apaixonar por uma outra mulher e levar adiante esta paixão. Como sempre acontece, nestes casos sempre nos apaixonamos pela mulher errada, aquela que mais vai nos causar problemas, aquela que vai terminar de vez com a nossa tranquilidade, mas também aquela que vai nos levar para algumas grandes viagens pela felicidade.

O delegado permanecia em silêncio, escutando cada palavra que eu dizia e esperando para ver onde chegaria. Minha intenção era chegar logo ao final da história, mas não podia evitar o caminho mais longo, cheio de curvas e de lembranças, agradáveis e não.

A mulher, aquela que me fez virar a cabeça, era uma conhecida minha. Na realidade era a esposa de um conhecido meu, um jovem e famoso escritor recentemente assassinado em circunstâncias misteriosas. Não pude evitar o olhar de espanto do delegado. A impressão que eu tinha era que ele estava tentando encontrar a ordem exata dos fatos, quem fez o quê, quando, onde e por quê.

Reafirmei a ele que eu não estava na cidade no dia da morte do escritor. Já estava, aliás, fora da cidade há mais de uma semana, resolvendo questões relacionadas com as edições de alguns bons livros. Segui falando de meu caso com a mulher do escritor, o tempo que durou, a grande felicidade e tudo mais.

Se ter uma amante já era complicado, ter como amante a mulher de uma pessoa tão próxima era um tanto pior. E tudo piorou ainda mais quando esta pessoa descobriu tudo e começou a me chantagear. Conversamos longa e tensamente sobre o assunto, até que concordei em lhe dar um certo dinheiro. O acerto consistia em eu pagar um valor mais alto por seus direitos autorais, a título de uma gratificação pela excelente vendagem de seus livros, o que, de certa forma, nos deixaria com um bom álibi com relação ao caso.

Pode parecer estranho que ele tenha me chantageado, resolvendo lucrar financeiramente em vez de tentar reconquistar sua esposa ou acabar de vez com aquele casal de traidores, mas há alguns fatos que explicam esta situação. Em primeiro lugar eles já não levavam uma boa vida de casados, a paixão terminara e só permaneciam juntos por conveniências, pelas filhas, pela sociedade... Por outro lado, eu sempre dependi financeiramente de minha mulher e de forma alguma poderia me separar dela, mesmo que por um grande amor, mesmo que por aquela mulher. Então, o acordo serviu a nós dois. Eu poderia seguir tranquilamente com o meu caso, certo de ele não vir à tona, e ele levaria uma boa grana por seus livros e "conhecimentos".

O acerto funcionou por um bom tempo, e o fato de ele se dedicar exclusivamente à literatura até minimizou o alto preço pago por aquela brincadeira, pois cada vez seus livros ficavam melhores e vendiam mais, e ele estava a ponto de começar a lançar dois livros por ano, o que certamente aumentaria ainda mais nossos lucros e melhoraria ainda mais o nosso acordo.

De fato, o que atrapalhou a nossa situação não dependia de nós dois, de nossa seriedade no cumprimento do acordo. O que atrapalhou, o que precipitou tudo foi um insignificante detalhe: minha grande nova mulher, minha amante, resolveu me deixar, resolveu terminar nosso caso. E este insignificante detalhe faria com que terminasse o acordo que eu tinha com o escritor, o que faria com que ele recebesse menos dinheiro, o que faria com que ele talvez não pudesse mais se dedicar somente à literatura, o que o faria diminuir sua produção, o que diminuiria as nossas vendas e diminuiria também a pensão que ela recebia dele desde que tinham se separado. Era uma reação em cadeia, algo incontrolável, algo com que não contávamos, algo que seria difícil de encarar e, se necessário, explicar.

Numa tentativa desesperada contei tudo a ela, pensando que ainda pudéssemos permanecer juntos, pensando que ainda deveria haver um pouco de amor entre nós. Mas ao saber das coisas, ela ficou ainda mais convencida de que devia terminar com tudo, que eu não prestava e aquelas coisas de sempre. Ela disse que não se importava de viver com menos dinheiro e, principalmente, ela não queria nunca mais viver do "aluguel" que o ex-marido recebia por "emprestar" sua esposa ao amigo. Ela preferia nunca ter passado por aquilo e lamentava tudo o que tinha acontecido entre nós. Embora a situação não tenha sido provocada por mim e tenha realmente começado com um grande amor, não posso negar que ela tinha razão, que ela, no final das contas, tinha sido alugada como uma casa ou qualquer outro objeto.

Disse ao delegado que em resumo a história era esta, que eu não tinha mais muita coisa a acrescentar ao que já tinha dito ou ao que ele já sabia. Ele suspirou, como se estivesse até agora sem respirar, não querendo ou não podendo fazer mais nada além de escutar o que eu dizia, e acendeu mais um cigarro. Parecia que ele não sabia o que pensar, que não conseguia encontrar um caminho lógico e palpável em toda esta loucura que acabara de ouvir. Perguntou-me se era só isso e se eu me dispunha a repetir tudo em um depoimento oficial.

Disse a ele que estava disposto a falar tudo de novo, principalmente para afastar de mim qualquer possibilidade de suspeita, e disse que na verdade ainda tinha algo mais para mostrar a ele. Levantei, caminhei até uma prateleira em minha sala, apanhei um bolo de folhas datilografadas, voltei à minha mesa e dei a ele. Era uma seleção de contos e pequenos textos dele que agora seriam lançados em um livro. Perguntei ao delegado se ele tinha um bom estômago e um coração forte. Ele me olhou como que não entendendo, pedindo que explicasse. Pedi a ele que lesse o texto da página quinze.

XVII – O delegado

O texto da página quinze contava a história de um jovem escritor que numa noite de chuva sai para caminhar na rua e na volta para casa sente duas batidas, dois impactos, um na nuca e um no peito.

Não pude dizer nada quando terminei de ler. Apenas fiz um gesto perguntando se podia levar o livro comigo e saí do escritório, mais confuso do que quando entrei. Caminhei até meu carro, entrei, mas não dei a partida imediatamente. Fiquei ali sentado, analisando a situação em que me encontrava, a loucura em que estava metido.

Eu tinha uma mulher linda que podia muito bem ter assassinado o ex-marido como uma forma de tardiamente vingar-se da humilhação a que inconscientemente tinha sido submetida. Esta mesma mulher, porém, podia ter cometido friamente este crime, pensando apenas no dinheiro que herdaria e na segurança que conseguiria para si e para suas filhas. Havia também a possibilidade de o editor, amante desta bela mulher, ter cometido o crime tentando vingar-se daquele que transformou o seu belo caso de amor em um negócio sujo. Eu tinha, ainda, a certeza de que aquele escritor, pelos textos que eu tinha lido, tinha total consciência do que estava acontecendo. Ele sabia que sua morte estava próxima, tinha consciência de que ia morrer, quem sabe até provocou a sua morte, gozando cada momento do fim, o que explicaria sua cara de felicidade naquele corpo estendido no chão. Poderia, ainda, ter ele provocado tudo isso como uma forma de vingar-se da mulher que num primeiro abandono, se é que se pode assim chamar o fim do amor deles, terminou com sua vida de homem feliz e, depois, num segundo abandono, ao deixar o editor, terminava com sua vida financeiramente estável.

A impressão que eu tinha era a de que quanto mais eu progredia na investigação mais eu chafurdava na dúvida, mais eu ficava sem saber exatamente o que estava acontecendo. Liguei o carro, arranquei, na esquina virei à esquerda. Eu precisava voltar à casa do escritor, precisava ver se não havia por lá alguma explicação para tudo isso. Precisava ainda falar com os vizinhos da vítima, confirmar as histórias que eles tinham contado aos policiais na noite do assassinato.

Cheguei ao prédio e fui direto ao apartamento 35, o dele, e direto ao escritório, pequeno laboratório de criação daqueles pedaços de sutileza, premonição, desafio e muito mais, como estavam se revelando ser os textos produzidos por ele.

Sentei na poltrona em frente à escrivaninha, acendi um cigarro e como da primeira vez fui direto aos livros que ele tinha escrito. Desta vez, porém, não fiquei lendo nenhum em especial, passei os olhos sobre todos, sem me prender a nenhum.

Olhei bem tudo ali em volta. Novamente me veio a sensação de não ser um estranho para aquele local, para aqueles que por ali circulavam. E esta sensação não servia apenas para me deixar mais cômodo e descontraído, ela me permitia de certa forma achar que eu verdadeiramente conhecia aquele escritor e tinha autoridade suficiente para compreender suas ações, adivinhar suas atitudes e dizer o que ele tinha ou não tinha feito.

Eu continuava achando que ele era um cara simpático, um cara simples, que não exigia muito para se declarar feliz. De certa forma era parecido com o marido da psicóloga do livro que eu lera, o que também me deixava intrigado. Mas, que diabos, existem milhões de pessoas assim, como ele, como o arquiteto, como eu mesmo.

Finalmente percebi que ficar ali naquele quarto não me levaria a lugar nenhum. Resolvi, então, sair e ir falar com a vizinhança. Procurei os vizinhos que tinham conversado com os policiais na noite do crime, falei com todos, falei com os que eles disseram que deveria falar, ouvi, ouvi, ouvi. O resultado de todas aquelas entrevistas não foi muito diferente do esperado. O escritor era uma pessoa solitária, que passava a maior parte do tempo sem sair de casa, provavelmente ficava escrevendo quase todo o dia, não fazia muito barulho, somente um ou outro disco tocado mais alto... Além disto, houve novamente a confirmação de que às vésperas do crime ele tinha voltado a sair para caminhar à noite, nunca demorando mais do que uma hora, e também houve a confirmação de alguém ter sido visto por perto do apartamento dele. Não se sabe quem era, se era conhecido ou não, se tinha falado com ele ou não.

Novamente as informações eram poucas e mais atrapalhavam do que ajudavam na solução do caso.

Voltei ao meu carro e me dirigi ao restaurante de sempre. Eu precisava almoçar e precisava vê-la de novo.

Ficção, poesia e pensamento | 53

XVIII – O leitor

Saber que alguém conhece algum segredo seu já é assustador. Nossos segredos são nossos, são nossa vida, nossa propriedade. Porém, saber que este alguém que sabe de nosso segredo, contra a nossa vontade, pretende se utilizar dele para lucrar de alguma forma com isso é pior ainda, é revoltante, tanto do ponto de vista moral quanto do ponto de vista da privacidade pessoal.

A história que eu acabara de ler tratava da vida de um gerente de banco que, achando que ninguém vai descobrir, querendo provar que é o mais esperto e desejando ganhar grana sem fazer muita força, resolve desviar uma certa quantidade de dinheiro de seu banco para uma conta pessoal não numerada, sem possibilidade de identificação. Essa história parece comum, há várias histórias que falam sobre isto e esta poderia ser apenas mais uma delas.

O que impedia, porém, que eu achasse que era mais uma simples história policial sobre bancos e desvio de dinheiro eram os detalhes que nela apareciam, quase que me acusando nominalmente de ter cometido este crime. A cidade era Porto Alegre, o banco era aquele em que eu trabalhava, as circunstâncias, os detalhes, tudo parecia ter sido tirado diretamente da minha vida para as páginas daquela pequena novela.

Após o susto, meu primeiro passo foi tentar descobrir como tudo aquilo aconteceu, como ele, o autor daquela novela, ficou sabendo de tudo e o que queria exatamente com toda aquela trama.

O caminho para a solução deste mistério, ao contrário do que se possa imaginar, foi bem curto. Foi apenas o caminho que percorri do banco onde trabalho e onde recebi aquele livro ainda não impresso, em folhas datilografadas, até minha casa, onde ela me esperava com uma dose de uísque e muito carinho, um fato que se repetia bastante nos últimos dias.

Mostrei a ela o livro, contei do que se tratava, apontei o nome do autor. Ela tentou mostrar-se surpresa, mas não conseguiu. O nome do ex-marido dela não era distante o suficiente para lhe causar surpresa.

O caminho percorrido por aquela história só podia ser um. Apenas eu sabia de minhas tramoias financeiras. Atualmente, apenas ela e eu desfrutávamos dos resultados do golpe e apenas para ela eu tinha contado alguns detalhes de toda a trama. Dela para o autor do livro, seu ex-marido, não havia muito o que andar.

Para resolver problemas como este, a melhor solução é sempre um tiro na cabeça. Esta parece ser a solução mais rápida e eficaz. O único problema é decidir em que cabeça atirar.

Pensei em mortes, num momento desses é inevitável, é quase obrigatório. Uma ou duas certamente resolveriam a situação.

XIX – O delegado

Cheguei ao restaurante e ela já estava lá. Mas não estava sozinha. Bons-dias, como-vamos, quem-é-quem; era um amigo dela, editor de literatura de um jornal de Porto Alegre. Ele talvez tivesse algo de interessante para dizer e além disso estava muito interessado no caso.

Sentei, pedimos o almoço, ela percebeu meu ar confuso e com um simples o-que-é-que-houve destampou a torrente de palavras que eu a muito custo mantinha fechada.

Contei aos dois o que tinha acontecido naquela manhã, o encontro com o editor, as tramas amorosas em que todos estavam metidos, a loucura que tudo aquilo me parecia ser e, por fim, o conto que ele me mostrou. Entreguei aos dois a cópia que tinha ficado comigo e fiquei esperando que seus rostos ficassem parecidos com o meu, confusos, espantados, sem saber o que pensar.

Os dois terminaram de ler quase ao mesmo tempo, se olharam atrapalhados, me olharam, olharam para o papel; pareciam comigo, agora. Então podíamos conversar.

O almoço chegou, mas nossa fome não era mais a mesma. Havia agora outras coisas a devorar, havia um outro apetite em nós, em nossas mentes. Eu me sentia, e suponho que eles também, como um enxadrista que fica olhando para o tabuleiro procurando entender como foi que o outro armou aquele xeque-mate, como é que ele foi envolvido naquela trama, naquela armadilha.

O editor de literatura, o amigo da minha querida repórter, começou, então, a teorizar sobre a mente humana, sobre as forças ilógicas, pelo menos aparentemente, que atuam em nossas vidas, citou vários exemplos que comprovavam o que dizia, embora eu realmente não visse muita lógica no que era dito. Na verdade o que ele dizia não fazia nenhum sentido, nem mesmo se relacionava com o caso que discutíamos e eu investigava. Mesmo assim ele seguia, procurando falar devagar e com um linguajar bastante simples para que eu, o tira obtuso, pudesse entender.

Olhei para minha amiga e percebi que em pouco tempo ela desabaria de tanto rir. E quase não resisti à tentação de começar a babar e bater palmas desencontradas para mostrar minha gratidão àquele que derramava seu saber sobre mim. Se eu não estivesse suficientemente confuso e com a cabeça dando mais voltas do que qualquer motor, talvez eu o tivesse provocado para um duelo de literatura. Mas agora não havia tempo, havia coisas mais importantes.

Declaramos encerrada aquela refeição que mal tínhamos iniciado, nos despedimos e saímos. Ela veio comigo.

No caminho de casa retomamos o raciocínio iniciado durante o almoço, colocamos os dados em fila, estabelecemos algumas premissas e começamos a montar aquele interminável quebra-cabeça. Tínhamos um crime, um morto. Tínhamos algumas pessoas que tiveram uma relação conturbada com este morto. Sabíamos que uma delas, o editor, não estava na cidade no dia do crime. Conhecíamos fatos que circunstancialmente poderiam incriminar o editor ou a ex-mulher do morto. Tínhamos, também, pelo menos dois textos escritos pelo morto que antecipavam sua morte, um deles chegando a ser uma descrição quase completa da morte que ele realmente teve. Tínhamos tudo isto, mas chegávamos ao desfecho.

Finalmente chegamos em casa e, depois de um banho, fomos para a cama. Precisávamos de um pouco de felicidade para seguir adiante.

XX – O escritor

Uma pessoa que se dispõe a escrever um livro tem que ter pelo menos duas coisas em mente. Primeiro, é preciso ter o que escrever, uma história, um fato engraçado, algo triste, algo realmente significativo; não se faz um bom livro falando de nada. A segunda coisa é estabelecer uma meta, um ponto a ser atingido, algo como um tipo de público, um tipo de reação deste público; enfim, algo que seja consequência daquilo que foi escrito.

No meu caso estes dois detalhes sempre estiveram presentes, sempre foram fundamentais nos meus livros. Desde o primeiro que escrevi, sempre tive a preocupação de estabelecer estes dois pontos já de início. Nunca comecei a escrever sem ter, pelo menos em forma de esboço, todo o desenrolar da história que iria contar.

Do mesmo modo, sempre procurei ter bem presente em minha mente o que gostaria de conseguir com aquilo que estava escrevendo. Sempre procurei antever os possíveis resultados de minha produção literária.

Se no início minhas projeções giravam em torno do reconhecimento de meu talento e da satisfação dos desejos de justiça dos leitores, agora já não é mais assim. O reconhecimento que já tive me basta. O que ganhei objetivamente com o que escrevi de certa forma é suficiente para me levar ao futuro. A satisfação dos leitores, por outro lado, também já não é meu objetivo primeiro. Agora não me basta mais simplesmente dar ao público aquilo que ele quer, aquelas velhas tramas que provocam a catarse e destroem o mal que afeta o mundo que conhecemos e no qual vivemos ou sobrevivemos.

Agora, quero mais. Não me basta ser o escritor das histórias que invento, coloco nos livros e vão para os leitores, que as devoram, se realizam e seguem sua vida adiante. Não quero mais ser apenas motivo de um comentário nos encontros com os amigos, nos bares da cidade ou em alguma coluna de jornal. Quero mais.

Tenho a impressão de que a decisão que tomo vai mudar completamente minha vida, não só em termos de criação, mas toda a minha vida. Na verdade, acho que é isto que quero como resultado do que produzo, quero que minhas histórias alterem a vida, o comportamento das pessoas, quero interferir nas suas vidas, ser o autor do resto dos seus dias.

Preparem-se, aí vou eu!

XXI – *O delegado*

Quando naquela tarde cheguei ao apartamento da ex-mulher do escritor falecido, senti que as cenas que se passariam ali seriam dignas de um bom filme. Talvez devesse chamar John Huston ou Orson Welles para me auxiliarem nas melhores tomadas e melhores ângulos. Eu precisava perceber todos os detalhes, todos os movimentos de câmera, todas as trocas de luzes, as sombras, as expressões faciais, os gestos; tudo.

Bati à porta uma vez, e depois novamente. Ela mesma abriu. Parecia nervosa e tentou rapidamente se livrar de mim, dizendo que não podia falar comigo àquela hora, que já tinha dito tudo, que eu devia parar de incomodá-la, não via eu que ela estava muito nervosa com tudo o que ocorria?

Nestes momentos não é preciso ser o Peter Falk para incorporar todo o cinismo e a premeditada inconveniência do detetive Columbo. Fiz um ar distante, como se não compreendesse o que ela dizia, pedi que me concedesse alguns minutos de seu tempo, que não iria demorar, que eram apenas mais algumas perguntas de rotina, mais alguns dados, mais alguns detalhes, referentes a novas informações que tínhamos recebido a respeito do crime.

Ela finalmente cedeu e permitiu que eu entrasse. Uma vez dentro da casa, pensei que poderia desfazer o ar idiota, mas havia mais alguém lá e eu senti que precisava de Columbo por mais algum tempo.

O cavalheiro que estava sentado na sala era um amigo dela, gerente de um banco local, alguém que cumpria o doloroso trabalho de confortá-la neste momento de dificuldade. Ela o apresentou a mim, disse a ele quem eu era e o que queria. Ele levantou-se, me estendeu a mão fria, perguntou se podia ajudar em algo ou se eu preferia que ele se retirasse. Antes que eu pudesse responder, porém, ela disse que não era necessária a sua saída pois não havia grandes coisas a serem ditas e eu certamente não demoraria nada. Eu disse a ela que talvez fosse melhor falarmos a sós, mas que se ela não se importasse com a presença dele eu não colocaria nenhuma objeção.

Sentamos, ela nos serviu o bom uísque que a casa oferecia, acomodou-se próxima ao amigo e perguntou enfim o que eu queria, quais eram as tão urgentes novidades.

Estendi a ela as cópias dos dois contos que me tinham feito andar como um zumbi durante o dia, pechando nas pessoas nas ruas e nos móveis em casa. Os dois leram os textos calmamente. A reação dela parecia ser a mesma da noite anterior, quando falamos sobre o marido. Ela estava indiferente, fria, suspeita. O nervosismo com que atendera a porta, certamente referente a alguma discussão que se estivesse rolando entre os dois, antes de minha chegada, desaparecera. A reação do amigo foi um pouco mais saudável. Ele várias vezes se mostrou incomodado com a leitura e por pouco não desistiu de uma vez.

Terminada a leitura ela me olhou, devolveu os textos e perguntou mais uma vez o que eu queria, quais eram as novidades. Ela já conhecia aqueles textos, já os tinha lido até mais de uma vez, e não entendia onde eu queria chegar.

Perguntei a ela se não parecia estranho que aqueles textos, especialmente o da noite de chuva, praticamente descrevessem antecipadamente a morte do ex-marido, do autor daqueles textos.

Ela percebeu que não deveria ter permanecido indiferente e tentou mostrar agitação, nervosismo. Talvez até estivesse nervosa, mas não parecia ser por causa dos textos e de suas coincidências com a realidade. Talvez a discussão com o amigo.

Contei a ela, então, tudo o que tinha conversado com o editor, o amigo de seu ex-marido, o seu amante. Ela desabou, suspirou fundo enquanto seu amigo, branco como cera, levantou-se e foi até a janela.

Deixei de lado o charuto fedorento do Columbo, acendi um cigarro e disse que talvez fosse o momento de uma conversa séria, sem rodeios, sem mais mentiras ou meias verdades. Relembrei que eu tinha sugerido uma conversa particular, mas que ela negara. Lamentei por ter sido tão rude, mas precisava entrar diretamente no assunto, sem fazer voltas e mais voltas.

Finalmente eu a tinha em sua verdadeira face à minha frente. Mais do que nunca ela parecia ser uma mulher bonita, sempre capaz de provocar as mais variadas reações naqueles que a rodeiam, sempre capaz de tudo.

Ela confirmou tudo o que dissera o editor, tudo o que havia sido dito sobre o caso havido entre eles e os resultados deste caso, não havia o que negar. Ela disse tudo isso olhando a cada tanto para o seu amigo, de alguma forma pedindo desculpas e ajuda ao mesmo tempo. Ele procurava não responder aos olhares, mas cada vez tinha os olhos mais fixos nela, cada vez sua cara ficava mais sombria, assustada, como se algo terrível passasse em sua mente.

Pedi que ela continuasse a falar, que dissesse tudo o que tinha a dizer. Fui claro e direto ao dizer que a situação dela não era das melhores, que havia muitos detalhes que a deixavam como a principal suspeita daquele crime.

Ela baixou os olhos, respirou fundo e a confissão saiu de forma fácil, como se uma represa tivesse sido aberta e a água durante tanto tempo aprisionada pudesse, enfim, sair do cativeiro.

A história era mais ou menos a que imaginávamos. Ela queria se vingar, precisava do dinheiro da herança e tudo isto seria alcançado com um simples ato, apenas um tiro, dado de frente, no coração, quase à queima-roupa. E ela atirou sem pena, olhando o sorriso que ele mantinha no rosto.

Olhei para ela, para seu amigo, que agora estava sentado no encosto de uma poltrona, de costas para nós, com a cabeça baixa, e perguntei a ela pelo segundo tiro, que eu sabia ter sido dado por outra arma, provavelmente de uma distância maior, como dizia o resultado da autópsia. Quem o teria dado?

Ela levantou o rosto. Ela novamente não estava mais ali em sua verdadeira face. Era outra mulher, com muita malícia nos olhos e no jeito de sorrir nervosamente e falar com a boca meio torta para o lado. Ela fez apenas uma pergunta: Quem é o detetive, afinal?

XXII – A repórter

Quando ele voltou para casa aquela noite parecia mais calmo do que quando saíra para ir à casa da ex-mulher do escritor cuja morte investigava. Ele entrou em casa, acenou para mim e foi direto tomar um banho. Fiquei na cozinha preparando algo para comer, embora esta não fosse a minha especialidade e fosse, dentro do nosso contrato, o serviço dele.

Ao sair do banho ele parecia mais leve ainda, parecia estar livre finalmente de um peso que carregara durante um longo tempo. Eu, por outro lado, permanecia nervosa. Minhas últimas notícias sobre o caso eram mais motivo de apreensão do que de alívio.

Sentamos na sala e ele olhou para mim dizendo que ela tinha confessado, que já tinha sido encaminhada à delegacia e que já devia estar sendo formalmente interrogada, para ser, depois, conduzida à penitenciária.

Disse a ele que me sentia feliz com isso, que finalmente poderíamos ficar juntos sem aquele peso todo nas costas, afinal desde nosso reencontro, e até o próprio reencontro, tudo girava em torno deste crime. Agora, encontrado o culpado, era nossa vez.

Ele, então, me contou toda a cena passada no apartamento dela, todas as falas, todas as reações, todos os detalhes. Me falou da confissão, do clima pesado que se derrubou sobre os três e do alívio que sentiu ao sair da delegacia, há pouco tempo.

Disse a ele que lamentava interromper, mas que o jantar já estava pronto. Lembrei a ele que este era o serviço dele e que, portanto, ele me devia um favor. Falei a ele dos comentários do Roberto Schwarz, que diz que no Brasil tudo funciona na base do favor, da política do favor.

Ele me olhou sério e disse que para ele, para a polícia, o que funcionava não era o favor, o faz-isso-pra-mim-que-eu-faço-aquilo-por-ti, para eles o que funcionava era o faz-isso-pra-mim-porque-se-não-eu-falo-tudo-o-que-eu-sei-sobre-ti.

O fato de ele voltar a enunciar frases de efeito ou verdades absolutas, como ele costumava dizer, me deixou feliz e segura de que as coisas estavam voltando ao normal.

Jantamos tranquilamente, bebemos um bom vinho que eu tinha comprado, brindamos ao nosso reencontro, ao fim do caso e ao futuro.

Só então me ocorreu que o caso ainda não estava acabado, faltava um tiro, um atirador, um culpado, um cúmplice.

XXIII – O delegado

O jantar estava ótimo e o restante da noite foi melhor ainda. Agora, acordado, revendo tudo o que ocorreu nestes últimos dias, vejo que minha vida parece ter tomado um bom rumo, um caminho interessante.

Levanto, vou até o banheiro, ando pela casa, como se estivesse novamente tomando contato com o mundo real, do qual eu me afastara durante um tempo, vou até a janela, olho para a rua e respiro fundo. Falta um tiro.

O detetive precisa novamente entrar em ação. Marlowe, Spade, Coveiro, Archer, Holmes, Columbo, Poirot; minha turma precisa me ajudar nesta empreitada.

Sento no sofá, fico um tempo ali parado, pensando: falta um tiro!

Sem ir muito longe em meus pensamentos, percebo três possibilidades, três possíveis cúmplices, três suspeitos, autores do segundo tiro. A primeira hipótese é que ele poderia ter sido dado pelo editor, amante da autora do primeiro disparo, embora haja quase certeza de que ele não estava na cidade na noite do crime. Em segundo lugar, na lista, aparecia o novo amigo dela, o bancário que encontrei em seu apartamento. Talvez ela o tivesse convencido a isto, em nome do amor que os unia, para se livrarem (ou ela se livrar) daquele que há tanto tempo importunava. A terceira possibilidade era a existência de um cúmplice contratado, um assassino pago. Se fosse esta a verdadeira hipótese, restava descobrir quem o contratara. Ela; o editor, com o apoio dela; o novo amante; ou o próprio escritor, louco autor desta história alucinante?

De repente, minha mente se ilumina, levanto, volto para o quarto e pego de sobre a mesinha o outro livro que eu tinha comprado, mas que ainda não tinha lido. Abro e ele começa a me dizer:

"Não há verdade absoluta, em se tratando de seres humanos, e nem as coisas são exatamente como nos parecem ser. Tudo é dúbio. Vítima, algoz, bandido, mocinho, herói; todo mundo é um pouco de cada um. A única verdade que sei é que ela era uma bela mulher, a cúmplice perfeita para meus sonhos e pesadelos."

Levanto os olhos, olho no espelho e o delegado de lá me pisca o olho e dá um sorriso inteligente.

XXIV – O cúmplice

No momento em que ela saiu de meu apartamento aquela noite eu tive a certeza de que se aproximava o final da história. A minha criação mais impressionante chegava ao seu final e meu papel como escritor atingia seu ponto máximo. Restava apenas organizar os últimos dados e ajustar o tempo para que nada fugisse do esperado.

Sua visita depois de tanto tempo de separação me indicava seu desespero. Acho que cheguei a ver amor em seus olhos. Certamente não era amor por mim, não havia mais espaço para este tipo de sentimento entre nós, e menos ainda em minha vida. Para mim, viver tem se resumido a criar a história perfeita, o texto mais realista possível, aquele que sai das páginas e ganha vida. Não se trata de criar imagens fortes e impactantes nas mentes dos leitores, mas de ganhar a vida deles, determinar suas vidas.

O amor que percebi em seus olhos devia ser pelo bancário a quem eu havia endereçado um de meus últimos textos, baseado em informações que pude colher a respeito da vida e da origem da riqueza de seu novo companheiro amoroso. Segundo ela, minha obra não agradou ao personagem principal e ele achou que ela estava envolvida.

Eu sabia disso, que ela não tinha nada a ver com a obra, mas não me importava que ele pensasse assim. Meu interesse não era mais chantageá-lo, como eu fizera com meu editor em épocas passadas. Eu queria era atingi-la, fazer com que ela se desesperasse e perdesse todos os limites e fosse capaz de matar, de me matar.

Voltei a sair às noites para caminhar pelas ruas de meu bairro, hábito há muito abandonado. A razão é simples, preciso dar a ela a oportunidade certa, o momento e o local perfeito para a minha morte. A arma que ela tem combina bem com a cena proposta e o segundo tiro eu posso arranjar com facilidade, muita gente faz coisas piores por menos do que eu posso oferecer.

Falta apenas um detalhe para a perfeição. A chuva. E hoje ela veio.

Cidreira – Porto Alegre
Fevereiro/Março de 1989

Zona norte

Capítulo I

Todos nós temos amigos ou grandes amigos ao longo da vida. Alguns de nós têm vários, de infância, de colégio, de farras. Mas poucos de nós conseguem manter um contato estreito e frequente, ao longo de toda a vida, com uma mesma pessoa. É difícil encontrar alguém que, já adulto, ainda mantenha uma boa amizade com um conhecido de infância, do tempo das brincadeiras de rua.

Posso dizer que sou um destes poucos felizardos, um dos que conseguiram manter, ao longo dos anos, uma boa amizade com uma pessoa conhecida ainda na infância, quando era apenas um garotinho. E quando me avisaram que ele estava na sala de visitas para falar comigo, levantei da minha cama e, enquanto percorria o caminho até ele, fui relembrando passagens desta nossa amizade.

Eu o conheci quando era um menino. Eu devia ter uns seis ou sete anos. Ele, um pouco mais velho, mudou-se com sua família para o edifício em que eu morava, na rua Augusto Severo, perto da esquina com a avenida Benjamin Constant, no bairro São João, Zona Norte de Porto Alegre.

Me lembro bem da primeira vez em que nos vimos. Eu estava no pátio do edifício, brincando com meus índios e caubóis, esperando, quem sabe, a Sétima Cavalaria e o general Custer, quando um carro parou em frente ao prédio e dele desceram um casal e seus dois filhos: um menino e uma menina, ela um pouco mais nova que ele. Logo depois do carro parou um caminhão de uma transportadora qualquer e o senhor, pai de meu futuro grande amigo, acenou para o motorista, indicando o destino final daquela mudança.

Enquanto os móveis e tudo o mais eram descarregados, as duas crianças ficaram ali, na calçada, observando o movimento, esperando a sua vez de entrarem na nova casa. Cheguei perto dos dois, olhei bem para eles, mostrei meus homenzinhos de brinquedo para ele e uma cara de poucos amigos para a irmã. Ela ameaçou chorar e ele sorriu.

Corria o ano de 1970 e o Brasil havia conquistado o tri no México. Meu amigo usava a camisa número sete do Brasil. Eu, em casa, tinha a número onze, do Inter, Dorinho.

O futebol foi, obviamente, nossa primeira identificação. Ele também era colorado e gostava muito de jogar bola, botão, comprar figurinha de jogadores... Além de nós dois, aquele edifício ainda abrigava mais quatro meninos, mais ou menos da mesma idade, e ainda havia os vizinhos, do prédio ao lado, do outro lado da rua e mais alguns agregados que por lá sempre apareciam. Estava fundado o nosso time de futebol.

Aquela foi uma época boa, passávamos os dias jogando bola, antes e depois da aula. Pela manhã, logo que a gente acordava, o "nosso campo oficial" ficava cheio de piás, todos correndo, de um lado para o outro, atrás de qualquer coisa que fosse remotamente parecida com uma bola. Este "campo" era, na verdade, a calçada que ficava em frente a um banco, na esquina da Augusto Severo com a Benjamin. Havia outros "campos", como o estacionamento de uma gráfica, ao lado do nosso edifício, ou outro estacionamento, de outra firma, na metade da quadra, mas estes só podiam ser usados nos fins de semana, quando não havia expediente. Mas de qualquer maneira o nosso preferido era realmente o da esquina.

À tarde íamos para o colégio, o Grupo Escolar Benjamin Constant, na rua Souza Reis. Lá, na hora do recreio, mais futebol. E na volta, depois da aula, um último joguinho para não perder a forma. Nos fins de semana, ora, futebol de todos os tipos: nas calçadas, nas mesas de botão, no Beira-Rio, vendo o grande Inter, ou em qualquer outro lugar onde fôssemos.

Modéstia à parte, o craque do time era eu. O meu repertório de dribles e jogadas de efeito naquela época era inigualável, e sempre que eu via, num jogo do Inter ou da seleção, uma jogada diferente, tratava de aprender para pôr em uso assim que possível. O outro destaque do time era, sem dúvida, este meu amigo. Ele não era um jogador técnico, era até meio tosco, mas não havia ninguém mais raçudo que ele. Se jogava de atacante, como gostava, sempre deixava sua marca, e se jogava na defesa era uma aplicação só.

Me lembro bem de um jogo histórico que fizemos contra o time da rua Marquês do Alegrete, no "campo deles", um terreno baldio que ficava na esquina da Marquês com a avenida Sertório. Nós saímos perdendo, tomamos dois gols logo de cara, e só conseguimos reagir e vencer por quatro a dois por causa do esforço incomparável e dos gritos do nosso capitão, meu grande e querido amigo, a visita que estava me esperando.

Durante a adolescência, continuamos juntos. Estudávamos no mesmo colégio, frequentávamos os mesmos lugares, ouvíamos as mesmas músicas, as mesmas bandas, e até chegamos a gostar das mesmas gurias. Por estarmos sempre juntos, acabamos ficando meio parecidos, chegavam até a dizer, ora sério, ora de brincadeira, que éramos irmãos, quase gêmeos.

Mas nós dois sabíamos o quanto éramos diferentes um do outro. As poucas porém grandes brigas que tivemos nos mostraram isto. Era como no futebol; eu era uma espécie de artista, alguém para quem a vida era meio mágica, cheia de dribles e gols de placa; e ele era mais sério, vivia pensando, meio fechado em si mesmo, aplicando-se em tudo o que fazia, querendo sempre mais e não se importando em não aparecer para a torcida. Muitas vezes, eu e meus amigos, amigos dele também, não o compreendíamos, por ele ser sério demais. Para nós, parecia que ele estava sempre pensando, sempre com a cabeça preocupada, envolvida em alguma grande questão. Não era à toa que ele era o nosso capitão, não era sem motivo que sempre o procurávamos quando tínhamos uma questão mais séria a discutir. Ele era o que se poderia chamar de líder intelectual da turma, o cara que, sempre ponderado, encontrava as saídas mais lógicas e certas para os nossos problemas. Eu era o alegre da turma.

Certamente o fato de sermos diferentes é que nos aproximou tanto. Se parecíamos iguais, na verdade um completava o outro. Algo como a razão e a emoção, a sequência lógica e o improviso, o "bago pro mato" e a janelinha.

Lembro com muita saudade aquele tempo; as festas nos Gondoleiros, no Lindoia, na Sogipa; esperar as gurias do Colégio São João, na saída, na frente da Igreja; as caminhadas noturnas pelas ruas de Porto Alegre, na volta de alguma festa; as madrugadas na Benjamin Constant; os filmes de sacanagem ainda censurados, não explícitos, no Cine Rosário; as longas filas das pré-estreias dos filmes do Teixeirinha, que a gente odiava, mas sempre ia assistir; era realmente um tempo de grandes aventuras.

Dos namoros, lembro que eu sempre estava com alguma guria, sempre fui meio namorador, meio galo, o artista, enquanto ele ficava muito só e quando se apaixonava era pra valer, namorando durante meses a mesma menina, o que para mim era um absurdo.

Cheguei até a namorar a irmã dele, e este foi o motivo de uma das brigas que tivemos. Mas esta foi rápida e sem grandes consequências. As maiores sempre estavam ligadas a grandes questões filosóficas: a alienação da juventude, que eu dizia não ser alienada; a ditadura militar, que eu dizia não existir; o comunismo, que eu odiava não sei bem por quê; a religião, que me parecia uma coisa comum, não relacionada com o resto do mundo; drogas, sexo...

Ele sempre tinha posições ousadas e muitas vezes foi massacrado, em nosso grupo de jovens, por ir contra o pensamento de todos nós e do padre que nos orientava. Nos últimos tempos do grupo, ele nem aparecia mais e chegou a ser deixado de lado por nós. Eu voltei a falar com ele.

Depois que saímos do colégio, houve uma inevitável separação. Eu fiz o vestibular para Agronomia, passei e voltei toda minha atenção para o novo mundo que se abria à minha frente. Novas ideias, novos costumes, novos amigos, quase uma nova vida. Me transformei no que chamavam de alternativo, defensor de uma vida natural, com comida macrobiótica, muito pão de queijo, suco de cenoura... Viajei muito, acampando, parando em casas de estudante, por todo o Brasil, e cheguei a visitar alguns outros países do continente. Para o Nordeste eu fui duas vezes e, é claro, me apaixonei. Voltei cheio de novos costumes, outras visões do mundo, discos do Alceu Valença e sandálias de couro cru.

Meu amigo cursou dois anos de Filosofia, mas abandonou e ingressou na faculdade de Direito, a qual terminou há um ou dois anos atrás. Ele me mandou o convite para a formatura, mas eu não pude ir, não me lembro por quê.

Novamente juntos, sentados um de frente para o outro, cada um de um lado da mesa, era impossível esconder a emoção. Continuávamos próximos, com os corações ainda ligados, mas estávamos distantes, separados por muito mais que uma mesa e uma parede de vidro. Não sei se para sempre, mas momentaneamente estávamos em mundos diferentes, e nosso contato, mais que o encontro de dois amigos que há muito não se viam, era uma espécie de entrevista profissional, cliente e advogado em seu primeiro encontro para a tentativa de resolução de um problema.

Eu continuava sendo o artista, que se envolvia nas coisas sem bem saber os motivos, e ele ainda era aquele que a gente buscava para ouvir algo sábio, algo que nos tirasse da situação em que estávamos. Mas, pela primeira vez, o problema não era uma questão juvenil, um grande problema insolúvel que dois minutos depois é esquecido; era algo mais sério.

Por ser inevitável, eu comecei a chorar; ele escondeu o rosto, respirou fundo e fez uma pergunta daquelas que não têm resposta, como quando a gente quer apenas formalizar a nossa impossibilidade de compreender o que está acontecendo ao nosso redor.

Não havia como seguir falando. Nos despedimos momentaneamente e aquele de nós que podia pelo menos fisicamente deixar aquela situação para trás saiu. Eu fui novamente conduzido à minha cela.

Capítulo II

Porto Alegre, apesar de já ser uma cidade grande, uma metrópole, ainda mantém um certo ar de cidade do interior. Aqui, apesar do progresso e do crescimento econômico e de todas consequências que estes dois fatores provocam, ainda podemos dizer que vivemos com uma certa tranquilidade e segurança. É claro que há assaltos, assassinatos, crimes medonhos, de todos os tipos, mas as pessoas que por aqui vivem ainda podem se dar ao luxo de sair às ruas à noite, de viver com uma relativa naturalidade, sem guiar suas vidas pelo medo e pelo susto constante de outras cidades grandes.

Apesar disso, porém, Porto Alegre muitas vezes é sacudida por crimes que movimentam toda a opinião pública, ou por serem crimes violentos, escabrosos, incomuns, ou por envolverem pessoas muito conhecidas na região. Os primeiros grandes crimes que por aqui aconteceram foram os famosos assassinatos da rua do Arvoredo, atualmente conhecida como rua Coronel Fernando Machado. Segundo contam, eles teriam sido cometidos por um açougueiro, que matava suas vítimas e delas fazia linguiça, que teria até chegado a vender para a população em geral. Isto aconteceu ainda no século passado, quando o Brasil ainda era um Império e vivíamos na Província de São Pedro.

Mais recentemente, já no nosso século, outros crimes abalaram a opinião pública, como o caso das mãos amarradas, quando um jovem soldado foi encontrado morto, afogado no rio Guaíba, com as mãos amarradas às costas e uma pedra amarrada ao corpo. Mais recentemente ainda houve o caso do homem errado, quando um jovem curioso, por se aproximar de um local em que havia um assalto, foi confundido com um dos assaltantes e, preso, foi colocado dentro de uma viatura da polícia, sem nenhum ferimento, mas chegou morto ao hospital.

Além destes casos, há ainda outros, envolvendo pessoas conhecidas e que por isso mesmo causaram o maior estardalhaço na sociedade porto-alegrense. Exemplo disto são o assassinato do Deputado José Antônio Daudt, crime ainda não definitivamente resolvido, ou o crime cometido anos atrás pelo jornalista Flávio Alcaraz Gomes, que foi condenado e cumpriu sua pena carcerária.

Outro caso de polícia famoso aqui foi o sequestro dos uruguaios Lilian e Universindo Díaz, que foram levados daqui para o Uruguai, para lá serem presos por questões políticas, com a ajuda ou pelo menos conivência da polícia porto-alegrense.

Há, porém, um grande número de crimes que não só não movimentam a opinião pública como nem são por ela conhecidos, ou por não serem escandalosos demais e não servirem para a imprensa sensacionalista que disso se alimenta, ou por serem abafados, por envolverem, quem sabe, famílias tradicionais ou outras instituições de igual peso.

O crime de que falo aqui é deste último tipo, é daqueles que não chegaram às páginas dos jornais, a não ser por um ou dois convites para enterro, discretos, que só chamaram a atenção dos conhecidos da família envolvida.

Ela era uma bela moça, 17 anos, cabelos loiros e longos, olhos escuros, mente aberta para o mundo, para as novidades. Por acaso, fui o primeiro a chegar; o novo, me tornei para ela o mundo. Eu, já universitário, um tanto viajado, conhecedor das coisas da vida, esperto, inesperado, o artista. Ela, de olhos abertos, sorriso sincero, toda atenção, o público. Nos apaixonamos; ela por mim e eu pelo aplauso. Mas não havia em mim nenhuma maldade. Sempre gostei do sucesso e por isso gostava dela, e gostava realmente dela, por ela gostar de mim como eu queria ser gostado. Era uma troca justa, acho que um acerto ideal, pois ambos tínhamos aquilo de que necessitávamos.

Ficamos juntos por vários meses, o que para mim era uma novidade e também era uma prova de que ela significava muito mais do que qualquer outra namorada que eu já tivera.

Formávamos um casal comum; cinemas, bares, passeios, viagens, acampamentos, praias de Santa Catarina, alguma maconha, coca, cocaína, um bom vinho branco, a lareira da casa dela, algum motel, muitos presentes, shows de rock ou música popular, teatro alternativo, comida macrobiótica, restaurantes chineses, uma ou outra apresentação da OSPA, manifestações populares, contra a opressão, pró-ecologia, educação para toda a população...

Naquela noite íamos comemorar mais um mês de namoro. Fomos a um motel, pois os pais dela, que costumavam estar sempre viajando, desta vez estavam em casa e nós não poderíamos usar a casa para os festejos, como costumávamos fazer. No motel, pedimos champagne, fumamos uns bons baseados e passamos uma grande noite. Naquela época eu estava em grande forma; Don Juan do IAPI conquistando o mundo e fazendo tremer o coração da bela filhinha de papai da Zona Sul.

Durante a madrugada pedimos mais bebida, desta vez uísque, consumimos alguma cocaína. Ela estava feliz e eu também, por saber que a estava deixando assim. Mais uma carreira e apaguei.

Capítulo III

Quando voltei a mim, o quarto já estava tomado por médicos e policiais, e os pais dela também estavam lá. O fato foi ocultado da imprensa mas eu fui preso por porte e consumo de drogas, por corrupção de menores e assassinato.

Por isso chamei meu velho amigo, desta vez como advogado. Não era sempre ele que achava as melhores saídas, não era ele que sempre nos guiava, que sempre dava a palavra final, a mais sábia? Bastava que ele seguisse seu destino, assim como eu, de certa forma, seguia o meu, sendo o astro, o artista principal, aquele que protagoniza as grandes cenas, e não havia cena maior que aquela que eu vivia: amor e morte, crimes igualmente dolorosos.

Durante o período de inquérito nós dois passamos a nos ver quase que diariamente. Várias entrevistas foram feitas, para esclarecer pontos ainda obscuros do processo, várias reconstituições, vários interrogatórios... E ele, meu advogado, meu amigo, sempre estava lá, ao meu lado, protegendo e auxiliando seu cliente, seu amigo.

Confesso que foi nessa época que percebi a inveja que eu sentia dele. Sua seriedade, seu poder de argumentação, sua competência, sua figura, dono do saber e da verdade; tudo isto me deixava ao mesmo tempo orgulhoso, seguro, tranquilo e triste por reconhecer que gostaria que os papéis fossem trocados, pois ali à minha frente, nos interrogatórios, nas acareações, em todos os momentos do julgamento, ele brilhava, como eu sempre achava estar brilhando, como eu sempre quis brilhar.

Na juventude sempre pensei que a situação fosse exatamente ao contrário. Para mim, naquela época, era ele quem sentia inveja de mim. Ele, o sério, queria ser como eu, um astro, o especial, mas sem sucesso, por não ter competência e talento para tal. Talvez no fundo ele realmente sentisse isto. E certamente naquela época eu também já sentia esta inveja que ora sinto. Creio até que esta troca de invejas e ciúmes fosse um dos motivos de nossa grande e tão prolongada amizade, do grande respeito e admiração que sempre sentimos um pelo outro.

Contando da noite do "crime" até hoje, o processo se arrastou por três longos meses, durante os quais pude reorganizar toda a minha vida e escrever estas páginas que agora talvez alguém esteja lendo. Este processo (não o criminal, mas o de redescobrir minha própria vida) tem sido muito interessante e tem me rendido bons momentos, boas recordações e boas explicações e soluções. Eu, o artista, que me achava somente o artista, que me achava incapaz de ser algo além disso, que me achava incapaz de grandes raciocínios e lógicas e de, por exemplo, escrever sobre alguém, sobre algo, tentando desvendar mistérios e causas e consequências, estou aqui escrevendo, pensando, dizendo o que penso, indo além do artista.

De certa forma me sinto como se tivesse neste momento trocado de papel. Sou, agora, o que meu amigo foi durante toda a minha vida, desempenho sua função: pés no chão, ideias na cabeça, busco explicações, arrisco respostas.

E, por incrível que pareça, a troca de papéis é recíproca, pois não fui só eu que mudei: meu amigo também mudou. Primeiro, durante o processo, o julgamento, ele se transformou, aos meus olhos, virando o astro, dominando o público e as ações, e agora, a partir de hoje, ele também se transforma aos olhos da população em geral, deixando de ser um mero desconhecido para ser um famoso advogado, que livrou seu grande amigo da prisão, através de uma defesa brilhante, e que, segundo dizem as grandes manchetes de jornal – glória que, artista, nunca alcancei –, se matou, atirando-se no Guaíba, ao saber que uma guria de 15 anos havia sido encontrada morta em um motel, ao lado de seu grande amigo, em meio a muita bebida, cocaína...

Porto Alegre, 6/IV/89 – 25/VIII/89

Olhar no espelho

> *Quem é este ser*
> *que me reflete sem me ver,*
> *que me repete sem me ser?*
> *Quem é este ser*
> *que me olha firme nos olhos*
> *e não me deixa desviar,*
> *que me toca as pontas dos dedos*
> *em desenhos ilógicos pelo ar,*
> *ou que esconde tantos segredos*
> *vedando, incógnito, o meu olhar?*

Um

O fato de ser noite não me assustava. Nem o frio e a chuva me causavam medo. Ele vinha por outro motivo. Era a casa. Ela era a razão de todo o medo que eu sentia, mesmo sendo esta somente a segunda vez em que nela entrava.

Como da primeira vez, entrei e deixei o chapéu, o casaco e o guarda-chuva em um cabide que ficava ao lado da porta. Perto do cabide ainda estava o mesmo espelho e eu fiquei olhando para ele. Mais do que meu reflexo, o que eu olhava no espelho era o próprio espelho, era o fato de ele ainda estar ali, ele mesmo, como há dez anos.

A distância entre minhas memórias e a imagem que estava no espelho era de dez anos. E eu sentia como se fosse dez anos atrás. O hall, o cabide, colocar as roupas nele, o espelho, meu olhar nele; tudo parecia ter dez anos de atraso.

Desta vez, porém, ao entrar nesta casa e me olhar no espelho, não fiquei preocupado em ajeitar os cabelos, apertar o nó da gravata ou coisas do gênero. Também não vinham, desta vez, os risos e gritos de alegria que há dez anos eu escutei, vindos do salão, e que por dez anos habitaram minha memória.

*

O hall era o último obstáculo a ser ultrapassado, depois eu estaria livre, certamente calmo, quem sabe até feliz. Atravessar o salão, desviando dos casais apaixonados que dançavam, dos garçons com suas bandejas cheias de copos de uísque e vodca, dos bêbados que vinham atrás das bandejas dos garçons. Esta tinha sido minha prova de fogo.

Por sorte as pessoas confundiram a minha pressa com a alegria e a dança que se espalhavam em todos os cantos da casa. Ironicamente fiquei feliz por ninguém, no meio daquela confusão, me convidar para dançar ou puxar uma daquelas longas conversas de amigos que há muito não se veem.

Dois

Ao sair do hall, quase caí, pois não me lembrei do pequeno degrau que ali havia. Depois do pequeno desequilíbrio, olhei para trás, para o degrau, e sorri, ainda nervoso, pensando que havia muitas coincidências no ar: a casa, o cabide, o espelho, meu chapéu, meu casaco, meu guarda-chuva, a própria chuva, o hall, o salão, o degrau, meu descuido, meu medo, minhas mãos suadas.

O salão era o mesmo. Claro. Havia poucos móveis, e os que ali não estavam não faziam falta. Nem mesmo as pessoas que antigamente dançavam faziam falta nesta nova visita. Eu e a casa estávamos ali, ainda os mesmos, como éramos no passado, e isto bastava.

Ao atravessar o salão, andei tranquilamente, sem precisar desviar ou fugir de ninguém. Mas, mesmo assim, minhas mãos suavam e também as minhas costas. Este suor era o sinal que meu corpo dava quando eu estava nervoso, com medo, tenso. Eu ainda era o mesmo. A casa também. O salão...

*

Bastava o violino anunciar uma nova música e o salão se enchia, como se fosse magia. Vários pares se uniam e giravam ao som da orquestra e dos perfumes e dos olhares apaixonados.

Também girei no salão. E isto aconteceu pouco tempo depois de ter entrado. Não dancei, não flutuei atrás de perfumes doces de moças simpáticas. Logo de saída fui atacado por um olhar, firme, forte, direto em meus olhos. Não havia como desviar.

Eu estava parado, ainda perto do hall, tentando entender a situação geral daquela festa. Ela girava, abraçada a um jovem barbudo, bom dançarino, muito bem vestido. Mas o olhar era meu e eu girava através dele.

Três

Parei em frente à biblioteca. A música cessou bruscamente, como se alguém segurasse o braço do toca-discos. Ainda com a mão direita ao ar e a esquerda enlaçando meu próprio abdome, parado em frente à porta da biblioteca, senti que o passo seguinte era inevitável, não havia como não entrar.

Dentro da biblioteca, imediatamente percebi que os livros estavam no lugar. Mesmo aqueles dois, que da outra vez ficaram jogados no chão, estavam agora na estante, junto com os demais volumes daquela coleção de mistério.

Aproximei-me, então, da mesa que ficava próxima à janela e, como da outra vez, senti um frio. A mesma sensação de dez anos atrás, no mesmo lugar, com a mesma intensidade.

A cada passo que dava, eu imaginava o aparecimento lento e amedrontador do corpo atrás da mesa, ao lado da cadeira caída, próximo à faca.

*

Algumas pessoas se assustaram ao me ver sair tão atabalhoadamente da biblioteca. E eu nem ao menos dei explicações, nem mesmo repus os livros na estante. Deixei-os no chão caídos, como a faca, a cadeira e o corpo.

De volta ao salão esbarrei em uma mulher. A dona que me fizera bailar em sonhos um pouco antes. Ela estranhou inicialmente o meu jeito, mas sorriu e estendeu o cigarro ainda apagado em minha direção.

Ainda trêmulo acendi o cigarro, tomei-a pelo braço e me dirigi até a escada.

Quatro

Deixei para trás a biblioteca com seus livros no lugar e sem nenhum corpo ou faca pelo chão. De volta ao salão, fiquei feliz por perceber que, afinal de contas, as coincidências não iam tão longe assim. Pelo menos por enquanto não havia mortes nem olhares irresistíveis e indecifráveis.

O salão continuava vazio e eu não sentia falta de ninguém. Caminhei em direção à escada, senti vontade de ir à cozinha, mas achei melhor seguir o caminho normal, não fugir.

Subi a escada, sem pressa e sem muita vontade. Não havia em mim nenhuma esperança de encontrar alguém naquela casa vazia. Nem mesmo respostas.

No fim da escada, virei à direita e fui direto para o quarto do fundo, o mesmo da outra vez. Entrei. Ele estava igual, assim como o resto da casa (a não ser pelos livros no lugar e pela inexistência de pessoas, vivas ou mortas).

Desta vez eu estava sem pressa e pude observar o quarto com mais calma. Era um quarto comum. Havia uma cama larga, um armário embutido, uma prateleira cheia de bonecas e pequenos enfeites, uma cômoda com espelho, a porta do banheiro e a porta que dava para a sacada. Era um quarto comum de menina rica, assim como a casa era comum para uma família tão cheia de posses.

E isso me intrigava, teria sido muito fácil negociar com a polícia e as autoridades para abafar o caso. Mas não, preferiram levar o caso adiante, e daquela maneira.

*

Quando chegamos ao fim da escada, já não era eu quem a levava pelo braço. Agora ela me levava e não havia como protestar ou recusar. Na verdade, não havia motivos para recusar.

Fomos a um quarto que ficava no final do corredor. Entramos e ela fechou a porta com a chave. Tinha nos lábios um sorriso maroto que combinava com o olhar fulminante do salão.

O quarto estava um tanto desarrumado. Havia bolsas, casacos, chapéus, era o quarto em que as mulheres deixavam suas coisas enquanto sorriam e rodopiavam pelo salão.

Ela notou meu nervosismo e perguntou se eu precisava de alguma coisa. Respondi que não era nada, que estava tudo bem, que eu só precisava de ar fresco.

Ela apontou para a sacada.

Cinco

Atravessei o quarto e fui para a sacada, ela era o passo seguinte em direção ao passado.

Na rua, percebi que a chuva tinha parado, havia agora um vento frio. Esfreguei as mãos e os braços, bati os pés no chão, com força, para espantar o frio. O ar quente da minha respiração saía de mim como fumaça de uma chaminé.

Não sei como, tive tempo para pensar no frio do sul. Aqui é sempre assim: frio ou chuva, não há outra opção, a não ser sair daqui, o que nunca me interessou e por dez anos me foi impossível.

Olhei para cima, para a pequena torre da casa, para o jardim que ficava à minha frente, depois daqueles dois ou três degraus, para a estrada que passava a alguns quilômetros dali... Inutilmente eu agia como alguém que busca respostas, parecia que eu ainda esperava compreender o que se passara naquela noite, naquela festa. Não havia respostas, ou melhor, só havia as que eu já conhecia, nenhuma mais, nenhuma que solucionasse magicamente aquele mistério de dez anos atrás.

*

A sacada era o cenário ideal. Era o cenário ideal para qualquer coisa. Ali nós dois poderíamos ouvir os violinos e dançar e imitar um musical qualquer. Ali nós poderíamos conspirar contra um governante corrupto qualquer. Ali nós poderíamos temer a aparição de um monstro, um corcunda, um vampiro, qualquer um, descido, talvez, da pequena torre que se erguia por cima de nossas cabeças.
Eu estava nervoso e não saberia escolher o enredo e os papéis. Ela estava tranquila, já tinha decidido tudo.
Ela novamente perguntou o motivo de meu nervosismo, segurou minha mão suada e sorriu. Quase falei, mas não, mais uma vez tive medo. Achei melhor esperar um pouco mais, talvez para sempre.
Ela, então, começou a falar por nós dois. Fiquei sabendo que era a dona da casa, ou melhor, a filha dos donos da casa. Fiquei sabendo que tinha sido noiva de um rapaz que agora não a deixava em paz, apesar de já há um ano terem rompido o noivado. Fiquei feliz em ficar quieto e não comentar sobre o corpo da biblioteca.
Ainda segurando minha mão, convidou-me para um passeio pelo jardim. Como eu precisava de muito mais ar puro, aceitei.
O olhar, que já era meu, agora vinha acompanhado do sorriso e daquela mão macia.

Seis

Deixei para trás a casa e fui caminhar um pouco pelo jardim, como há dez anos, só que sozinho, sem tantos temores, já sabendo ou imaginando o que esperava por mim.
O frio no jardim era um pouco pior, ventava mais do que na sacada, mas mesmo assim segui andando, revendo as árvores, flores e pequenas esculturas que por ali havia. A cada passo, porém, em cada vão entre as árvores, eu pensava nela, em suas mãos macias, seu sorriso, seu olhar, seus cabelos.
Eu ainda não compreendia como ela tinha entrado naquela história maluca, ela não devia estar ali. O telefonema inicial, o convite, a ideia, os motivos; ela não aparecia em nada disso. Ela estava no lugar errado.
Finalmente o frio conseguiu me vencer e voltei correndo para dentro, mas não para o quarto que deixara um pouco antes, voltei pelo outro lado, pela cozinha, como há dez anos.

*

Caminhamos de mãos dadas e em silêncio por algum tempo. De certa forma estávamos nos dizendo que não era preciso explicações, que mal nos conhecíamos e não era justo exigir dados e referências, como se fôssemos assinar um contrato.

Seguimos o passeio, aproveitando que a chuva tinha passado e no ar havia uma leve brisa. Ela mostrou-me várias plantas e sobre cada uma contou uma história, sempre do tempo em que era criança e corria pelo jardim sem mãos para segurar ou olhos para perseguir ou negar.

Ela não entendia como eu tinha ido parar ali, eu não sabia de que planeta luminoso ela tinha surgido. Éramos estranhos, mas próximos, tínhamos em comum o fato de não esperarmos um pelo outro, pelo menos não ali, naquela hora, naquele lugar.

Passamos por perto da porta da cozinha. O cheiro de comida era ótimo. Ela olhou para mim, perguntou se eu tinha fome e, antes que eu pudesse responder, puxou-me para dentro. Sua mão macia.

Sete

A porta da cozinha estava trancada. Para entrar, teria que voltar ao jardim, à sacada e ao quarto, descer a escada e cruzar o salão, o que não me parecia àquela altura uma ideia das melhores. Olhei pelos lados e procurei uma janela ou uma abertura qualquer por onde eu pudesse entrar na cozinha.

Havia uma janela. Também estava trancada, mas vidro quebra, e pedras não faltavam por ali. Peguei uma e atirei. O vidro espatifou-se. Coloquei a mão no buraco que a pedra fizera, soltei a tranca da janela e entrei.

Com o pé fui puxando para o lado os cacos de vidro que estavam no chão. Eu não queria causar problemas, não dessa vez.

Caminhei por entre as mesas e cadeiras que por ali estavam, amontoadas, como se fosse dia de limpeza, e cheguei ao fogão. Fiquei um pouco distraído olhando as panelas e não me lembrei das colheres, conchas, facas e demais instrumentos que ficavam pendurados acima do fogão, próximos ao armário. Bati com a cabeça em uma concha, me assustei, segurei-me com a mão e, ainda escorado na chapa do fogão, tentando recuperar a calma, fiquei lembrando do cozinheiro, de sua bela comida, do telefonema, da faca, dos livros...

*

Ela entrou sorridente na cozinha, puxando-me pelo braço, me obrigando a vencer minha inevitável timidez e falta de jeito. Pediu a Pierre, o cozinheiro, que de francês tinha apenas o nome e o sotaque adquirido em algum curso, para que me servisse alguma coisa, pois eu estava muito cansado e faminto.

Ele sorriu e disse que o desejo dela era uma ordem e partiu para as panelas em busca de algo para alimentar o amigo da patroazinha.

Quando comecei a comer, vi que a qualidade do cozinheiro também era francesa. E eu realmente estava com fome. Estava nervoso e, por isso, com mais fome ainda.

Depois de certificar-me de que eu já estava bem alimentado e que a vontade da patroazinha já tinha sido satisfeita, Pierre voltou-se para seu auxiliar, menos francês ainda, e reclamou, segundo ele, pela nona vez, da ausência de uma determinada faca na cozinha. Ele quase estrangulou o auxiliar querendo saber onde estava aquela faca, onde.

A lembrança da faca revoltou-me o estômago. Pensei que ia vomitar, mas evitei. Engoli de uma vez o copo d'água que me ofereceram e falei que precisava ir, que era tarde. Dei a desculpa e fui saindo.

Ela levantou-se, ao me ver buscar a porta da cozinha. Tentou vir atrás de mim, mas empurrei-a para longe, abri a porta e voltei para o salão, para as danças, para a alegria dos outros que por ali festejavam.

Ao longe eu via o cabide com meu chapéu, meu casaco e meu guarda-chuva. Precisava chegar até lá. As chaves do meu carro estavam no bolso do casaco.

Oito

Atravessei o salão, fui ao hall, tomando cuidado para não tropeçar no pequeno degrau. Não olhei para o espelho nem prestei atenção ao cabide e às minhas coisas nele penduradas. Abri a porta, senti novamente o frio.

Olhei para o céu. Estava ainda cinzento, a qualquer momento poderia voltar a chuva. Caminhei lentamente até meu carro. Ele estava próximo ao pequeno e feio chafariz da entrada. Cheguei no carro, sentei sobre o capô dianteiro, pus os pés no para-choque, os cotovelos nos joelhos, a cabeça nas mãos, os pensamentos em algum lugar por ali.

Pensei realmente em ir embora, desistir, deixar de lado aquela brincadeira de esconde-esconde comigo mesmo, com meu passado, com aquela casa, com aquele olhar; pensei em mandar tudo ao espaço sideral, o mais longe possível de mim.

Eu não queria voltar à biblioteca, aos livros, ao corpo, à faca, à cela... Eu estava cansado. Apertei os olhos com força. Aquela não era hora de chorar, de entrar em desespero, afinal, desde o início eu sabia que não havia novas explicações, que tudo era como tinha sido, que não havia maneira nenhuma de mudar o passado, de refazer minha vida, ou pelo menos os últimos dez anos.

*

Só restava atravessar o salão, pegar minhas coisas no cabide do hall, pegar meu carro e sumir. Isto não estava no plano, mas os olhos dela também não, nem a vontade de ficar com ela para sempre.

Saí pelo lado, tentando contornar os casais que dançavam, mas logo nos primeiros passos fui seguro pelo braço. Era ela novamente. Me olhava de modo estranho, parecia assustada. Na certa não compreendia o que se passava comigo. Se no início eu era um estranho, naquele momento, além de estranho, eu era motivo de medo, de incertezas.

Ela puxou-me para dentro de uma sala. Ao entrar, percebi os livros ainda no chão e pude imaginar o que aquela mesa escondia. Puxei meu braço com força, soltei-me dela, mais uma vez empurrei-a para longe e saí da biblioteca. Pelo vidro da porta ainda pude vê-la caída no chão, sobre o tapete. Pude também ver que chorava, mas não havia tempo, não agora.

Voltei meus pensamentos para a saída, enfrentei os casais, as danças, o hall, a porta da casa, a chuva, e fui ao meu carro.

Os gritos desesperados eu ouvi no exato instante em que constatei que as chaves do carro não estavam em meu casaco. Nem nos bolsos da calça, nem em lugar nenhum.

As mãos que seguraram meus braços eram dos seguranças da casa, e eles olhavam para mim com um certo sorriso nos lábios.

Nove

Deixei o carro de lado e voltei à casa. O mesmo hall, o mesmo espelho, o mesmo cabide, o salão, a escadaria; tudo continuava como antes. Caminhei até o centro do salão, parei, olhei para cima, para os lados, para todos os detalhes do teto, das colunas laterais, das paredes. Era a primeira vez que observava tudo aquilo. Era a primeira vez também que eu sentia um gosto de liberdade, era a primeira vez que eu respirava com calma, sentindo o ar entrar e sair de meu corpo, era a primeira vez em dez anos que eu sentia um pouco de vida em mim.

Fui caminhando calmamente para a biblioteca, parei em frente à porta, toquei a maçaneta com a mão, mas não entrei. Eu não queria mais aquelas antigas sensações, eu não queria mais aquela tensão em meu corpo. Eu só queria viver tranquilamente, sem aquele peso em meus ombros.

*

Fiquei sentado ali na biblioteca, com uma arma apontada para mim, até que a polícia chegou. E não havia muito o que fazer: as digitais nos livros caídos e na faca eram minhas, e eu sabia disso.

Uma acusação contra mim, dando motivos e oportunidades para o crime, também foi logo apresentada. E foi o dono da casa quem fez isso, o pai dela, meu ex-professor de Direito Penal.

O corpo caído atrás da mesa era do ex-noivo dela, um rapaz que algum tempo antes tinha sido meu colega de quarto em uma pensão no centro da cidade. Foi ele que, quando saiu de lá, levou todo o dinheiro que eu havia recebido de meu pai quando vim do interior para a cidade grande.

Na época em que isto ocorreu, eu já estudava Direito e mais que depressa, com o auxílio de meu professor, entrei com um processo para reaver meu dinheiro e mandar o ladrão para a cadeia. Mas o processo não foi muito adiante, não havia provas, evidências, era tudo muito vago, muito impreciso.

Por sugestão de meu professor desisti do caso e, com seu apoio, comecei a trabalhar em seu escritório em busca de prestígio e fama, e com a promessa de ter de volta o meu dinheiro, no futuro.

Na noite anterior ao crime, meu professor havia me ligado convidando para a festa. Fiquei feliz com o convite e ao mesmo tempo temeroso e excitado por saber que aquele não era um convite comum: havia também uma grande proposta.

Meu ex-colega de pensão, o ex-noivo da filha de meu professor, estava chantageando o ex-sogro, querendo muito dinheiro para deixar em paz a filha e o resto da família. O pouco tempo de duração do noivado foi suficiente para que ele entrasse em contato com algumas pequenas trapaças do sogro, e daí para a chantagem o caminho foi muito curto.

O trato era simples: no meio da confusão da festa, o dono da casa atrairia o ex-genro para a biblioteca, como se fosse finalmente atender às investidas do chantagista. Pouco depois, quando nosso inimigo mútuo estivesse sozinho na sala, esperando a chegada do dinheiro, seria a minha vez de entrar. Eu deveria, então, pegar a faca que estaria atrás dos livros previamente acertados e matar nosso inimigo. Depois de feito o serviço era só misturar-me aos demais convidados e esperar a melhor hora para sair da casa.

Só que a coisa não foi bem assim. Em primeiro lugar, ao me ver na sala, minha vítima assustou-se e tentou fugir. Consegui evitar isso dando-lhe um soco no estômago. Tive que fazer o resto rapidamente e entrei em pânico. Matei-o, mas não me lembrei de apagar digitais, desfazer pistas ou coisas do gênero. Eu queria sair dali o mais rápido possível.

Contra meu professor não havia o que fazer. Ele era famoso, muito conceituado, nunca seria envolvido neste crime. Além do mais, o assassino era eu mesmo e de certa forma eu estava agradecido pelas oportunidades que ele me concedera. Através dele eu estava crescendo profissionalmente e também através dele eu tinha tido a chance de recuperar meu dinheiro e vingar-me daquele canalha. Confessei tudo, sem falar no telefonema e no plano todo. A faca eu tinha retirado da cozinha, os motivos todos já sabiam e o resto estava naquela biblioteca, para quem quisesse ver.

Dez

Depois de abandonar de vez a ideia de ficar revivendo eternamente aquela velha história, saí de perto da biblioteca, atravessei novamente o salão e me dirigi para a saída.

Peguei minhas coisas no cabide, vesti o casaco, pus o chapéu, pendurei o guarda-chuva no braço e parei em frente ao espelho. Era como se eu precisasse me olhar pela última vez naquele espelho, naquele cenário por onde vaguei em pensamentos durante os dez anos em que cumpri pena na prisão estadual.

Era estranho, mas não havia rancores. Quando iniciei esta volta ao passado, assim que saí da prisão, pensei ser esta uma viagem de recuperação do meu passado. Eu pensei ainda querer o meu dinheiro, que não era muito mas era meu e que eu não tinha recebido por meu ex-professor não querer nenhuma forma de envolvimento comigo. Pensei que havia a necessidade de vingança, de cobrança pelos anos de minha vida que foram perdidos no cárcere. Mas não. Nada disso fazia parte de mim agora.

Só aqui, no interior desta casa, percorrendo todas as suas peças novamente, revivendo todas as minhas lembranças, é que percebi que a única coisa que eu queria ter de volta, o único objetivo desta viagem ao passado, era aquele olhar, aquela pequena luz que vi naquela noite.

*

Depois de ter sido algemado, fui conduzido para o carro da polícia. O caminho até ele passava pelo salão, pelos olhares apavorados, curiosos e reprovadores dos pares de dançarinos. Baixei a cabeça e fui, sem medo.

No hall, porém, havia um último olhar para enfrentar. Era o mais lindo e difícil de todos, o dela. Olhei para ela, para o pai dela. E jurei para mim mesmo que um dia eu voltaria.

Onze

Saí da casa e não olhei para trás. Entrei no carro e comecei a manobrar para sair dali. De dentro do carro mesmo acenei para a senhora que gentilmente tinha aberto a casa para mim, pensando que eu era um corretor de imóveis que vinha avaliar a casa, que estava à venda. Ela é que tinha me dito que eles não moravam mais ali, que estavam na Europa e voltariam só no ano seguinte.

Saí lentamente em direção à estrada. No retrovisor a casa foi diminuindo até sumir. Pensei em voltar outra hora, pensei em nunca mais voltar. Eu precisava de um emprego e um lugar para dormir. Meu carro velho eu poderia vender na próxima cidade.

Porto Alegre
Julho de 1990

Os vizinhos podem ouvir o tiro

*Todo este tempo que estivemos sorrindo,
entre tantos abraços, estivemos mentindo,
morrendo e matando, achando lindo.*

(1983)

Um

Aquela era uma terça-feira igual a todas as outras. Cheguei no meu escritório às nove e meia, cumprimentei os funcionários e fui para a minha sala. Minha secretária veio logo atrás com a correspondência, os recados que haviam sido deixados pelo telefone desde as oito da manhã e com a agenda para aquele dia.

Tirei o casaco e o pendurei no cabide, abri a janela, subi a persiana, voltei a fechar a janela, dei a volta na mesa, sentei e acendi um cigarro. Depois desse ritual, eu estava pronto para mais um dia de trabalho.

A senhorita Degrazia, minha secretária, entregou-me a correspondência e os recados anotados em uma folha de bloco sem linhas, e leu minha lista de compromissos para o dia. De importante havia apenas uma reunião com alguns empresários do setor calçadista na hora do almoço, em um restaurante no centro da cidade.

Quanto aos recados, nada de novo, somente confirmações de encontros, jantares, pedidos de verbas para obras de caridade e tentativas de contato comigo. A senhorita Degrazia disse que, além daqueles telefonemas, tinha havido um outro, de um homem que não se identificou e não quis deixar recado.

Os papéis da correspondência eram em sua maioria extratos de contas bancárias, malas diretas publicitárias e outros papéis deste tipo. Havia apenas um que se diferenciava, pelo formato, pelo tamanho, pelo volume; era um grande envelope pardo, do tamanho de uma folha de ofício, mas que, pelo peso, devia conter bem mais do que uma folha. Não havia nenhuma identificação do remetente, apenas pude saber, pelo carimbo do correio, que o pacote havia sido postado aqui mesmo em Porto Alegre.

A senhorita Degrazia perguntou se eu ainda precisava de mais alguma coisa no momento. Eu disse que não e ela voltou para sua sala, enquanto voltei a examinar o pacote.

Abri o envelope pardo calmamente. De dentro do pacote saíram vários papéis, uma pilha deles. Eram várias cópias de documentos, cheques, recibos, procurações e coisas do gênero. Inicialmente nada me chamou a atenção, mas aos poucos fui percebendo o que era. Examinei por um tempo aqueles papéis, voltei a procurar alguma identificação no envelope para saber quem os teria mandado, reli alguns deles com o suor começando a escorrer por minhas costas, e joguei tudo dentro de uma gaveta. Se aquele envelope contivesse o meu próprio atestado de óbito eu não estaria tão assustado. Levantei e caminhei pela sala em busca de algum ar que eu pudesse jogar para dentro dos pulmões. Eu devia estar branco.

Voltei à minha mesa e chamei a secretária pelo interfone. Ela veio rapidamente e pelo tom de minha voz, por minha cor e por meu modo de agir ela percebeu que algo não estava direito. Parou próxima à mesa e não perguntou nada. Aliás, ela não disse uma palavra, ficou apenas esperando que eu falasse.

Perguntei a ela se sabia a origem do envelope, se havia alguma identificação, se não havia uma carta ou bilhete que o acompanhava.

Ela quis saber de qual envelope eu falava, e disse não saber de nada quando eu o mostrei a ela. Reli a folha em que ela tinha anotado os recados e perguntei se não havia mais nenhum. Ela falou de novo do homem que ligou mas não deixou recado e só então perguntou se havia algum problema.

Olhei para ela e vi que parecia assustada. Percebi que eu estava muito agitado e que a estava assustando. Procurei me acalmar, disse que não era nada, que eu resolveria tudo sozinho, acendi um cigarro e a dispensei.

Quando ela saiu eu voltei a examinar os papéis. Embora nenhum deles fosse meu atestado de óbito, eu estava morto. Se aqueles papéis caíssem em mãos erradas seria o meu fim. E se alguém os possuía para mandar para mim, eles também poderiam chegar a qualquer outra pessoa.

Quem os teria mandado? O que queria? Chantagem, claro! Quem quer que fosse estava atrás de dinheiro... O telefonema sem recado... Seria ele?

Peguei uma cerveja no frigobar. Eu precisava me acalmar e para isso precisava beber. Não havia nada a fazer naquele momento, eu só podia esperar.

Pouco depois das dez, o telefone tocou e a senhorita Degrazia disse que havia um homem querendo falar comigo. Perguntei quem era, mas ela disse não saber, o homem não se havia identificado. Disse a ela para me passar a ligação. Embora eu não soubesse quem era, eu já sabia o assunto.

Quando a luz do aparelho piscou, eu disse alô e a voz do outro lado disse:

— Alô, nada de novo no correio de hoje?

– Alô, quem fala? Não entendi! – tentei desconversar para ver se identificava aquela voz ou se ele se traía em alguma palavra. Mas não deu certo.

– Ah, desculpe, vai ver eu mandei o envelope para a polícia ou para outro lugar, desc...

– Espera – interrompi e entreguei os pontos –, eu recebi o envelope. Qual é o recado?

– Nenhum. Não há nada a dizer.

– Tá bom, chega de lero-lero, o que você quer? Qual é a jogada?

A voz dele era calma e não me lembrava a voz de ninguém. Ele seguiu falando e me deixando em pânico.

– Eu não quero nada. Nada. Só quero dizer que eu sei tudo, como provam os papéis, e que tenho os originais comigo...

– Quanto você quer por eles?

– Já disse que não quero nada, ouviu? Eu sei tudo e quero que você saiba disso. E a partir de agora você também vai ficar sabendo várias coisas sobre mim. Queria avisar isso também.

Disse isso e desligou. Fiquei ainda um tempo sentado com o fone na mão, até que minha secretária entrou na sala para me dizer que o dr. Celso, do escritório de advocacia Braga & Filhos, estava ao telefone querendo saber se eu iria ao almoço e se eu queria carona.

Olhei para ela, para seus cabelos negros e para seu rosto, mas não disse uma palavra. Ela curvou-se sobre a mesa, passou a mão pelo meu rosto e quis saber mais uma vez se havia algum problema, o que é que me preocupava tanto.

Ouvi um "clic" em minha cabeça e voltei ao mundo. Coloquei o telefone no lugar, tateei os bolsos da camisa atrás de algum cigarro, mas não encontrei. Ela pegou a carteira que estava na mesa e alcançou um para mim. Acendi, dei uma boa tragada e só então consegui dizer alguma coisa.

Não havia como fingir que nada acontecia. Pedi a ela que cancelasse todos os meus compromissos e pedi que me encontrasse no restaurante de sempre ao meio-dia.

Ela ainda mais uma vez tentou saber o que me afligia, mas eu não disse nada. Peguei o casaco e saí.

Dois

Mais ou menos às oito e meia da noite, o táxi saiu do ponto na Ramiro Barcelos, desceu até a Farrapos e entrou à direita. Logo na segunda quadra um braço esticado pediu para que parasse. O motorista encostou o carro, abriu a porta e um homem alto entrou.

Ele queria ir para os lados do aeroporto, o taxista concordou, ligou o taxímetro e foram.

O homem ficou olhando para o taxista, analisando sua figura, seu rosto enrugado, sua pele queimada do sol; era um homem na casa dos sessenta, mas aparentava mais, certamente pelos tropeços na vida.

O taxista comentou algo sobre a noite, que estava bonita, com o céu cheio de estrelas, disse que certamente faria sol no dia seguinte, que as chuvas só voltariam no mês seguinte...

O passageiro não respondeu nada, apenas moveu a cabeça para os lados, como se quisesse desviar o assunto. O taxista entendeu o recado e tratou de calar a boca.

O trajeto até o aeroporto foi tranquilo, não havia muito movimento àquela hora. O táxi deu sinal para entrar no estacionamento do aeroporto, mas o passageiro disse que não, que devia seguir em frente mais um pouco, em direção a Canoas, e entrar na terceira rua à direita.

O motorista concordou, mas ficou visivelmente contrariado, pois era uma corrida longa e na volta certamente ele não teria passageiro, o que lhe traria algum prejuízo.

Na terceira rua o táxi dobrou. Era uma rua quase deserta. Havia no máximo cinco casas ao longo dela, e todas distantes umas das outras.

Andaram por três quadras despovoadas até que avistaram um carro parado próximo à calçada. Era um Monza novinho, vermelho, ainda nem emplacado.

O passageiro pediu que o motorista estacionasse atrás do Monza. O motorista começou a ficar assustado, não estava gostando daquela aventura. Poderia ser um assalto ou coisa parecida, ou pior. Mas o homem não parecia ser um assaltante, estava bem vestido, parecia educado.

O táxi parou no local indicado. O motorista olhou para todos os lados, várias vezes, antes de acender a luz interna. Tirou os óculos do bolso da camisa, colocou-os na cara e abaixou-se para pegar a tabela de preços, que estava próxima ao freio de mão. Quando ergueu-se novamente, trazia um revólver na mão esquerda, mas de nada adiantou, pois já havia uma arma em sua cabeça.

O passageiro não perdeu tempo, sorriu e puxou o gatilho. O corpo do motorista pulou e sua cabeça bateu no vidro da porta. A arma dele caiu no chão, junto com a tabela de preços, que já estava suja de sangue.

O passageiro certificou-se da morte do motorista, colocando dois dedos enluvados no pescoço dele, guardou sua arma novamente, embaixo do braço esquerdo, e saiu do táxi.

Nada se movia na rua, as casas estavam bem distantes dali, e o grande armazém que ficava no fim da rua estava fechado àquela hora.

O passageiro bateu a porta do táxi, jogou uma nota de mil pela janela e caminhou até o Monza. Abriu a porta com a chave, entrou, ligou o carro, pôs uma fita no toca-fitas e saiu calmamente.

Três

Quando deixei o escritório naquela manhã de terça-feira, em minha cabeça ainda ecoava a voz do telefone. Eu não conseguia encontrar nada de familiar nela, não reconhecia de modo algum, e nem estava certo de compreender exatamente o que se passava. Ele sabia tudo sobre mim, mas não queria nada, não era chantagem, só queria me avisar de que eu ficaria sabendo algumas coisas sobre ele nos próximos dias. Eu realmente não conseguia entender qual era a jogada.

Ao sair do escritório fui direto ao prédio central do Correio. Eu ainda alimentava a esperança de descobrir o remetente do envelope. Mas é claro que não consegui nada. Ninguém no Correio poderia me dar tal informação, mesmo com meus contatos, minhas influências, eu não podia fazer nada. O envelope certamente havia sido colocado em uma caixa coletora. Ele era grande e tinha um certo volume, mas passava tranquilamente pela abertura. Ou, se não passasse, o remetente o poderia ter colocado em uma agência do Correio, mesmo sem se identificar, apenas entrando e depositando o pacote numa das urnas de recebimento.

Saí do Correio e fui direto para o restaurante. Ainda era cedo para o almoço, mas não fazia mal e até era bom, pois eu poderia ficar um tempo sozinho, tentando imaginar alguma explicação ou alguma solução.

A senhorita Degrazia, Valéria, chegou perto do meio-dia, sentou-se à minha frente e sorriu. Perguntou se finalmente poderia saber qual era o grande problema que me tinha deixado tão transtornado.

Disse a ela que esquecesse o assunto e chamei o garçom. Ele trouxe o cardápio, nós escolhemos, fizemos o pedido e ele se foi.

Olhei para ela e pedi que não forçasse, que não ficasse perguntando ou tentando descobrir coisas sobre as quais eu não queria falar. Ela concordou, pegou meu copo e tomou um gole da caipirinha que eu havia pedido.

Ficamos em silêncio durante um tempo, até chegar a comida. Quando ela veio, fizemos alguns comentários sobre sua aparência, sobre seu sabor, e comemos, novamente em silêncio.

Ao final do almoço fomos para a casa dela, um apartamento simples na Cristóvão Colombo. Várias vezes durante a semana eu ia até lá, para falar com ela, jantar, assistir televisão, dormir...

Logo que chegamos, ela foi para o banheiro, enquanto eu me servi de uma boa dose de uísque. Ela saiu do banheiro nua, me olhou e entrou no quarto. Fui atrás dela, parei na porta do quarto e disse a ela que não era o momento. Ela deitou-se na cama, falou em relaxar, em descansar um pouco, mas não me convenceu. Eu não estava nem um pouco preparado para uma tarde de amor e romance. Naquele momento pensar nisso até me fazia mal. Voltei para a sala, sentei numa poltrona e fechei os olhos. Ela veio até mim, sentou-se no meu colo e disse que queria me ajudar, que não gostava de me ver daquele jeito. Sorri para ela, beijei sua mão direita e mais uma vez pedi um tempo. Disse que não me sentia bem, que estava tenso e precisava ficar sozinho para pensar e pôr as ideias no lugar. Prometi que diria tudo para ela assim que eu pudesse.

Ela me deu um beijo demorado na boca, passou a mão no meu rosto e foi para o quarto.

Naquele momento o melhor era ela voltar para o escritório, para manter a aparência de normalidade e para me avisar se surgisse alguma novidade, se o estranho homem ligasse novamente, se chegasse algum novo pacote, se a polícia me procurasse, ou simplesmente para manter o trabalho em dia. Certamente o dr. Celso me ligaria para falar do resultado da reunião do meio-dia, e a presença dela era importante para tocar o barco.

É claro que não falei a ela do telefonema misterioso, sobre o pacote ou sobre a ligação entre os dois, embora ela devesse desconfiar da relação deles com o meu estado. Apenas pedi que retornasse ao escritório e me informasse sobre o que por lá acontecesse. Disse também que a ficaria esperando para o jantar.

Ela saiu e eu mergulhei em mais uma dose de uísque.

Quando ela voltou para casa, depois do trabalho, eu já estava completamente bêbado. Mesmo assim ela sorriu, me deu um beijo e me carregou para o quarto.

De madrugada eu acordei com muita dor de cabeça, fui ao banheiro, passei água fria no rosto, mas não adiantou. Abri o armarinho do banheiro para ver se achava algum remédio. Novamente não funcionou, não havia nada. Ela era contra remédios, só usava homeopatia e vivia me dando lições sobre isso.

Fui até a cozinha, tomei um copo de suco de laranja, que ela sempre mantinha na geladeira, e voltei para o quarto.

Quando me deitei, ela acordou e perguntou se havia algo errado comigo. Disse que estava com dor de cabeça e sugeri que voltasse a dormir, que pela manhã nós poderíamos conversar melhor. Ela virou para o lado e em pouco tempo já estava ressonando.

Fiquei na cama, acordado, por muito tempo. Ouvi o relógio da cozinha bater cinco horas e depois seis. Pouco tempo depois, ouvi um ruído

na porta da frente. Era o entregador colocando o jornal por debaixo da porta.
Fui até lá, peguei o jornal e voltei para a cama. Sentei para ler e ela novamente acordou. Olhou para o relógio, viu as horas e levantou-se. Para ela, a vida continuava normal, era hora de levantar e ir para o trabalho. Nem o fato de eu estar ali era novidade ou sugeria algo de muito diferente.
Enquanto ela foi tomar banho, eu fiquei lendo o jornal. As manchetes da capa eram as mesmas de sempre: choques econômicos para baixar a inflação, goleada na rodada do campeonato nacional, greve nos serviços públicos e coisas desse tipo. No canto, embaixo, uma pequena chamada para o estranho assassinato de um taxista. Nada de novo.

Virei as páginas do jornal sem muita atenção, passei pelos editoriais, as notícias sobre o mundo, as guerras, economia, variedades, cultura, educação... Eu não tinha consciência, mas estava indo direto para a crônica policial, e com o tempo veio o receio de talvez encontrar meu rosto por ali.

Não estava lá, eu ainda estava livre disso. As notícias falavam de assaltos, desaparecimentos, acidentes... O único destaque era a morte do taxista. Uma página inteira sobre o mistério. Ele não havia sido assaltado, sua arma estava no carro, tudo estava em ordem. O carro fora encontrado em uma rua quase deserta, próxima ao aeroporto, e ele estava morto, com um tiro certeiro na têmpora direita.

Poderia ser mais um simples caso de homicídio, tentativa de assalto, vingança... A cara dele poderia ser a cara de mais um taxista morto durante o seu trabalho. Poderia ser, mas não era bem assim. Agora eu começava a entender o que ele tinha querido dizer quando disse que eu passaria a saber coisas a respeito dele.

Se a foto do taxista nada tinha de incomum, se ela não chamaria a atenção de ninguém além dos colegas dele e de seus familiares, se ela não significasse nada para mais ninguém, para mim significaria. Eu o conhecia.

Há alguns anos, quando a prefeitura da cidade resolveu implementar uma grande ampliação do serviço de transporte coletivo, eu pensei que seria uma boa ideia entrar no negócio, mas a concorrência pública, naquele momento, não seria vantajosa para mim, por vários motivos. Então, resolvi agir pelas sombras, como muitas vezes fiz. Através de um vereador amigo meu, da ARENA, consegui algumas das linhas novas de ônibus e nem paguei muito por isso.

O vereador morreu alguns anos depois e eu fui ao enterro. O taxista morto eu tinha contratado para levar o dinheiro ao vereador. Na época ele precisava de dinheiro para comprar um carro novo. Fiz mais, dei um carro para ele, pelo serviço, e ele me agradeceu de joelhos, sem fazer pergunta alguma.

Ficção, poesia e pensamento | 87

No envelope que eu recebi pelo correio estavam a nota de compra do carro, os documentos da concorrência pública, sem o meu nome, alguns papéis assinados por mim e pelo vereador e uma carta de agradecimento do taxista para mim, dentro de um cartão de natal.

Eu não tinha a menor ideia de como aquilo tinha ido parar nas mãos dessa pessoa que eu não conhecia. Não sabia o que exatamente queria de mim. Eu estava com medo. Aquilo parecia um pesadelo, um ataque do meu inconsciente.

Larguei o jornal no chão e peguei um cigarro na mesinha ao lado da cama. Levei um tempo para conseguir acendê-lo, minhas mãos tremiam muito. Aqueles documentos podiam me incriminar no caso da morte do taxista, podia parecer queima de arquivo. E o pior é que, além dos documentos ligados ao taxista, ao vereador e aos ônibus, ainda havia muitos outros no envelope, ainda havia muita coisa contra mim.

Qual seria o próximo passo do meu correspondente misterioso? O que ele queria de mim, ou queria fazer comigo? Mais um pouco e eu enlouqueceria. Era isso que ele queria? Me enlouquecer?

Ela saiu do banho e me olhou com uma cara que indicava que minha figura não era das melhores de se olhar. Veio até mim, sentou-se ao meu lado e me acariciou o rosto. Afastei a mão dela com o braço e dei um tapa em sua cara. Ela caiu para trás, sobre a cama, e me olhou com um misto de fúria, dor e impossibilidade de compreender.

Vesti minha roupa e saí. Eu precisava fazer alguma coisa, mesmo que não soubesse o quê.

Quatro

O sol já havia nascido quando Seu Chico, o vigia noturno das Indústrias Reims, terminou seu turno de trabalho. Com uma pequena pasta na mão, na qual ele guardava o radinho de pilha, algumas revistas em quadrinhos, o remédio para asma, um par de meias quentes e uma pequena marmita agora vazia, ele deixou o prédio e iniciou a caminhada até o ponto de ônibus.

Caminhou por cinco quadras até chegar ao templo da Igreja Deus é Amor onde sua esposa sempre vinha rezar. A parada do ônibus ficava um pouco depois da Igreja, próxima ao Mercado das Frutas, onde ele invariavelmente comprava alguma coisa para levar para casa. Desta vez foram maçãs e algumas batatas, para a sopa do neto.

Saiu do mercado e encostou-se no poste em que estava a placa indicando o ponto do ônibus. A parada naquela hora já estava vazia, o grande movimento do início de manhã já havia passado. Além dele, apenas uma senhora esperava o ônibus, com uma sacola de compras na mão.

Às oito e meia em ponto o ônibus Alvorada chegou. Seu Chico subiu e, como sempre, sentou num banco do lado em que o sol batia. O ônibus estava quase vazio. Havia uns seis ou sete passageiros e, próximo ao Seu Chico, apenas um senhor alto, que estava sentado atrás dele, de cabeça baixa, certamente dormindo, ou cansado da noitada anterior, ou curtindo um último soninho antes de trabalhar.

O Seu Chico sempre ia até o fim da linha e o cobrador sabia disso. Seu Chico era de pouca fala e o cobrador também sabia disso, e nem puxava conversa com ele. O cobrador também não estranhou quando Seu Chico deixou cair a cabeça sobre o peito e o corpo para o lado da janela, ele muitas vezes fazia isso, e o cobrador o acordava no fim da linha.

Algumas paradas antes do fim da linha, o homem alto passou pela roleta, pagou, tocou a campainha e desceu. O Seu Chico continuou no sono.

Foi só no fim da linha, quando o cobrador foi acordar o Seu Chico, que ele viu o sangue na camisa do velho. A faca estava cravada em seu pescoço, por trás, atravessando a garganta e impossibilitando um grito. Uma morte imediata. O cobrador tentou lembrar a figura do homem, onde ele tinha descido, mas nada claro se formou em sua mente, nem depois de muito pensar. Ele só conseguiu lembrar que era um homem alto.

Cinco

Passei toda a quarta-feira em minha casa. Saí do apartamento de Valéria antes das oito e pouco depois já estava em casa. Minha esposa saiu por volta das dez e só voltou à noite. Há anos que nossa vida é assim, cada um para seu lado, e até aqui não tem havido maiores problemas.

Como já disse, fiquei em casa. Primeiro no meu quarto, deitado na cama, tentando fazer passar a dor de cabeça com várias aspirinas. Depois fui ao meu gabinete, para rever alguns papéis e tentar achar alguma pista daquele mistério. Nada.

Chegou a hora do almoço. Como estava sozinho, pedi à empregada que servisse a comida na cozinha mesmo. Ela fez isso; arroz, feijão, carne assada e salada de batatas.

Comi bastante, pois no dia anterior tinha comido pouco e bebido muito. A dor de cabeça já tinha me deixado, mas as preocupações não, e eu tinha a impressão de que elas ficariam comigo por mais algum tempo.

Terminado o almoço, continuei sentado, na cozinha, ouvindo o rádio da empregada enquanto ela lavava a louça. Era um programa de músicas bregas, comentários picantes sobre artistas de tevê e notícias sensacionalistas.

Foi ali que tive, pela segunda vez, notícia de meu inimigo secreto. O locutor encheu de detalhes sensacionalistas, entrevistou a esposa, a

filha, os vizinhos, falou da dedicação para com a família, do absurdo de tudo aquilo, da falta de segurança nos dias de hoje, nas grandes cidades...
Resumindo, um guarda noturno de uma importante indústria tinha sido assassinado no ônibus quando voltava para casa depois de mais uma noite de trabalho.

Francisco José de Oliveira, mais conhecido como Seu Chico. Eu o conhecia e ele também estava nos documentos. Há alguns anos eu lhe dera algum dinheiro para que deixasse um funcionário meu analisar alguns projetos da firma que ele cuidava, uma concorrente de uma das minhas empresas. Eram projetos de uma nova estrutura metálica para sustentação de silos e prédios para armazenagem em geral.

A empregada perguntou o que eu tinha, eu estava branco. Olhei para ela como se ela não existisse, levantei e fui para o meu gabinete, no andar de cima.

Peguei o envelope sem identificação, que eu trazia comigo desde que saíra para os Correios na manhã anterior, e voltei a olhar os papéis. Seu Chico estava ali, sua assinatura no contrato de compra de uma casa própria estava ali. Eu também estava ali, na cópia de um cheque dado a ele naquela época, no valor da entrada que ele dera para a casa.

Novamente me senti morto. Mas foi essa a primeira vez em que percebi também o outro lado. Ele sabia tudo sobre mim, estava claro, mas eu, de posse daqueles papéis, poderia de alguma forma antecipar seus próximos passos.

Naquele instante lembrei novamente das palavras dele ao telefone: meu "amigo-secreto" disse que eu iria saber coisas sobre ele. Então entendi. Ele estava me propondo um jogo, me tinha em suas mãos, mas não queria me entregar, pelo menos não tão depressa, e, ao mesmo tempo, ele estava me dando a chance de tentar descobri-lo, limpando a minha barra e evitando mais assassinatos.

Mergulhei naqueles papéis e fiquei durante horas tentando antecipar o próximo passo que ele daria, tentando saber quem seria sua próxima vítima. Do primeiro para o segundo crime ele não tinha levado mais do que doze horas; portanto, eu não tinha muito tempo.

Quando chegou a noite eu ainda não tinha nenhuma ideia do que fazer. Então tocou a campainha e pouco tempo depois Valéria entrou em meu gabinete.

Quase dei um pulo quando a vi, mas logo compreendi a situação e perdoei a sua imprudência. Ela também parecia ter perdoado o meu descontrole matinal. Agradeci silenciosamente por isso.

Ela estava ali porque durante a tarde havia chegado um bilhete para mim, através de um menino de rua qualquer. Peguei o bilhete que ela me entregou, abri e li: "Quem será o próximo?".

Perguntei a ela a que horas havia chegado o bilhete e ela disse que por volta das quatro. Eu não sabia se este bilhete se referia ao vigia noturno ou se já anunciava uma terceira morte, mas o mais provável é que ele estivesse anunciando o segundo assassinato, pois, apesar de a morte de Seu Chico estar em todas as rádios e televisões, meu correspondente não podia ter certeza se eu sabia do crime ou não.

Passei quase toda a noite em claro, na casa de Valéria, e a confirmação da minha teoria sobre o bilhete veio na manhã seguinte, quando ao abrir o jornal que havia sido colocado por debaixo da porta eu encontrei um novo bilhete, dizendo a mesma coisa, mas com um número dois anotado num canto.

Sem dúvida aquela era uma boa maneira de começar o dia: saber que alguém iria morrer, ou melhor, alguém seria assassinado, alguém que eu conhecia, mas não sabia exatamente quem era, alguém que eu de alguma maneira poderia salvar, mas não sabia como.

Seis

O Padre Ramiro, toda manhã, às oito horas, rezava uma missa em sua igreja. E sua missa sempre tinha a participação de muitas pessoas, na grande maioria aposentados, donas de casa, viúvos, viúvas, algumas freiras, bêbados ainda em fim de noite e algumas outras pessoas que por ali estivessem passando ou que buscassem algum auxílio espiritual de emergência.

Na quinta-feira, tudo parecia normal. A missa transcorreu tranquilamente, o padre falou sobre os benefícios do celibato para os que querem servir a Deus, e os fiéis já começavam a se odiar por um dia no passado terem sentido prazer ao lado de outra pessoa, ou simplesmente por terem praticado, sem prazer nenhum, apenas para terem filhos, um ato sexual àquela altura completamente pecaminoso.

Ao final da missa, muitos dos fiéis se dirigiram para o lado do confessionário e lá ficaram à espera do padre, que nunca demorava muito para chegar.

Um tempo depois, maior do que os fiéis costumavam esperar, deixou a sacristia o homem alto que havia seguido o padre até lá dentro. Ele já saiu com o chapéu na cabeça, o que provocou alguns comentários sobre sua falta de respeito.

Mais um tempo e uma freira que esperava para se confessar resolveu ir atrás do padre, para saber se ele precisava de algo, se ia demorar muito, se havia algum problema. Quando ela saiu do seu banco e dirigiu-se para o altar, para ir até a sacristia, ela recebeu apoio discreto de algumas pessoas. Outros, quando a viram sair, já começaram a imaginar que algo não ia bem. E uma senhora imaginou uma cena um tanto erótica entre o padre e a freira na sacristia. Um Salve-Rainha a mais.

A freira, porém, voltou rápido, sem ter tido tempo para um beijo sequer. E ela voltou cambaleando, quase desmaiando. Alguns senhores foram acudi-la, outros passaram direto por ela e foram atrás do padre. E o encontraram.

Seu corpo estava no chão, seu sangue já manchava sua roupa e um crucifixo pontudo cravado em seu peito explicava aquilo tudo.

Sete

Alguns anos atrás eu enfrentei alguns problemas financeiros, foi na década passada, e por muito pouco não abandonei de vez os negócios, falta de grana pela quase total falência de minhas empresas, naquela época ainda em fase inicial, apenas começando seu desenvolvimento. Para salvar os negócios eu precisava de muito dinheiro, e consegui-lo era uma missão bastante difícil, pois as instituições financeiras já não viam com bons olhos a minha assinatura em documentos e negócios.

Por algum tempo percorri os bancos e as financeiras, atrás de empréstimos, e até procurei outras empresas, mesmo concorrentes, oferecendo sociedade e propondo venda de ações, de parte do patrimônio ou das máquinas.

Em nenhum desses lugares, porém, consegui alguma ajuda, por menor que fosse. Para sair do buraco eu precisava de uma grande sorte, uma loteria, uma ajuda dos céus. E foi aí que conheci o Padre Ramiro.

Da morte dele, eu fiquei sabendo através de uma vizinha, uma viúva muito religiosa que, com sua bela voz, ajudava nos cantos nas missas e organizava as festas paroquiais, as rifas e feiras em benefício de creches, asilos, orfanatos ou da própria igreja.

Eu chegava em casa, para almoçar, quando ela me parou no portão de casa e contou todo o caso, com todos os detalhes, alguns certamente inventados por ela ou pelo menos bastante aumentados. Ela me contou tudo, em detalhes, ela estava lá.

Não cheguei a ficar surpreso com a morte do padre. Ele era um dos que estava na lista dos possíveis futuros assassinatos. Ele me ajudou a sair de uma grande enrascada no passado. Foi através dele que eu conheci o pai de minha esposa, sua família e, é claro, ela mesma.

Eu precisava de dinheiro para reorganizar meus negócios e o padre precisava de dinheiro para a construção de um novo salão paroquial, mais moderno, com canchas de vôlei e futebol de salão, salas de aula, para catequese e outros cursos, biblioteca, consultórios médicos e outras coisa do gênero.

Eu me interessei pelos problemas do padre, que era meu confessor e conselheiro e sabia das dificuldades pelas quais eu passava, embora não soubesse e nunca tenha vindo a saber da parte escusa dos meus negócios. Então, me dispus a ajudá-lo, procurando meus grandes amigos empresários que viviam naquela paróquia, para levantar dinheiro para as obras da igreja. Além disso coloquei as minhas empresas à disposição do padre, para a construção do prédio, por um preço abaixo do mercado.

O Pe. Ramiro adorou a ideia e me deu carta branca para agir. Chegou até a me indicar os endereços de alguns paroquianos que certamente estariam dispostos a ajudar na obra ou na campanha de arrecadação de fundos.

Foi assim que cheguei à casa da família Menezes, foi assim que conheci meu futuro sogro, minha futura esposa, o cunhado e o dinheiro deles. Do contato inicial, em busca de apoio para as obras da igreja, ao casamento, não levou muito tempo. Daí para a sociedade entre as empresas, o tempo foi menor ainda. E, por fim, para passar da situação de sócio para a de dono de tudo foi necessário apenas esperar a morte do velho e contar com a incapacidade administrativa de meu cunhado.

Ao contrário das duas primeiras vítimas de meu inimigo, o Pe. Ramiro tinha sido mais um simplório usado por mim do que um cúmplice, mesmo que inconsciente, de minhas manobras. Infelizmente para o padre, meu inimigo parecia não pensar assim e liquidou o padreco sem perdão.

Naquele dia eu almocei em frente à televisão, assistindo a todos os noticiários locais. Foi assim que fiquei sabendo sem maiores detalhes sobre a morte do padre, a descrição um tanto vaga do suspeito, o choque que a morte causou na cidade...

Mas o mais importante foi saber que o delegado encarregado de investigar o caso estava levantando a hipótese de haver ligação entre a morte do padre e a do Seu Chico, o vigia noturno. Ele baseava suas suposições na aproximação que havia na descrição dos suspeitos dos dois casos. As descrições eram ainda bastante imprecisas, mas combinavam em alguns pontos. Todas as testemunhas, dos dois casos, falavam de um homem alto, branco, bem vestido, boa aparência. Mesmo que ninguém conseguisse uma definição mais precisa, todos afirmavam que de modo algum ele parecia ser um assassino. E foi este fato que mais chamou a atenção do delegado.

Ao ouvir as palavras do delegado fiquei feliz, pensei que se o assassino fosse descoberto os meus problemas acabariam. Mas logo esqueci aquela alegria inicial, pois lembrei que o bandido tinha aqueles documentos em seu poder, que ele poderia me acusar a qualquer momento e, já novamente assustado, percebi o pior: que aquela descrição do criminoso poderia se encaixar em milhares de pessoas. Eu mesmo poderia ser descrito daquela maneira.

Terminei o almoço e fui me deitar um pouco, eu precisava descansar bastante e precisava pensar também. Fui para o meu quarto – eu e minha esposa tínhamos quartos separados –, coloquei um disco no toca-discos e deitei. Quando a música começou a tocar eu percebi que há muito tempo eu não ouvia aquele disco. Na verdade, há muito tempo eu não ouvia qualquer disco.

As valsas vienenses encheram os meus ouvidos por bastante tempo, me levando para bem longe daquela confusão. Era um belo disco, eu o adorava. Fiquei tentando lembrar se eu o tinha comprado ou se era um presente de alguém. Era um presente, sim. Um presente de Natal, do meu cunhado. Há quanto tempo eu não via o meu cunhado. Desde a morte do velho, há cinco anos, quando eu assumi o controle das empresas, eu não o via.

Foi aí que uma luz acendeu em minha cabeça. Meu cunhado, minha esposa.

Oito

Passei o resto da tarde tentando localizar minha esposa, mas foi impossível, eu não tinha a menor ideia de onde ela andava. Aliás, eu não sabia mais nada a respeito do que ela fazia da sua vida. Nós nos víamos apenas uma ou duas vezes por semana e, para não brigarmos, quase não falávamos. Nossos encontros eram apenas uma fatalidade.

Há vários anos vivíamos assim, cada um para o seu lado. Não saíamos mais juntos, não visitávamos ninguém, não recebíamos ninguém. Só continuamos morando na mesma casa porque ela era grande, nela havia espaço suficiente para nós dois, e por questões sociais que eu nem sei bem quais eram ou que importância teriam, para mim ou para ela ou para quem quer que fosse.

Não consegui achá-la. Achar o meu cunhado seria um tanto mais difícil, pois há cinco anos não o via e nem tinha notícias dele ou de alguém que pudesse tê-las.

Durante mais algum tempo fiquei sentado em minha cama, com todos aqueles documentos espalhados por cima dela, tentando equacionar aquele problema. Eu tinha ali uma grande lista das possíveis vítimas e suspeitava de meu cunhado e de minha esposa. Juntando estes dados eu tentei por muito tempo elaborar alguma hipótese, tentando pensar algum modo de acabar com aquela brincadeira.

Depois de não chegar a lugar nenhum e perceber que faltava pouco tempo para minha cabeça explodir, eu resolvi deixar aquilo tudo um pouco de lado. Fumei mais um cigarro, com calma, e decidi ir para a casa de Valéria. Lá eu teria um pouco de paz. Quem sabe lá eu conseguisse pensar melhor.

Deixei um recado com a empregada, para que minha esposa entrasse em contato comigo assim que chegasse, e fui embora.

Peguei o carro na garagem e o levei até o posto de gasolina em que eu sempre ia. Pedi que lavassem o carro e disse que o pegaria na manhã seguinte.

Saí dali, caminhei um pouco pela rua e tomei um táxi que estava no ponto da Ramiro Barcelos.

Disse ao motorista para onde ir e fiquei calado, como ele, ouvindo as notícias que o rádio transmitia sobre a onda de violência que caía sobre nossa cidade. Um tempo depois ele rompeu o silêncio e começou a me falar sobre a morte de um colega dele, há uns dois ou três dias, segundo ele.

Ele perguntou se eu sabia do caso e eu disse que sim, que tinha lido no jornal, que era um horror o que andava acontecendo. Ele concordou com a cabeça e falou sobre a morte do padre e do vigia. Para ele, era tudo uma coisa só. Os três crimes tinham sido praticados pela mesma pessoa.

Fiquei um pouco assustado, mas perguntei a ele por que achava isso – eu poderia descobrir ali alguma pista que me levasse ao criminoso, ou pelo menos um ou outro dado novo, que talvez nem a polícia tivesse.

Ele falou das teorias do delegado que cuidava do caso e disse que concordava com elas e disse que achava que o padre e o vigia tinham sido mortos pela mesma pessoa, o homem alto e bem vestido. Seguiu falando e me contou sobre o carro que foi visto na rua em que o taxista foi morto, um pouco antes do fato acontecer. Um conhecido dele que morava por ali, mas que não podia falar com a polícia por estar envolvido em algumas encrencas, viu um sujeito alto e bem vestido deixar um carro na rua em que o crime aconteceu, um pouco antes da hora do crime, e ir embora. O homem se parecia com o suspeito dos outros crimes e o carro era um Monza vermelho, novinho, sem placa.

O motorista seguiu falando que o amigo dele até pensou em levar o carro, mas que achou a cena muito estranha e teve medo, pensou que podia ser algum golpe e era melhor não se meter... Mas eu já não prestava muita atenção a ele, eu só conseguia imaginar o meu carro sendo lavado no posto de gasolina, eu só via o meu Monza vermelho, novinho, ainda sem placa sendo atingido por fortes jatos d'água.

Cheguei ao apartamento de Valéria não me sentindo muito bem. Ela já estava lá e me abraçou forte e quase desmaiei por cima dela. Ela me ajudou a sentar numa poltrona, me trouxe um copo de água para beber e ficou ao meu lado, massageando minhas mãos, minha nuca e minha face, para ver se eu me recuperava.

Em pouco tempo eu já estava melhor e ela perguntou o que era, qual o problema. Pedi um tempo, disse que depois eu falaria tudo, mas que naquele momento eu precisava era de um bom banho e uma cama para relaxar e voltar ao mundo. Ela sorriu e me ajudou a ir até o banheiro.

Depois do banho, fui para a cama e logo adormeci. Quando acordei já era de manhã e ela não estava mais lá. O bilhete que estava na mesa da sala dizia que ela tinha ido trabalhar, mas que voltaria na hora do almoço e traria comida para nós dois.

Olhei para o relógio. Oito horas. Vesti minha roupa, tomei um copo de suco de laranja e saí. Resolvi ir para o escritório, há dois dias não aparecia lá, precisava ver como as coisas estavam indo, e, depois, de lá talvez eu pudesse controlar melhor a situação, pois lá era o local escolhido por meu inimigo secreto para os contatos.

Tomei um táxi e em menos de quinze minutos eu estava lá. Os funcionários me receberam com alguma surpresa, pois eu quase nunca chegava tão cedo, e também por eu estar de cama, com uma forte gripe, segundo o que a srta. Degrazia tinha dito a eles.

Disse a eles que já estava me sentindo melhor, agradeci silenciosamente a srta. Degrazia e fui para minha sala. Valéria veio atrás, com a correspondência e os compromissos do dia. Pedi a ela que cancelasse tudo, disse que não estava para ninguém, só para minha esposa, e que só atenderia o telefone se fosse minha esposa, ou o irmão dela, ou o homem misterioso que tinha ligado no outro dia.

Ela me fez um olhar de quem não está entendendo muito bem, mas eu garanti a ela que eu sabia o que estava fazendo e pedi que confiasse em mim. Ela sorriu e bateu continência. Deu meia-volta e saiu da sala.

Não precisei esperar muito por um novo contato com o desconhecido do telefone. Ele queria falar comigo e eu pedi à Valéria que completasse a ligação.

Atendi, ele disse alô e perguntou como eu ia. Resolvi arriscar:

– Alô, Candinho, há quanto tempo, cunhado!?

A voz do outro lado soltou uma gargalhada e prosseguiu:

– Que é isso? Você não pode falar agora? Tem alguém aí ou é alguma nova jogada?

Percebi que meu truque não tinha dado muito certo, mas segui adiante:

– Escuta, Candinho, já sei de tudo, tua irmã não aguentou e abriu o jogo pra mim. Deixa de bobagem e diz qual é teu preço.

Escutei novamente um riso do outro lado da linha:

– Quem é o próximo? – perguntou sem nenhuma emoção na voz.
– Quem sabe a gente para com esse jogo? Já não chega o que foi feito? Três já não é um bom número? Ele, então, parou um pouco e me deu um endereço, era um quarto de hotel, eu conhecia o lugar, já estivera lá. Ele disse que me esperaria às seis da tarde. Perguntei se não poderia ser antes, ainda de manhã, naquele momento mesmo, mas ele disse que não, que tinha um encontro naquela tarde e que a mulher não gostaria que ele se atrasasse ou desmarcasse e desligou.
A mulher. Ela era a próxima.

Nove

O neon em que se lia AD LIBITUM acendia e apagava em intervalos regulares, assim como as luzes que o cercavam, em diversas cores. A porta da boate era guardada por um negro forte, alto, que certamente não precisava de nenhuma arma além de suas mãos para se livrar dos clientes indesejáveis.
Lá dentro o ambiente era o de sempre. Pouca luz, música romântica, mesinhas discretas, shows a toda hora, homens e mulheres momentaneamente apaixonados trocando beijos, abraços, carícias, por um preço adequado aos empresários, políticos, grandes homens de negócio que por ali passavam. Era uma boate fina, de luxo, como queriam aparentar os clientes e como tentavam ser as mulheres.
Numa mesa do fundo, um casal trocava seus primeiros carinhos. Ele oferecia uma bebida a ela, que lhe dava um beijo na mão; ele acendia um cigarro para ela e um para ele, ela sorria.
Ela já estava acostumada com aquele jogo e sabia jogá-lo bem. Ele parecia saber o que estava fazendo e nisso eles formavam um belo casal.
Depois de um tempo ele disse que preferia ir para um outro lugar, para o seu quarto no hotel. Ela concordou, já havia feito isso várias vezes, não contrariava as normas da casa. Os dois levantaram e foram em direção ao bar. Enquanto ele pagou as bebidas, ela avisou que estava saindo e que não sabia a que horas voltaria.
O barman sorriu para ela, ela piscou para ele, deu o braço para o homem alto que a convidara a sair e os dois saíram.
O carro dele estava no estacionamento da boate, um Monza vermelho, bem novo, ainda não emplacado. Eles entraram no carro, o motor começou a funcionar e foram para sua noite de amor.
Quando chegaram ao hotel, ela logo reconheceu o lugar. Já tinha estado ali há alguns anos, mas isso não lhe chamou a atenção, pois ela

já tinha estado mais de uma vez em muitos lugares. O nome com que o homem alto se identificou no balcão, ao pegar as chaves, também não era estranho para ela, mas ela não lembrava de onde o conhecia ou onde o tinha ouvido. Mas isso também não era novidade, ela conhecia muitos nomes, e no fim todos eram parecidos.

Subiram pelo elevador e foram ao décimo primeiro andar. Caminharam pelo corredor e chegaram ao quarto. Ela achou que aquele quarto lhe era familiar, ela já tinha estado nele. Era um quarto grande, com uma sala de estar separada do quarto propriamente dito, além do banheiro. Não havia nele nada de especial e a mobília parecia ser nova, mas de alguma maneira era familiar para ela. Também isso não a preocupou. Ela entrou, tirou o casaco, jogou-o numa cadeira da sala e foi para o quarto. O homem alto foi atrás, levando já dois copos de uísque. Deu um a ela e sentou-se na cama. Ela bebeu um gole, colocou o copo na cômoda e foi até o banheiro.

Enquanto ela tomava um banho, ele deu alguns telefonemas e confirmou com a telefonista do hotel as chamadas que ela tinha anotado para ele durante o tempo em que não estivera no hotel.

Um pouco depois, a mulher saiu do banheiro e caminhou até ele. Sentou-se no colo dele, abraçou o seu pescoço e lhe deu um grande beijo. Ele correspondeu e acariciou durante um tempo as coxas dela.

Ele parecia nervoso, ela percebeu, mas não estranhou, pois sabia como desinibi-lo, e sabia que em pouco tempo ele já estaria mais solto. Então, levantou-se e buscou um pouco mais de uísque para ele. Entregou-lhe o copo e deitou-se na cama.

Ele levantou-se e ela ficou olhando e sorrindo, enquanto ele tirava a roupa.

Quando ele terminou e sentou-se na cama novamente, ela ficou de pé, sobre a cama, e também tirou a roupa, com uma coreografia bastante ensaiada, que funcionava até sem música, como ali, naquele momento.

Ele olhava para ela de um modo estranho, mas ela não ligou. Certamente ele era um cara tímido ou tinha alguns desejos reprimidos, ela já estava acostumada com caras desse tipo. Talvez ele fosse um chefe de família que estivesse numa situação dessas pela primeira vez. Ela sabia como lidar com esse tipo de cara.

Ela novamente deitou-se na cama e ficou abraçada ao travesseiro, gemendo baixinho e o chamando para perto dela. Ele foi, ela sorriu. Ela gostava de vencer as barreiras e ele parecia estar se entregando a ela, aos poucos. Ela era boa nisso.

Ele chegou perto dela, deu-lhe um beijo e ela o abraçou, e eles começaram a trocar carícias mais íntimas. Ficaram nesse jogo por um tempo, até que ele ergueu o corpo e olhou firmemente para ela. Ela perguntou o que era, se ele não estava bem ou se ela tinha feito algo de que ele não gostava.

O homem alto sentou-se na cama e começou a gaguejar alguma coisa. Ela ergueu-se um pouco e tentou novamente saber o que era. Ele suspirou e perguntou se ela se importaria se ele a amarrasse na cama, disse que era um sonho que ele tinha... Ela já estava acostumada, sorriu e disse que desde que ele não a machucasse não tinha problema. Ele sorriu, levantou-se e pegou uma corda na mesa de cabeceira. Aproximou-se dela e amarrou os dois braços dela no encosto da cama. Ela ajudou e continuou sorrindo e até lhe deu um beijo quando ele se inclinou sobre ela e seu peito passou perto do rosto dela.

Depois que ela estava amarrada, o homem voltou à cama, deitou-se sobre a mulher, os corpos começaram a dançar, primeiro lentamente, depois mais rápido e mais rápido. Os gemidos dos dois acompanhavam os movimentos dos corpos, até que o homem pegou o travesseiro, colocou-o sobre o rosto da mulher e apertou com força, impedindo a sua respiração.

O corpo da mulher continuou a sua dança, mas os movimentos tornaram-se mais rápidos e nervosos, tensos, desesperados, até que cessaram completamente.

Dez

Cheguei ao hotel um pouco antes da hora marcada, com a esperança de apanhá-lo de surpresa. Mas não foi assim. Passei pelo saguão, tomei o elevador, subi ao décimo primeiro andar e fui ao apartamento indicado. Eu reconhecia o lugar, eu já estivera ali no passado, e sentia que algo de ruim estava por acontecer. Os documentos apontavam para aquele lugar também.

Toquei a campainha e em poucos segundos a porta já estava aberta, ele já estava à minha espera.

Cândido Menezes. Meu cunhado. Ele mesmo abriu a porta, com um largo sorriso. Logo me cumprimentou por minha perspicácia, pela rapidez com que descobri, ou imaginei, que ele era o inimigo secreto, meu adversário naquele jogo de esconde-esconde.

Passei por ele, sentei-me numa cadeira da sala, tomando o cuidado de tirar o casaco que estava pendurado em seu encosto, e perguntei onde estava Estela, minha esposa, irmã dele, a cúmplice dele, segundo eu imaginava.

Ele sorriu, sentou-se à minha frente e disse que eu estava enganado, que Estela não tinha nada a ver com isso. Ele acendeu um cigarro, estendeu a carteira para mim, soltou uma linha de fumaça pelo nariz e, enquanto eu acendia um cigarro para mim, começou a contar a história. Ele imaginava que eu estivesse curioso para saber de tudo e eu disse que sim.

A história não era longa como eu poderia imaginar, era até bastante simples, muito mais simples do que eu pensava. Depois que ele foi embora de casa, cinco anos atrás, quando o velho morreu, ele foi para outro estado, para, longe de mim e da irmã, recomeçar a vida. Mas as coisas não correram bem. Ele disse que eu tinha razão, que ele não era um homem de negócios, que ele não tinha jeito para a coisa, mas isso não justificava o que eu tinha feito com ele, tirando-o dos negócios através de uma procuração em que sua assinatura fora falsificada.

Eu sorri, disse que na época era só o que eu podia fazer, pois tinha medo de que ele levasse os negócios à ruína.

Ele também sorriu e disse que eu estava certo. Deu mais uma tragada e voltou à história.

Em pouco tempo ele já tinha perdido todo o dinheiro que tinha levado. Tentou arrumar algum emprego, mas não tinha nem diploma de curso superior, nem experiência relevante em nada, era um filhinho de papai que nunca tinha trabalhado na vida. Assim, a solução foi entrar em contato com a irmã e pedir que ela mandasse algum dinheiro para ele. Ela topou e mandou o dinheiro uma vez, depois mandou mais, e seguiu mandando mensalmente uma quantia que ele não tinha nenhum trabalho para gastar.

Isso foi o suficiente por um tempo, mas aos poucos ele foi cansando da vida que levava e quis voltar. Telefonou para a irmã assim que voltou para a cidade, mas não a encontrou. Pensou, então, em ir ao escritório procurar por mim, e foi aí que, segundo ele, a sorte apareceu em seu caminho.

No dia em que ele foi lá, eu não estava, tinha saído mais cedo para ir a um jantar de negócios. Ele chegou no escritório, apresentou-se e perguntou por mim. Como eu não estava ele foi levado à srta. Degrazia, e então os sinos da felicidade tocaram.

Ele interrompeu um pouco a história, para acender outro cigarro e para servir um pouco de uísque para nós dois. Eu estava impaciente e perguntei o que ele quis dizer com sinos da felicidade e o que a srta. Degrazia tinha a ver com estes sinos.

Ele sentou-se novamente e seguiu falando. Mas seguiu por um caminho lateral, que eu não conseguia ver onde ia chegar. Perguntou se eu lembrava de seu pai, meu sogro. Eu sorri e não respondi. Então ele seguiu.

Quando ele, Cândido, era bem jovem, tinha mais ou menos vinte anos, o pai dele o levou até Caxias, numa viagem de negócios. Mas lá em Caxias o pai fez uma revelação surpreendente: lá, em Caxias, ele tinha

uma outra família, ele tinha uma mulher, com quem mantinha um caso desde antes de casar com a mãe de Cândido e Estela, e tinha uma filha, mais ou menos da idade de Cândido, um pouco mais velha que Estela. O nome da filha era Valéria e ela usava o sobrenome da mãe, Degrazia.
Eu quase caí no chão. Mesmo estando sentado, senti minhas pernas fraquejarem e tive que me segurar na mesa para não desabar. Minha cabeça correu na frente das palavras dele e não foi muito difícil entender o resto. Mesmo assim, ele prosseguiu.
O velho mandava todo mês uma certa quantia de dinheiro para Caxias, para a sua segunda família. E foi com este dinheiro que as duas mulheres se sustentaram durante muito tempo, e foi também este dinheiro que pagou os estudos de Valéria, até o nível superior.
Quando a mãe da moça morreu, porém, ela não quis mais ficar em Caxias e resolveu vir para Porto Alegre, para trabalhar e fazer a sua vida. E o velho arrumou tudo para ela: um apartamento, um carro, um emprego no escritório dele; enfim, ele deu um jeito para que nada faltasse a ela. E ela retribuiu com muito trabalho e gratidão para com o pai.
O velho só tinha deixado um furo, ele não tinha colocado o nome de Valéria no testamento. Quando ele morreu, ela teve medo do que poderia acontecer com ela.
– Quando você assumiu o controle dos negócios e passou a mandar em tudo – prosseguiu Cândido –, ela percebeu que o melhor era ficar ao seu lado, o mais próximo possível, e então vocês se apaixonaram.
Ele disse essas últimas palavras com um grande sorriso na cara, como se estivesse me chamando de idiota por ter acreditado em Valéria por todo este tempo. Tive vontade de lhe dar um soco, mas de nada adiantaria. Ele tinha todas as cartas na mão e jogava muito bem.
– E você desconfiou de Estela – disse ele sacudindo a cabeça. – Você não a conhece mesmo, não é? Aquela tonta nunca levantaria um dedo contra você, ela ainda gosta de você e tem muito medo também. Tenho pena dela, mas o que fazer... É melhor deixar ela curtindo os garotos de dezesseis anos com quem ela tem andado a preço de alguns dólares.
Tudo o que ele dizia me fazia passar mal, mas o que ele disse sobre Estela me machucou. Eu não sabia nada sobre ela, mesmo. Eu a tinha esquecido em algum lugar da estrada e nem me ocorreu que ela talvez precisasse de mim. Eu não a queria e por isso fui um canalha com ela.
Ele bebeu mais um pouco e seguiu em sua narrativa:
– Com o tempo, Valéria começou a conhecer você como ninguém jamais conseguiu. Nem você mesmo – disse ele – sabe tanto sobre você. Ela começou a descobrir as suas sujeiras, os seus truques preferidos, e começou a juntar as peças de um quebra-cabeça gigantesco. E tudo isso

não foi difícil, você sempre foi muito descuidado, sempre deixou muito rabo solto por aí, ela foi atrás e em cada canto achou uma flechinha para atirar em você. E foi guardando tudo para o momento exato. E no dia em que eu apareci no escritório à procura de você, os sinos da felicidade soaram para ela também.
— E daí? – perguntei. – Como é que termina o jogo?
— É simples, você está acabado, completamente perdido.
Eu sorri e perguntei quanto ele queria pelo silêncio. Ele sorriu e foi adiante:
— O velho, quando morreu, estava completamente tomado pelo câncer. Ele sempre fumou muito, bebeu muito, nunca se cuidou. E o idiota do filho dele não aprendeu a lição.
Olhei para ele sem entender realmente onde ele queria chegar. Ele mais uma vez mudou o rumo da conversa.
— Bom, é bastante simples. Você já cometeu tantos crimes que nem sabe o quanto está enrascado.
Ele disse isso e sorriu. Tirou do bolso um papel e me entregou. Era um bilhete como os anteriores, perguntando quem seria o próximo. Olhei para ele e ele olhou para a porta que ligava a sala ao quarto.
Levantei lentamente, atravessei a sala e abri a porta do quarto. Ela estava deitada na cama, com os braços amarrados, e tinha os olhos arregalados. Levei um tempo para reconhecê-la, ela havia mudado muito, mas eu lembrei. Era uma prostituta de luxo que uma vez tinha me ajudado a chantagear um banqueiro que se negava a me emprestar uma grana. Foi um trabalho simples. Ela se encontrou com ele, levou-o para um quarto de hotel, aquele em que agora estávamos, e nós conseguimos algumas fotos um tanto chocantes dele, fotos que a mulher dele certamente não gostaria de ver.
É claro que consegui aquele empréstimo, e com juros bem abaixo dos do mercado. O banqueiro não quis se arriscar de modo algum.
Não sei como não tinha ligado os fatos. Quando ele me deu o endereço do hotel e falou em uma mulher eu devia ter pensado. Eu poderia ter evitado a morte dela.
Voltei à sala e olhei para o meu inimigo. Tive vontade de matá-lo. Ele me tinha em suas mãos e me assustava cada vez mais. Cada palavra que ele dizia era uma facada.
Ele levantou-se, pegou mais uísque e sentou-se no sofá. Indicou uma poltrona para mim e gentilmente serviu mais uma dose no meu copo.
Sentei na poltrona já com a arma na mão. Ele olhou para o revólver e sorriu:
— Certamente isso facilita o trabalho – disse ele.

Eu não entendi e ele me explicou:
– Você está aqui para recuperar alguns documentos que o incriminam. Eu sou o homem que vai vendê-los a você. Você me mata, leva os documentos e ninguém vai saber de nada, certo?
Eu disse que sim e perguntei onde estavam os documentos. Ele apontou para uma gaveta de um pequeno armário e seguiu falando enquanto eu buscava os papéis:
– Só que não é tão simples assim.
Ele falou esta frase e ficou esperando que eu voltasse a sentar na poltrona à sua frente.
– Está certo, você tem os papéis na mão agora, mas o negócio não foi feito assim. Na verdade quem veio até aqui não foi você. Eu é que vim até aqui para lhe vender os papéis. É o seu nome que está no registro lá embaixo, assim como num registro de alguns anos atrás. Foi você que subiu com a mulher, a prostituta, que está morta lá no quarto.
Olhei para ele assustado.
– Quer saber mais? Em meu apartamento, a secretária eletrônica tem gravados alguns telefonemas seus, ou de sua secretária, falando sobre alguns documentos, sobre as mortes que andam acontecendo na cidade e, por fim, há um telefonema marcando este encontro.
Apontei a arma para ele. Minha mão tremia e eu ficava cada vez mais enlouquecido. Ele sorriu.
– O pior é que sua secretária pode confirmar tudo o que estou dizendo, e ela certamente fará isso quando a polícia perguntar.
– Qual é a minha chance, então? – perguntei, admitindo o meu fracasso, baixando a arma e soltando meu corpo sobre a poltrona.
– É simples, você está acabado – repetiu.
Ele ergueu-se um pouco, tirou uma arma do bolso e apontou para mim. Pediu que eu largasse a minha arma e eu obedeci. Pedi a ele que não fizesse nenhuma loucura, que não me matasse, e ele mais uma vez sorriu.
– Assim como o velho, meu pai, eu também tenho câncer e já não tenho mais cura. Os médicos dizem que com sorte eu duro mais uns seis meses, no máximo. Este, aliás, foi um dos motivos de eu ter voltado, eu precisava me tratar, tentar um último golpe contra essa doença. Mas eu perdi.
Ele acendeu mais um cigarro e prosseguiu:
– Mas você tem uma chance sim. Eu e Valéria resolvemos te dar uma chance. Daqui a pouco os vizinhos vão ouvir um ou dois tiros, vão chamar a polícia e você terá pouco tempo. Pouco, mas terá.
Ele me entregou um papel com um endereço:
– Este é o meu endereço.
Cândido parou um pouco e depois prosseguiu:

Ficção, poesia e pensamento

– Você já tem os documentos na mão e pode ter certeza de que não há outras cópias. Você tem aí o meu endereço; basta chegar lá e tirar a fita da secretária eletrônica. A polícia vai demorar para chegar lá, então, para isso, você tem bastante tempo. Fazendo isso você estará se livrando das três mortes. Para se livrar da morte da estrela de cabaré aí do quarto, você vai ter que ser rápido: vai ter que esconder o corpo ou colocar as minhas impressões digitais nele de novo, pois eu dei um banho quase completo nela, ela está limpinha. Você pode, também, retirar o seu nome do registro lá embaixo. Você tem dinheiro, basta subornar mais uma pessoa. Procure colocar o meu nome lá. Pode ser uma boa.

Eu continuei olhando para ele, mas não havia reação nenhuma em meu corpo, eu estava entorpecido. Ele tinha razão, eu estava acabado.

– Depois de se livrar de tudo isso, basta ligar para Valéria. Se você conseguir fazer tudo, ela não vai abrir o bico e ainda vai cair fora sem pegar um tostão sequer. Ela não terá problemas no futuro, ela vai voltar para Caxias e casar com um antigo namorado que a andou procurando novamente mês passado. Eles até já marcaram a data.

"A Estela não terá problemas, ela continua sendo meio dona de tudo. E você certamente não vai deixar faltar alguma coisa para ela, né?"

– E quanto a você? – perguntei. – Vai ficar aí, esperando a morte chegar?

Ele sorriu e falou:

– Não, eu vou pegá-la antes que ela me pegue.

Disse isso, apontou a arma para a própria cabeça e puxou o gatilho. O seu corpo pulou, a cabeça pendeu para o lado e ele não mais se moveu.

– Então esse era o tiro que os vizinhos iam ouvir – pensei em voz alta.

Olhei para os lados, para a porta do quarto, para o meu cunhado morto no sofá. Pensei em tentar eliminar as provas contra mim, pensei em fugir.

Depois de um tempo levantei da poltrona, joguei a pasta com os documentos sobre a mesinha e fui servir mais uma dose para mim. A espera poderia ser longa.

Cidreira
Fevereiro de 1991

Último trem para casa

> *Lá vou eu no trem,*
> *que agora segue sua viagem.*
> *Nos bancos não há ninguém,*
> *estou só, estou sem.*
>
> *Adiante entra alguém;*
> *como eu, vai com ninguém.*
> *Pra onde vai? De onde vem?*
> *Somos dois mais este trem.*
>
> *Então se enche o trem,*
> *mais de vinte, mais de cem.*
> *Entre tantos, vou, porém,*
> *solitário, sou ninguém.*
>
> Adaptação de um poema de
> MÁRIO DE ANDRADE

Estação A General

Minha casa ficava perto da estação e meu pai sempre dizia que a vida era uma grande viagem. Não há mais o que eu possa dizer sobre ele, pois morreu quando eu ainda era menino, antes que eu pudesse contar algo sobre meus planos de viagem, sobre meus sonhos.

Só o que restava dele era a ferrovia, seu mundo e sua vida ao longo de tantos anos, o apito de trem que ele imitava ao chegar em casa e um velho boné de maquinista. O resto tive que inventar, até seu rosto e seu jeito de andar. De original só seu olhar profundo e a mão sofrida que pousava em minha cabeça quando falava do primeiro trem que viu, ainda menino, e que se transformou em seu único sonho de vida.

Sobre minha mãe tenho pouco a dizer. Morreu quando eu nasci. Pelo menos foi o que me disseram quando perguntei. A foto que tenho dela está muito velha, de tanto olhar, pouco pode dizer também.

Por tudo isso tive que morar com minha tia. Mas não fiquei tempo suficiente para ter alguma boa lembrança ou algo em que pensar nas horas de solidão que se acumularam nos anos de colégio interno.

A única imagem feliz que tenho destes anos é a cara de Buster Keaton, sem um único traço de riso, conduzindo seu trem no filme *A general*, que nos foi mostrado num dia de festa no colégio. Neste dia, depois de muito tempo, eu vi um trem e percebi que era isso que faltava, que era essa a única possibilidade, a única fonte de sonhos e de vida que restava para mim.

Não havia trens perto da casa de minha tia, também não os havia perto do colégio, eles só estavam em meus sonhos e só eles estavam em meus sonhos. E eu nem imaginava onde eles iriam me levar.

Estação Butch Cassidy & Sundance Kid

Quando vi Paul Newman e Robert Redford assaltarem o trem pela primeira vez, tive medo. Em meus sonhos sempre fui o maquinista, o que leva o trem em frente, não podia admitir que alguém o parasse, que interrompesse a viagem. Mas aos poucos mudei de ideia e percebi que também eles tinham sua vida ligada ao trem, assim como eu. Os papéis eram diferentes, o caminho era diferente, mas o trem era o mesmo.

Até aquele dia eu seguia os trilhos, sem perceber que dessa maneira não era eu quem decidia o caminho a seguir, que, assim, eu apenas cumpria obrigações, que vivia a vida que me era apresentada, com os desvios que me eram indicados, sem nunca decidir, sem nunca fazer a minha viagem.

Fugi da escola. Tinha quinze anos e uma vida inteira por viver. A imagem do palhaço que não ri se desfez em minha mente e passei a me ver como um grande herói que vai atrás de seus sonhos, que decide os seus próprios caminhos, que assalta o trem e não liga para os trilhos que outros colocaram ali.

Peguei carona num caminhão e fui até a cidade mais próxima. Durante a viagem fui pensando no que fazia, e de certa forma me pareceu irônico o fato de eu deixar a segurança e a certeza da ferrovia para tomar o caminho pouco seguro que um caminhão traçava pela estrada.

Essa foi a primeira vez em que senti que de alguma maneira eu traía o meu destino, eu me afastava do que era minha única certeza em todos esses anos. Senti também estar longe de meu pai. À medida que o caminhão percorria a estrada eu deixava para trás não só o colégio, minha tia e o trem, eu fugira de tudo que tinha perdido e buscava algo que não sabia o que era, mas que não estava atrás de mim, estava em frente, no fim do caminho.

Logo percebi que o motorista do caminhão não tinha as respostas para as inúmeras perguntas que eu ia me fazendo pelo caminho. Fiquei calado. Ele cantarolava junto com o rádio e respeitava o meu silêncio.

O caminhão parou perto de uma enorme fábrica, e o motorista me disse que a partir dali eu tinha que seguir sozinho. Perguntou-me pela primeira vez para onde eu ia e o que faria na cidade. Não respondi nada. Não havia o que dizer. Ele mais uma vez compreendeu, tirou algum dinheiro do bolso e me deu. Agradeci sem falar. Ele sorriu e me mandou tomar cuidado. Desci do caminhão, enfiei o boné de maquinista de meu pai na cabeça e segui caminhando. Faltava pouco para a cidade e eu só conseguia pensar em chegar lá.

Estação Subway

Minha vida na cidade não foi diferente da de tantos outros que ali chegaram, vindos de todas as partes, sem nenhuma ideia do que fazer, para onde ir.

As primeiras noites passei na rua, dormindo em qualquer lugar em que pudesse me encostar. O dinheiro que tinha, usei para comprar algo para comer, e ele durou apenas três dias.

Creio que não é necessário contar todos os problemas por que passei, nem as dores que sofri, a vontade que tive de desistir de tudo, mesmo que eu não soubesse o que era esse tudo, e voltar, mesmo não sabendo para onde.

Na falta de outra solução possível, segui em frente. Além disso se havia criado em mim a ideia de não me deixar derrotar. Eu não podia voltar atrás e recomeçar de onde tinha parado. Eu nem saberia como recomeçar. Certamente deveria haver um trem.

Curiosamente, foi em meio a todas essas dúvidas que surgiu a solução. Precisavam de gente para trabalhar no metrô. Era um trabalho simples, só necessitava deixar bem limpa uma das estações, suas escadas, seu salão, suas plataformas.

Não era um trem, nem eu estava em um lugar onde o trem fosse algo importante, mas era uma solução. Por linhas tortas eu voltava ao meu destino. Se a vida de meu pai esteve sempre ligada ao trem, a minha poderia estar ligada ao metrô. Seriam duas gerações diferentes ligadas por um mesmo caminho, os trilhos, a certeza de chegar a algum lugar. Novamente eu me aproximava de meu pai e de meu destino há tanto tempo desenhado.

Estação Orient Express

Por algum tempo o trabalho no metrô foi tranquilo. Minha vida parecia tomar um rumo certo e eu me sentia orgulhoso, até feliz.

Pela primeira vez eu pensava na vida como algo prazeroso, algo que valia a pena. Pela primeira vez tive ideias mais sólidas com relação ao presente e ao futuro. Nessa época cheguei a ter amigos. O primeiro foi Chino, o rapaz que vendia bilhetes no metrô. Era filho de chineses e me falava do Oriente como algo mágico, misterioso. Por muito tempo sonhei com uma viagem para lá.

Foi Chino quem me apresentou para Bárbara, minha segunda amiga, e foi ele quem me convenceu a comprar um revólver e andar armado, para me proteger, pois morava em um bairro distante, no qual os assaltos eram constantes.

Tenho a impressão de que foi aí que minha vida mais uma vez mudou. Principalmente por causa de Bárbara, que de amiga passou a ser algo mais. Nos apaixonamos. Ela era bonita e dizia que me amava. E isso bastava.

Era a primeira vez que eu gostava de alguém, e perceber isso não foi fácil para mim. Nunca tive ninguém, nem carinho de fato, nem amor que eu pudesse lembrar. Nada. E com Bárbara tive tudo isso.

O pai dela não gostava de mim e procurava deixar isso bem claro. Ele trabalhava como segurança na mesma estação em que eu trabalhava, e ela vinha visitá-lo às vezes. Foi numa dessa visitas que Chino nos apresentou, e a partir de então ela começou a vir mais frequentemente, o que não passou desapercebido por seu pai.

Ele não gostava de mim, mas eu não ligava. Uma vez ele até tentou me bater, depois de pela centésima vez me dizer para eu ficar longe dela, mas eu me defendi com a vassoura. O resultado é que ele ficou com o dedo quebrado, e eu e Bárbara um tempo afastados.

Nesse dia tive vontade de matá-lo. E essa vontade reapareceu várias vezes depois disso. Mas eu não podia pensar nisso. Matar o pai de Bárbara para poder ficar com ela certamente significaria nunca mais vê-la.

Além disso, matar o pai de Bárbara ou quem quer que fosse significaria arriscar-me a perder tudo o que tinha conseguido desde que cheguei na cidade. Esse tudo não era muito, mas era tudo para mim, era a certeza de que eu estava no rumo certo.

A imagem de meu pai, em pé, na frente do trem, se reconstruía na minha cabeça, e eu a imitava junto aos vagões do metrô. Ele sentiria orgulho de mim. Com o seu boné em minha cabeça eu tinha certeza disso, eu tinha certeza.

Estação Ana Karênina

Um dia, quando chegava para trabalhar, ao descer a escada para entrar na estação tive uma estranha sensação. Senti que era como se eu estivesse sendo engolido pelo metrô. Mais que isso, eu me senti engolido pela cidade inteira. Eu era mais um ali, perdido em meio a tanta gente, no meio de tanta confusão.

Desci a escada com esse nó no peito e em minha cabeça se chocavam ideias de todos os tipos. Fugir, voltar, seguir em frente, os trilhos, a mão pesada de meu pai, os olhos de Bárbara, o ódio de seu pai, a morte, a vida.

Por alguns instantes cheguei a perder a noção de onde eu estava e do que estava fazendo, mas aos poucos me recuperei e fui trabalhar. Se eu tinha dúvidas sobre o que fazer, elas teriam que ficar para depois, eu tinha que trabalhar, eu precisava trabalhar.

Por azar ou por sorte, o pai de Bárbara foi a primeira pessoa que eu vi, e ele veio direto em minha direção, como se tivesse algo para me dizer. Atrás dele eu vi Bárbara, com as mãos sobre o rosto, sentada, chorando. Algo ia mal e este algo tinha a ver comigo. Não havia mais ninguém por ali.

Ele chegou perto de mim e não me deu tempo para nada, sua mão cruzou pelo ar e acertou-me no rosto. Caí sentado e em seguida senti um chute em meu queixo. Aos meus ouvidos chegavam palavras como canalha, sem-vergonha, bandido. Havia também uma voz fina que dizia que parasse, que não fizesse isso, que o bebê não merecia aquilo.

O homem gritou, sua raiva era incontrolável. Continuei ouvindo gritos e sons de tapas, mas não sentia nada em mim. Abri os olhos e aos poucos fui entendendo o que havia.

Olhei para o lado e vi que Bárbara estava apanhando de seu pai, e ele gritava que não queria neto algum, que não queria mais a sua filha, que queria morrer.

Ergui-me um pouco e tirei o revólver de dentro do casaco. Era difícil segurá-lo e apontar para o homem, mas eu tinha que fazer algo.

Apertei o gatilho. A força do tiro me derrubou novamente. Ouvi mais gritos, mas de repente eles cessaram. Olhei para o lado e vi o homem caído. Em poucos segundos os gritos recomeçaram. Dessa vez só Bárbara gritava, e os gritos eram mais desesperados que os de antes.

Eu já havia pensado em matá-lo e sabia o que isso poderia significar. Não havia ainda um futuro filho na história, mas agora não faz mais diferença.

Levantei-me e olhei tudo à minha volta. Meus sonhos não tinham ido muito longe. Lembrei de meu pai e de seu olhar profundo, lembrei do trem que ele me mostrava. Os trilhos dele o tinham levado por todos os lugares, até que se acabaram. E os meus, onde tinham me trazido?

Bárbara seguia chorando. Em sua cabeça as palavras amor, ódio, pai e filho deviam estar se misturando. Na minha só havia trens e trilhos, que deviam levar a algum lugar. Meu pai saberia aonde.

De repente percebi que algumas pessoas chegavam à estação e que, movidas pelos gritos, dirigiam-se à plataforma em que estávamos. Corri. Enfiei-me pelos corredores que aprendera a conhecer tão bem. Em breve a polícia chegaria e eu não queria estar ali.

*

Faz pouco tempo que cheguei aqui nesta estação de trem. Ela está quase desativada, são poucos os trens que saem daqui. Este foi o único refúgio em que consegui pensar. Nas ruas não havia onde me esconder, minha vida sempre esteve perto dos trilhos, porque perto deles me sinto seguro.

No pouco tempo em que estou aqui sentado pude pensar em tudo o que ocorreu. Não eram esses os sonhos que eu tinha quando menino, não era este o ponto em que queria chegar.

O pior é que não consigo perceber exatamente onde eu errei. Deveria ter seguido os trilhos quando jovem, permanecendo no colégio interno ou com minha tia? Ou será que o que fiz durante todo esse tempo, mesmo quando decidi mudar o rumo de minha vida, não foi seguir uma rota traçada sem a minha participação, sem meus palpites, um destino cruel e impiedoso, do qual não se pode fugir? Não sei. Tudo se confunde em minha cabeça. As certezas que via nos olhos de meu pai não são minhas.

Mas ainda há um caminho a percorrer. Ouço o apito do trem, é minha chance. Estes trilhos vão para algum lugar, longe daqui. Mais um passo e eu alcanço.

Madrid,
Febrero de 1992

II – Crônicas

Professor Pescador, vida e obra

Fabio Bortolazzo Pinto

Não tenho certeza absoluta, mas pelo que sei o Professor Pescador nasceu entre o final de 1997 e o início de 1998, tão velho quanto o jovem Benjamin Button e já com vários serviços prestados à cultura universal. Apesar de sua inequívoca contribuição para o desenvolvimento do saber humano, a incompreensão dos pares com relação às suas bombásticas descobertas – fruto de incansável trabalho de pesquisa, análise e reflexão sobre os mais inesperados temas – tornou-o ímpar.

Autoexilado em alguma praia jamais revelada do litoral gaúcho, tendo como única companhia seu fiel cãozinho Albuquerque, o Professor distribuía semanalmente, através de um "zine" eletrônico chamado Arcana, capitaneado pelo então graduando do curso de Licenciatura em Letras da UFRGS Marcelo Frizon, o resultado de suas notáveis especulações movidas por instinto investigatório igualmente notável. Os leitores, jovens em sua maioria, talvez não estivessem exatamente prontos para as revelações com que foram agraciados. Tal fato, suspeito, pouco importava ao honorável Professor: ainda que temperamental e melancólico, era também generoso e solícito, jamais deixando de responder publicamente as mensagens que lhe eram remetidas: geralmente pedidos de esclarecimento sobre este ou aquele ponto teórico obscuro.

Também não deixou de rebater, sempre em nome "da verdade e da justiça", as provocações de outros articulistas da Arcana, como Andrea Perrot e Rudolf Höering (este último, que se apresentava como "Cientista Metafísico", travou breve polêmica com o Professor, ao fim da qual foi, a meu ver, colocado em seu reduzido e devido lugar).

Dentre os estudos realizados pelo Professor, destaco pelo menos dois: aquele que empreendeu acerca da biografia e das pesquisas do subestimado irmão gêmeo de Albert Einstein, Almost Einstein, e o que desvenda a trama mistificatória habilmente montada em torno do Pagode. Até as esclarecedoras crônicas em que o Professor trata dos irmãos Einstein, acreditava-se que a fórmula da Teoria da Relatividade, por exemplo, era aplicável sobretudo à ciência que estuda as leis do universo no que diz respeito à matéria, à energia e suas interações; a verdade que o Professor traz à tona é que se trata, também, de uma aflita tentativa de Albert de revelar ao mundo a existência do irmão e o elo profundo que os unia. Sobre o popular estilo musical chamado Pagode, partindo da análise de uma cena vista à beira-mar o Professor observa a estrutura de culto messiânico subjacente às apresentações dos conjuntos ligados a esta vertente do samba e chega, através de uma intrincada teia de deduções lógicas, ao grande líder da seita. As crônicas do Professor, todavia, não versam apenas sobre tão altas especulações. A já citada generosidade do cientista e sua desmedida curiosidade sobre toda e qualquer informação levaram-no a tratar também de fatos pitorescos e cotidianos. Sem nunca perder de vista a natureza efêmera do gênero cronístico, o Professor discorre, sempre do alto de seu vasto conhecimento acerca da cultura brasileira e universal, documentado pela modesta referência que faz a seus ensaios científicos, sobre curiosidades linguísticas e acontecimentos que hoje trazem um sabor nostálgico, como a eleição de Carlos Heitor Cony para a Academia Brasileira de Letras, o triunfo do filme *Beleza americana* na premiação do Oscar de 1999 e a comemoração dos quinhentos anos do descobrimento do Brasil.

Diante de tudo que foi dito, resta-me sugerir ao leitor que preste total atenção às palavras do Professor Pescador e tente, através delas, desenvolver a capacidade de discernimento, aprofundar e aguçar o olhar crítico sobre aquilo que o cerca, ou seja, "polir a lente", na feliz expressão de Edmund Wilson. Esta é, sem dúvida, a grande lição transmitida pelo conjunto de crônicas a seguir.

Em tempo: as crônicas do Professor Pescador foram escritas pelo meu muito saudoso amigo e "cúmplice" Sérgio Luís Fischer no final de 1999 e no decorrer do ano 2000. Para deleite do leitor, nelas está registrada a saudável ironia e a imensa capacidade humorística que, em muitos momentos, revelam uma opção pessoal do Sérgio de encarar a vida. Nunca perdeu uma piada e tampouco, até onde sei, um amigo. Quem teve o privilégio de usufruir do convívio com ele sabia bem com que tipo de gozador estava lidando e o aceitava de muito bom grado. Uma das características mais encantadoras do Sérgio era justamente sua capacidade de rir (e fazer rir) de tudo e todos à sua volta. Neste sentido, se me permitem um comentário pessoal, sua companhia faz uma falta danada: além da camaradagem e da solidariedade em todos os momentos – outras marcas de sua personalidade –, o tipo de cumplicidade intelectual (de natureza, principalmente, lúdica) que nele encontrei deixou uma lacuna que talvez nunca mais consiga preencher. De qualquer forma, e felizmente, as quatorze crônicas (eram para ser quinze, mas não consegui localizar a primeira) que compõem a "Espinha dorsal", título geral das colunas do Professor Pescador, vão bem além do valor afetivo que nelas encontro. Enfim, talvez devesse escrever mais, tentar explicar ao leitor como é difícil suprir – no coração, principalmente – a ausência deste amigo luminoso que riria, com certeza, deste meu desconjuntado prefácio, mas prefiro não prejudicar com a minha saudade a graça, a leveza e o humor irresistível das crônicas do Professor Pescador.

O conselho/refrão de Walter Franco, que o Sérgio repetia sempre – "Tudo é uma questão de manter a mente quieta, a espinha ereta e o coração tranquilo" – ficou bem mais difícil de seguir sem ele por perto.

Espinha dorsal – A coluna do Professor Pescador

O que se ganha na tradução

Dia desses chegou por email a revista Arcana, da qual passo a ser assinante (aliás, assinante via email é emeliante? – Primeira sugestão pra dita revista: criar uma sessão de emeliantes ilustres). Lá na Arcana vi um artigo assinado por minha amiga e colega Andrea Perrot, digna estudiosa da obra assisina (de Machado de Assis – assim como verissima é de um dos Verissimos, amada ou amadora é do Jorge Amado, ramificada, ramal ou rameira é do Graciliano, e doiodocu é do José Lins do Rego).

No referido artigo, a Andrea fala sobre os problemas da tradução; de como os leitores perdem ao conhecerem textos de autores estrangeiros via tradução, sem ter o real valor da obra original, no idioma pátrio do autor... Pois bem, li o artigo e resolvi meter meu bedelho, preocupado que sempre estou com causas perdidas e, na falta de coisas mais úteis pra fazer, disparo meu arsenal de bobagens contra quem se apresenta à minha frente.

Sei que não precisaria discorrer muito sobre o tema, uma vez que penso já ter esgotado a questão em minha última publicação: *Falando inglês qualquer um é Shakespeare: quero ver escrever Otelo no Burundi*. Para quem não leu esta obra, creio que a simples reflexão sobre seu título já é suficiente para a compreensão do teor do tratado. Em outras palavras, discordo da colega Andrea, pois creio ser muito fácil ser original no próprio idioma, o difícil é permanecer original copiando algo que já existe.

Para exemplificar meu ponto de vista, antecipo aos leitores desta prestigiosa revista alguns itens que vão compor meu próximo trabalho, cujo título provisório é *Traduzo e abuso*. Procuro, neste trabalho, apresentar de forma clara e precisa a tese de que tudo é traduzível, e o faço a partir de várias traduções (a maioria de minha própria autoria) da obra rosácea (obviamente de Guimarães Rosa), autor sobre cuja obra pesam os maiores problemas de tradução em nossa língua.

O primeiro exemplo que tomo é da tradução de *Grande sertão: veredas* para o Mandarim Paulês, língua de origem milenar transformada em dialeto regional e ainda utilizada nas ruas do bairro da Liberdade em

São Paulo. Ao empreender esta tarefa, logo deparei-me com uma dificuldade: como traduzir a expressão "nonada", que abre a obra de Guimarães Rosa? Logo a seguir, após algumas reflexões abdominais, percebi que me encontrava não diante de um problema, mas diante de um achado linguístico: para verter a expressão "nonada" para o dialeto em questão, bastava acrescentar a seu final uma expressão típica dos falantes de origem oriental, modificando, se quiserem maior precisão, um pouco a entonação da expressão original, conseguindo, desta forma, um efeito jamais pensado por Guimarães Rosa, mas completamente integrado a seu processo renovador da linguagem. Assim, "nonada" vira "nonada, nô?" e a tradução, perfeita, mantém todas as intenções estéticas do autor original e ainda acrescenta maior força de significação para um leitor paulistano-oriental.

Neste processo de tradução, para o Mandarim Paulês, encontrei, porém, um problema real: por diferenças na expressão oral, elemento fundamental na prosa de Guimarães Rosa, é necessário estar atento ao fato de que, ao serem traduzidas para o dialeto oriental, certas expressões tipicamente interioranas correm o risco de voltarem a suas formas eruditas, nada fiéis aos objetivos do autor brasileiro. Por exemplo: quando uma personagem rosácea diz algo como "vi um vurto", temos no termo "vurto" uma modificação da forma culta (e não da folma curta) "vulto". Ao traduzir esta expressão ao Mandarim Paulês, sentimos a tentação de optar pela forma "vurto", para manter fidelidade ao falar regional proposto pelo autor. Porém, se quisermos ser fiéis ao falar do público alvo, falantes do Mandarim Paulês, devemos usar a expressão "vulto", uma vez que existe esta tendência de modificar para "L" o que originalmente era "R".

No final, optei pela forma "vulto", deixando claro ao leitor de meu estudo que "vulto" não é a forma culta de "vurto", mas a forma popular-oriental do "vurto" regionalista. Em outras palavras, temos, para efeitos de tradução, uma dupla regionalização do termo: o autor original sai de "vulto" e chega à forma "vurto"; enquanto o tradutor, seguindo o mesmo caminho, sai da forma "vurto" e chega à expressão final "vulto".

Um outro exercício de tradução por mim empreendido teve por base a mesma obra rosácea. Só que desta vez a língua de destino foi o inglês. Novamente, em minhas pesquisas, cheguei a conclusões que vão, por certo, revolucionar o caso da tradução e também as certezas linguísticas até agora estabelecidas, cristalizadas e eternas.

Neste processo, ao traduzir a primeira palavra novamente "nonada", deparei-me com a expressão "nonothing", logo substituída por "ninothing", uma vez descoberta uma ligação existente entre o falar regional

Ficção, poesia e pensamento | 117

sertanejo brasileiro e a linguagem de certa ordem de cavaleiros medievais, francos opositores dos cruzados do Rei Artur: os pouco conhecidos Cavaleiros NI, que buscam assemelhar expressões fundamentais de seu falar ao próprio nome, ganhando, com isso, segundo sua crença, maior força física a partir da força verbal conquistada.

Com estes rápidos exemplos, creio ter elucidado algumas questões fundamentais do processo de tradução. E, se por acaso algum leitor não concorda com minhas teorias, apresso-me a culpar o tradutor e peço que me leia no original.
Sem mais.

(Começo da colaboração regular)
Pois bem, estamos de volta. Eu e Arcana, Arcana e eu.

Pra quem não me conhece, andei escrevendo por aqui no ano passado e sei que nada mais foi igual depois que passei pelas páginas desta revista. Os meios culturais porto-alegrenses entraram em colapso após o debate que travei nestas páginas com a "coolega" Andrea Perrot. A prova do que digo é o fato de os jovens que editam este interperiódico terem me convidado para assinar uma coluna regular.

Depois de muito pensar, aceitei o convite, com a condição de não apenas assinar a coluna, mas também escrevê-la. Assim é que deixo de lado minha aposentadoria precoce, a boa vida que levava junto a meu cãozinho Albuquerque, e passo a estar com todos vocês, assinantes de Arcana.

O que vocês encontrarão nesta coluna? Um pouco de tudo, será uma espécie de crônica de nossa época, resgatando o sentido original do termo – de Kronos, do tempo. Cinema, literatura, futebol, música... tudo tratado com "engenho e arte", se me permitir nosso pai geral, Luís de Camões.

Preparem-se, pois, para a Revelação. Trago o fogo prometeico, o ácido desoxirribonucleico, "mato nus peito" e sigo do meu jeito. Cada vértebra desta coluna será um marco para a sustentação do saber eterno. E vou fundo, até os ossos.

Hefaistos

Ao longo desta semana recebi várias mensagens comentando efusivamente minha estreia como colunista regular de Arcana. Confesso que não me causou surpresa tal fato, uma vez que se tratava de um retorno à vida pública, da qual me havia retirado para gozar de minha aposentadoria junto a meu cão Albuquerque. Sabia eu, portanto, que existia uma grande sede, por parte do público, de beber de minha sabedoria. De qualquer modo, agradeço as palavras a mim dirigidas.

Mas uma carta em especial motivou-me a escrever a coluna desta semana. Um velho amigo, a quem chamarei Hefaistos, por ser coxo e feio, relatou-me suas infelicidades amorosas: todas as belas mulheres que já teve e a solidão em que constantemente se encontra. Em meio a elogios ao meu retorno, diz Hefaistos estar desiludido e pergunta-me se há algo que eu possa dizer-lhe para confortar sua dor.

Aproveitando este momento, publico um antigo poema escrito por mim, quando levava adiante os meus estudos referentes às evoluções ambíguas (categoria por mim criada) dos verbos latinos.

Um dos casos mais interessantes por mim pesquisados foi o do verbo "plicare" (dobrar), que evolui seu significado para "chegar", em povos costeiros (pelo fato de os marinheiros dobrarem as velas no retorno à casa), e para "partir", em povos mediterrâneos (pelo fato de serem dobradas as barracas na hora da partida).

Assim, dedicado neste momento a meu bom amigo Hefaistos, envio o meu *Plicare*.

Plicare

Dói sempre vê-las a ir
Plicare – dobrar as tralhas – partir

Sempre outra vem no lugar
Plicare – dobrar as velas – chegar

E é sempre o mesmo:
        duplicar
        complicar
        explicar

Se ao menos o coração não ficasse a suplicar...

I / Y

Pois bem, temos um novo acadêmico. Carlos Heitor Cony tornou-se o mais novo imortal de nosso país ao ser eleito para a ABL, o sustentáculo maior de nossa cultura. Ali estará ele acompanhado de Roberto Campos e Roberto Marinho, seus ilustres pares, que, como ele, tanto contribuíram para o engrandecimento da cultura em nosso país.

Sei que não faltará quem encontre em minhas palavras iniciais uma ponta de inveja, causada pela raiva de nunca ter atingido tal grau de reconhecimento, mesmo que meus trabalhos nos campos da tradução e da crítica literária (não incluo aqui minha produção lírica e ficcional, por estarem apenas recentemente sendo conhecidas do público leitor) sejam referências constantes em nosso universo cultural. Porém, do aconchego deste meu mundo paralelo, de minha aposentadoria na companhia de meu cãozinho Albuquerque, apresso-me em afirmar: não me interessa ser acadêmico. Tomo, como minha, a postura do escritor espanhol Camilo José Cela, que dizia serem "casas de putas" todas estas academias e premiações (principalmente aquelas que não o tivessem acolhido e escolhido ainda).

Volto ao Cony. Apesar de não considerar tal eleição como um reconhecimento de real valor, parabenizo o escritor em questão e aproveito para recomendar a meus leitores habituais que o leiam – com o coração aberto e com voracidade –, pois trata-se de um grande escritor. Suponho que o melhor deste nosso fim de século. Há em sua produção pelo menos quatro obras de inegável genialidade: *Pilatos*, *O ventre*, *Matéria de memória* e *Quase memória*.

Se há por aí alguém à procura de temas para teses acadêmicas, sugiro uma análise aproximativa entre duas de suas obras: *Pessach: a travessia* e *Romance sem palavras*, romances que trilham caminhos semelhantes e podem ser vistos como complementares, ainda que em muitos momentos apresentem elementos superpostos, personagens e cenas que se repetem... Fica a ideia – não vou cobrar direitos.

Para levar adiante meu comentário, deixo como recomendação expressa a leitura de *Quase memória* e chamo especial atenção para a cena em que o pai resolve preparar seu filho, em casa, através de aulas específicas, para o exame de ingresso no seminário. A cena antológica é aquela em que o filho apresenta ao pai uma redação em que fala sobre um gigante assustador e afetuoso ao mesmo tempo, capaz de fazer tremer e capaz de alegrar. O pai-professor, evidentemente retratado no gigante, lê, corrige o texto, recomenda leituras extras ao filho-aluno e, segue o Cony: "Falou, falou, falou – não compreendeu". Insuperável momento de dor e lirismo.

Para terminar, uma implicância: o nome do autor. Tenho dedicado, como todos sabem, minha vida ao estudo de questões linguísticas, no intuito de retirar das várias línguas sua lógica interna e sua coerência filosófica. Impossível deixar de notar, portanto, a grave e evidente falta de lógica presente no nome do autor em questão: chama-se Cony (coni), registra-se Cony (coni), mas se escreve com Y. Visivelmente temos um nome contraditório: ou deveria ser seu nome grafado na forma Coni, para estarem de acordo forma e conteúdo, enunciação e grafia; ou deveria seu nome ser trocado para Conipsilone, da mesma forma ajustando os elementos gráficos e sonoros da palavra.

Para aqueles que se interessam por este meu estudo referente à lógica dos nomes, recomendo que leiam meus conhecidos ensaios: "Moacyr Scliar is clear?!" e "Será mago o José?!"

(Sobre a premiação do Oscar de 1999)

Pois bem, Almodóvar levou um Oscar. E *Beleza americana*, vários. Já falei do filme nesta coluna e nem meu cãozinho Albuquerque aguenta mais me ouvir falar no tema. Das duas, uma: ou não entendo de cinema ou não entendem os demais. Pensando melhor, existe uma terceira possibilidade: eu não entendo os demais.

Ganhar um Oscar nunca foi sinônimo de qualidade, nem são os norte-americanos felizes em suas autocríticas... de qualquer forma, antes *Beleza americana* do que *Titanic*. Aliás, como um tema puxa outro, prêmios nunca são de fato elementos que garantam qualidade superior aos premiados – já falei sobre isso também na semana passada – e Albuquerque acaba de enfiar-se embaixo do sofá – é o que ele faz quando percebe que me repito, que me esgoto e me torno comum. Pensando bem: não consigo me achar comum. Aliás, formular uma frase como esta já é ir longe demais no que diz respeito a intimidades.

Mas então, que têm os demais a ver com minha repetitividade? Digo e repito: são eles os demais e, apesar de retirado deste mundo de competições e prêmios e busca de lugar ao sol, sinto-me na obrigação de ser uma luz a iluminar o caos que me cerca. Sirvam-se de minha luz.

(Sobre os 500 anos do descobrimento do Brasil)

Pois bem, estamos em abril, mês do descobrimento. Logo vem maio, mês das noivas. Aliás, nunca entendi o motivo de maio ser o mês

das noivas e outubro, o mês das crianças! Não deveria haver uma distância de pelo menos nove meses entre uma coisa e outra?
Mas abril é o mês do descobrimento. Na verdade não deveríamos chamar a chegada dos portugueses por aqui de descobrimento do Brasil: o que houve foi o cobrimento, uma vez que os índios andavam nus e a moralidade portuguesa os "cobriu", como já nos disse Oswald de Andrade. Mas deixa pra lá, é o mês do descobrimento. E neste ano 2000 chegamos aos quinhentos anos do tal descobrimento. O resultado disso é que basta olhar para o lado para ver as comemorações dos 500 anos em nossos narizes. E pelo jeito tem casa comercial (pra não dizer loja, que é antigo) que deve ter sido inaugurada no dia seguinte à primeira missa. Quem faz quinhentos anos afinal? Nós? Nós quem?

É como a história acontecida com uma amiga minha, que depois desse fato não ficou mais tão amiga assim. Estava ela, com seu cabelo loiro, seus olhos azuis e seu nome europeu, num palácio em Madri, Espanha (pra quem não sabe) e, vendo tanto luxo e ouro, não resistiu e, num ato de heroísmo, bradou: "Vejam o que fizeram com o nosso ouro!"

Imediatamente perguntei-lhe se por acaso ela se chamava Tupinambá ou coisa assim, se pintava o cabelo com cauim e se havia feito há muito tempo sua última pajelança.

Repito: nós quem?

Outra coisa: há poucos meses vibramos todos (com foguetórios que fizeram meu cãozinho Albuquerque passar uma semana sob o sofá, apesar de minhas tentativas de explicar-lhe que os humanos são assim, felizes, criativos, festeiros, barulhentos e idiotas...) com a chegada do ano 2000, e passamos horas discutindo sobre quando se inicia de fato o século XXI... Pergunto eu: e os 500 anos? Afinal, o que comemoramos? Ou estamos às portas do século XXI, ou comemoramos os 500 anos?

Ufanisticamente, portanto, em meio a tantas frases comemorativas, lanço meu eslogão (forma brasileira de slogan – conforme afirmo em meu último livro Ãn? *se traduz por Ão?, mesmo em caso de dúvida*) para o esclarecimento das massas:
"Brasil 500, rumo ao século VI".

BRASIL 500 – *rumo ao século VI*

Causou certo rebuliço uma de minhas últimas crônicas, justamente aquela em que lançava este eslogão acima reproduzido. Alguns leitores mandaram mensagens indignadas, chamando-me de antipatriota, de não estar prestigiando devidamente os índios, que antes destes quinhentos anos tão badalados já andavam por aqui. Segundo estes irados leitores, ao falar que estamos entrando no século VI eu estaria renegando este nosso passado indígena...

Por favor! Em primeiro lugar, poderia eu argumentar que, de fato, estou longe de reconhecer em mim um passado indígena. Mesmo sendo "pescador", não me vejo nu com uma lança na mão à espera de que um peixe desavisado passe por perto de mim. Mas não é isso que quero dizer.

Estes leitores que assim me acusam demonstram um desconhecimento gritante do esforço que tenho feito ao longo de meus largos anos para a valorização dos elementos da cultura indígena em nossa cultura, digamos, brasileira. Policarpicamente, recolhido a minha humilde casinha à beira da praia, para gozar os anos finais de minha existência, ciente de já ter contribuído suficientemente para o engrandecimento de nossas letras (e números: minhas análises freudianas dos números complexos estão aí para quem desejar entendê-los e entender-se melhor), pratico a pajelança mensalmente, como um grito de resistência contra o "luau" semanal promovido por meu vizinho, a quem já pensei também em escalpelar, mas sua falta de cabelo me inviabiliza o plano.

Durmo em rede, integro-me à natureza, pinto-me com caium em dias de festa e até meu cãozinho Albuquerque já tem progredido em sua tentativa de latir em Tupi.

Aliás, por falar na tão rica língua indígena, e para calar a boca destes maldizentes leitores, relembro aqui um de meus mais festejados trabalhos de pesquisa linguística, publicado com o título de "Tupi-niquinho: líquidos indígenas na cultura brasileira". Nesta obra, dedico um capítulo especial aos rios mitológicos da cultura indígena e sua influência e integração à nossa cultura nacional.

Todos sabem que o sufixo "i" designa, em Tupi, o rio; como em Caí, Tramandaí, Jacuí e tantos outros. E foi este meu ponto de partida. Porém, não fixei minha análise nestas referências óbvias, fui mais fundo nestas águas, se me permitem o trocadilho. Vejamos.

Uma das expressões mais comuns de nossa língua é o popular cumprimento "E aí?", até hoje visto como uma criação da cultura urbana do século XX. Errado: temos aqui um exemplo da influência tardia do Tupi em nosso idioma. Este "E aí" remete-se, na verdade, ao mitológico rio "Iaí", considerado pelos indígenas como um rio milagroso, o rio das revelações; portanto, quando dizemos "E aí" estamos manifestando, inconscientemente, o desejo de que se nos revele algo que não sabemos. Fazemos, portanto, um apelo a divindades tupis, que, segundo a tradição, inspiram os nossos interlocutores a responderem nossa indagação, revelando o desconhecido para nós.

Da mesma forma, a expressão "Tamos aí", tão inocentemente pronunciada por nosso povo, não é nada mais que a demonstração solidária, de disposição para o que quer que seja, inspirada nas águas do rio da purificação e da ajuda, em Tupi chamado "Tam'saí".

O que mais surpreende nesta pesquisa sobre os rios mitológicos é a descoberta de que a influência do tupi vai além de nossas fronteiras. É sabido, por exemplo, que vários índios foram levados para a Europa no século XVI (nosso século I, para não perder a ideia inicial) como exemplares de uma cultura exótica, sendo vistos quase como animais de um zoológico perdido num mundo desconhecido. Um destes índios, indo à Inglaterra e não suportando a escravidão a que estava submetido, foge e refugia-se na margem de um rio, identificado por ele como este rio da purificação, da sua salvação. Abrigado em suas ribeiras, este índio, cujo nome permanece desconhecido, batizou o rio com o nome daquele rio mitológico e até hoje os ingleses se orgulham de seu "Tâmisa" sem saber a real origem de seu nome.

Zweistein

Não sei se perceberam, mas andei afastado por algumas semanas. Sei que circularam boatos por aí de que eu havia morrido, de que tinha sido finalmente fulminado por um raio divino durante um de meus rituais de iniciação cabalística, de que meu cãozinho Albuquerque tinha fugido e me deixado na mais profunda depressão, o que teria me levado ao álcool e ao suicídio. Mas não, hereges, estou aqui, mais forte do que nunca.

Se querem mesmo saber, tive uma dor horrível, causada por um cálculo renal, e esta volta à Idade da Pedra serviu-me como uma revelação. Descobri algo fantástico e passei as últimas semanas em febril pesquisa sobre aquela que deverá ser a maior descoberta deste ano 2000. Para não deixá-los ainda mais curiosos, e para que mais uma vez se faça justiça e seja reconhecido o meu nome nos autos da sabedoria universal, venho a esta revista divulgar minha descoberta.

Ao longo da história da humanidade, os gêmeos sempre foram motivo de curiosidade, medo, angústia e espanto. Principalmente quando univitelinos e antagônicos em seus comportamentos. Dois seres idênticos agindo de forma contraditória é algo assustador e, bem, a Literatura já se encarregou de nos contar boas histórias sobre isso. O caso que vou relatar é distinto.

Desde que me afastei da vida agitada das grandes cidades e me recolhi a esta casinha de praia, na companhia sempre agradável de meu cãozinho Albuquerque, tenho dedicado parte do tempo a pesquisar a biografia de personalidades de nossa História. E numa destas buscas pelas verdades ocultas nos relatos biográficos das grandes figuras deparei-me com um documento precioso, a certidão de nascimento de Albert Einstein, e ali deu-se a revelação. Einstein, o nosso Einstein, não era filho único. Aliás, nem havia nascido só. Ele tinha um gêmeo, que até hoje, por motivos que minha pesquisa trata de aclarar, ficou oculto, não recebendo uma linha sequer na rica biografia de seu irmão.

Pois bem, Albert tinha um irmão gêmeo. Almost. Almost Einstein. Um irmão que, segundo meus estudos, tinha igual tendência à pesquisa científica, mas que foi preterido por alguns insucessos neste campo, escondido pela família, para não denegrir a imagem do gêmeo famoso. Só que, como toda mentira, esta também chega ao final, no momento em que divulgo estas notas referentes a meu grandioso descobrimento.

Leitores da Arcana, saibam que, nas próximas semanas, vocês serão levados ao universo mágico e maravilhoso das pesquisas deste novo gênio, o gênio gêmeo, Almost Einstein, entre cujos trabalhos encontram-se teorias brilhantes como a intitulada: "Seria Moby Dick a patriOrca das baleias?". Preparem-se. Albuquerque já está vibrando.

Almost Einstein

Na semana passada, revelei, para surpresa e terror da comunidade científica internacional, minha mais recente descoberta: a "gemialidade" de Albert e Almost Einstein. Do Albert todos sabíamos, mas a revelação da existência de um irmão gêmeo deixado por toda vida em segundo plano não era esperada por ninguém. E mesmo os maiores admiradores do gêmeo famoso ficaram um pouco decepcionados com este fato que, de certa forma, nos faz rever tudo que sobre ele se disse até hoje.

Mas deixemos Albert de lado – ele já fez muito pela ciência e, provavelmente, não foi o responsável direto pelo ostracismo a que foi condenado seu irmão. Deixemos de lado. O que interessa é recuperar a biografia do gêmeo desprezado. Suas ideias, seus projetos científicos tão pouco valorizados e as contribuições que ainda podem ser descobertas em sua obra, para toda a humanidade.

Almost, assim como o irmão, dedicou-se, como já disse, à ciência, às pesquisas, a grandes projetos em busca da explicação definitiva de nossa existência. Porém, ao contrário do irmão, seguiu um caminho um pouco diferente e – naquele momento – tão revolucionário que não foi compreendido nem pela comunidade científica, nem pela própria família, que o escondeu do mundo no resto de sua vida.

O caminho trilhado por Almost foi o da integração completa de todos os conhecimentos: a interdisciplinariedade total. Para ele, o conhecimento humano não deveria ser estudado e estabelecido como compartimentado. Diz ele em uma carta que descobri perdida entre as páginas de um volume do *Kama Sutra* em sua biblioteca particular:

"Deixa disso, meu bem, somos todos um só, integrais. Gêmeos ou não, idênticos ou não, fazemos parte de um todo muito maior que nós. E se meu irmão não está em casa, que mal há em nos dedicarmos a certas pesquisas mais profundas?"

Fica evidente seu desejo de buscar o conhecimento além dos limites do que aquela sociedade podia entender. Nem mesmo o irmão, genial como ele, conseguiu entender – tanto que separou-se da mulher a quem Almost havia dirigido aquela carta.

Os escritos deixados por Almost ainda estão dispersos, e tento neste momento fazer uma seleção do que de mais precioso nos deixou o esquecido cientista. É um trabalho árduo e será, sem dúvida, tão demorado quanto glorioso. Mas para que o público em geral tenha uma prévia do que pode encontrar nas páginas deste luminar da interdisciplinariedade, adianto algumas de suas mais importantes pesquisas neste campo do saber.

Em seus estudos sobre a CARDIOLOGIA ESPORTIVA, descobriu Almost que um ataque cardíaco, quando formado por dois ponteiros bem abertos e um centroavante matador, só pode ser parado por uma defesa violenta. A partir deste conceito, ele desenvolveu a vitamina Scolaris, que seria o antídoto perfeito para tal moléstia.

No campo da QUÍMICA PENAL, desenvolveu Almost inigualáveis estudos sobre as cadeias carbônicas e concluiu dizendo serem as primeiras cadeias de onde não há fuga possível.

Uma de suas mais importantes pesquisas interdisciplinares deu-se no campo da HIPOASTRONOMIA, principalmente pela divulgação do conceito definitivo do fenômeno chamado Equinócio: momento em que cavalos atravessam a Linha do Equador em um lindo dia de sol.

Com relação a este último conceito, ainda parcialmente estudado por mim, parece haver uma evidente tendência à integração da mitologia clássica nos estudos da mais moderna ciência, o que nos revela o caráter clássico deste cientista inigualável.

Prometeu e cumpriu

Na última coluna revelei, de passagem, o fato de Almost Einstein (o gêmeo esquecido de Albert Einstein) ter um gosto todo especial pela cultura clássica e, principalmente, pela mitologia dos povos antigos. Uma das maiores provas disso é sua análise das tragédias gregas, que agora, graças a meu trabalho de pesquisa, chega ao conhecimento público.

Almost sempre preferiu as tragédias, tanto que chegou a propor a utilização de alguns inventos seus na produção de catástrofes urbanas que, segundo ele, seriam a base para o surgimento de argumentos para tragédias modernas, fato que elevaria nossa sociedade moderna às glórias alcançadas pelos gregos.

Embora nunca tenha levado a efeito tais planos, Almost, que viveu um tempo exilado no México, provavelmente serviu de base para o surgimento dos famosos dramalhões mexicanos – manifestações artísticas que tentaram aproximar-se da expressividade dolorosa das tragédias gregas.

Mas seus estudos foram além disso. Dedicou-se o nosso grande intelectual obscuro ao estudo aprofundado dos textos de Sófocles, Ésquilo e Eurípides, deixando, entre seus escritos, um dos mais completos estudos sobre o Prometeu Acorrentado.

Neste estudo, inexplicavelmente ignorado pela crítica de nosso século, busca mais uma vez nosso esquecido Almost aproximar diferentes disciplinas, tentando provar que o saber humano é uno e indivisível. Assim, diz ele ser esta tragédia um dos momentos de união entre o saber mitológico e o conhecimento popular – uma vez que estamos diante de um texto de inigualável erudição, mas que trata de um tema bastante próximo de nossas vidas: o alcoolismo.

O motivo de Almost ter-se dedicado a tal estudo está, possivelmente, numa constatação que tenho feito ao longo destes meus exaustivos estudos de sua biografia, o que me leva a estudar, paralelamente, a biografia do gêmeo famoso, o Albert, que, ao que tudo indica, sofria deste mal (aquela famosa foto em que ele aparece com a língua de fora teria sido tirada num momento de forte bebedeira).

Desta forma, preocupado com a saúde do irmão, que, ao contrário, não deu muitas mostras de interessar-se pelo gêmeo em sua vida, Almost desenvolve um estudo sobre o Prometeu, tentando, através da aproximação entre a medicina e a mitologia, aconselhar seu irmão a largar o vício da bebida.

Em seu estudo Almost classifica esta peça na vertente teatral diretamente vinculada à figura do deus Baco – do vinho e do teatro – e diz que o personagem central, nosso sofrido Prometeu, condenado a viver acorrentado a uma rocha, representa o humano que se perdeu no vício etílico e é por isso punido severamente, tendo sua saúde abalada para sempre.

Para provar tal pensamento, Almost nos faz pensar sobre o fato de que, nesta rocha em que está acorrentado, Prometeu é seguidamente atacado por uma águia que lhe vem comer o fígado, órgão que se reconstitui nos períodos de ausência da ave, que volta sempre a devorar-lhe o órgão hepático. E conclui nosso brilhante cientista e crítico literário que tudo isto deveu-se ao fato de Prometeu ter entregue aos mortais o segredo do fogo. Em outras palavras, Prometeu foi o primeiro ser a sofrer de problemas do fígado por causa de um "fogo".

Desta forma tentava Almost advertir seu irmão sobre os males da bebida, o que parece não ter surtido muito efeito, muito embora tenha levado Albert Einstein a manifestar um forte sentimento de culpa em relação ao irmão. Mas este fato merece ser melhor apresentado – em outra oportunidade.

Os irmãos Einstein

Desde que iniciei esta minha pesquisa sobre a figura de Almost Einstein, o irmão esquecido de Albert Einstein, uma pergunta não sai de minha mente: qual a posição de Albert a respeito da ocultação de seu irmão? Teria ele participado deste plano de escondê-lo? Seria ele conivente com o restante da família no ato de, em nome da glória do gênio Albert, fazer desaparecer o gêmeo Almost e todos os seus valiosos estudos sobre a ciência e a cultura?

Parece evidente que os motivos que levaram a família Einstein a este desesperado ato envolvem a figura do gêmeo famoso, como forma de preservá-lo de supostas vergonhas causadas pelo gêmeo que permaneceu anônimo (até o momento em que me debrucei sobre estes valiosos documentos ignorados pela crítica e pela ciência). Também é possível imaginar um temor familiar de que o outro Einstein se transformasse em uma figura ameaçadora para Albert, um concorrente em sua espetacular carreira científica... Em suma, o esquecimento a que foi obrigado o jovem Almost tem a ver com seu irmão; mas teria ele conscientemente participado deste plano?

Prepare-se, leitor, minha resposta é bombástica. Albert não sabia de nada e, por algum processo psicológico tortuoso, chegou a esquecer da existência de Almost por algum tempo – inclusive negou publicamente ter um irmão em uma entrevista. Porém, Albert não foi conivente com este plano de desaparecimento do irmão. Sucumbiu a ele, por um certo tempo, mas não o apoiou.

Mais ainda: se observarmos detidamente as teorias de Albert Einstein e suas formulações científicas, veremos que o gênio tentou, mesmo que de forma enigmática, revelar ao mundo a existência do irmão esquecido, utilizando inclusive pesquisas de Almost em seus próprios estudos.

E aí vem a revelação final, aquela com a qual acabo esta minha incursão na biografia perdida de Almost Einstein: a famosa Teoria da Relatividade de Albert Einstein é, na verdade, uma mensagem cifrada que, além de revelar a existência do irmão Almost, garante que suas mentes funcionavam em uma mesma direção, que seus pensamentos estavam todo o tempo conectados, o que nos leva a supor que Almost suportou o próprio ostracismo por saber que isso daria mais força às ideias que compartilhava com seu gêmeo.

Todos sabemos que Albert formulou sua Teoria da Relatividade estabelecendo como ponto de partida que a percepção da realidade se modifica de acordo com o ponto de vista que tomamos. Em outras palavras, o Universo, visto de pontos (físicos ou filosóficos) diferentes, vai mostrar-se diferente. E tudo isso estaria resumido na fórmula $E = mc^2$.

E aí está o enigma solucionado. Ao relativizar a percepção da realidade e do universo, Albert nos dá o direito de relativizar seus próprios conceitos e suas "verdades". Ele nos leva a pensar que nem tudo é absoluto e que, portanto, nem sua própria teoria é absoluta – ou não é absolutamente sua, o que abriria portas para encontrarmos nela resquícios dos pensamentos de Almost.

Porém o dado mais importante está na charada proposta. Albert, ao formular a expressão $E = mc^2$, nos deixa codificada a relação com o próprio irmão, sua ligação total, sua conexão cerebral. Sabendo que ambos eram apaixonados pela literatura e que se dedicavam, como vimos nas análises de Almost sobre as tragédias gregas, a elucidar enigmas presentes nas grandes obras, podemos perceber a verdade oculta em tal formulação.

O "E" inicial, que propõe a igualdade, obviamente refere-se ao nome Einstein. Temos aí o nome destes gêmeos-gênios revelado pela inicial do sobrenome que os une. Trata-se obviamente de explicar ao mundo o que significa ser Einstein – daí a razão de dizer "E=", ou seja, Albert (com a conivência do irmão) quer revelar o que são os Einstein.

Na segunda parte da equação temos um "mc", que faz referência, obviamente, a uma irmandade literária: trata-se dos "manos Corsos", personagens que, sendo gêmeos, sentem as dores um do outro e que, mesmo separados, são capazes de estar conectados um ao outro, como os Einstein.

Para finalizar, elevar esta irmandade ao quadrado, significa dizer que, no caso dos Einstein, tudo o que se diz sobre os Corsos está duplicado: seus sofrimentos, suas dores, sua conexão, sua identidade, sua consciência, sua genialidade.

Revela-se, desta maneira, o segredo. Albert diz, através deste enigma, que sem seu irmão, dantescamente relegado à escuridão da existência, não teria ele progredido em seus estudos científicos. E, além disso, assume publicamente sua oposição ao tratamento dispensado pela família ao sofrido Almost.

Confesso sentir-me aliviado ao revelar este segredo ao mundo. Acho que fiz justiça ao esquecido Almost e ao próprio Albert. Albuquerque, meu cãozinho, parece animado com o sopro de humanidade que toma meu semblante e parece andar às voltas com a ideia de reencontrar Albukirk, seu parceiro de ninhada que foi abduzido por uma nave chamada *Enterprise*.

(Sobre o Pagode)

Por que razão fiquei duas semanas sem escrever? Esta é a pergunta que tem criado verdadeiro engarrafamento em meu correio eletrônico e tem me sido atirada à cara nas minhas caminhadas pela calma praia onde resido, em companhia de meu cãozinho Albuquerque, no meu retiro físico-espiritual-mental, prêmio para uma longa vida dedicada à investigação das verdades humanas.

Pois aí vai a resposta, que contraria os boatos de que as revelações por mim feitas sobre a existência de um Einstein gêmeo tivessem sido fortes demais e tivessem provocado iras alheias – o que me teria levado a buscar refúgio em lugar ainda mais isolado que este em que vivo o fim de meus dias.

Estive afastado por causa de uma visão que tive. Minha mente, tão repleta de racionalidade, abastecida por anos de leituras de clássicos de todas as épocas, fermentada por uma incessante busca por respostas para perguntas-chave da existência humana, foi bloqueada, no meio de uma caminhada, em meio a um pensamento, por uma visão mítica, sublime, elevada.

Imediatamente me vi repetindo os passos de Vasco da Gama, n'*Os Lusíadas*, acompanhando Tétis ao alto de uma montanha para ver a Máquina do Mundo. Supus estar sendo premiado com a solução final, o fim dos enigmas mundanos, a Verdade absoluta. Mas minha racionalidade e meu pensamento lógico não são tão fáceis de enganar – logo lembrei de uma das falas de Tétis, que se revela, ao próprio Vasco da Gama, como fruto da imaginação dos poetas. Portanto, do mesmo modo como fiquei ofuscado por aquela visão, tratei de voltar ao mundo real e procurei meu olhar mais crítico e meu pensamento mais lógico para entender o que se passava comigo naquele instante. E aí deu-se a verdadeira revelação, que trato de compartilhar com meus leitores.

A visão que me ofuscava não era divina, embora fosse sublime: eram as nádegas de uma mulher que rebolava de modo quase demoníaco num palco montado à beira do mar, ao som de um frenético samba, acompanhada de vários homens com roupas brilhosas e multicoloridas, frente a uma pequena multidão, saída não sei bem de onde, que repetia, na areia, os movimentos da mulher e as canções dos homens.

Perguntei a um qualquer do que se tratava e ele me olhou abismado de minha ignorância: "É pagode!". Depois vim a saber que nosso país estava infestado de grupos iguais, que se repetiam de modo interminável nas televisões, nas rádios, nos ginásios de esportes e até nas feiras pecuárias. Era um movimento musical – e se tomarmos como exemplo os movimentos da mulher que vi na praia, que movimento! – originado do samba, um novo samba, um samba de grupo; enfim, o Pagode.

Saí daquela confusão sem compreender bem o que se passava, mas preocupado por estar desconhecendo aspectos aparentemente fundamentais da cultura contemporânea; e fui atrás de elementos que me auxiliassem na compreensão de tudo aquilo. E aqui estão os resultados de minha pesquisa – o que eu chamo de verdadeira revelação.

Primeiro, dediquei algum tempo na tentativa de descobrir o significado exato da palavra PAGODE – antiga em nosso idioma, simbolizando confusão, agrupamento, coisas assim, mas não me contentei com significados tão óbvios, uma vez que não expressavam a dimensão exata do que se passava na praia e se passa em nosso país. Fui além e descobri a chave de tudo: PAGODE é, na verdade, uma espécie de sigla mística – PAI + GOD. Donde se conclui, por ser inevitável, que este movimento dito musical é, antes de mais nada, uma nova seita religiosa, forjada nos Estados Unidos com a intenção explícita de enfeitiçar as mentes de povos subdesenvolvidos, através de visões demoníacas, como a que tive na praia, e através de refrões mântricos, cheios de AAAs, OOOs, UUUs.

De posse desta informação já por si só bombástica, parti em busca de quem seriam os líderes desta seita aqui no Brasil e cheguei ao nome central, que se entregou a mim por sua megalomania, sua incapacidade de ficar oculto, sua vontade de, no fundo, ser reconhecido. O líder principal desta seita no Brasil é o cantor Netinho, de um grupo chamado

Negritude Júnior. A descoberta foi fácil, uma vez que em suas falas este líder sempre revela seu apego à figura de Cristo, sua crença em Deus... e se chama Netinho – o descendente que faltava à Santíssima Trindade: o Pai, o Filho, o Espírito Santo e, agora, o Netinho.

Faltava, depois disso tudo, saber quais as conexões do braço brasileiro desta seita com sua origem norte-americana – onde andariam e quem seriam os componentes de uma provável Negritude Sênior ou "Senior Blackness"?

Por ser difícil investigar estas questões de longe, passei todos estes dados para meu primo que vive nos Estados Unidos, Mister Fisher-teacher, e estou aguardando respostas da parte dele. Aliás, como há muito não entrava em contato com este parente, aproveitei para saber notícias de sua vida e soube que seu little dog Albu-want-what vai muito bem.

Perfeição

Por incrível que possa parecer, até eu, do alto de minha vasta cultura e sempre envolvido em pesquisas que não param de assombrar a comunidade intelectual, eventualmente fico sem assunto. Os esforços feitos na busca da verdade sobre o caso Almost Einstein e a sobrecarga de reflexões que me levou a desmascarar o engodo chamado Pagode me levaram a um ponto de exaustão mental.

Com esta dificuldade, coloquei-me frente ao computador e ao problema de produzir uma coluna para a Arcana desta semana. Nada bombástico, nada que fizesse jus ao meu intelecto e à fama conquistada nestes longos anos de pesquisas sobre os limites humanos. O mundo das ideias estava fechado para mim: nenhuma nova descoberta, nenhuma nova verdade. Estava a ponto de desistir quando veio a luz – e junto dela a explicação de minha falta de ideias: a perfeição; a minha perfeição.

Sinto, caro leitor, ter atingido o ponto máximo de mim mesmo, o que significa estar muito além dos simples mortais; portanto, nada que diga respeito à vida mundana tem me feito parar para pensar. Penso apenas em mim, ou melhor, reflito a mim mesmo, sendo, ao mesmo tempo, causa e efeito de todos os enigmas da humanidade.

Albuquerque, meu cãozinho, que poderia ser visto como a versão canina desta perfeição de que falo, concorda e abana o rabo, em movimentos circulares perfeitos, que demonstram seu total controle sobre mente e corpo, algo impossível de ser atingido por um cachorro comum. Por isso estamos juntos.

Para concluir (o mais rapidamente possível, para voltar-me a mim mesmo e aos mistérios que me revelo a cada instante) deixo aos leitores um poema escrito por mim há alguns anos, quando ainda era imaturo e não tinha a exata noção de minha genialidade.

PERFEIÇÃO

Uns nascem para gênios,
exemplos de homens,
e sempre o são.

Outros nascem para a glória
e sempre cumprem
sua boa missão.

Eu nasci para ser errado
e não ter jeito:
eu sou perfeito!

Obrigado, mas não aceito
Carta endereçada à população de Porto Alegre

É claro que me sinto feliz com a lembrança; quem não ficaria? Mas não quero ser Patrono da Feira do Livro.

Sem nenhuma falsa modéstia ou algum tipo de pudor, eu poderia dizer que, se aceitasse tal reconhecimento, estaria apenas cumprindo um dever natural – visto estar predestinado às altas glórias desde pequeno, quando dava meus primeiros passos nesta já longa e irreparável carreira pelos campos do saber humano. Da mesma forma, o fato de ter sido lembrado para tal homenagem não representa nada mais que o óbvio e, a meu ver, tardio reconhecimento de minha obra e meu trabalho, por parte da intelectualidade desta cidade a que tanto dediquei meu tempo e meus estudos, antes de me retirar para este exílio paradisíaco, na beira da praia, em companhia de meu cãozinho Albuquerque.

Lembro-me muito bem de minha primeira sensação de amor por esta cidade: deu-se, como sempre acontece com pessoas de índole romântica (e assim eu poderia ser caracterizado naquela época), quando me encontrava fora do país, pela primeira vez autoexilado, vagando por cidades perdidas nos Estados Unidos e em seus domínios ultramarinos.

Naquela época, passando por Pearl Harbor, cenário de dramático momento da II Guerra Mundial, percebi que minha cidade também era um porto e fiquei em estado de choque ao imaginar que ela poderia ser um dia destruída por um ataque inimigo. Ao mesmo tempo, porém, lembrei-me da paz que sempre senti em Porto Alegre e em rápidos minutos escrevi aquela que seria minha primeira obra poética em inglês *Have a Heat Holiday in Happy Harbor*, texto que integra meu primeiro livro de poesias intitulado *Poesia se escreve com H maiúsculo*.

Depois deste livro vieram outros, como *Poesia se escreve com G queimado no lombo* – em homenagem ao Movimento Tradicionalista Gaúcho; e *Poesia se escreve c'o C, Negrito* – sobre um romance inter-racial passado no carnaval.

Mas aí aconteceu o inesperado. A não aceitação da modernidade de meus versos por parte da crítica e do público de Porto Alegre me levou à depressão e não vi outra alternativa a não ser partir, ir embora, deixar meu porto sem estar alegre, se me permitem um trocadilho lacrimoso.

Em outras palavras, o amor que dediquei à cidade na minha juventude nunca foi devidamente retribuído, e esta lembrança agora, para integrar a lista dos que serão votados na escolha do Patrono da Feira do Livro, mostra-se, para mim, como um arrependimento tardio e tímido.

Portanto, agradeço, mas não aceito. Eu e meu cãozinho Albuquerque seguiremos amando esta cidade, mas não precisamos mais que ela nos ame. Estamos em paz. Adeus.

(Sobre certas afirmações de outro articulista da Arcana)

Eu tentei evitar – mantive-me afastado em respeito aos leitores de Arcana. Não gosto de enfrentamentos. Meu recolhimento atual é o prêmio que me dou depois de uma larga vida pública na qual não faltaram polêmicas, discussões, inimizades, incompreensão...

Albuquerque, meu cãozinho, parceiro neste final de minha vida, igualmente mantém-se pacífico. Não persegue mais os gatos do vizinho, não se incomoda com as moscas que abusam de sua calma. Segue sua vida em paz – merece, sem dúvida, um espaço no paraíso dos cães – junto com Lassie, Rin-tin-tin, Otto e outros caninos que usam seus talentos para amenizar esta nossa terrível condição humana.

Pois até Albuquerque foi contra o meu retorno – pelo menos da maneira com está se dando: com raiva, indignação, com o sentimento de ter sido desrespeitado – mesmo depois de tanto ter contribuído para o engrandecimento da cultura de nosso povo.

Albuquerque latiu de lado – ele sabe fazer isso. Nitidamente me dizia para recuar, desligar esta máquina maldita de palavras, passar soberanamente sobre a limitação de certas pessoas que insistem em manifestar suas incompreensíveis opiniões, para outras pessoas ainda mais incapazes de pensar por contra própria.

Mas não resisti.

Há algum tempo venho acompanhando, nas páginas da Arcana, os textos de um tal Rudolf (ou coisa que o valha), que se diz mestre. Tem ele criado ilusões nas pobres mentes humanas, sob pretexto de investigar a própria mente humana, os limites de nosso pensamento e de nossa vida, não tendo o menor constrangimento de citar grandes pensadores de todos os tempos, como se todos compartilhassem de suas ideias confusas.

Mas recentemente ele foi longe demais. Não contente em iludir este crédulo povo que o lê, ousou tocar em meu nome, na intenção, evidente, de aproveitar-se de minha fama para conquistar mais leitores e assumir uma pose de grande intelectual.

Foi uma agressão – não posso me calar.

Disse o tal Rudolf que, em conversa comigo, lembrou-se de uma antiga canção, do desaparecido Toni Tornado, em cujo estribilho encontram-se as seguintes palavras:

Você teria por ele este mesmo amor
Se Jesus fosse um homem de cor?

Lançando tal pensamento ao ar, como se fosse uma mera reflexão sobre os preconceitos raciais – e ainda por cima citando o nome de uma grande autoridade nos assuntos da crendice popular: eu (sugiro que releiam as reflexões por mim feitas, nas páginas desta revista, referentes ao messianismo presente no movimento musical chamado Pagode, na verdade, Pai God!) – estava, na verdade, o Rudolf, querendo fazer renascer um culto dos mais abjetos que se tem notícia em nossos tempos.

Se não, vejamos!

O cantor por ele citado – Toni Tornado –, que despontou numa época de festivais, cantando músicas que falavam sobre o movimento negro, libertador, tão forte nos anos 70, caiu no esquecimento, pouco tempo depois, quando viu sua sede de poder ser desmascarada, por mim mesmo, naquela longínqua década, em um artigo chamado "Destronando o

Toni", no qual desenvolvo, de maneira definitiva, o raciocínio que, aqui, reproduzo de modo breve.

Todo o segredo desde falso líder revolucionário, que certamente agiu de forma inocente, sendo manipulado por mentes perversas, como a de certos Rudolfs, está em seu próprio nome: Tornado – particípio do verbo tornar/tornar-se. Como se anunciava este líder? Como aquele que foi tornado, o que veio a ser, o escolhido, o salvador. Mas não uma reencarnação de algum profeta, nem o ressurgimento do próprio Cristo. Não! Ele se anuncia como o salvador definitivo – o que vem a ser para sempre. Não é por acaso que se fazia acompanhar por um grupo vocal chamado Trio Esperança. Em outras palavras, a trindade, a santíssima trindade, servia-lhe como mera coadjuvante nessa louca perseguição pelo poder supremo.

Outro ponto fundamental a ser considerado é o modo como tal artista se expressava corporalmente, criando movimentos muito próximos aos transes mediúnicos, levando as multidões ao delírio e ao êxtase, com ímpetos de furacão.
Mistificador! Mistificador! Mistificadores! Ele e o tal Rudolf. Que se calem estas bestas do apocalipse! Apocalipse anunciado na famosa *BR-3*:

*A gente morre
na BR-3.*

Alusão inequívoca à chegada do fim dos tempos no Brasil do terceiro milênio. Por isso Rudolf o ressuscita, pois para os que creem nesta seita é chegada a hora do juízo final.
Mais uma vez, calem-se, bestas apocalípticas!

Albuquerque abana o rabo, dá voltas em torno de si mesmo e despenca do sofá, destruindo uma pequena estatueta que estava no chão.
O transe leva a isso, canino companheiro! É preciso estar alerta! E se vamos manter o nome Rudolf na memória, fiquemos com Rudolf, a rena do nariz vermelho, condutora do trenó do Papai Noel, este sim um líder pacificador que deve ser sempre valorizado, ainda mais neste fim de milênio.

III – Poemas

I – Sonetos de ocasião

Luís Augusto Fischer

Os sonetos aqui reunidos foram escritos, em sua esmagadora maioria, para serem lidos no Sarau Elétrico, evento literário que acontece desde 1999, sempre nas noites de terça-feira, no bar Ocidente, capitaneado pela Kátia Suman e com participação do Frank Jorge (até 2006), Cláudio Moreno, Cláudia Tajes (a partir de 2007) e Luís Augusto Fischer; o Prego ia muito ao evento, e muitas vezes substituiu o irmão. Nota para a posteridade: o tema de cada realização do Sarau é definido na sexta-feira anterior, em geral, para a terça seguinte; o Prego ficava sabendo do tema na sexta e daí até a terça ele compunha, limava, limpava e mandava bala. Um talento.

Ao final de cada soneto composto para este fim, estão anotados o ano e o tema da semana, em torno do qual o Prego escrevia.

Me perguntam por que escrevo sonetos:
porque é a forma que em tudo o tempo existe,
une Apolo a Baco num só momento,
coisa que jamais alguém viu – só Nietzsche.

No soneto, a música de uma sonata:
sonoridade em quarteto e terceto,
palavra sólida, imagem abstrata,
só negada por João Cabral – seu neto.

Já existia num mundo sem Net,
mostrava a musa, mulher que se nota,
presença mais bela do que essa Anita.

Sigo, portanto, escrevendo sonetos,
vou remendando emendas com a sineta.
Como se vê: poeta, não sou nato.

*

Mundo animal

Era a gata mais gata da aldeia,
pura excitação seu passo felino;
em seus olhos misterioso destino
de serpente – seduzir, ser sereia.

Sua agenda de encontros ficou cheia:
abutres'fomeados e ar lupino.
Corvo velho, não erro – vaticino:
– Não há greenpeace que salve esta baleia!

Expulsa pelo pai, aquela anta,
virou galinha, chocou a família;
peixe podre na água batismal.

Pra seu irmão veado, era uma santa;
morreu na mão de porcos da patrulha.
É mundo-cão, mas é o mundo, animal!

(2001 – Tema: mundo animal)

Azar de quem cheira a jade

São mil e uma noites do Oriente:
o vizir, Xerazade e sua irmã,
Jorge Ben, Taj(i) Mahal, Xazenã
muita areia, muito sol, tempo quente.

São uns mil e uns saraus no Ocidente:
com o Moreno, Fischer, Kátia Suman,
com o Frank Jorge e a mil e Uma Thurman,
e o Araújo, que fica em frente.

Se Ali Babá, aqui bebemos
palavras, versos, à luz de velas.
Ladinos tem quarenta, o Bom Fim, menos.

Mais que mil e uma noites com a Jade,
nas mil e uma cenas da novela,
quero suas mil e uma utilidades.

(2002 – Tema: as mil e uma noites)

*

Capitu – soneto inglês

Capitu me faz lembrar dos teus olhos:
de cigana quando leu minha sorte,
de tirana que anunciou minha morte,
as linhas das mãos marcavam teu plano.

Capitu me faz lembrar dos teus olhos:
oblíquos, e não falo do estrabismo,
setas falsas apontando este abismo
em que insisto em pular por engano.

Capitu me faz lembrar dos teus olhos:
dissimulados, ocultos, disfarces,
dizem-me tudo, a verdade em flashes,
discos de luz que persigo insano.

Esmurro muros pra ver se escapulo;
fico casmurro e ao final capitulo.

(2002 – Tema: Machado de Assis)

Pé frio

Não há nada mais frio do que um pé frio
na cama, na copa, na arquibancada.
E tu, passando frio pé em meus brios,
reclamas da tevê que tá ligada.

E daí que são três da madrugada?
Por acaso não merece o Brasil?
Já te ouvi tanta história esfarrapada
quando entravas ou saías do cio...

E daí que me deitei de chuteira?
Te esqueceste dos modess com aletas?
E a assustadora máscara facial?

Te deita e dorme, deixa de besteira,
mas não baba na minha camiseta
qu'inda falta ganhar do Senegal!

(2002 – Tema: futebol)

*

Sabe a noite que era pra ser perfeita?
Começou com vinho – cruzadas taças –,
fiz elogios; te deixei sem graça;
fui te abraçando, como quem se ajeita.

Fui avançando – a proposta aceita –,
toquei tua pele, que se move! É falsa?!
"Por que te enfiaste esta meia-calça
de trás pra frente, a costura desfeita?"

"Segunda pele! Neném, tá friozinho!"
Te ouvi dizer as palavras exatas;
e então brochei – as mulheres são tolas!

Voltei pra casa, solteiro e sozinho,
mas orgulhoso, mantendo intactas,
por baixo da calça, as minhas ceroulas!

(2002 – Tema: erotismo)

*

O nosso encontro foi dia festivo.
Em meio à dança, em ti embebido,
pedi tua mão – desejo atendido –;
pediste-me inteiro – fui teu cativo.

Em tudo cedi, pra ver o amor vivo:
neguei minha mãe, deixei o partido,
vendi minh'alma, fui anjo caído;
mas te perdi num jogo decisivo.

Nos separamos na porta do estádio:
foste, de azul, para o lado inimigo,
eu gritei teu nome desesperado.

O eco ecoava nas ondas dos rádios;
e o eco encantava-me – o grito amigo –,
e o eco: É colorado! É colorado!

(2002 – Tema: futebol)

*

A salamanca do Sarau

Subo a escada do Ocidente, estou em busca
da princesa pelo Demo enfeitiçada:
lagartixa com cabeça de granada,
luminosa pedra cuja luz me ofusca.

Tento vê-la no escuro, muito me custa;
as mãos que me tocam são de gente errada.
Por fim a vejo no balcão encostada
e ela me acompanha pra entrar no meu fusca.

Sete provas de amor eu venci na rixa;
sete prêmios neguei pela teiniaguá;
de tudo fugi para ser dela o todo.

Mas era um homem, meu Deus, a lagartixa!
Nem sou bixa! Mas o fado teima em aguar.
Se não me fudi, acho que agora fodo!

(2002 – Tema: mitos e monstros)

O dia em que o Peninha apareceu

Da primeira vez não lembro o motivo,
mas dele não se viu nenhuma pena,
faltou, fugiu, inventou um esquema,
deixou tudo na mão, saiu esquivo.

Na segunda vez, foi música ao vivo:
por um showzaço com luz de cinema
ele furou – sem fugir ao seu lema,
foi cantar rock, sexo e algum crivo.

Dessa vez, a terceira, não há falta.
Ele veio ao Sarau com suas falas,
viagens do Brasil e "hitchhickers"

E se em meio à fala ele se exalta,
não se diga que ele é uma mala,
pois só o pode dizer Roger Waters.

(2002 – 3º aniversário do Sarau)

*

Jazz de cotovelo

Já sabia que não ia dar certo,
Já seguias por teu próprio caminho.
Já subias num trem, eu tão sozinho.
Moro em Jaçanã, tu nem lá perto.

Já soava o apito no hangar deserto.
Já se ia a flor deixando o espinho.
Já senti a necessidade de um vinho:
eu já sonhando nunca mais desperto.

Tu segues tua vida com um tal Jacinto,
jazz-man, jazz-band, já sabida figura
para que já sussurraste um sim.

Eu já sequei minha vida e não minto
que já sonho com minha sepultura
E nela vejo escrito: aqui jaz mim!

(2002 – Tema: jazz)

Uma fábula

É voz corrente que girafa não fala.
Não tem o que dizer, por certo, mas pensa
e, acima dos outros, sábia, não dá crença
ao que o papagaio falante não cala.

Quando o pavão reveste-se com sua gala,
não há nada que brilhe em cor mais intensa;
e não há nada neste mundo que vença
a elegância do tigre de bengala.

Mas nesta fábula que agora lhes conto
há um bicho poeta, cantor, ditirambo,
e que escreve versos que vão mais além.

É um "jacarréptil" revestido de encantos,
com sua voz que se repete em bandos,
assim na terra como no resto. Amém.

(2002 – Tema: Luís Sérgio Metz, o Jacaré)

*

Mulheres de Holanda

São sofridas as mulheres de Holanda
choram por seus homens até o fim,
gritam suas dores – pedaço de mim! –,
nem percebem a passagem da banda.

São distintas as mulheres de Holanda:
são bárbaras, januárias, terezin'
'as genis enfrentando o Zepelim,
são eternas, eternamente, iolandas.

Conheci muitas mulheres no mundo,
mas não há como as mulheres de Holanda,
não há como o olhar que se mira nelas.

E a mulher que deseja ser assunto
de um olhar que com o dela se encanta
mire-se sempre no exemplo daquelas.

(2002 – Tema: Chico Buarque de Holanda)

Mito brega

Eu devia ter desconfiado quando,
ajeitando o coque que despencou,
ela me disse que eu era o seu Wando
e se chamou de iaiá do ioiô.

Eu devia ter saído voando
na hora em que a campainha tocou
e ela ficou sorridente comprando
tupperware, avon, coisas de tricô.

Mas sou obrigado a dizer, na boa,
que não houve recusa, só entrega,
que fiquei preso a ela, barco à toa.

Já sei, é só paixão o que me cega –
não devo olhar pra alguém que usa samoa –,
mas ela é deusa grega, um mito brega.

(2002 – Tema: brega)

*

Pequena viagem alucinógena

Num metrô linha 743,
vou rumo a Santiago de Compostela.
Paulo levita, Raul fuma um "base"
eu finjo que olho pela janela.

Paulo escreve um diário de uma vez;
eu vejo um filme que passa sem tela;
Raul – início, fim e meio, os três –
diz ser Adão e sua própria costela.

Eu reclamo de um bicho em minha sopa,
Raul mergulha no prato – é a mosca –
e grita "guita", "guitá" – agitadão.

Paulo delira com cena mais rara:
um alquimista na ilha de Caras
comendo coco e vestindo fardão.

(2002 – Tema: Raul Seixas e Paulo Coelho)

*

Bem me quer, mal me quer, bem me quer mal...
Bem que eu quis escapar do mal que faz
bem querer e dizer sim – ser bem capaz
de bendizer o fim e seguir normal.

Mal te vi e vi que, bem ou mal, te vi!
Tive tempo de sair bem como entrei.
Vi que em três tempos poderia ser rei
e que mal tive tempo de sorrir.

Quem te viu? Quem te vê? Mas só quem já teve
a sorte de ter sido todo o calor
sabe o frio que faz ser só o aquecedor.
Já fui teu bem, fui teu mal, já fui teu breve,
frio e calor, fui teu rei, eu já fui vice...
O que me cansa é essa tua mornice.

(2002 – Tema: mal)

*

Pregocentrismo

Eu me coloco no centro de tudo.
Ao meu redor giram todas as luas,
de queijo e de mel; e todas as ruas
conduzem a mim – umbigo do mundo.

Eu deixaria os astrônomos mudos:
nem hélios, nem geo, a força que atua
nos corpos celestes, nas deusas nuas,
vem só do que sou – central desse assunto.

Giras ao meu redor – vontade escrava –,
em voltas concêntricas pelo ar,
deixando rastros de luzes de estrelas.

Eu fico olhando todo o brilho delas
e busco versos que possam rimar.
O meu centro já não está onde estava.

(2002 – Tema: poetas suicidas, mas era pra ser ego)

Como escrever um soneto

Primeiro se estabelece um assunto:
amor e morte, a passagem do tempo,
um dia de sol, a força do vento,
um olhar vago e o sonho que vem junto.

Só não se fala de amores ocultos,
que distorcem os versos de um soneto
e se revelam ao mais desatento,
ganham forma e cor, deixam de ser vulto.

Depois se faz a contagem precisa
das sílabas que formam esses versos –
matemática em que a mente desliza.

Só não se deixa uma rima perdida
nem de um nome se apresenta o começo:
as entrelinhas entregam a vida.

(2002 – Tema: autores novos – oficineiros)

*

Que se erga a bandeira Pátria Guasca
como herdeira da força rio-grandense.
O que me importa o litoral fluminense
se a Ipanema do Guaíba me basta?

Os CTGs estão até no Alasca
como embaixadas da pátria pampiana.
O que me interessa a nudez das baianas,
se o figurino das prendas me arrasta?

Ao separar o Rio Grande do Sul,
não haverá mais crise financeira
e passaremos férias em Cidreira.

E o futebol do Rio Grande do Sul,
com o grenal e a senda de vitórias,
não passará das eliminatórias.

(2002 – Tema: gauchismo)

Mingau-dério

Para fazer um mingau do meu jeito,
basta seguir a receita que é minha:
um pouco de leite, esta água branquinha,
que a vaca nos deu do próprio peito.

Para fazer um mingau do meu jeito,
é necessário educar a galinha:
que ela se esqueça da clara clarinha
e que só gema o ovo que é feito.

Misture o leite e a gema na panela
e mais açúcar, mais doce, e maizena
e no final um tanto de canela.

Sirva o creme final numa tigela,
é pelas beiras que se come a cena;
não vá queimar o bigode e a goela.

(2002 – Tema: gauchismo)

*

ETs

Confesso: sempre me senti *avis rara*!
Já nasci uma criança muito esperta:
vi minha mãe me olhar e sair discreta,
assustada ao ver o ser que então gerara.

Quando cresci, me enchi de espinha na cara,
errei todas as palavras na hora certa,
tropecei em mim mesmo, tão boca-aberta...
Qualquer amor que me vem, de mim dispara.

Minha sorte é que me tornei um gênio
capaz de superar a sina que é minha,
só compartilhada com o ET de Varginha.

Vou de carona no "bug" do milênio;
Vou sempre buscando a luz no fim do mundo;
Vou ver se encontro Mel Gibson em Passo Fundo.

(2002 – Tema: ETs e outros bichos estranhos)

O que eles pensam do que elas pensam deles

Não me interessa o que elas pensam deles;
quero saber o que pensam de mim!
Será que curtem meus poemas reles?
A maioria, não; minha mãe sim!

Será que desperto um amor daqueles,
que tem começo, meio e nunca fim?
Por quem será que tatuo minha pele?
Por minha mãe, não; por outras? Enfim...

Na verdade o que elas pensam da gente,
E se põem entre elas a falar,
Vai muito além do que posso entender.

Então não ouço o que estão a dizer
e nem ligo se esqueço de baixar,
após mijar, a tampa da patente.

(2002 – Tema: o que elas pensam deles)

*

Como jovem que procura seu rumo,
faço mapas de meu próprio caminho,
ando em bandos, mas me sinto sozinho;
os perigos que aparecem assumo.

Cenas soltas da estrada avolumo;
guardo tudo que ao passar avizinho;
em meus olhos, nas rugas, pergaminho,
sou capaz de ver meu próprio resumo.

O passar por este tempo é constante;
troco sonhos por certezas e medo
de não ser eu nunca mais o de antes.

Se o que antes fazia, quando cedo,
agora virou passado, distante,
é que mudo, mesmo que em segredo.

(2002 – Tema: juventude)

*

Perdi a noção do tempo – te olhava:
teu corpo nu desfilando em meu quarto.
Perdi a conta das vezes de fato
em que dormi do teu lado e sonhava.

Perdi o medo – fui o que lutava
por perder-se contigo pelo espaço.
Perdi a cabeça, o pé, perdi o tato,
nem me lembro qual de nós dois chorava.

Ganhei beijos e abraços que nem vi,
ganhei rugas e calos, ganhei cortes,
ganhei um jeito de mentir pra mim.

Ganhei os dias e as noites em ti,
ganhei mais do que dei – azar ou sorte?
Ganhei muito pra te perder assim.

(2002 – Tema: paixão)

*

Glória

Sempre soube, Glória, que queres a fama:
te interessa muito a luz do holofote;
tu brilhas ao ver teu nome no IBOPE,
um por cento acima de outra fulana.

Tá na cara, Glória, teu peito inflama
se chamam teu nome com grito forte.
Te vi outro dia na Tok Stok:
fama criada, escolhias a cama.

Te movimentas como em passarela,
a tua vida é uma constante cena
em que os demais são apenas plateia.

Mas nada afasta de mim a ideia:
o teu talento não acende nem vela,
e tua vida escorre à boca pequena.

(2002 – Tema: fama)

Livros do Mal

Em minhas mãos, certa vez, tive um livro
que em suas páginas trazia um segredo:
a força eterna, o fim de todo o medo,
custava pouco mais que minha alma.

Em minhas mãos, outra vez, tive um livro
que ensinava misteriosa receita:
ganhar o mundo – oração a ser feita
em noite alta, em momento de calma.

Em minhas mãos, toda vez, tenho um livro
que me revela oculta mensagem:
pra dar início e seguir viagem,
basta virar cada folha sem trauma.

Pra seguir minha vida normal,
que todo livro me seja do mal.

(2002 – Tema: livros do mal)

*

Medievalismo

Cai sobre mim a lâmina assassina
empunhada por terrível algoz.
Se minha vida toda me incrimina,
só peço que a espada desça veloz.

Queima-me o corpo a chama da fogueira
que se alimenta dos mundos que quis.
Só peço que a morte seja ligeira,
que o fogo leve o que da vida fiz.

Resta-me pouco da antiga nobreza;
faltou-me a glória de ser soberano
dos sonhos de amor de minha princesa.

Não fui herói a lutar em cavalos
nem pude ser em meu reino tirano;
tocou-me a sorte rude dos vassalos.

(2002 – Tema: medievalismo)

Krônica

Faz parte de mim – sempre quis ser deus:
coroar-me de ouro, meus adornos,
sentar no alto do Olimpo, nos tronos,
De lá governar mundos, meus e teus.

Eu sempre me vi anterior a Zeus:
dominar todos os tempos, ser Kronos,
senhor do que foi, capaz do retorno,
Do que sou e serei antes do adeus.

Se de fato sou deus, não tenho a sorte
de viver neste mundo além da morte
sem mostrar pra todos meu ar atônito.

Se de fato sou deus, perdi minha Corte,
o poder sobre ti, sempre és mais forte;
tocou-me ser, para sempre, um mal crônico.

(2003 – Tema: crônicas cariocas)

*

Praia

Nunca me senti tranquilo na praia:
dizem que é bom ver o mar de cadeira,
pra mim é bicho de pé e frieira
e não há nada por lá que me atraia.

Eu não sou de sair da minha baia:
dizem que é bom caminhar pela beira,
pra mim não é mais que uma puta canseira;
nessa trampa é impossível que eu caia.

Não vou pro litoral, sou de outra laia:
dizem que é bom tomar sol na esteira,
pra mim é queimadura na moleira,
tom de rosa na pele, e tome vaia.

Fico fora da areia, não dou *quorum*,
fico por perto, em Porto, no Fórum.

(2003 – Tema: praia, mas em época de realização do
Fórum Social Mundial em Porto Alegre)

*

Ciúme

Sempre quis ter um casamento aberto,
mesmo que isso seja um tanto complexo...
Mas tu tinha que sair co'o Roberto?
Inda dizer que foi bom, puro sexo?

Não queríamos prisão, só abrigo,
nada de ciúme, nem ladainha...
Tu precisava comer o Rodrigo
e dizer que a dele é maior que a minha?

Não era pra ser um grande mistério,
nada de posse, um casal resolvido...
Era necessário gritar "Rogério",
nome do outro, bem no meu ouvido?

Pra mim deu, Raquel, quer dizer Fabiana,
Paula... Como é mesmo que tu te chama?

(2003 – Tema: ciúme)

*

Luxúria

Descobri que luxúria é sexo e sexo...
Nada de paixão, amor, amizade,
é percorrer as ruas da cidade
é gozar com coisas sem nexo,

é não ser Édipo, mas ter complexo,
imaginar-se num harém, Sherazade,
é sonhar com as deusas e, mais tarde,
virar Narciso e seu próprio reflexo.

Por exemplo, uma tara que é minha
e me faz quase morrer de prazer
é comer em pé uma dobradinha.

E já vi gente comer salsichão,
saltar no espaço e por lá esquecer
e salivar por um bom salpicão.

(2003 – Tema: luxúria)

*

Gula

Me deixas louca quando te vejo comendo.
Imagino ser o fio de massa subindo,
o vermelho molho teu bigode tingindo,
pra sentir, enfim, tua língua me lambendo.

Imagino ser, quando te vejo sorrindo,
pedaço de carne teus dentes separando,
que com a unha, que nunca estás aparando,
tiras e mastigas e acabas me engolindo.

A minha vida do teu prazer anda junta.
Se já conheces a receita, a minha bula,
digo: me chama de assadeira e me unta!

Entre nós, nada sobra, nada nos falta.
Se minha luxúria completa tua gula,
grito: me chama de geladeira e me assalta!

(2003 – Tema: gula)

*

Ira

Disparo a minha raiva cotidiana
contra todas as mulheres de chapinha,
os vendedores, crentes, flanelinhas,
meu vizinho de origem castelhana.

Contra todos a minha fúria eterna:
buzinas e programas de domingo,
intermináveis rodadas de bingo,
meu vizinho e sua cara de palerma.

A minha ira em todos os momentos:
meu vizinho no interior e litoral,
água suja, nordestão e outros ventos.

Quero a ira santa, quero ir a Santa.
Tá certo que no fundo é tudo igual,
ao menos meu vizinho lá não canta.

(2003 – Tema: ira)

*

Cachorro

Ela quis me botar uma coleira
e eu disse que amor assim é prisão;
ela então quis me cortar a ração
e eu disse pr'ela deixar de besteira.

Ela perguntou se é pra vida inteira,
eu disse que tem coisas que não são;
ela ameaçou me largar de mão
e eu quis fazer tudo de outra maneira.

Foi quando ela me chamou de cachorro,
duvidou da minha paixão eterna,
me mandou sair com o rabo entre as pernas.

Se ela foi embora, eu finjo que morro,
choro baixinho e coço as minhas pulgas.
No coração, a placa diz "se aluga".

(2003 – Tema: cão)

*

Canil da memória

Tem cachorro de tudo que é espécie:
Bidu, Otto, Ideiafix, comem osso?

Tem a Priscila da TV Colosso
e tem mais Rintintin, Baleia e Lassie.

O Scooby Doo sempre tá no cagaço,
esse Snoopy tem ideias à beça,
o Floquinho não tem pé nem cabeça
e a cadelinha Laika foi pro espaço.

Mas tem um cachorro que é outra história;
todos o querem e não há mistério
e nem precisa de um veterinário.

Esse cachorro não sai da memória;
com salsicha ou linguiça, o caso é sério:
não há como o cachorro do Rosário.

(2003 – Tema: cão)

*

Porta de banheiro

Numa parada fora do roteiro,
desci quadrado do ônibus-leito;
já fui buscando, no bolso, o dinheiro
pra devorar mais um prato feito.

Ali, logo após, te vi por inteiro:
cabelos soltos, a mão sobre o peito,
desenhada na porta do banheiro...
Até hoje me deixas desse jeito.

Outros, antes de mim, tinham te visto:
um te desenhou e muitos te amaram,
mas não como eu – acredito nisto.

Alguém rasurou teu nome por cima;
o tempo acabou; todos embarcaram...
Eu nunca pude te encontrar a rima.

(2003 – Tema: porta de banheiro)

O mário (10 x 06)

Alguém me pergunta se eu conheço o Mário
e eu respondo que não sei de quem se trata.
A resposta me vem certa como um tapa:
– Foi ele que te comeu atrás do armário!

Então foi ele o maldito salafrário
que me comeu e me deixou – longa data –
sem telefone e nome, nenhuma carta
que me revelasse o seu itinerário?!?

E ele ainda anda falando de mim,
contando o caso que guardei enrustido,
sem esperança de ser outro o seu fim?!?

Melhor não chorar todo o leite vertido,
nem esperar por ver nós dois sós, enfim:
melhor voltar pro meu armário embutido.

II – Sonetos roubados

Luís Augusto Fischer

Neste conjunto, o Prego anotou como se fosse uma epígrafe o trecho de um texto sobre o qual ele escreveu o soneto.

"Sabido é que todo o efeito tem sua causa, e esta é uma universal verdade, porém, não é possível evitar alguns erros de juízo, ou de simples identificação, pois acontece considerarmos que este efeito provém daquela causa, quando afinal ela foi outra, muito fora do alcance do entendimento que temos e da ciência que julgávamos ter."

José Saramago (A jangada de pedra)

Se toda causa tem o seu efeito,
fato é que um efeito tenha início,
mesmo que não sabido, nem indício
tenha-se da origem daquele feito.

Semelhantes aos fatos do meu jeito,
sinto em mim causa e efeito como um vício,
ciclo perverso, um roteiro fictício,
ida e volta num círculo perfeito.

Se os males que sofro vêm dos de fora,
causa são eles, eu mesmo o efeito,
consequência que minha causa ignora.

E se aos outros afetam os meus trajetos,
causa sou, efeitos eles, embora
sofra eu, ao não ter sido aceito.

*

"Cara a cara com aquela buceta, não pude deixar de me perguntar:
– O que é que um lugar como esse faz numa garota como você?"

Paulo Leminski (Agora é que são elas)

"Encontrar nesse lugar tão estranho,
menina doce, bonita e sem medo,
desvendar o silencioso segredo
que está escondido em seu olho castanho.

Não entendo como pode haver ganho,
para ela, estar naquele brinquedo,
de onde sempre o sair, de manhã cedo,
é deixar para trás um mundo estranho."

Lugar-comum é esse, imaginar
em lugar vil, um perdido cometa
que com o céu não parece rimar.

O contrário é que fica singular:
imaginar bom lugar, a buceta,
cercada de uma menina vulgar.

*

"Nós homens, somos frágeis, mas, em verdade, temos de ajudar nossa própria morte. É talvez uma questão de honra nossa: não ficarmos assim, inermes, entregues, darmos de nós qualquer coisa, ou então para que serviria estar no mundo? O cutelo da guilhotina corta, mas quem dá o pescoço?"

José Saramago ("Cadeira", In: *Objecto quase*)

Minha morte me espera e eu a espero,
porque da vida é ela o motivo,
alvo almejado, ao longe, altivo,
que, por logo encontrar, meu rumo altero.

E por chegar neste ponto onde quero,
não me acomodo, calado, passivo,
nem me contenta saber que estou vivo;
busco da morte seu ar mais severo.

De minha parte faço o combinado
para cumprir meu destino, a sina
de viver sempre em busca do outro lado.

Se mais falta fazer, mais que a rotina
de a cada dia morrer-me um bocado,
ofereço-me à lâmina assassina.

*

"– La estocada perfecta no existe. O, para ser exacto, existen muchas. Todo golpe que logra su objetivo es perfecto, pero nada más. Cualquier estocada puede pararse mediante el movimiento oportuno. La cuestión reside, por tanto, en concentrarse teniendo a raya al Destino, aunque sólo sea durante el tiempo preciso para que el error lo cometa el otro. Lo demás son quimeras."

Arturo Pérez-Reverte (*El maestro de esgrima*)

Buscando o golpe perfeito, a espada
corta o ar, vai desenhando precisos
ferimentos profundos, cortes lisos,
derrubando a imagem projetada.

Do inimigo, no combate, nada
resta, perde vida, cede o riso
ao último golpe, sem um aviso,
lâmina certa em peito fincada.

Pelo corpo, ficam as cicatrizes
de todos os golpes dados em vida
no oponente, meu próprio reflexo.

No rosto, fica meu riso perplexo;
mão que levava a espada, caída,
guarda lembrança de gestos felizes.

*

"Búsquenos a Faustine y a mí, hágame entrar en el cielo de la conciencia de Faustine. Será un acto piadoso."

Adolfo Bioy Casares (*La invención de Morel*)

Viver junto com a mulher ideal,
mesmo que nela não possa tocar,
porque distante, perdida, irreal,
apesar de tão próxima do olhar.

Cruzar todos os limites, sonhar
que é possível passar a ser igual,

para sempre ao lado dela estar
mesmo sem a consciência de tal.

Esperar que qualquer alma piedosa,
que um Cupido que sua flecha dispara
reúna nossas memórias perdidas,

e junte o que separa nossas vidas:
a inexistência que marca sua cara
e meu olhar que em nada repousa.

*

"– Posible, pero no interesante – respondió Lönnort. – Usted replicará que la realidad no tiene la menor obligación de ser interesante. Yo le replicaré que la realidad puede prescindir de esa obligación, pero no las hipótesis."

Jorge Luis Borges ("La muerte y la brújula", In: *Artifícios*)

A realidade não traz interesse,
as coisas passam, os dias se vão
e repetimos a mesma ação
como se algo novo parecesse.

Começa a noite, o dia amanhece,
segue-se o frio ao mais quente verão,
pai que sonha seu filho, geração,
filho que chora seu pai e o esquece.

Tudo é igual desde há muito no mundo,
um novo como reflexo do velho,
causa e efeito, um verso e reverso.

Mas necessário é buscar-se o fundo
que não se vê neste olho no espelho:
falar do igual e ser dele diverso.

*

"– Morte! – o apito do bonde cobriu seu grito e ele precisou repetir: – Morte... – E houve mais um apito. – Morte... – ele falou às minhas costas – ...é uma transação solitária."

Ray Bradbury (*A morte é uma transação solitária*)

Morte é uma transação solitária,
coisa de quem da vida não espera
mais que seu fim; não existe quimera
que resista a essa vontade primária.
Se morrer é decisão arbitrária
de um que, só, ao final desespera,
viver também não é a primavera:
vida é uma transação solitária.

Vida e morte se transformam em partes
da solidão, de um só rumo, um caminho
traçado às pressas, sem prêmio, sem arte.

Ser solitário em vida, espinho
impossível de evitar, estandarte
de minha morte: eterno, sozinho.

*

"Não acontece nada enquanto estamos felizes. Só estamos felizes porque houve alguma coisa que já aconteceu. O que nos vale é a lembrança duma vida de martírio ininterrupto. E de infinito prazer."

Miguel Esteves Cardoso (*O amor é fodido*)

Qual a razão para alguém ser feliz
se o motivo para tal é passado,
se o que nos leva a viver esse estado
foi-se embora, há pouco, por um triz?

Devo sentir-me então um infeliz.
Incapaz de um prazer continuado?
Ou devo estar, como em sonho, acordado,
a cada instante esperando seu bis?

Difícil entender a felicidade,
esse momento da vida em que cremos
aproximar sonho e realidade.

Se é causado por algo que vivemos
antes e agora não é mais verdade,
de que nos vale esse sonho que temos?

"Corso, ser concreto, de carne e osso, com carteira de identidade e domicílio conhecido, com uma consciência física da qual, naquele momento, depois do episódio da escada, eram provas seus ossos doloridos, cedia cada vez mais à tentação de considerar-se um personagem real num mundo irreal. Isso não tinha nenhuma graça, porque daí a crer-se, também, personagem real num mundo irreal. Isso não tinha nenhuma graça, porque daí a crer-se, também, personagem irreal imaginando-se real num mundo irreal só havia um passo: o que separava estar bem do juízo de endoidar."

Arturo Pérez-Reverte (*O clube Dumas*)

Por vezes sinto que sou fantasia,
imaginação, versão irreal
de desejos, desse sonho ideal
de um novo deus que seu mundo recria.

Por vezes penso se não estaria
repetindo olhares, meu gestual,
tão distantes de mim, nada é igual,
e tudo em mim beira a demasia.

Ser real noutro mundo, imaginar,
ver fantasia onde há realidade,
ideal, real, ser ou serenar;

tudo isso me vem com a idade:
duvidar de mim mesmo e apostar
que não há nem em sonhos a verdade.

*

"– Dizia que era um perfeccionista. Acho que carecia de linguagem. Isso acontece com muita gente. Têm tudo para começar a criar e descobrem que carecem de linguagem."

Manuel Vázquez Montalbán (*Os mares do sul*)

De tudo que fiz e senti na vida,
pouco recebe o papel em que escrevo:
um tanto se vai, memória perdida
daquelas cenas que lembrar não devo;

outro tanto, cenas que são mantidas
em segredo, meu inútil acervo;
e ainda há, como que nem sabidas,
cenas mais, que imaginar não atrevo.

Mas algo fica de tudo que vi,
das cenas que compõem minha bagagem
de antes, de tanto, de até aqui.

E se na mente criar essa imagem
é fácil, no papel não a escrevi;
falta, para tanta beleza, a coragem.

*

"Até aqui, continuei vivendo mais ou menos por curiosidade, para ver no que as coisas iam dar."

Carlos Heitor Cony (*O ventre*)

Motivos para viver sempre os tive:
um amor, uma dívida, um convite,
vontade de me curar da bronquite,
algo que lembrar, lugar onde estive...

Desde sempre vivi nesse declive
buscando o fundo da alma, o limite,
o nada tanto falado por Nietzsche,
a totalidade do ser, e ser livre.

Fui curioso até agora ao andar
por teorias, ideias de mundo
que tudo explicam e não dizem por quê.

Por isso visto meu ar mais *blasé*,
dou de ombros, um bocejo rotundo;
de hoje em diante, deixo tudo rolar.

*

"Como os primitivos que nos grandes rituais anuais às duas por três acabam por acreditar no poder da máscara... sinto-me outro, com outros poderes, já não sou eu... ou sou verdadeiramente eu..."

Augusto Abelaira (*Bolor*)

Visto máscaras, sempre, como quem
usa roupas, disfarces e capotes,
como se nelas buscasse suporte
para ser novo, distinto, outro alguém.

Uso máscaras que vão mais além
de uma simples mudança desse porte;
uso caras de dor, de céu, de sorte:
sou eu muitos que crio e que me vêm.

Esse costume de ser sempre eu,
com as caras diferentes que levo,
me revelam que sou eu mesmo assim;
por isso vejo que igual me valeu
usar máscaras também no que escrevo:
deixar que eu sempre escreva por mim.

*

"Poderia ser uma pedra, ou ter nascido gato, mas não: saiu-me na rifa ser um dos três mil milhões de habitantes que povoam a Terra."

Augusto Abelaira (*Bolor*)

Perdi a chance de não ser ninguém;
de estar no mundo sem ver nem ousar
mais que estar no mundo e não desejar
ver o que há em outros lados, além.

Fugiu-me a sorte daqueles que têm
a inconsciência que tem esse olhar
de um gato que se vê ao passar
num espelho como se fosse outro alguém.

Tocou-me a sina de ser outro mais;
um desses tantos milhões de animais
que não são pedra nem coisa nem gato;

tocou-me ser um daqueles mortais
que como espelho se veem nos demais:
só a mim mesmo procuro de fato.

*

"Ela era um pouco mais que bonita e menos do que linda."

Raymond Chandler (*A testemunha fatal* – *Pérolas dão azar*)

Comum. Posso dizer que era comum.
Nem tão feia que não dissesse bela,
nem tão linda que não se visse nela
traços imperfeitos, olhando sem "zoom".

Fui para ela também só mais um:
não fiz mais chama que uma pobre vela;
nem fui ausente, porque sei que ela
de mim se lembra! Se é pouco? "Ergo sum".

Não tivemos mais que um simples momento:
cena incolor, maquiagem borrada,
gestos breves, sem beleza nem mal.

Nos deixamos, sem rancor nem lamento,
porque nós dois fomos pouco ou nada.
A dor que fica, jamais vi igual!

*

"...salvo casos excepcionais nove meses é quanto basta para o total olvido..."

José Saramago (*O ano da morte de Ricardo Reis*)

Nove meses não serão suficientes
para apagar tua imagem por inteiro.
Foi um apenas breve fevereiro,
mas fez meus dias serem diferentes.

Nove meses não serão o bastante
pra esquecer de verdade – se o teu cheiro
insiste em ficar no meu travesseiro
e lembro teu sorriso a cada instante.

É gestação que me expulsa de ti,
gesto de despedida, de jamais
ser novo nascimento de nós dois.

Gestação ao contrário é esta, pois
indica morte, não vida. E, se vais,
metade de teu amor fica aqui.

III – OUTROS SONETOS

Quando te conheci, te conhecia
Já, estavas em minha vida, presente,
Te movias perto de mim; distante,
Era por outros que tu me esquecias.

Quando me viste, já me sabias,
Era em tua vida presença constante,
Perto do ator, eterno coadjuvante,
Às vezes estava, às vezes sumia.

Difícil a arte de não amar
Quem está tão perto, ao alcance do olhar;
na proximidade, só fomos sonho.

E então, agora, ao poder te encontrar:
Falta esquecer pra te conquistar,
Falta, pra te seduzir, ser estranho.

(22/XI/2000)

*

Se todo dia fosse como hoje,
estaria em constante corda bamba;
de um lado a outro, perdido em "ramblas",
atrás de uma imagem que me vem e foge.

Se todo dia fosse como hoje,
seria uma dança após outra, um samba,
movimentos tensos, sem valsas brandas,
atrás da imagem que se vai e surge.

Mais que o passado, lugar de segurança,
quero seguir até o lado oposto,
atrás da imagem que meu sonho alcança.

Mais que um futuro cheio de esperança,
quero a cada passo sentir o gosto,
quero seguir como quem pouco avança.

(11/III/2001)

*

A terceira delas

A cigana que lia minha mão
dizia das paixões que outrora tive:
"somente uma, daquelas que já houve,
fez-se amor, suspiro e desilusão".

E disse mais: "outras três surgirão.
Uma, fogo em palha, pouco te move;
a segunda, sendo mais, não te comove;
só a terceira é dor no coração".

Se fosses a primeira, eu te deixava,
queimavas rápido, somavas zero;
se a segunda, pouco me empolgava;

se fosses a terceira, te esperava,
e uma e outra, as outras desprezava.
É só a ti que realmente quero.

2001

*

Solidois

Nos uniram as nossas solidões:
da dupla que formei, sobrei só eu;
do par que fazias, ficaste ao léu;
dois perdidos buscando soluções.

Como o rio Negro e seu par Solimões,
vamos juntos, cada um com o que é seu;
o horizonte, juntando mar e céu,
nos une, e afasta quando há tensões.

O onde vamos chegar virá depois
das dores de corte que vão passar.
Só então veremos se somos dois.

Pelo sim, pelo não, sigamos, pois;
o resto fica por conta do azar.
No espelho, agora, parecemos dois.

(30/IV/2001)

*

Bumerangue

Em minha mão, estranho bumerangue:
dispara rumo certo ao esquecimento,
retorna, para sempre, outro momento,
não há o que de minha mão o arranque.

Voa a todo lado, meu bumerangue:
solta-se de mim, parte pelo vento,
volta sem que eu tenha tido tempo
de curar o corte, estancar o sangue.

Partiu pra nunca mais o bumerangue:
sozinho pelo ar, voa descrente
de uma volta à mão que o espera, ausente.

Partiu dizendo adeus o bumerangue:
em sua face, a paz de um inocente,
nos olhos a certeza, que, igual, mente.

(10/IX/2001)

*

Winnercia

Sentam-se os dois numa estação de trem:
ele, os olhos nela, pensa em partir
com ela, que olha como a sorrir
e teme as pessoas que vão e vêm.

Ficam os dois na espera de um trem:
ele quer um que os leve dali;

ela quer um que traga pra si
um passageiro perdido no além.

Ele vê o trem que esperava;
ela prefere esperar pelo outro,
trem do passado; olhar no horizonte,

ele a convida, o futuro defronte;
ela pensa que ir seria louco:
se o tempo parasse, ela o parava.

(2001)

*

Último

Vejo de mim uma imagem distinta:
perdido o olhar, imagem disjunta,
boca calada, palavra conjunta,
o gesto parado, mão que não pinta.

Sou como outro, não sei o que sinto.
Se antes amava, agora pergunto:
posso escrever se perdi meu assunto?
posso sorrir e sentir que não minto?

Amontoo palavras nesse papel;
imagens me vão, as perco no espaço;
finjo encontrar um sentido em tudo.

Se ideias se tocam nesse tropel,
se lógica encontro em tudo que faço,
é que falo em ti mesmo quando mudo.

(1/XII/2001)

*

Retrato

Tuas mãos te encobrem e eu me revelo
na imagem borrada do meu sorriso:
foto captada no instante preciso
em que meu livro saía do prelo.

Tuas mãos te revelam e eu me escondo
por trás da tua nítida figura.
Não me vês, mas meu olhar assegura
que é só em ti que estou os olhos pondo.

Pra te ver é preciso ultrapassar
a barreira de mãos que se colocam
no caminho: a vontade de ser nada.

E pra buscar, na foto desfocada,
as memórias que com o tempo borram,
pra me ver, basta ter calma no olhar.

(9/XII/2001)

*

Creo que te equivocas cuando dices
que nuestro tiempo se ha ido sin más;
siento que te quise como jamás
por eso me aparto: para que no me mires.

Siempre que acercamos las narices
dejamos las miradas atrás,
no nos vemos, olvidamos la faz
que teníamos en días felices.

Así que me voy, desde lejos te miro
y sé que muchos de mis sentimientos
siguen contigo, son como cautivos.

Y si te quedas lejos de mi destino
sé que te siento en mis pensamientos.
A lo mejor, ¡así seguimos vivos!

(2001)

*

S/F

Me pedes o silêncio: silencio;
e te digo tanto enquanto me calo.

Sem palavras, o meu grito é bem claro:
pede palavras de volta ao passado.

Me pedes a distância: distancio;
me aproximo mais enquanto me exilo;
desapareço em mim mesmo, mas sigo
atento a tudo em ti – atraído.

Quando me pedes, também, que te esqueça,
eu te esquecendo me esqueço de mim
e volto ao tempo onde tudo começa:

percorro trilhas, lugar de onde vim,
revejo cenas, roteiro da peça
que nos uniu e espera seu fim.

(2002)

*

Bege

Às vezes sinto que minha vida foge:
dispara o trem que está fora dos trilhos;
disparo aos poucos meu próprio gatilho;
o fim de tudo é marcado pra hoje.

Um deus perverso a minha vida rege;
falha-me tudo: a estrofe e o estribilho;
se anemiza o vermelho, perde o brilho
o amarelo... minha vida em tom bege.

Em outros momentos tudo se ajeita:
o trem nos trilhos, o deus me respeita,
o fim é tão longe que nem o vejo.

Com cores fortes se pinta esta tela:
a cena é vermelha, azul e amarela;
todas as cores me vêm em teu beijo!

(5/IX/2002)

*

Se me mostras o amor que eu tinha
por ti, meus versos seriam uns cem;
e se me falas de haver outro alguém,
te pergunto: onde é que o amor definha?

Talvez me faltassem palavras minhas
para dizer as coisas que convêm;
talvez faltassem ouvidos também
para as palavras que então eu tinha.

Pensava eu enviar todos os sinais
de meu amor por ti, mas não achavas,
no que eu fazia, algum sinal de amor;

meus gestos foram caretas de horror.
Por isso te envio estas pobres palavras:
sinto que sejam palavras finais.

(2002)

*

Quanto te devo? É a pergunta que faço.
E tu me olhas, atriz ordinária,
e falas de um preço que ganha o espaço.
Vamos mudar a matriz tributária?

Quero saber qual o próximo passo,
pois te quero feliz e coisas várias.
Num mapa perdido o destino traço:
"Vamos a vivir en las Islas Canarias".

O destino do barco pouco importa:
não busco em ti mais um porto seguro,
nem se a viagem tem ida e não volta.

O preço a pagar é o preço a valer:
não temo o dólar e a alta dos juros,
só as juras de amor que teimo em fazer.

(24/IX/2002)

*

Sigo meu rumo nesse passo incerto,
aos poucos me vejo, todo, em pedaços:
um ser desconexo, de tristes traços,
um ser que se parte, ao ver-se de perto.

Se sou igual, de mim mesmo o inverso,
sou como vários, de todos os lados,
não me repito, sou ser espelhado
de imagens distintas, verso e diverso.

Falta-me o passo, que a estrada arrasta!
Falta-me a dança, do baile me afasta!
Sobra-me o voo, o sonho e a ciência!

Se sou de fato imperfeita figura,
mais evidente é a verdade segura:
o que me incompleta é só tua ausência!

(2002)

*

Luz e sombra

Como um quadro barroco, claro e escuro,
te fiz tanta luz que brilhei em versos,
parecia-me claro, o amor imenso;
tu te escondias nas sombras dos muros.

Num mundo oposto não há mais futuro:
apaguei minha vida e fiz o inverso,
te vi contra a luz, o adeus num lenço;
pra te ver meu olhar apuro.

Segues brilhando, eu me torno sombrio;
vais iluminada, eu, obscuro e frio;
nossos contrastes nessa as**SOMBRA**ção.

Se me ilumino, te perco na sombra;
se saio do escuro, o que via escombra;
segues sendo toda minha i**LUZ**ão.

(Jan/2003)

*

Ficção, poesia e pensamento

Quasímodo

Caiu Hefestos de amor por Afrodite
e desse amor se alimentam seus azares;
feio e coxo, é trocado, então, por Ares,
tudo o que faz para ela não existe.

Repete-se o caso no mundo romano:
sem ver que de nada vale sua arte,
diante da força física de Marte,
perde-se por Vênus o pobre Vulcano.

Por aqui eu sigo, herdeiro disso tudo,
juntando ao pé da montanha os meus restos,
deixando versos pra outros, qual Cyrano.

Sem que Vênus me acredite, sou Vulcano;
sem ter ao menos Afrodite, Hefestos;
sem verso d'ouro e esmeralda, quase mudo.

(19/V/2003)

IV – Outros poemas

Espelho I

Me vejo no espelho
Revejo a vida ao inverso

Entrar no espelho
Viver num mundo parelho
Sentir o reflexo
Do verso que vem ao avesso
Da vida que vejo em verso

Brincar de roda com o olhar
Sonhar a me ver sonhar

*

Loucura

Sim, sou louco,
Só porque sou de Libra
E tenho Vênus na minha casa de campo,
E sofro influências do que me rodeia,
Dos planetas do sistema solar,
Do sistema do planalto central.
Sou louco, sim,
E daí?
Gosto muito de Fulana
E Sicrana mal me quer, bem me quer.
Sou louco, sim,
Por que não?
E só mais um
Nas esquinas de tantas esfinges.
Me devorem, antes que me resfrie!

Ditado revisitado I

    Em terra de cego,
    Quem tem olho
    É deficiente físico.

*

Ditado revisitado II

    Um pássaro na mão
    Só vale pra quem
    Não sabe o que é voar.

*

Poemeu bem meu, bem eu, pro meu bem

    Com esse ar apático,
    Com essa minha visão poética,
    Com essa minha paixão patética,
    Espero te parecer simpático,
    Sem parecer apocalíptico,
    Inda que seja um lunático.

*

Balanço no coração

    O estrago foi pouco
    Só meu peito está oco.
    (Mas) Endereçar-te um soco?!
    Não seria tão louco!?

    Te quero sempre, eternamente
    E hoje, principalmente
    Que estamos aqui, frente a frente
    Olhos nos olhos, as bocas rentes

    Pois sabes que sinto
    E sei que tu sentes
    E quando tu negas,

É claro que mentes,
Pois suas em frio
E tens as mãos quentes...

E depois, estrela cadente
Escovas, cabelos e dentes
Nos olhos, escuras lentes
E não te conhecerão ao sol nascente
Nem perceberão que estás contente.

*

Espelho II

Me vejo no espelho
Sei que não sou eu o que ali está
Busco a mim mesmo em tudo que olho
Vejo a mim, onde ninguém,
Nem o eu que vejo, pode estar

Se pudesse entrar no espelho
Viver em mim mesmo, reflexo
Estar ali eu queria,
Mesmo que por pouco fosse,
Vendo a mim mesmo, na realidade.

*

Espejo II

Miro al espejo.
Sé que no soy yo el que allí está.
Busco a mí mismo en todo lo que miro
Veo a mí, donde nadie,
Ni el yo que veo, puede estar.

Si pudiera entrar al espejo,
vivir en mí mismo, reflejo,
estar allí yo quisiera,
aunque por un rato fuera,
y ver a mí, en la realidad.

Dorme em paz meu coração

1 Clara Bela A noite Zela Dorme em paz Meu coração	3 Ida Vinda Ainda Há vida Canta Elis Do meu coração	5 Brilha Voa Rainha Leoa Deixa feliz O meu coração
2 Branca Cora Santa Chora Olha e diz Meu coração	4 Xinga Rança Brinca Cansa Dança a miss No meu coração	6 Deita Manha Dorme Sonha Basta sorrir Meu coração Dorme em paz Meu coração

*

Cosas que ver y haber en España

(Composto sobre episódios de uma viagem à Espanha, com um grupo de amigos, alguns dos quais citados no corpo do poema)

    El oso y el madroño, la Puerta del Sol
    en Los Pinchitos, hablar español
    Thyssen, la Reina, Museo del Prado
    las obras en yeso de un tal Paco
    y, claro, conocer El Corte Inglés
    aunque sea por tan sólo una vez

En cada salida ver cosa nueva
Bailar con el cantante de la cueva
Tapas, sangrías a los viajeros
Temblar y temer a los camareros
Por cierto buscar en El Corte Inglés
Cosas que en parte alguna las ves

    Sacar los equipajes del hotel
    Llenar de equipajes el autobús
    Llevar todo lo nuestro al nuevo hotel
    La valija de Tati era una cruz

Con Lisie conocer un hospital
Agobiarse en una mina de sal
Pasar dos horas y ver con paciencia
La habitación de Denise en Valencia
Con el tiempo que resta ir otra vez
Al mundo encantado de El Corte Inglés

Subir la Giralda a romper los pies
Cambiar la muralla por un café
Gritar por los gitanos de Granada
Y con las gitanas de la Sagrada
Miró, Dalí, Gaudí; y ahora ves
Versión catalana de El Corte Inglés

    Sacar los equipajes del hotel
    Llenar de equipajes el autobús
    Una bolsa por persona al hotel
    La de Tati sigue siendo una cruz

Con Prego y Nicotti, las librerías
Ana con sus "padres", la Boquería
Las chicas Noveletto en los partidos
Buscar por Yara que se ha perdido
Casa del Libro, Fnac, Corte Inglés
Así lo gastamos todo en un mes

Por ramblas y calles y carreteras
Casi pasamos por España entera
Pesetas, tarjetas, duros y "cash"
Sacar una foto, escuchar "no flash"

Buscar una vez más El Corte Inglés
Lo juramos: es la última vez

    Sacar los equipajes del hotel
    José Luis está en el autobús
    Los hombres trabajan, sólo Raquel
    Puede de Tati llevarle "la cruz"

*

Federico

Federico, que te han matado
Los golpes que has recibido:
De amores poco a poco;
De un balazo el enemigo.

Las mujeres que has creado
¿Reflejan un poco a ti?
Gitana, morilla o blanca;
Negra es su esperanza,
Negro manto del sufrir

Federico, ¡que te han matado!

Los colores que has dibujado
El verde, los pueblos blancos,
La fuerza roja y morada
Del hombre que sabe cuanto
Vivir se parece a morir

Federico, ¡que te han matado!

Tus dibujos, señas de crío,
Crean el mundo de tu mirar
La luna, pajaritos, payasos
Traen los rasgos del llanto
Que a los hombres va a alcanzar

Federico, sí, que te han matado,
Pero en España te creo sentir
Por Sevilla, Granada, Córdoba,
Hasta las calles de Madrid.

IV – Artigos

A ERA DOS AQUÁRIOS
(UM PALPITE SOBRE A ADOLESCÊNCIA)

> "*A arquitetura como construir portas, de abrir;*
> *ou como construir o aberto;*
> *construir, não como ilhar e prender (...)*."
>
> João Cabral de Melo Neto (*Fábula de um arquiteto*)

Entender os adolescentes é uma tarefa difícil, para nós (não adolescentes ou ex-adolescentes) e para eles. Partindo desta realidade, saibamos que esta não é uma resposta para todas as questões, nem de fato é uma resposta definitiva, é, como já diz o subtítulo, um palpite, uma ideia, algo para pensar.

Poderia começar dizendo que nem a ideia original é minha. Meu é apenas o palpite, a tentativa de chegar a alguma conclusão, a vontade de pensar sobre esses seres que nos cercam, nos aterrorizam e, admitamos, nos seduzem e maravilham. Mas, vamos ao palpite.

O início de toda a ideia está em uma entrevista do cantor Lobão, que tive a oportunidade de ver algum tempo atrás em uma televisão qualquer. Dizia o rockstar que um dos grandes problemas da juventude atual é o fato de, apesar de conhecerem todo o mundo (via televisão, internet, etc.), não terem a mínima noção do que acontece do outro lado da rua. Na verdade, digo eu, na maioria das vezes eles nem conhecem o outro lado da rua, da sua própria rua, não conhecem seu bairro, sua cidade. São cidadãos de um mundo que passa por cima da realidade próxima: da sala, do quarto, direto para o espaço sideral.

Pode-se pensar que há um certo exagero na afirmação anterior, mas quando um aluno de dezessete anos afirma, por exemplo, que nunca andou de ônibus ou que não sabe como chegar à Praça da Alfândega, ou quando uma mãe me solicita que traga os livros de literatura para vender na escola, pois o filho (de dezesseis anos) não tem condições de ir a uma livraria comprar o livro, pois não sabe lidar com dinheiro ou com os riscos de sair de casa só, vemos que não há exagero algum. E estes exemplos não são ficção, aconteceram comigo nos últimos meses, e seguramente não são casos isolados.

Mas voltemos ao Lobão. Ele disse ainda que um dos motivos dessa situação era o fato de os adolescentes atuais viverem em espécies de aquários:

o condomínio residencial, o clube e os shopping centers, locais em que encontram tudo ao seu dispor, sem a necessidade de sacrifício algum. Muito bem, aceito e vou além. Os ambientes constantemente frequentados pelos jovens nossos alunos hoje em dia são quatro. O lugar em que vivem (condomínio horizontal, grandes condomínios verticais, grandes casas, com piscina, quadra de tênis, cancha de futebol, antena parabólica, TV a cabo, micro-ondas, computadores, internet, supertelões), o clube (academias de ginástica, escolas de tênis, salas de musculação, festas nos fins de semana), os shopping centers (com todas as lojas de artigos importados, praças de alimentação, roupas, cds, vídeos, cinemas e máquinas de Coca-cola) e o colégio (com exatamente o quê?).

Acho que chegamos ao ponto. Enquanto nos três primeiros ambientes os jovens encontram tudo ao seu dispor, tudo pensado para eles, todos os profissionais voltados única e exclusivamente para a satisfação de suas "necessidades", enfim, tudo a seu favor, na escola não ocorre exatamente assim.

É claro que uma escola é pensada em função de seu público, os alunos, os jovens de quem falamos, é claro que nossas aulas são inventadas a partir da premissa de que será ministrada para eles, é claro que estamos aqui em função deles... Mas não estamos a favor, estamos contra; não estamos para facilitar, dificultamos; não satisfazemos suas "necessidades", nós inventamos problemas, crises, dificuldades...

E qual é o resultado disso tudo? Os jovens sentem-se muito bem em seus condomínios (muitas vezes mascarando as crises familiares que vêm juntas com todo este ambiente tecnologicamente perfeito), sentem-se muito bem nos clubes (salvo alguma crise amorosa momentânea, que certamente não é de responsabilidade do ambiente em questão) e sentem-se maravilhosamente bem nos shoppings (onde tudo é feito para a satisfação do cliente: ele, o jovem, e todos os outros que insistem em andar disfarçados como um deles), mas não se sente bem na escola.

Ninguém no shopping manda o aluno para o serviço disciplinar, nem para o SOE, nem os pais deste aluno são chamados (a não ser para confirmar o número do cartão de crédito). No clube não há prova de matemática, nem de química, nem tem um louco que manda ler um livro por mês. No condomínio ninguém roda nem pega recuperação. Na escola estamos contra.

E esse é o nosso grande problema: estamos aqui por causa deles, mas somos contra, não ventamos a favor nem estamos a serviço. O grande nó é sermos contraditórios em nossa essência e não nos darmos conta disso. E ainda se pode agregar a esse problema o fato de haver quase um movimento geral da sociedade no sentido de nos transformar em mais um aquário suficientemente seguro para os jovens que vêm por aí: protegendo e servindo, satisfazendo todas as "necessidades", sem criar muitos problemas, sem grandes questionamentos, sem levantar dúvidas.

Não devemos, se nos integramos nesse universo de peixinhos dourados, problematizar a realidade. Devemos apenas criar um ambiente agradável, com belas plantas aquáticas, pedras decorativas, um falso baú de tesouros no canto e um boneco com trajes de mergulho para tomar conta de tudo. Não devemos fazer movimentos bruscos para não quebrar os vidros. Devemos, aliás, ficar parados, pois os menores movimentos podem fazer derramar a água cristalina em que ficam embebidos os jovens peixinhos. E, por favor, não falemos em tubarões: eles não cabem em aquários.

Na verdade, uma escola nunca pode ser assim. A apatia e a indiferença não combinam com o ambiente escolar. Somos, antes que um aquário de peixinhos nadando calmamente, um mar revolto, com ondas suficientemente fortes para levar barcos adiante ou para destruir toda a costa.

Alguém já disse certa vez que a escola não é lugar para concordância, mas para a diferença, para a discussão, para o conflito gerador de luz, para o atrito gerador de movimento. Ser professor não é alimentar peixinhos no aquário, é muito mais complicado que isso. Ser professor exige capacidade para viver na eterna tensão de existir por causa dos alunos, mas estar na contracorrente de seus desejos mais imediatos. E é ter a capacidade de mostrar que o processo de transformação, de peixinho dourado do aquário superprotetor para navegador dos desconhecidos sete mares, é algo duro e maravilhoso ao mesmo tempo. Algo que nos torna seres completos, mas que exige esforço e sacrifício.

E por falar em águas e mares e navegadores, termino citando uma frase do autor que melhor falou sobre tudo isso e espero que a chamada Era de Aquarius, que a partir dos anos sessenta nos foi apresentada como uma esperança de vida nova e progresso, não seja esta que ora vivemos, nos aquários em que nos encontramos e nos quais nos querem afundar.

"As pessoas têm uma grande opinião sobre as vantagens da experiência. Mas, em regra geral, experiência significa algo desagradável e contraposto ao encanto e à inocência das ilusões." (Joseph Conrad, *A linha de sombra*)

Publicado em *O Farroupilha informa*, Porto Alegre, Ano XIV, Nº 16, Dezembro de 1997

O ROMANCE POLICIAL

> "*Uma novela policial tem que ser, antes de tudo, uma novela, porque, senão, não será nem mesmo policial.*"
>
> Boileau-Narcejac

Definição

O que vem a ser exatamente a literatura policial é mistério tão grande quanto os por ela mesma apresentados. Ao longo dos anos, diversas tentativas de definição e apresentação do gênero foram tentadas, mas nenhuma chegou ao limite de estabelecer-se como verdade última. O problema, lembrando o Odradek, figura kafkiana recriada por Jorge Luis Borges, é que nós não perderíamos tempo tentando definir algo se este algo não existisse. Existe uma literatura policial, que é lida por milhões de pessoas em todo o mundo, que geralmente é mal vista pela academia, que serve de base para centenas de filmes, que cria personagens que ultrapassam os tempos e as fronteiras, e que é, enfim, o tema deste artigo.

A discussão a respeito do gênero policial frequentemente toma espaço na mídia e, em geral, os detratores do gênero o definem como subliteratura, enquanto seus fiéis seguidores reagem dizendo que a academia não reconhece como arte o que é popular. Para dar um exemplo, o crítico búlgaro-francês Tzvetan Todorov afirma, em um estudo sobre a tipologia do romance policial, que a obra de arte é aquela que inaugura um novo gênero e que, portanto, uma literatura como a policial, que se define pela repetição de fórmulas, nunca chegará a ser reconhecida como grande arte.

De fato, muitos estudiosos do gênero tentaram definir a literatura policial a partir de um conjunto de regras básicas que, vistas inicialmente como características típicas do gênero, passaram a ser apresentadas como normas a serem seguidas pelos escritores que quisessem se aventurar no estilo. Autores como S. S. Van Dine (pseudônimo de Willard Huntington Wright – 1888-1939) chegam a estabelecer conjuntos de regras que não devem ser burladas pelos escritores policiais. Entre as regras de Van Dine está a que diz que o leitor deve ter as mesmas oportunidades que o detetive tem para resolver o crime. Em outras palavras, as pistas devem ser expostas ao leitor de modo que ele possa "investigar" o crime ao lado do detetive. Assim, o romance deixa de ser literatura para ser um jogo. Outra regra diz que os detetives jamais podem ser identificados ao final como os criminosos, o que revela uma certa ingenuidade e um grande desconhecimento da realidade.

Por outro lado, se mesmo os defensores do gênero o classificam e o fazem parecer uma literatura menor, a inegável popularidade do gênero, consumido e praticado por leitores e escritores de todos os níveis socioculturais, nos leva a pensar que talvez estejamos diante de um estilo literário moderno que, mesmo repetindo fórmulas, se renova constantemente e, no caminho aberto pelas narrativas folhetinescas do século XIX, segue revitalizado, por exemplo, no cinema, que dele se alimenta constantemente. Personagens como Sherlock Holmes, Hercule Poirot, Sam Spade, Philip Marlowe e tantos outros, saídos das páginas da literatura policial, marcam presença nos cinemas e televisões e são seguidos por milhões de fãs e aficionados em todo o mundo.

Além disso, considerar como correto o julgamento de que o gênero é popular e, portanto, não artístico, pode nos levar a fechar os olhos para escritores e obras que, inseridas neste gênero, vão além dele e podem ser lidas sim como grandes romances.

Origens

Um ponto de grande discussão é a tentativa de definir o ponto de partida para tudo isso. De onde vem a literatura policial? Quando se configurou como gênero? Quem são seus precursores?

As respostas para estas perguntas são variadas e, muitas vezes, quase absurdas. As origens da literatura policial, para alguns críticos, localizam-se quase na origem da própria escrita. Para muitos, os primeiros cadáveres apresentados em narrativas escritas seriam sinal latente da existência do gênero. Tal exagero leva à identificação de passagens bíblicas, de cenas das *Mil e uma noites* e do *Édipo*, de Sófocles, como iniciadores de gênero policial na literatura.

O mesmo tipo de raciocínio, apenas um pouco menos exacerbado, identifica a semente do estilo policial no *Crime e castigo*, de Dostoiévski, em Kafka, no *Zadig*, de Voltaire, e mesmo um crítico sério como Roberto Schwarz alude a possíveis aproximações entre *Dom Casmurro* e o relato policial que toma forma no final do século XIX.

Desconsiderados estes exageros, é possível identificar, sim, um ponto de partida para o gênero policial: ele se encontra em alguns relatos curtos de Edgar Allan Poe (1809-1849). Em contos como "Os assassinatos na rua Morgue", "A carta roubada" e "O mistério de Maria Roget" podemos perceber embriões de narrativas policiais típicas, e na figura do cavalheiro Auguste Dupin encontramos a gênese de figuras como Sherlock Holmes e tantos outros detetives famosos do mundo policial. Partindo de verdades particulares (pistas), ele chega a verdades gerais (a solução de crimes e enigmas), utilizando para isso apenas a razão e a capacidade analítica. É importante perceber que Dupin não é policial. É um aristocrata que, pelo prazer de demonstrar suas habilidades, soluciona enigmas que a polícia, ainda precária e arcaica, não consegue resolver.

A partir da constatação da existência de uma literatura policial é possível perceber sua evolução ao longo dos tempos. Nascida no século XIX, ela vai adaptar-se ao século XX, incorporando tendências e evidenciando aspectos político-sociais que a equiparam a qualquer manifestação artística de alto nível. Uma rápida análise nesta evolução pode nos mostrar como ela é, também, retrato de uma sociedade que se modifica, e que, portanto, a visão de que a literatura policial é uma eterna repetição de fórmulas eternas é, no mínimo, incapaz de dar conta do gênero.

Romance de detetive

O romance de detetive é a linha mestra da narrativa policial. Seguindo o modelo criado por Poe, temos um detetive, não policial, que usando apenas sua inteligência (associada em regra a uma vasta cultura geral) vai desvendar mistérios impossíveis para a polícia regular. Este modelo, que ainda se mantém vivo, equivale a uma espécie de visão romântica da figura do detetive. É ele sempre um sujeito correto, acima de qualquer suspeita, que, sem buscar recompensa material alguma (somente o seu prazer intelectual), vai elucidar os crimes como se participasse de um jogo e o criminoso fosse um adversário a ser batido e desmascarado. Aliás, o próprio criminoso é um jogador. Muitas vezes ele é apenas alguém que quer vencer o detetive, para provar que sua inteligência é ainda maior que a do herói.

Trilhando os passos de Dupin, temos como grande exemplo deste modelo a figura mágica de Sherlock Holmes, criação do escocês Sir* Arthur Conan Doyle (1859-1930). Segundo tomamos conhecimento ao longo das aventuras do detetive, ele era apresentado como um detetive-consultor particular, com conhecimentos profundos de química e da literatura sensacionalista, razoáveis conhecimentos de botânica e do sistema

---

* Curiosamente, Conan Doyle recebeu o título de "Sir" (Knight of Grace of the Order of St. John of Jerusalem), em 1902, como reconhecimento por seu trabalho como médico na guerra sul-africana, em um hospital de campo, e não pela evidente fama alcançada pela criação do maior detetive de todos os tempos.

de leis da Inglaterra, fracos conhecimentos de política, nenhum conhecimento de literatura, filosofia e astronomia. Além disso, era um bom violinista e praticava o boxe, a esgrima e o baritsu (uma luta com bastões). Neste perfil temos a base para identificar este personagem com a ideologia positivista-cientificista que domina o final do século XIX. Holmes, que apareceu pela primeira vez (ainda com o nome de Sheringford Holmes) em "Um estudo em vermelho", publicado em 1887, nas páginas do *Strand Magazine*, era uma espécie de cientista e, num momento em que teorias científicas começam a tentar investigar os comportamentos criminais do homem (basta lembrar o lombrosianismo), ele aplica seus conhecimentos na solução positiva dos mistérios, alcançando um êxito que a polícia regular da época estava longe de conquistar. Mesmo seu grande rival, o terrível professor Moriarty, é visto como uma espécie de gênio às avessas e merece o respeito de Holmes, que o considera como um homem à sua altura.

Ainda nesta linha, temos, mais modernamente, a figura pretensiosa e por vezes cômica de Hercule Poirot, criação da grande dama do crime, Agatha Christie (1890-1976). Nele vemos atualizadas as características que nasceram com Dupin e se eternizaram com Sherlock Holmes. Poirot é um diletante. Um homem de grande capacidade dedutiva que, sempre presente em locais luxuosos e grandes eventos sociais, acaba sendo levado a investigar crimes misteriosos que ali se passam. A ideia do romance policial como jogo é aqui valorizada, principalmente, pela inclusão quase obrigatória de uma cena final em que a verdade é revelada a todos (personagens e leitores), e o culpado acaba sendo identificado entre os vários suspeitos que são insinuados ao longo da trama.

Além destes, vários outros detetives seguem este modelo romântico-positivista, da mesma forma que segue sendo produzida e consumida, ainda em nossos dias, uma literatura de caráter romântico tradicional, alheia às realidades específicas das diferentes épocas e sociedades.

Romance noir

Uma grande transformação no modelo policial só vai acontecer com o surgimento do gênero "noir", o romance negro. Esta transformação vai se dar no momento em que a literatura policial incorporar a desesperança e a incerteza da grande depressão das primeiras décadas do século XX. No plano internacional, temos a crise do mundo burguês identificada na eclosão da Primeira Guerra. Mas o principal elemento vai ser a grande depressão norte-americana, marcada pela quebra da bolsa em 1929, pela lei seca e pelo gangsterismo. Isso tudo, associado ao surgimento de agências seguradoras, que começam a criar uma espécie de serviço policial paralelo, na investigação de fraudes, e ao desenvolvimento da indústria cinematográfica, vai levar ao surgimento de um novo modelo de narrativa policial. Agora, o detetive não representa mais a aristocracia culta e diletante que se oferece para solucionar os mistérios. O novo detetive é um homem que recebe para investigar. Ele está inserido num mundo capitalista e, apesar de ser dotado de algum tipo de ética, vai investigar o que interessa a quem paga o seu salário.

Estes novos detetives aparecem pelas mãos de Dashiell Hammett (1894-1961), escritor norte-americano que revolucionou o gênero policial, através de figuras como Sam Spade, personagem que apareceu em *O falcão maltês*, em 1929. Segundo Raymond Chandler (1888-1959), outro mestre do gênero, Hammett renovou a literatura policial ao devolver o crime a indivíduos que o cometem por razões financeiras, sociais, passionais, e não simplesmente para fornecer um cadáver para dar início ao jogo detetivesco do passado. Aliás, o mesmo Chandler referia-se a Agatha Christie dizendo que suas tramas eram tão intrincadas e artificiais que só um imbecil poderia desvendá-las. Ou seja, Chandler afirma a ideia de que é necessário maior realismo na criação da trama.

Assim como Sam Spade, de Hammett, o detetive particular Philip Marlowe, criado por Chandler, em 1939, resolve seus mistérios na base do interrogatório, da busca de provas nos locais dos crimes, com socos e sedução e, em geral, sem a cooperação da polícia, que vê nestes investigadores privados concorrentes e inimigos da lei, já que não se submetem aos procedimentos legais e agem por conta própria.

A força destes personagens é tão evidente que eles, saídos das revistas baratas (as "pulp fictions"), saltaram para as telas de cinema e os seriados de televisão e acabaram imortalizados na figura de Humphrey Bogart, ator que interpretou tanto um como o outro, Spade e Marlowe. E assim como seus personagens, Hammett e Chandler migraram para o cinema, onde foram roteiristas de brilho irregular.

Nesta mesma linha, encontramos aquela que talvez seja a experiência mais dura do gênero "noir": as narrativas de Chester Himes (1909-1984), escritor negro, ex-presidiário, que levou adiante a ideia e criou dois detetives negros (Coffin Ed Johnson e Grave Digger Jones – algo como "Ed Caixão" e "Coveiro Jones"), pertencentes à polícia, radicados no Harlem (o bairro negro de Nova Iorque) e exemplos de uma relação segregacionista e extremamente violenta que poucas vezes tinha aparecido na literatura dos Estados Unidos.

Romance de espionagem

Com o fim da Segunda Guerra Mundial e o estabelecimento da Guerra Fria, a espionagem tornou-se um elemento fundamental na política internacional. Novas tecnologias foram criadas, novas armas desenvolvidas, e a figura do espião ganhou espaço no imaginário das pessoas. Sensível a este novo mundo, a literatura policial passou a incorporar os elementos básicos da espionagem e novos heróis apareceram. De certa forma, fundindo o conhecimento técnico-científico dos detetives do passado com a postura individualista e agressiva dos detetives da fase "noir", figuras como James Bond, criado por Ian Flemming (1908-1964) e lançado em *Cassino Royale*, em 1954, passam a frequentar as páginas dos livros e, posteriormente, as telas dos cinemas.

O agente especial 007, licenciado para matar em nome da pátria e da liberdade (entenda-se, o mundo capitalista), vai percorrer um mundo cheio de terroristas e gênios do mal; equipado com armamentos ultrassofisticados, de última geração, vai resolver os mistérios e ainda terá tempo para seduzir as mulheres mais lindas. A imagem do super-herói volta a habitar as narrativas policiais e a mente romântica dos leitores.

Do outro lado desta guerra, curiosamente, em pleno mundo socialista, o modelo policial também ganha vida. Em Cuba, por exemplo, desenvolve-se com grande popularidade a literatura policial, um gênero que aparentemente estava vinculado ao mundo capitalista. Tão grande é a estranheza que Luis Rogelio Nogueras, escritor cubano que chegou a ter cargos significativos no governo castrista, busca uma justificação para tal fato e afirma que o que diferencia a literatura policial cubana da literatura policial do mundo capitalista é o fato de que, em Cuba, os policiais representam o povo e o governo popular e não são seus inimigos, e que, portanto, têm o apoio desta população na hora de desvendar os crimes.

Inserido neste momento histórico, mas fugindo ao estereótipo de super-herói, temos a criação de John Le Carré (1931), autor britânico que nos apresenta o policial George Smiley, que alterna momentos de êxito e frustração, conferindo ao modelo um ar mais humano, o que também vai acontecer com o inspetor Maigret, criado por George Simenon (1903-1989), outro mestre da narrativa policial. Por isso mesmo, pela falta de um gesto heroico, ambos podem ser vistos como uma espécie de transição entre os modelos apresentados.

Romance psicológico

Como último modelo de narrativa policial, podemos apresentar o que se costumou chamar de romance psicológico, no qual, em geral, a figura do detetive desaparece e o protagonismo acaba sendo vivido pelo criminoso, que, por sua vez, não é nenhum gênio do mal, mas um sujeito normal que, levado pelas circunstâncias e pelas necessidades, acaba cometendo crimes. Neste modelo, que não é posterior aos demais e frequentemente está associado ao romance "noir", temos o maior ponto de aproximação entre a chamada literatura policial e a literatura em geral, ou a alta literatura. Não se trata mais de um mero jogo, não há um detetive que acaba sendo o guardião moral de um mundo falido, nem temos o herói do mundo da espionagem. Tudo isto acaba substituído por dramas existenciais de maior ou menor profundidade e por tramas que envolvem seres aparentemente normais e completamente inseridos na sociedade.

Temos aqui o caso do escritor James M. Cain (1892-1977), contemporâneo de Hammett e Chandler, que chegou a ser chamado de Dostoiévski americano. Exageros à parte, encontramos em sua obra narrativas de alta densidade psicológica e marcadas por ambientes angustiantes e sufocantes, típicos de uma sociedade desencantada e incapaz de dar solução positiva aos dramas individuais.

Além dele, podemos citar nomes como os de Patricia Highsmith (1921-1995), David Goodis (1917-1967) e Horace McCoy (1897-1955), mestres do gênero, frequentemente levados às telas de cinema. Neles encontramos a mesma agonia e a mesma existência incerta que marcam grande parte da literatura do século XX e que dão destaque a escritores como Hemingway e Faulkner e mais modernamente Philip Roth ou Paul Auster.

O fim

É claro que, como o que acontece com um bom mistério policial, esta história não se encerra aqui. Este pequeno roteiro serve apenas para mapear este mundo da narrativa policial e para encaminhar possíveis leitores para uma viagem que me parece sempre estimulante e agradável. E para facilitar o acesso a este mundo, apresento dez narrativas indispensáveis para conhecer o gênero. São livros de autores variados e que procuram dar conta da variedade de tendências que se apresentam sob o nome de literatura policial. É claro que, como qualquer lista que seja feita, ela está repleta de subjetividade e gostos pessoais, mas mesmo assim pode valer como guia para um leitor iniciante.

Dez Livros Indispensáveis

O cão dos Baskerville (*The Hound of the Baskervilles* – 1901), Sir Arthur
    Conan Doyle (Ediouro, L&PM POCKET)

O falcão maltês (*The Maltese Falcon* – 1929), Dashiell Hammett (Cia. das Letras)

O destino bate à porta (*The Postman Always Rings Twice* – 1934), James Cain (Cia. das Letras)

Mas não se matam cavalos? (*They Shoot Horses, Don't They?* – 1935), Horace McCoy (L&PM POCKET). Publicado anteriormente pela Globo, sob o título de *A noite dos desesperados*, com tradução de Erico Verissimo, em 1947.

O caso dos dez negrinhos (*And Then There Were None* ou *Ten Little Niggers* – 1939), Agatha Christie (Globo)

A dama do lago (*The Lady in the Lake* – 1940), Raymond Chandler (L&PM)

A lua na sarjeta (*The Moon in the Gutter* – 1953), David Goodis (L&PM POCKET)

Chamada para um morto (*Call for the Dead* – 1961), John Le Carré (não sei se tem edição brasileira)

O Harlem é escuro (*Blind Man with a Pistol* – 1969), Chester Himes (L&PM POCKET)

O amigo americano ou *O jogo de Ripley* (*Ripley's Game* – 1974), Patricia Highsmith (Cia. das Letras)

Bibliografia

BLAS, Juan Antonio de. *La novela de espías y los espías de novela*. Barcelona: Montesinos, 1991.

BOILEAU, Pierre. e NARCEJAC, Thomas. *O romance policial*. São Paulo: Ática, 1991.

BRADBURY, Malcolm. *La novela norteamericana moderna*. Cidade do México: Fondo de Cultura Económica, 1988.

BUNSON, Matthew E. *Encyclopedia sherlockiana: the complete a-to-z guide to the world of the great detective*. New York: Macmillan, 1994.

COMA, Javier. *Diccionario de la novela negra norteamericana*. Barcelona: Editorial Anagrama, 1985.

DeANDREA, William L. *Encyclopedia mysteriosa: a comprehensive guide to the art of detection in print, film, radio, and television*. New York: Prentice Hall, 1994.

DÍAZ, César E. *La novela policiaca: sintesis histórica a través de sus autores, sus personajes y sus obras*. Barcelona: Ediciones Acervo, 1973.

MANDEL, Ernest. *Delícias do crime: história social do romance policial*. São Paulo: Editora Busca Vida, 1988.

MEDEIROS E ALBUQUERQUE, Paulo. *O mundo emocionante do romance policial*. 2ª. ed. Rio de Janeiro: Livraria Francisco Alves Editora, 1979.

NOGUERAS, Luis Rogelio. *Por la novela policial* (Cuadernos de la revista Unión). Havana: Ediciones Unión, 1982.

SCHWARZ, Roberto. *Duas meninas*. São Paulo: Companhia das Letras, 1997.

SYMONS, Julián. *Historia del relato policial*. Barcelona: Bruguera, 1982.

TODOROV, Tzvetan. *As estruturas narrativas*. São Paulo: Perspectiva, 1970.

VERALDI, Gabriel. *La novela de espionaje*. Cidade de México: Fondo de Cultura Económica, 1986.

PARTE II

DEPOIMENTOS

I – Família e amigos de infância

ZÉLIA MARIA FISCHER, *mãe*

O meu gordinho ria muito à minha custa, por causa das minhas preocupações com ele. Por exemplo: o meu medo de que ele caísse do 6º andar do edifício onde morava numa certa época, ao estender roupas no varal que ficava do lado de fora da área. Dizia para as pessoas que eu tinha perdido o sono e que ligara para ele de madrugada. É verdade que eu perdi o sono, mas o resto é por conta dele.

Diga-se que o tal varal nunca serviu para nada a não ser para que ele risse da mãe.

Sou resistente a coisas novas, músicas, filmes, etc. O Sérgio é que me apresentou muitas músicas boas, como "O meu guri", "Sapato velho" e outras tantas. (Enquanto ele morou conosco, muitas vezes eu pedi que ele cantasse.) À tardinha, nessa época, olhava com ele a série *MASH* e dávamos boas risadas juntos.

Quando casou e saiu de casa, o Bruno e eu perdemos um bom companheiro.

Agora...

BRUNO INÁCIO FISCHER, *pai*

Escrever sobre meu filho Sérgio é difícil; ter vivido com ele foi uma glória; não estar mais com ele é muito doloroso.

Ele nasceu em 5 de outubro de 1964, dia em que parei de fumar (em sua homenagem) depois de 12 anos de vício.

Houve em nossa caminhada momentos de intensa alegria e outros de imensa tristeza.

Lembro-me que pelo final de 1965, num fim de tarde, eu estava voltando do trabalho na firma Oxigênio do Brasil, na Av. Brasil, 610, e, ao chegar perto do edifício onde morávamos, na Av. Pernambuco 1514, encontrei a Zélia e os filhos na calçada, talvez me esperando. Estavam todos, inclusive o Sérgio <u>em pé</u>, sem apoio algum. O Sérgio deu alguns passos ao meu encontro e nos abraçamos. Maravilha.

Foi a última vez que o vi em pé, sem apoio, caminhando. Pouco depois a poliomielite inutilizou-lhe uma perna. Tristeza.

O Sérgio manteve até o fim da vida uma alma aberta, franca e curiosa, claro que com momentos de crise, mas nunca em estado de prostração.

Éramos muito amigos. Nos abraçávamos. Ele me beijava e me chamava de "Egrégio" (em alusão ao curso de Direito).

Durante muito tempo, quando ele estudou no Colégio São João, eu o levava de carro (Variant) sentado na "cachorreira", de perna esticada, de aparelho, junto com uma turma de amigos que moravam perto, sentados e apertados nos bancos (Júnior, Fábio, Marcos, Marcelo, Flávio, Fabinho e Carlos). Era uma farra.

Em 1984 encaminhei minha aposentadoria no INSS. Os funcionários estavam em greve e isto atrasou o processo. Um dia liguei para o INSS para saber a situação. Continuavam em greve. Irritado e "cheio de razão" porque meu direito estava sendo prejudicado, disse, por telefone, alguns desaforos. O Sérgio estava por perto e me censurou abertamente, lembrando que a greve dos funcionários era um direito coletivo que precisava ser respeitado. Acatei e me senti orgulhoso da visão social e de justiça que ele tinha.

Momentos de muita alegria foram sua formatura no ensino fundamental e sua primeira comunhão (esta preparada pela Zélia, em casa). Em ambas as ocasiões ele estava bonito, elegante, com o aparelho metálico protegendo sua magérrima perna. Sentimentos misturados: orgulho, alegria e tristeza.

O grande momento da vida do Sérgio foi o nascimento de seu amado Alfredinho, no dia 18 de novembro de 2005. Eles conviveram pouco tempo, apenas um ano e meio. Foram poucos meses de intensa interatividade e afeto franco e explícito. Juntos, na cama, eles viam e reviam inúmeras vezes os Backyardigans. Eles cantavam "Temos um mundo inteiro em nosso quintal...". E o Alfredinho queria ver de novo o "Temos". Com o tempo ele identificou os pequenos amigos do desenho: Pablo, Uníqua, Austin, Tascha e Tyrone. Em outros momentos o Sérgio se deitava no chão, de costas, e deixava o Alfredinho subir e brincar feliz.

Mesmo quando o câncer exigiu internações, cirurgias, etc., a volta para casa era uma festa enorme para os dois.

Tal foi o amor do Sérgio pelo Alfredinho que, quando o diagnóstico médico já era trágico e exigiu internação prolongada e definitiva, ele, num gesto de desprendimento incrível, poupou o Alfredinho de ver o pai naquele estado, e assim não levasse para a vida uma imagem de um pai deprimido. Ele queria que o Alfredinho sempre se lembrasse do pai alegre, carinhoso, bom papo e de enormes abraços.

Exemplo dos alegres papos que rolavam entre os dois são alguns versinhos saídos do fundo da alma do pai para o frágil coraçãozinho do filho:

Abre a boquinha
Pra comer papinha
Abre essa boca

Pra comer mais sopa
Abre o bocão
Pra comer feijão.

O pé!
De quem é esse pé?
De quem é esse pé?
De quem é esse pé?
Que chulé!

Do Sérgio tenho a tranquilidade de dizer: "Pertransiit bonum faciendo" – passou a vida fazendo o bem. Viveu uma vida bonita, apesar de sua limitação física. Distribuiu alegria, amizade, participação, comprometimento em todos os ambientes em que atuou. Foi um herói. Venceu. Está em paz, com Deus.

Seu lema, muitas vezes repetido, era "manter a mente quieta, a espinha ereta, e o coração tranquilo".

Um abraço, meu filho.

Teu pai.

Ana Rosa "Nize" Fischer, *irmã*

Todos os patinhos
sabem bem nadar,
cabeça para baixo
rabinho para o ar.

Minha história com o Prego começa no nascimento dele, 5 de outubro de 1964, exatos oito anos depois do meu. Um presente, me disseram. Lembro bem do dia em que fomos visitá-lo e à mãe, lá no Hospital Ernesto Dornelles. Fomos o pai, o Mano, a Bela e eu. Ele era uma coisinha cor-de-rosa...

Mais ou menos um ano depois, um fato mudava nossas vidas, e a dele especialmente, para sempre. A poliomielite. Também naqueles dias fizemos uma visita ao Hospital Santo Antônio, o pai, o Mano, a Bela e eu. Vimos a mãe pela janela, não podíamos entrar no prédio, e não vimos o Preguinho.

A partir daí, muita coisa girou em torno da recuperação dele: fisioterapia, idas à praia, aceitar e assimilar a presença de aparelhos ortopédicos, barras para apoio de caminhadas, ataduras, cadeira de rodas, muletas, bengala e toda a parafernália que veio junto com a pólio. Isto era pra ele, e pra nós. Hoje vejo que certamente o pai e a mãe "engoliam" primeiro cada "novidade" e depois o Prego e nós íamos nos adaptando. Não lembro de nenhum momento em que o Prego tenha reclamado de qualquer procedimento ou mudança. Apenas quando houve a previsão de que talvez na idade avançada ele pudesse perder a mobilidade do joelho esquerdo, lembro de uma grande raiva dele, contra aquela previsão, e a imediata busca de caminhos internos e externos para evitar este prognóstico.

Bom, é sobre o nosso jeito de ir buscando caminhos que eu queria falar. Lá pelos idos de 1967, o Prego com uns 3 anos, havia na TV um programa infantil apresentado por uma "professora" que era a tia Nize. Ela cantava, recortava, colava, contava histórias, com a participação de algumas crianças. Em casa, o Sérgio, algum amigo dele mais umas duas bonecas grandes, umas caixas para serem mesas, e eu como "tia Nize", reproduzíamos o cenário e as brincadeiras. Uma delas era cantar uma música, caminhando, imitando patinhos indo para a água. Assim, o Preguinho se exercitava para dar os primeiros passos, com uma tala presa à perna por ataduras. Era divertido! E esta brincadeira fez com que ele pra sempre me chamasse de Nize, e todos os que me conheciam através dele também me chamavam assim.

Você lembra, lembra
Daquele tempo
Eu tinha estrelas nos olhos
Um jeito de herói
Era mais forte e veloz
Que qualquer mocinho de cowboy.

Nossos caminhos se cruzaram muitas vezes, até trabalhamos juntos. Em uma oportunidade eu fui demitida da escola onde todos nós estudamos e pela qual tínhamos muito carinho. Foi uma demissão intempestiva, e um dos motivos alegados foi falta de confiança em mim. No dia seguinte o Prego, que era amado por seus alunos e colegas, pediu demissão de forma irreversível, alegando que, se a escola não confiava em mim, ele não confiava na escola! Uma decisão quixotesca, que causou tumulto na escola e prejuízos profissionais pra ele, mas que aqueceu meu coração.

Água da fonte
Cansei de beber
Pra não envelhecer
Como quisesse

Roubar da manhã
Um lindo pôr de sol

Assim era o Preguinho, um quixote, uma criança grande, um grande brincalhão, a alegria dos almoços de domingo. Mais recentemente um pai amoroso, atento, que deixou o pedido de que o Alfredo lesse/assistisse *Kamchatka* (filme de Marcelo Piñeyro), que fala de um lugar onde tudo é possível, mesmo estar perto de quem não está mais.

Estas são as lembranças: muita proximidade, muita amizade, muito afeto, muita alegria, muita diversão, muita piada, muita coragem, muita saudade.

Hoje, não colho mais
As flores de maio
Nem sou mais veloz
Como os heróis
É, talvez eu seja simplesmente
Como um sapato velho
Mas ainda sirvo
Se você quiser
Basta você me calçar
Que eu aqueço o frio
Dos seus pés.

As lembranças, este livro, as fotos, os amigos que ele deixou, o Alfredo, "aquecem nossos pés", vão povoando nossa Kamchatka e nos mantendo pertinho daquele Preguinho de abraço tão grande.

Luís Augusto "Mano" Fischer, *irmão*

O Prego

A coisa mais remota de que me lembro acerca de meu irmão tem a ver com o nome dele: tenho seis anos de idade e estou caminhando com minha mãe pela rua, num dos lados da pracinha Pinheiro Machado, bairro São Geraldo, Porto Alegre, talvez a caminho da feira livre; ela, grávida, me propõe o assunto "nome do irmãozinho que vai nascer" e eu entro na conversa; e sugiro dois nomes, não sei bem por quê: Sérgio e Ricardo.

Agora, que ele morreu, fico dando corda para a memória para tentar recapturar aquele momento, em que ele ainda não existia mas já começava a fazer parte de nossa vida. Já éramos três filhos, a Ana Rosa, eu e a Maria Isabel, pela ordem de chegada; ele seria o quarto e derradeiro, o nosso irmãozinho mais novo para sempre. Por que "Sérgio", por que "Ricardo"? Num nome não se esconde um destino, a menos que sejamos supersticiosos, o que não é meu caso. Num nome pode se esconder um desejo, que talvez não tenha forma, consistência, objeto ou alvo claros. "Sérgio" poderia ser um desejo de nome vigoroso, diferente, futuroso? Ele ficou Sérgio Luís, como eu sou Luís Augusto, e assim como nós milhares de gaúchos, creio que mais do que brasileiros, que somos luíses porque deve ter parecido a nossos pais um nome moderno, adequado para a cidade grande em que passávamos a morar, para o país industrial que se criava nos anos 50 e 60.

"Prego" veio depois. Ele era pequeno, e havia uma gíria, uma mania de chamar "prego" ao guri, qualquer guri; eu comecei a chamá-lo assim, e assim ficou, inclusive quando ele ficou grande, maior que eu fisicamente. Bem antes disso, ele se revelou inteligente, sagaz, bem-humorado, apesar de experimentar muita dureza em função de uma restrição física (ele teve poliomielite quando fechava um ano de idade) e das sucessivas operações a que precisou se submeter para amenizar o problema motor que o atingiu.

Ensinei-o a jogar xadrez e ele logo começou a ganhar de mim, sempre (e eu desisti em seguida, porque não me animava muito o jogo, ao contrário dele, que chegou a ensaiar uma carreira amadora). Ensinei-o a jogar botão, e seguimos jogando pela vida afora, até poucos meses atrás, quando jogamos um último campeonatozinho familiar. Brinquei com ele de bola, forte-apache, acampamento dentro de casa, de tudo que é possível brincar entre dois irmãos. Depois, mesmo com a diferença de idade, tivemos amigos comuns e compartilhamos algumas experiências. Acabei sendo professor dele, no curso de Letras da UFRGS, por um semestre. Os dois filhos homens de um pai professor de Letras viraram professores de Letras.

Vida que segue, ele teve um filho, Alfredo, ano e meio atrás, e eu tive outro, Benjamim, sete meses faz – o nome Alfredo como uma homenagem dele ao nosso avô materno, assim chamado, o nome Benjamim sendo uma homenagem enviesada que presto ao nosso avô paterno, Beno; os dois guris sendo felicidades indizíveis, que não combinam com a fatalidade de um melanoma feroz, que por dois anos foi controlado mas agora abateu meu irmão, após uma agonia medonha, cruel, assassina, de quase duas semanas.

A gente sempre pensa que é imortal, quando é jovem. A gente gosta de pensar que a morte é com os outros, enquanto goza de saúde. Mas ocorreu que agora a conta bateu na minha, na nossa porta, levando aquele menino que eu vi assim que nasceu, que eu carreguei no colo, com quem eu brinquei, que tanto me ensinou com sua valentia e coragem, que tinha tanto ainda a viver com seu Alfredinho e com todos nós. Uma pena, uma injustiça, um rombo no nosso coração. O Prego tinha 42 anos, alguns livros publicados e muitos planos intelectuais, que agora se esfumam na memória, mas que eu vou tentar preservar para contar ao Alfredinho, em algum momento do futuro, quando ele tiver como entender o enorme valor de seu pai.

*

No velório de meu avô paterno, muitos anos atrás, presenciei uma cena tocante: um senhor bem velhinho se aproximou, perguntando em rústico alemão se ali estava sendo velado o alfaiate Beno. (A cena ocorreu em Lajeado, onde até certo tempo atrás ainda a rádio anunciava enterros e coisas assim graves em alemão.) Não entendi o que ele dizia e cutuquei meu pai, ao lado de quem eu estava sentado; o pai respondeu afirmativamente. O chegante disse ainda mais umas frases e meu pai chorou. Depois, mais sereno, o pai explicou que o sujeito não era íntimo do vô, mas estava vindo ao velório, homenagear o falecido, com o velho paletó de seu casamento, que o alfaiate Beno Fischer havia feito para ele, décadas antes.

O vô Beno, um sujeito exemplar, deixou modestas posses para seus herdeiros. Calhou que a enorme tesoura de seu ofício veio parar nas mãos de meu irmão Sérgio, o Prego, que a guardava com destacado orgulho, numa estante cheia de livros, que eram, estes sim, o material básico de sua profissão, a de professor de Literatura. O Prego nunca deve ter pregado um botão (o que a gente fazia bastante era jogar botão, em que ele adotava um estilo romântico, de atacar sempre, especialmente com a sua esquadra ponte-pretana), nem deve ter chegado a usar a tesoura-tesouro do vô; mas, assim como ele, foi um sujeito exemplar em tanta coisa.

Mortes familiares, mas tão assimétricas. O vô morreu com mais de 80 anos, dez filhos e uma legião de netos; o Prego foi embora com 42 anos e um filho, seu amadíssimo Alfredinho, um guri de ano e meio. Quando o vô se foi, a dor era mais mansa, quase um costume, porque ele estava já velhinho, no fim das forças; agora, quando o Prego morreu, a dor que se instalou em nós foi terrível, quase um insulto, porque ele era jovem, estava no auge de sua vida profissional e paterna.

A única parecença entre as duas tristezas foi o reconhecimento público. O Prego foi chorado por dezenas de pessoas, num círculo que reuniu a família e os amigos próximos, que conheciam sua valente e ininterrupta luta, desde muito menino, para superar as dificuldades da poliomielite, mas também vários conhecidos, colegas e dezenas de alunos, que estavam lá ostentando um outro paletó, menos palpável mas talvez mais sensível, o aprendizado das maravilhas da vida que se escondem e se mostram na literatura. Tesoura, agulha, clientes, livro, aula, bengala, alunos, tudo isso eles levaram com a ponta dos dedos, com a delicadeza de bons e justos seres humanos que foram.

Maria Isabel "Bela" Fischer, *irmã*

Simples assim!
Sou a terceira dos quatro filhos. Depois de mim veio o Prego. Pela idade eu era mais próxima dos irmãos mais velhos, porém, por uma série de circunstâncias, fiquei alocada no grupo dos mais novos, com tudo que isto tinha de bom e de ruim.

A chegada da poliomielite ao Prego, com um ano de idade, trouxe muitas particularidades para nossa vida familiar. Sentia-me num certo limbo entre os mais velhos e meu companheiro. Foi na convivência com as demandas originadas pela situação dele que fui me localizando na família.

Comprar borrachas para as muletas e levar comida ao hospital me oportunizaram andar sozinha de ônibus pela primeira vez, trazendo a sensação de ser "grande" e participante do grupo que tinha coisas muito sérias a fazer.

Ficávamos muito em casa, e eu, superenergética, acabei brincando muito com o Prego, que, pelas circunstâncias, estava sempre disponível. Aguentava minhas invenções e teatros. Isto se refletiria ao longo da vida numa relação de muita camaradagem e leveza.

Certa vez, depois de ver um filme, assumi uma personagem com muitas personalidades, cada uma com nome e características diferentes; o Prego, com suprema paciência, reconhecia a cada uma e passava a me chamar de acordo, chegando ao requinte de, de vez em quando, me avisar que eu estava misturando as personagens.

Já adulto, eu sabia que quando me ligava queria falar de amenidades, conversar simplificadamente de coisas muito complexas e pedir um alento. Espero ter conseguido apontar ideias e soluções para pequenas superações. Muitas vezes, principalmente nos últimos anos, telefonava *simplesmente* para dizer que gostava muito de mim!

Fazendo um salto para os últimos tempos no hospital, me dei conta que, novamente, acabei ficando bastante com ele, como aconteceu na nossa infância. Até rememoramos alguns de nossos bordões. Ele pedia a toda hora "blindagem", para não ficar tão exposto, e queria que eu ficasse num lugar onde pudesse me enxergar.

Quando eu percebi uma demanda dele para os irmãos mais velhos no sentido de várias providências a serem tomadas, perguntei: "Prego, quer que eu faça alguma coisa, resolva algum problema para ti?". Ele me respondeu: "Só quero que fiques aqui comigo, e que continues sendo minha irmãzinha". Simples assim!

Antônio Dutra Júnior, *vizinho do prédio, amigo de infância*

Sérgio Luís Fischer. Meu amigo. Quando escrevo isso percebo aquela mesma importância que um "amigo" tinha quando eu era criança, isso não mudou. Mesmo agora. Eu o conheci quando meus pais foram morar no "Edifício". Lugar mágico, os amigos ali, pertinho... Tudo girava ao redor do Edifício. As lembranças mais antigas que tenho do Sérgio são de estarmos juntos, brincando no carpete verde, na sala do seu apartamento, com um avião branco, de metal. Acho que foi a primeira vez que nos vimos e eu tinha uns quatro anos de idade. A partir deste dia até a adolescência, convivemos intensamente. Dividimos experiências, brincadeiras, segredos, alegrias e tristezas.

Papai Noel

Certo dia fui chamado pelo nosso amigo Fábio, que de pronto me jogou esta bomba no colo:

– O Sérgio falou que não existe Papai Noel!

Vale informar que a bomba veio pela janela, pois a gente gritava um para o outro assim mesmo, para desespero da vizinhança. Diante da minha incredulidade e da importância do assunto, rapidamente nos dirigimos até o 104 (casa do Sérgio) para interpelar o autor desta afirmação medonha. Eis que o Sérgio nos atende com a mais absoluta tranquilidade e sem delongas nos explica tim-tim por tim-tim a inexorável verdade dos fatos: os presentes eram comprados pelos nossos pais. Acho que ali já se manifestava um gosto por ensinar, por passar a informação aos amigos, algo que esteve com ele durante todo o tempo em que convivemos.

Integração

O Sérgio sempre caminhou com o auxílio de algum equipamento. E digo equipamento porque para todos nós aquilo era como uma roupa, apenas um algo mais, que era totalmente integrado às nossas brincadeiras. Quando a brincadeira era de tiro, as muletas eram grandes espingardas, disputadas por todos. Nossa inconsequência teve um ápice quando o Sérgio passou um tempo usando uma cadeira de rodas, logo após uma cirurgia. Havia uma prancha na cadeira, para deixar sua perna esticada. Pois a cadeira foi prontamente integrada ao mundo das bicicletas e andávamos em um bando de sete ou oito, sendo que nos revezávamos para empurrá-la, acompanhando as bicicletas... E na nossa irresponsabilidade infantil fizemos uma corrida histórica, do Pandolfo, loja de ferragens, até a Frente (do Edifício), dobrando a esquina da Benjamin Constant. Nesta corrida, a cadeira fez a curva em duas rodas, quase capotando. Lembro-me claramente do Fabinho e do Nenê segurando a cadeira para ela não virar, e foi por muito pouco que isso não aconteceu. E me lembro também que o Sérgio riu muito naquela tarde, mas por prudência, cansaço ou intervenção divina, não fizemos uma segunda bateria. Esta lembrança ainda me dá arrepios, pois imagino que as consequências de um acidente teriam sido terríveis. Mesmo assim, durante todo o tempo em que ele esteve na cadeira, andava conosco para cima e para baixo acompanhando as brincadeiras.

Cegonha

Se a história do Papai Noel foi uma bomba, essa aqui foi atômica. Num belo dia de brincadeiras, tão logo encontro com o Fábio, este me fala:

– Não existe cegonha.

Antes que eu pudesse expor minha perplexidade, ele completa:

– O Sérgio falou que o pai da gente coloca uma sementinha na mãe da gente...

Novamente a comitiva se dirigiu até o seu apartamento e mais uma vez fomos recebidos com a mais absoluta tranquilidade. Esta aula foi mais elaborada, pois o Sérgio nos levou até o quarto dos seus pais e nos mostrou um livro, pequeno, colorido, que mostrava o aparelho reprodutor do homem e da mulher, com legendas e tudo mais. Com este apoio, ele nos deu uma aula com a maior naturalidade. Não tínhamos como negar, a informação era insuspeita. Naquele dia, com a vergonha de Adão, voltamos para nossas casas a fim de digerir o ocorrido. Hoje, relembrando tudo, vejo que o Sérgio era para nós uma espécie de Google dos anos 70, uma fonte de informações qualificadas que nos levava para um degrau mais alto a cada rodada. Certamente porque ele vivia num ambiente culturalmente mais rico e por ser o caçula de quatro irmãos, ele sempre nos brindava com uma perspectiva distinta, plural e questionadora do mundo em que vivíamos. Inegável a sua influência sobre todos nós.

Futebol

O Sérgio jogava futebol e jogava bem, a ponto de levar bordoada como qualquer outro. Levava e também retribuía. Era uma coisa impressionante ver a desenvoltura dele jogando conosco. Agora consigo imaginar a apreensão da D. Zélia em relação a isso. Tivemos vários campos de jogo, primeiramente no pátio do Edifício, genericamente chamado de "a Frente", até a esquina da rua com a Benjamin, chamado apenas de "o Banco", pois ali ficava uma agência do Banespa. E também a Stanley, onde hoje é um depósito dos Correios. Um dos nossos jogos preferidos era "bater falta" do meio da rua, com a bola passando por cima dos carros estacionados (a barreira), sendo que o gol ficava na calçada do banco. Ele batia as faltas melhor do que todos, apoiando-se nas muletas, sobre os paralelepípedos, muitas vezes até molhados, sem nunca escorregar. Lembro que tivemos várias bolas ao longo dos anos e a melhor de todas foi uma que ele trouxe de casa como um troféu, de couro, número 5, cinza e vermelho. Pois jogamos com essa bola até ela se esfarrapar, e mesmo depois de várias vezes furada ainda foi muito utilizada. Sempre inventávamos uma nova regra que permitia o uso da bola disponível, de couro, borracha, plástico ou de tênis, cheia ou furada. Na verdade a gente jogava até com uma pedra ou tampinha de garrafa. Dentre as centenas de partidas, só uma resultou em lesão grave, o Sérgio caiu e quebrou o braço num final de tarde, numa partida disputada no Banco. Mas encarou aquilo como uma coisa normal. Nunca culpou ninguém nem deixou de jogar, driblando as recomendações maternas.

Colégio

Estudamos sempre no mesmo colégio, mas raramente na mesma turma. Entretanto, estivemos sempre juntos no trajeto casa–colégio–casa. Das caronas que o Seu Bruno dava para toda a turma na sua VW Variant (a primeira bege, a segunda branca), até o momento mágico em que fomos autorizados a caminhar sozinhos até o colégio. A rotina era quase sempre a mesma, eu ia até sua casa e pegava sua pasta de livros, caminhávamos até o colégio, deixávamos os livros na sua sala. Era comum ficarmos juntos na hora do recreio. Na hora da saída, caminhávamos juntos de volta para casa. No caminho comparávamos as notas, os temas, os trabalhos. Na nossa turma de amigos, eram dele sempre as melhores notas. Também foi meu companheiro de catequese, aliás, o único, pois nossas aulas de catequese foram no seu apartamento, ministradas pela Dona Zélia.

Guerra dos botões

Jogar botão era mais do que uma brincadeira, era um negócio sério. No universo dos botões havia times, ídolos goleadores (botões, logicamente), jogos inesquecíveis, campeonatos, torneios e, principalmente, negociações. Botões eram comprados, trocados, vendidos e revendidos. Cobiçavam-se os melhores e havia até tratamento especial para eles, com direito a talco e adesivos. Em geral, comprávamos os botões na Papelaria Mascote, do outro lado da Benjamin. Tivemos basicamente 3 grandes "campos", o primeiro deles o famoso Estrelão, do Fábio. Depois utilizamos por muito tempo o inesquecível campo "do Mano" (LAF), que era marrom com as marcações feitas com caneta hidrocor. Foi como subir da 2ª para a 1ª divisão, o campo era maior e melhor. E quando o Sérgio ganhou o seu campo definitivo, foi como irmos jogar na Europa. Grande, pesado, verde com as marcações em branco, era o Santiago Bernabeu dos botões. Logicamente, o elenco de botões do Sérgio era o Inter de todos os tempos, com uma mistura de nomes de épocas diferentes. Como eu era o único gremista daquela turma, era eu o oponente a ser batido, para delírio de todos. Creio que fui o adversário que mais disputou partidas com ele durante nossa infância e início da adolescência, acompanhando as mudanças nas regras. Chegamos a jogar em um nível espantoso. Dividíamos as técnicas, e as jogadas eram narradas com a emoção do rádio. E assim jogamos intermináveis partidas na cozinha da casa do Sérgio, muitas vezes varando a tarde e entrando a noite, sendo expulsos para dar lugar ao café. Lembro que, à medida que crescíamos, o ritual se tornava mais jogo e menos brincadeira. E enquanto jogávamos, conversávamos sobre todo tipo de assunto, coisas nossas, do colégio, brincadeiras, enfim, nosso mundo.

Brincadeiras

É certo que o futebol e os botões ocuparam um espaço enorme em nossa infância, mas também o xadrez e outros jogos de tabuleiro entraram na minha vida e na vida dos outros amigos pelas mãos do Sérgio. Foi ele quem nos ensinou a jogar xadrez, detetive, front, Banco Imobiliário e WAR. Brincamos de soldadinho, bola de gude, peão, guerra de bexiguinhas, estilingue. Saímos da revista Recreio e chegamos até os kits da Revell. Também foi com ele que aprendi a jogar cartas, sendo que nosso jogo preferido era canastra. Não posso estimar quanto tempo investimos em partidas intermináveis, e me surpreende a lembrança de que nunca, jamais, brigamos por causa de jogos ou de qualquer outra brincadeira.

Em relação às diversas cirurgias e tratamentos que passou, nunca, em nenhum momento, ouvi qualquer tipo de reclamação ou queixa ou algum tipo de ressentimento. Talvez tivesse seus momentos ruins, mas se os teve nunca externou isso para o grupo de amigos. Entre os mais chegados, que cresceram conosco, estavam o Fábio e os três irmãos que também moravam no Edifício: Carlos, Fabinho e Nenê. E também o Marcos e seu irmão Marcelo, do prédio em frente.

O Sérgio foi para mim bem mais do que um amigo, ele sempre foi uma referência. Foi o irmão que eu não tive. Ele influenciou diretamente a minha formação, principalmente pela sua dedicação em tudo o que fazia. Era um cara de fácil convivência e muito tranquilo. Nunca foi adepto das "panelinhas", coisa muito comum na nossa época. Era amigo de todos, indiscriminadamente. Sempre havia espaço para mais alguém. Naquela época ainda não existia o termo "politicamente correto", mas ele poderia ter definido este tipo de comportamento. Hoje, é bem claro para mim que ele tinha uma liderança e ascendência natural sobre todos nós.

Ao final do 2º grau, quando o destino foi nos empurrando para caminhos diferentes, sempre me confortou a ideia de que ele ainda era parte da minha vida, que estava ali, próximo, mesmo que fossem apenas encontros casuais.

Sérgio, sempre vou me lembrar de ti, e quando tu foi embora eu me lembrei de uma frase que diz: "A luz que brilha mais forte se apaga mais rápido".

Teu amigo, Júnior.

Geraldo Bueno Fischer, *primo*

Limites

É legal saber que meu filho Érico Luiz faz lembrar meus primos IRMÃOS Luís Augusto e o Sérgio Luís, pelo próprio "luiz" e pelo "érico", que é a matéria deles. O Sérgio faz lembrar das enlouquecidas rodadas de botão organizadas por ele, Dôdi (apelido pelo qual a tia Zélia o chamava e que eu adotei, de brincadeira). O Dôdi que também virou meio-campo do meu time alemão de botão – "o Dôdi praticamente organiza o time", como o próprio botão costuma falar...

Bom, o Sérgio acompanhou desde o início minhas jornadas musicais e foi grande influência nas escolhas que eu fiz. Até nas nossas bandinhas pela noite em busca de umas gatinhas. Sempre cito os conselhos que me dava: "O máximo que pode acontecer é dar tudo errado" e "A gente não pode ter medo de passar ridículo". Nesse ponto a gente combinava bem, pois ele, mesmo cético, era muito otimista, e eu, mesmo romântico, era totalmente pessimista, quase como aquela dupla do desenho do leão e a hiena, lembram? "Oh vida, oh azar..."

As aventuras são INTERmináveis, desde as conquistas amorosas meio em parceria até o primeiro casamento dele, onde eu fui padrinho e toquei flauta, meio pálido e em pânico pela situação em si. Ele e os pais (Zélia e Bruno) também seriam meus padrinhos no meu primeiro casamento, indo de ônibus e atravessando uma balsa até chegar ao Mato Grosso do Sul, onde aconteceu o casamento, com efeitos de muita cerveja e som de armas de verdade.

O botão chegava às raias da loucura e era motivo de discussões com as nossas "exposas". As saídas incluíam alguns "sacrifícios" de jovens casais, como ir ao cinema *alternativo*, teatro *do amigo*. Na saída desses "espetáculos", todos esperavam em silêncio para concordar com o primeiro que se aventurava a dizer alguma coisa... "positiva", e concordar meio sem saber com o quê. Sem falar nas ficções astrológicas cheias de certezas incertas.

Lembro de uma ida à praia (Cidreira): três casais, dois certos e uma tentativa meio forçada pelos amigos, eheheh. A inexperiência com carne e quantidade nos fez comprar carne congelada e estragada, e mesmo assim depois fazer 6 espetos, num dia, e outro dia 6 pizzas e um milhão de pães de queijo para 6 pessoas. Foi uma coisa fora do comum. Mas sem dúvida a experiência mais radical que eu passei com ele foi o roubo do carro do meu pai com a gente dentro. Essa foi marcante. Começou com uma falha: eu achei que havia esquecido o controle da garagem dentro de casa e voltei pra dentro para buscá-lo. Deixei o carro ligado diante da casa, com minha namorada e o Sérgio esperando. Ora, o controle estava no carro, e eu fui pegar o outro, na realidade. Voltei contente, até dancei na rua pois iríamos dar uma volta por Porto Alegre, numa sexta-feira com o Vôias, um Voyage (assim meu pai falava, alemoadamente).

De repente saem três caras de trás de umas árvores, ali na subida da Fonseca Guimarães, entre a Azenha e o Menino Deus. Nos empurram pro banco de trás do carro. Esbocei uma reação, mas quando a gente vê um revólver de verdade não tem conversa. Ainda por cima tinha um cheirinho de cachaça misturado com maconha que poderia resultar em qualquer coisa! Bom, ficamos da esquerda para direita, atrás, um dos caras, com o revólver no meu peito, eu, e o Sérgio, abraçando a minha namorada que chorava (com aquela proteção segura e afetiva que ele bem sabia fazer!), e na frente um motorista e outro que também apontava arma para nós, no lugar do carona. Tava frio, o carro não pegava direito, e eles já achavam que eu tinha ligado algum alarme. Expliquei que não, que tinha que acelerar bem antes, etc.

Fomos em direção à vila Cruzeiro, e lá havia uma batida policial, mas felizmente (...) não envolvia a gente. Um deles comentou: "Se der tiroteio azar é de vocês, a minha vida não vale nada mesmo, tanto faz morrer aqui...". De cabeças baixas, ficamos quietos, e só eles falavam e davam as coordenadas. Engraçado era que o da frente tranquilizava a gente dizendo que era só o roubo do carro e dinheiro e iriam liberar a gente, mas o de trás era mais ameaçador, falando em matar, desconfiado. Meses depois eu li no jornal uma entrevista com o famoso bandido Melara, que falava dessa tática pra confundir as pessoas e me deu essa lembrança!

Já na Glória eles meio que se perderam de rua e tivemos que dar de ré, só que a ré do Vôias era meio difícil. Me ofereci, já conhecedor, e recebi ameaças, mas no fim concordaram, ufa. Lá fomos nós pra Lomba do Pinheiro, naquela subida que passa pelo Jardim da Paz, lá adiante, perto do campus da UFRGS. Foi ficando escuro, as ruas sumindo, e nós já da milésima reza interna. Perguntaram pro Sérgio com curiosidade e até inocência sobre a perna dele, o que tinha acontecido, que nem uma criança assim pergunta, sem medir. (Aprendi que assaltante tem um pouco de criança no diálogo.) Inclusive estavam interessados nos tênis dele, mas ele respondeu com ironia, tipo: "Olha, eu não sei se vai adiantar pois cada um é de um tamanho", meio desprezando a pergunta!

Depois, acho que ele meio que caiu na real da situação e aproveitou pra tentar nos ajudar choramingando: "Eu não posso caminhar muito". Mas deu errado, e vieram mais ameaças. Enfim, chegamos a mais uma famosa e mínima rua sem nome e sem saída dos morros de Porto Alegre, no meio da escuridão, para o desfecho da história. Pediram dinheiro e documentos, depois gritaram para o Sérgio e a Kátia saírem, e para mim disseram: "Tu fica". Gelei! Mas era mais precaução contra uma possível reação minha.

Nos deixaram ali e foram embora com o carro. Saímos descendo até achar luz e casas. Paramos e batemos na casa de um cara que tinha um táxi na frente. Ali, tremendo, tomamos café preto e fumamos (eu e o Sérgio, que não fumava), afinal um cigarro bem que cabe numa situação dessas. O taxista nos levou a um ponto de táxi e de lá chegamos na minha casa, onde o pai me xingou pelo carro (sic). A gente simplesmente não acreditava naquilo. Famílias avisadas, incrédulas, carro achado no outro dia mesmo por um taxista (que levou uma grana do pai), tudo isso virou mais uma história de limites em nossas vidas. Isso acabou nos afetando até no que seguir fazendo e como.

Situação-limite exige reação na hora. É por isso que eu gosto muito de improviso, e o querido Sérgio tinha tudo organizado. Isso foi uma constante nas minhas aventuras com ele e marcou nossas trajetórias.

Um abraço, Dôdi, do Geraldo.

SOLANGE NETTO FISCHER, *prima*

Me foi dada uma tarefa das mais honrosas e ao mesmo tempo das mais difíceis pra quem não domina a arte de escrever: contar um momento vivido com o primo Serginho (o Prego). A dificuldade começa em selecionar apenas um momento de tantos vividos em mais de 40 anos de convivência. Tivemos uma infância bastante próxima, e muitas lembranças se fazem presentes. De tudo o que pensei em escrever, selecionei o que acho que mais teve influência pra mim: a música.

Desde nossa infância, lembro que a vitrola ou o toca-discos sempre estava presente. Nas brincadeiras, nos encontros em família, nas conversas... A música era uma constante. No nosso mundo imaginário, imitávamos bandas de sucesso. Foi assim com o Secos & Molhados e outras mais. Nos imaginávamos os verdadeiros integrantes da trupe.

E as muletas do Prego eram elementos fundamentais para uma banda. Muitas vezes elas se transformaram em guitarra. E que guitarra! Que solos fazíamos! O quarto era nosso palco, nosso grande teatro. As almofadas da casa da tia Zélia se transformavam em baterias ou em teclados, e fazíamos um grandioso show. Ouvíamos os aplausos! Os assobios... Os pedidos de bis... E a vitrola continuava tocando "nossos" muitos sucessos. (Puxa! Fazia muito tempo que não lembrava esses momentos deliciosos...)

Mas de tudo relacionado à música e ao Prego, Caetano tem um lugar especial. Caetano Veloso, este sim, me lembra muito o Prego. Mais especificamente a música "Trem das cores"... Foi lá por outubro de 82, dias antes do aniversário do Serginho, que descobri que ele queria muito o disco novo do Caetano, *Cores e nomes*. E ousei sugeri-lo como presente de aniversário ao primo. Saí então, junto com minha mãe, em busca deste LP. Lembro da ida à loja, da escolha, da capa e principalmente de ouvi-lo tocar muitas e muitas vezes.

Acho que foi meu primeiro contato com a poesia de Caetano. Muito provavelmente a primeira vez em que realmente ouvi e senti a música de Caetano. E foi amor à primeira audição. Aquele jogo de palavras, as melodias... tudo me encantou. Depois disto, muitas outras influências musicais eu recebi. Beto Guedes, Chico Buarque, Milton Nascimento... Coisas que ouvi na casa da tia Zélia e do tio Bruno, junto com o Prego, a Bela, o Mano e a Rosa, nas costumeiras visitas de domingo à noite. Lembranças boas, que guardarei sempre com muito carinho.

Maria Lúcia "Lula" Arenhardt Moerschbaecher, *prima*

Mano,

Achei maravilhosa tua ideia do livro do Serginho, gostaria muito de contribuir, mas da vida dele adulta não tive muita participação ou convivência (uma pena). Me lembro de muitas férias aqui em Lajeado com a família de vocês, quando o Serginho estava presente em brincadeiras as mais diversas e todas legais.

Eu vou aproveitar para falar do que eu via e sentia em situações de nossas brincadeiras. Quero falar da tia Zélia.

Em várias situações em que brincávamos e sugeríamos novas brincadeiras ao grupo de primos, eu pensava... "Mas como vai ser com o Serginho? ...Será que ele não vai ficar chateado em talvez não participar?" Mas não: eu reparava na tia Zélia um olhar de tanta confiança, amor e palavras de motivação que desmoronava toda minha dúvida, e mais, sentia até uma ponta de ciúmes. Se agora eu fechar os olhos, vejo uma cena linda: nós no pátio em roda da cisterna (na casa do Vô) combinando a brincadeira e formando os grupos para o famoso pem-pem (a melhor estratégia era cercar pelo cemitério), os olhos do Sérgio brilhavam. Enquanto isso, a tia Zélia parada na porta da sala, com uma mão na cintura, olhando para ele com tanto orgulho que me chamava a atenção. No momento eu não entendia muito bem o que aquilo significava, mas me fazia bem. Hoje eu sei que a garra na vida do Sérgio vem daí, destes momentos de tanta confiança e amor. Vocês sabem muito bem do que estou falando.

Eu sei, Mano, que isto não é uma história com datas e narrativas como tu pediu, mas é o que eu sinto e sempre senti com relação ao Sérgio e toda a família de vocês, não para ser publicado e sim como forma de carinho para que o trabalho seja lindo, como vai ser, tenho certeza.

Um beijão...com carinho, Lula

EDUARDO KINDEL, *primo*

Em meados de janeiro de 1977, reuniu-se a família Fischer na casa do Vô Beno Fischer, na cidade de Lajeado, onde frequentemente se encontravam os familiares nos finais de semana.

Para a minha família eram tempos difíceis pois estávamos transferindo residência para o Paraná, mais precisamente para a cidade de Marechal Cândido Rondon, onde permaneceríamos morando por mais ou menos 20 anos. Assim, estávamos de despedida, e ali então estavam os irmãos de minha mãe, naquele momento para nós muito triste. Na época as dificuldades de deslocamento eram imensas, e tínhamos consciência que nossos encontros iriam se tornar cada vez mais esporádicos.

Especialmente naquele final de semana, nós os primos brincávamos alegremente pelo pátio da casa de nossos avós. Havia, na época, brincadeiras diferentes, que incluíam um pem-pem, que poderia avançar inclusive além do cemitério. Também jogávamos futebol no campo delineado pela garagem e parte do pátio.

O Serginho, como carinhosamente pelos primos era chamado, participava ativamente de tudo, o que quer que fosse. Além disso ele gostava de fazer piadas e brincadeiras, que a gente percebia desde aquele tempo que eram do tipo intelectual, ou seja, não eram todos que as entendiam.

Nisso houve um momento em que disputamos uma partida de futebol. Como podem imaginar, eu na época estava com 9 anos de idade, e o Serginho com 12. Um detalhe marcante desse fato foi que nas partidas de futebol que disputávamos o Sérgio dizia-se em vantagem, pois se a bola passava ao seu lado ele manejava as muletas e dificultava as manobras de quem passasse por perto. Assim, o Serginho se autointitulava um bom zagueiro. Tudo isso feito com muita gritaria e animação. Em todos os momentos participávamos alegremente das brincadeiras, mas também fazendo algazarra, afinal, não tínhamos idade para seguir muitas regras.

Fica nesse convívio dos primos e também especialmente com o Serginho a força de vontade e a disposição para superar as limitações físicas impostas pela paralisia. Transmitia a todos uma força invejável e vivia intensamente cada momento como uma dádiva. A mim, particularmente, ficou uma lição de superação e de amor à vida. Sinto profundamente sua ausência nos encontros que ainda realizamos.

Marta Orofino, *amiga*

Sérgio

A vontade de escrever esta carta veio através de um livro que comprei outro dia. Um livro já velho em data de publicação e uso, mas novo pra mim: *Se um viajante numa noite de inverno*, de Ítalo Calvino.

Segundo a lista de classificação do Calvino, ele estava na minha lista dos *livros-que-há-muito-tempo-você-tem-a-intenção-de-ler*. Já pra ti, eu não sei. Mas tenho certeza que tu conheces, pois no livro específico que eu adquiri estava assinado: *Sérgio Luís Fischer, novembro de 86*.

Tu leste ele todo? Eu, infelizmente, não consegui um tempo único e suficiente para avançar para além das primeiras páginas. Parei justamente onde o Calvino alerta: "você já leu umas trinta páginas, e a história já começou a apaixoná-lo". Sei lá. Acho que estas coisas de se apaixonar nunca são tão simples assim... às vezes o melhor é dar uma parada mesmo pra respirar.

E não é só isto o que ele adivinha – e isto eu descobri antes mesmo de ler as primeiras linhas: trata-se realmente de um livro que provoca o diálogo entre obra e leitores.

Olha só nós dois, por exemplo: aqui estamos, através de uma carta, de certa forma dialogando.

Na verdade eu não me lembro se já tivemos algum momento de longa conversa algum dia, mas acredito que sim. Isto porque o tempo nosso de convivência foi o tempo da infância, quando o fato de estarmos juntos, de convivermos um domingo inteiro, por exemplo, não dependia de nosso desejo e sim dos planos e vontades de nossos pais e mães. Estes sim, desejavam muito estarem reunidos – como o fazem até hoje – na sede do Movimento Familiar Cristão.

Eu, como todos os outros pequenos coadjuvantes daquele cenário da casa do MFC, registrei alguns fragmentos de imagens e momentos naquela simpática casinha verde: a sala ampla de móveis antigos, que nos convidava a atravessar o longo corredor de piso de madeira até a cozinha, chegando então finalmente no pátio protegido pela sombra da parreira.

O pátio não era imenso, mas tinha o tamanho e os elementos necessários para as nossas brincadeiras: se esconder atrás das plantas, fingir que estava com sede para ter um bom motivo de bater na porta da casa das Marias – as caseiras –, sentar nos bancos de pedra pra conversar, contar histórias ou piadas.

Será que era isto mesmo o que a gente fazia? Acredito que sim, pois geralmente é disto que as crianças se ocupam quando precisam conviver civilizadamente em um mesmo espaço, por um determinado período.

Durante o tempo que esperávamos nossos adultos pais conversar, rezar e estudar, imagino que a gente também discutia, discordava e brigava. Mas disto, sinceramente, eu não lembro.

O que lembro é que este nosso tempo de convivência foi bom e durou até o tempo de nascer, em cada um de nós, a autonomia para escolher aonde e com quem ir. Mas foi também um tempo suficiente para construir em meu imaginário algumas cenas inesquecíveis de infância não só na casinha verde, mas também no pátio do colégio, nas casas de praia ou nos galetos da igreja.

Lembro, por exemplo, as cenas onde tu agilmente driblavas qualquer adversário que tentasse roubar a bola no jogo. Houve um tempo em que eu pensava que o uso de muletas era uma vantagem e que usá-las no jogo era uma sacanagem tua com os que não as tinham. Mal sabia eu naquele tempo que tu não eras um espertalhão – pelo menos ali –, mas sim um mágico talentoso que a todo instante aprendia e exibia um novo truque de como driblar as complexidades de se viver.

Coisas de um tempo que já passou, de uma vida que já vivemos. E como vivemos!

E agora, sem intenção nem hora marcada, nos encontramos para conversar aqui, nas páginas do livro do Calvino – que espero sinceramente conseguir percorrer e desarmar as armadilhas que sei que ele propõe ao longo da narrativa. E, a partir deste encontro, sei que a obra de Calvino já não será mais a mesma. Pois não existe mais somente um escritor com quem vou dialogar. Existe também agora a tua presença. E isto faz toda a diferença.

Pela data da tua assinatura não foi difícil imaginar a cena descrita nas primeiras páginas do livro: tu reparas, na vitrine da livraria, na capa e no título que procuravas. Sem se deixar impressionar, ultrapassas a fileira de livros em ziguezague e penetras de um salto na cidadela das novidades-onde-atrai-o-nome-do-autor-ou-o-assunto. Dirige-se a uma pilha de exemplares de *Se um viajante numa noite de inverno*, recém-saídos da gráfica, apanha um e o leva à caixa para que se estabeleça seu direito de propriedade sobre ele.

Foi assim? Se não for, não me conta agora.

Podemos combinar o seguinte: a gente vai conversando aos poucos, sem pressa, permitindo que a continuidade se imponha à inevitabilidade do fim. O fim do livro, do teu e do meu tempo.

Um grande abraço, Marta Orofino

Antônio Carlos Rizzo Neis, *amigo*

Le Preguet

Não sei bem por quê, mas um dia comecei a chamar o Sérgio assim, "Le Preguet". Foi quando trabalhamos no Colégio Anchieta no final dos anos 80. Fato que se repetiria em 1997, no Colégio Farroupilha. Em ambos os momentos uma coisa estava cristalina: a ampla capacidade de agregação que ele tinha. Mesmo mais novo que os demais colegas, era a voz da ponderação, e todos o ouviam. Não quer dizer que fugia da luta, como na greve das escolas particulares em 1989, onde não só foi voz ativa como participava ativamente das passeatas, acompanhando a todos no mesmo passo. Um "button" com a reivindicação salarial colocado entre os olhos na junção das duas lentes mostrava também todo seu lado brincalhão, uma constância, nos momentos certos. Como não gostar de um cara como ele? Trocadilhos em profusão e uma enorme capacidade de colocar suas ideias no papel. Foi com imenso prazer que li em primeira mão seu primeiro conto policial, lá nos tempos de Anchieta.

Conheci o Prego muito antes disso, lá pelo final da década de 60, quando fui pela primeira vez na sua casa, ali na rua dos Cachorros, levado pelo Mano, meu colega de Colégio São João. A partir de então, passei a ser frequente naquele lar, na verdade o meu segundo lar, fosse para estudar, para reuniões do Kalsom (a gente botava som em festinhas), ou reuniões do grupo de jovens, reuniões dançantes, ou mesmo dormir, tomar café da tarde, jogar botão, tocar violão, assistir futebol ou simplesmente não fazer nada. E lá estava o Prego. Creio ter sido uma amizade natural que foi se consolidando com o tempo e aprofundada quando passamos a trabalhar no mesmo lugar.

O que mais me surpreendia, dada a sua condição, era a disposição em fazer e participar das coisas. Certa vez, quando chego em frente ao edifício em que morava, lá estava ele, jogando bola! No gol! Futebolzinho básico que jogamos também em um sítio de um tio lá em Pouso Novo, quando voltou de carona comigo. Muitas conversas, muita coisa séria, muitas bobagens. Não havia tempo ruim. Sempre havia alguma coisa a acrescentar em nossos pensamentos ou ações depois de qualquer encontro, sempre ficava alguma coisa. Posso dizer sem nenhum medo de estar errado que ele foi um cara que ensinou a todos como andar. Em tempo: Preguet é invenção, essa palavra não consta dos dicionários franceses. Prego em francês é "clou". Talvez ninguém entenda, mas ele entendia.

Márcio Kauer, *padrinho de crisma*

Pois sabe que ainda hoje me questiono por que "Prego"... Deve ser por ser um prego no sapato, aquele piá que adorava jogar futebol, à sua maneira adaptado no corredor do edifício, no pátio em frente. Sua pele alva ficava rubra, suava em bicas, mas era prazeroso. Isto quando não queria jogar futebol de botão, imbatível. Claro que comigo ele só jogava no seu terreno, no chão em cima do tapete, esta era a sua praia, e eu com meus 1,87m, todo desengonçado, tomava goleadas homéricas. Ficou em minha memória a imagem daquele menino, porque não vi muito o homem, mas com certeza não terá sido diferente do que era. Mostrou que o limite de uma deficiência não era empecilho para nada. Tive com ele naquele período uma lição de superação. A vida nos levou, ele mais cedo do que devia, e eu por outros caminhos. Hoje, acredito que o apelido Prego significa que ele marcou a cada um cravando em nossos corações a sua alegria e sua capacidade de superação.

Cícero Gomes Dias, *cunhado*

Tourada

Um final de tarde, diante da TV, e o controle remoto está nas mãos do Prego. Em boas mãos, eu diria. O canal da TV espanhola transmite uma tourada. É claro que pessoas civilizadas condenam este espetáculo sangrento de violência gratuita que termina, em geral, com sacrifício de um animal inocente (ainda que possam respeitar a tradição cultural de um país). Na verdade, meu interesse por touradas era nenhum e um jogo de futebol da terceira divisão do campeonato maranhense talvez fosse mais interessante. Prego, no comando do controle remoto, estaciona no canal espanhol e começamos a assistir uma tourada que está em seu início. Aos poucos ele vai traduzindo os acontecimentos para mim. A atitude não é a de um professor com seu aluno ignorante, seria mais de um comentarista esportivo altamente especializado transmitindo o evento para uma plateia neófita. Ficou logo claro o seu domínio do assunto, fruto de tardes diante da TV na época em que morava na Espanha (penso que Prego nunca tenha assistido a uma tourada ao vivo). Pude perceber que ele conhecia toda a liturgia e que se antecipava aos jornalistas, com comentários mais agudos e, sem dúvida, mais humorados. Ao final (quanto tempo dura uma tourada?), eu estava bastante integrado e, como convém aos apreciadores, torcendo pelo toureiro. Houve um momento em que Prego disse (após explicar que o toureiro havia solicitado aos auxiliares a espada, ou seja lá como se chama aquilo, definitiva): "agora é o final". De fato, segundos após, a estocada precisa e a morte do animal. A imagem da TV mostrava o toureiro, em grande estilo, indo em direção à plateia que aplaudia entusiasmada. O ignorante no assunto não existia mais, e ainda que eu não pudesse me considerar um aficionado, posso dizer que pelo menos havia passado por uma experiência diferente, graças à condução inteligente e estimulante do Prego.

Prego tinha talvez o melhor senso de humor que conheci. Neste terreno ele poderia mesmo ser comparado a um toureiro. Elegância, precisão, audácia, rapidez, senso de oportunidade, completo domínio das ações. Todas as características de um grande toureiro estiveram sempre presentes em seu humor. Vale considerar que humor, veja só, não é brincadeira, um touro pode atropelar um toureiro não suficiente hábil, e uma piada mal encaminhada pode destruir o piadista. Acho que nunca vi isto acontecer com o Prego, ele sempre saía vitorioso, aclamado pelo público, dando as costas para o touro abatido.

De onde vinha o seu humor? Era gêmeo da sua inteligência com certeza, com doses devidas de irreverência. Estive pensando nas fontes que Prego usava. Na verdade parecia processar qualquer coisa, desde programas de TV de humor rasteiro (incluindo comerciais de baixo nível) até comédias sofisticadas, digamos cerebrais. Lembro do quanto ele curtia *Os Três Patetas* (era um ávido fã). Mas poderia ser *M.A.S.H.*, Woody Allen, *Seinfeld, Mad About You* (Paul, o protagonista, era uma reencarnação do Prego), *Escolinha do Professor Raimundo*, programas esportivos do final de domingo, qualquer coisa. Sim, era um observador muito atento, sendo capaz de reconhecer um coadjuvante obscuro num filme do Oscarito ("este cara, depois, trabalhou em *A Praça é Nossa*").

Outro dia revi um álbum de fotos de nossa viagem à Espanha. Há uma foto em que aparecemos os dois no alcazar de Toledo, numa fria manhã de nevoeiro. Pareço um turista, ao passo que Prego, em harmonia com o ambiente, parece um fidalgo. Não sei por quê. Talvez o casacão escuro, a bengala, sei lá. Ele tiraria um sarro disto.

NILTON BUENO FISCHER, *primo*

Um beijo do Prego!

Os afetos, ao longo de nossas existências, se manifestam em muitas formas. Tem momentos mais especiais, tem outros mais comuns, tem os inesperados e assim a vida vai nos passando energias através das trocas que esses gestos produzem e nos deixam marcas intransferíveis porque únicas, exclusivas.

Assim que com o primo Prego foram diversos registros nesse "arquivo afeto" em que me senti capturado pelo jeito dele. Não tinha como não se sentir envolvido com as diferentes maneiras como ele ia marcando sua presença, quando aconteciam os encontros entre nós.

Quase sempre a gente se via por acaso, um encontro familiar, como os de Lajeado e em torno da memória do vô Beno. Certo, tinham casamentos, aniversários e outras ocasiões, como foi assistirmos um jogo do nosso Colorado no camarote do irmão Flávio.

Também, ele na condição de sócio do pré-vestibular Anglo, tive o prazer de ser convidado por ele para uma palestra aos alunos. Em outras ocasiões, mais de passagem, lá estava ele jogando e disputando campeonato de "futebol de mesa" em meio aos meus irmãos (Nego, Dani, Geraldo), meu filho Gustavo, meu sobrinho André e também com seu irmão, o Mano, e seu cunhado, Cícero, todos botoneiros com criativos nomes para os seus times, jogadores e campeonatos.

A gente quando cruza olhares com alguém sente alguma energia, de todo tipo. Não tem como ficar indiferente. Pois com o Prego tinha uma "aura". Os seus encaracolados cabelos, sua barba e óculos faziam um conjunto que se mostrava no sorriso bem combinado com o jeito de olhar a gente. Assim, independentemente da situação, festa, jogo, palestra ou alguma cruzada no campus central da UFRGS (mais no fim de cada ano, durante o ritual de correção das provas de redação do vestibular), ele tinha uma presença extremamente atenciosa com seus interlocutores. Eu me sentia bem nessas trocas.

Engraçado é que nunca privei do "planeta interno" do Prego. A gente recebia respingos de suas inquietações pessoais, de seus comentários irônicos (e muito criativos) a respeito da vida política e cultural especialmente de nossa Porto Alegre. Mas alguns registros ficaram, como se eu fosse o único a ser contemplado com algum gesto ou saudação diferenciada, do tipo "Essa é só comigo". Não sei como dizer melhor, mas em torno do Prego tinha uma espécie de disputa em tê-lo como um "amigão". Nas rodas de falas, nessas diferentes ocasiões quando ele chegava perto, já tinha o "desmancha-bolo", no seu sentido positivo, pois a conversa se enveredava para aquilo que mudava com a sua presença.

Nessa busca do reconhecimento a partir do outro, de saber que o Prego era teu amigo, e um amigo muito especial, não consigo lembrar direito quando começou sua maneira de me saudar (gostaria que fosse desde sempre) com a expressão "Niltinho"! Minha mãe deixou um bilhete para mim com essa escrita, com sua linda caligrafia, propondo uma receita mais "light". Agora, já em torno dos sessenta, tenho recebido esse diminutivo mais seguidamente, em especial pelas minhas irmãs. Acontece que pelas palavras do Prego e também em seus mails (enquanto participava da lista de discussão dentro da família, a fischerinter@...), esse jeito de me saudar representava algo muito pessoal, muito acarinhado da parte dele. Se não ousar muito, deduzo que aí tem tia Zélia na jogada! Essa acolherada na gente tem jeito de mãe!

E quando a gente ficava sabendo das situações mais delicadas da saúde do Prego ficava uma coisa amarrada no peito, pois as informações vinham em pedaços, e o alívio chegava logo depois com expressões do tipo "Tá tudo bem", "O tratamento teve resultados positivos".

Foi em março de 2007 que recebi o Prego no sítio Utopia, do meu irmão Gilberto, por ocasião da festa dos meus 60 anos. A festa foi planejada para não se pensar no lado custos, dificuldades, problemas. A ideia era juntar os Buenos e os Fischeres, além dos amigos, alunos, etc. Estava na hora do Prego descer do carro, trazendo seu filho Alfredinho junto com tia Zélia e tio Bruno. Por essas boas coincidências da vida tinha um fotógrafo profissional para tirar fotos dos convidados e, por uma sensibilidade de quem entende das luminosidades, das cores, dos ângulos e tudo que uma imagem requer para mostrar o que se passa pelo fotografado, eis que Prego e Alfredinho são pegos grudados, em colo de pai carinhoso e em pose não preparada! As fotos estão com o Mano e disponíveis para quem quiser. E foi assim que nos encontramos em momento de plena felicidade, com muitos abraços e longas conversas embaixo da sombras das árvores.

Fui encontrar o Prego pouco tempo depois. Já se tinha noção dos limites de sua saúde. Num sábado, ao entardecer, chego no hospital Mãe de Deus e, entre aqueles momentos de abre e fecha de portas dos quartos, aproveito a ocasião para dar um alô para ele. Fico na porta entreaberta, ao pé de sua cama. E na pouca luz e na não linguagem das palavras escuto o "Niltinho!", e eu, entre abanar e fazer sinal positivo pelo polegar, surge o gesto da troca de quem me saudava pelo afetivo: passo a mão em meus lábios e mando um beijo para o Prego, e depois coloco a mão aberta no lado esquerdo do peito. Qual não é minha alegria em receber uma resposta dele: um leve movimento de seus lábios, apertando um ao outro, envia seu beijo para mim, abre um leve sorriso e vira de lado.

Então é isso. Estava ali o Prego de sempre! Uma atenção especial aos que interagiam com ele, nas mais diversas situações. Como primo mais velho, mantenho estes momentos como uma espécie de presente da vida que ele me deu. Um beijo do Niltinho, Prego!

(Nilton Bueno Fischer faleceu a 26 de julho de 2009.)

Aline Gonçalves Fischer, *prima*

Memórias recentes

Nunca chamei o Prego de Prego. Era eu a piá, comparada aos primos mais velhos, turma de que ele e vários outros faziam parte. O Sérgio e o resto da galera eram em torno de dez anos mais velhos que eu, o que significa que um abismo nos separava. Lembro mais claramente do Sérgio já adulto (ou adolescente, não sei ao certo). É claro que me chamava atenção a muleta, a perna mais curta e a dificuldade de caminhar, o que não parecia, ao menos a olhos alheios, incomodar demasiadamente a ele.

Existem coisas muito interessantes que acontecem quando a gente cresce. Uma delas é que as diferenças de idade ficam infinitamente menos importantes. Basta que sejamos adultos pra compartilharmos mais ou menos os mesmos interesses. É muito mais fácil a aproximação do que quando somos crianças, quando é absolutamente garantido, na nossa cabeça ao menos, que os grandes não vão nos deixar participar da conversa – até porque a gente nem entende mesmo o que eles falam.

Imagino que esse seja um dos motivos por que eu me aproximei mais do Sérgio nos últimos anos dele. E de toda a família Bruno Fischer, na verdade. Essas coisas da vida que acontecem sem a gente saber bem como nem por quê.

Não sei exatamente como essa história começou. Sei que o Sérgio já tinha feito o primeiro tratamento pro melanoma. Talvez tenha sido assim: eu ligava com alguma frequência pra Ana Rosa – porta-voz oficial da família – pra saber notícias. Meu pragmatismo médico sabia que as coisas não iam acabar bem; acho que até por isso, consciente ou inconscientemente, fui me chegando pra aproveitar um pouquinho dele.

Bem, fui convidada pro "aniversário conjunto" da Ana Rosa e do Sérgio, na casa do tio Bruno e da tia Zélia – não lembro quando, sou péssima pra datas. Privilégio, porque eu era a única prima presente. Tava lá o Alfredinho, com uns dez meses, se não me engano. Fui obrigada a pegar ele no colo e ficar. Até os braços começarem a doer. Um bebê tipicamente Fischer. Cabelo loiro, pele clara e olhos azuis (aliás, lindos). Muito parecido com o Sérgio. Também me lembrou muito meu irmão, Guilherme, quando bebê. Além de ser lindo, o Alfredinho também era um bebê querido, tranquilo... Dava pra entender por que quando se via o Sérgio com ele. Uma verdadeira mãe, na concepção mais psíquica da palavra: ele conseguia tranquilizar, ensinar, amar. Com uma facilidade desconcertante. Parecia uma capacidade inata. Mas eu tenho certeza de que a minha tia Zélia tem uma participação especial nisso, como nós duas já conversamos algumas vezes.

No fim do aniversário combinamos de sair, nos encontrar pra bater papo. Eu, Sérgio, Ana Rosa (e talvez outros primos). Acabamos saindo num fim de semana em que a Rosinha, prima do Rio, tava aqui em Porto Alegre. Nós quatro, Dado Pub, calçada da fama. Foi a conversa mais interessante, sem sombra de dúvida, que tive com primos Fischer. Conversamos muito sobre os nossos pais, que são irmãos com uma diferença de idade razoavelmente grande. Com várias semelhanças no jeito *deutsch* obsessivo de ser, em que o amor era contido, mas sempre presente. Tinha uma grande diferença, que, aliás, o meu pai é que teve em relação à família inteira, no que diz respeito à religião. Em uma família em que todos estudaram no seminário, e o maior desejo do vô e da vó era ter um filho padre, eu e meus irmãos não éramos sequer batizados. Muito menos sabíamos rezar, o que acontecia antes de todas as refeições em Lajeado, com a família toda reunida. Lembro de mim mesma muda, com todo mundo ao redor rezando, e eu achando que todos me olhavam e pensavam que eu ia pro inferno. Ou talvez até tivesse vindo de lá. Os três riram muito de mim quando contei isso. Disseram que isso nem passava pela cabeça deles – um alívio pra mim. E o Sérgio disse uma coisa muito sábia, no meu entendimento. Que ele não ficava pensando nessas coisas (de religião). Acho que querendo dizer que ele simplesmente vivia, com os princípios dele, sem pensar nessa rigidez que às vezes nos impõem.

Essa conversa toda era, a cada dez minutos, interrompida. Era o celular do Sérgio recebendo torpedos e mais torpedos. Pelo que deu pra perceber era de uma só. Mas não dava pra ter certeza. Talvez combinando algo pra depois, em meio a risos satisfeitos. Ele também cumprimentava um em cada dez que passavam – e era sábado de noite! E nós, as três mulheres, só observando a popularidade dele.

Foi uma noite especialmente boa, que eu vou guardar sempre na lembrança e ser grata por ela ter acontecido.

Depois disso vi o Sérgio várias outras vezes. Em casa, no hospital, com dor, depois de uma cirurgia... Ele sempre teve um humor e uma capacidade de lidar com a vida (e todas as dificuldades que ela impôs a ele) invejáveis. Inacreditáveis até.

E eu tive o privilégio de ter estado um pouco com o Sérgio. O Prego dos tios e dos "primos grandes".

Cláudio "Nêgo" Bueno Fischer, *primo*

Aprender a perder...
Sempre quando o Sérgio chegava sabíamos que tinha rodada de botão, com estatísticas dos jogos, tabelas de pontuação, tabela de jogos, ou seja, o "circo" do futebol de botão estava armado e organizado.

Sempre com aquele sorriso no rosto, olhos brilhantes, a frase amiga e positiva para qualquer assunto, e aquela intelectualidade que contagiava. Tudo em volta passava por ele...

Nós com a loucura de "felipar", jogar retrancado como o Felipão, sempre vencer com táticas, manhas, antijogo e frieza, e ele não, jogava pra frente, encantava, narrava os jogos, e quando fazia gol a torcida cantava pela sua boca. Com ele comecei a aprender a perder...

Times: quem tinha os times românticos do Barcelona e do Boca Juniors? E a velha Macaca, a Ponte Preta, com o goleador Silvinho e Falcão, isso mesmo, o velho Silvinho do titulo do gauchão de 1981? Quem nos apresentou o emergente futebol japonês? Sim, isso mesmo, o verdadeiro empreendedor (característica "fundamental" da Administração moderna) do futebol de botão, muitos times, muita organização, muito marketing, e aquela alegria de jogar.

Giberto "Biba" Bueno Fischer, *primo*

Esse seu olhar...

A minha memória mais remota do Serginho é de um momento complicado dele, quando lutava com cirurgias ortopédicas para tentar ajudar sua locomoção. Eu estava iniciando a Faculdade de Medicina e a tia Zélia comentou que ele precisava de companhia pois estava imobilizado em casa. Fui algumas tardes, nas minhas folgas da faculdade, e me encantei com a meiguice daquele menino. Jogávamos xadrez, jogo que, na minha memória, eu teria ensinado a ele. Como ele, posteriormente, veio a se destacar como um grande enxadrista, só posso acreditar que eu possa ter ensinado a ele os movimentos das peças, pois nunca fui um grande jogador. Chamava me a atenção aquele olhar cândido, profundo e que não revelava uma criança com sofrimento físico. Estava sempre bem humorado.

Muitos anos depois fui encontrá-lo com alguma frequência em reuniões familiares ou quando eu visitava meu pai e o encontrava jogando botão com seus primos e meu filho André. Sempre tinha aquela expressão serena e agradável. Tínhamos conversas rápidas, algumas vezes sobre futebol, quando lembrávamos os grandes times do Internacional da década de 70. Embora depois de sua ida a Barcelona ele tenha ficado fã incondicional do Romário (admiração que eu não compartilhava integralmente), do Inter de 70 comungávamos admiração pelo Valdomiro, entre outros. Como vim a me tornar amigo pessoal do Valdomiro, tive a oportunidade de convidar o Prego a compartilhar do camarote no estádio do Inter numa visita que o Valdomiro nos fez.

Muito tempo mais tarde, já com a doença que o levou, fui visitá-lo em uma das sessões de quimioterapia. Tivemos uma manhã de sábado muito agradável, conversamos bastante. Em determinado momento ele me disse: "Sabe que hoje, ao acordar, me olhei no espelho e pensei: estou ficando igual ao Biba" (meu apelido familiar). Fiquei paralisado com o comentário. Achei que ele tinha encontrado algum elo entre nós, e isso me deixou emocionado. Saí de lá com uma sensação estranha, mas com um sentimento forte de admiração por ele, pois falava sobre seu tratamento com mínimas queixas.

Algum tempo depois, outro momento marcante foi num aniversário em meu sítio, ele já com a doença avançada, e já com seu filho Alfredo. Naquele dia foram tiradas várias fotos por um amigo fotógrafo, e em algumas delas mostravam ele abraçado ao filho, com aquele mesmo olhar. Mas naquele dia o olhar parecia diferente. Talvez mais abatido, mas ainda com aquela aura de tranquilidade. Aquele olhar ficou registrado em minha mente para sempre.

Olívia Fischer Dias, *sobrinha e afilhada*

Não tem como falar apenas sobre um episódio que mais tenha me marcado nos anos de convivência com o Dindo. Sim, eu tive o privilégio de ser afilhada dele, que era mais como um segundo pai pra mim. Acredito que a gente tinha uma sintonia, um sentimento muito bom que fazia a nossa relação ser muito especial. Pra início de conversa, ele me chamava pelo apelido que melhor me caracteriza: Pipoca, sempre espoleta e barulhenta. Ele me levou pro mundo do Harry Potter, quando me deu os livros no meu aniversário de 10 anos. Confesso que na hora eu não curti muito, mas depois de passar o verão o ouvindo contar a história para mim, pra Lu e pra Ciça, adorei. E não parei mais de ler, não só *Harry Potter*, como a coleção *Desventuras em Série* e muitos outros. Foi ele quem fez eu me apaixonar pela literatura. Ele me deu a minha primeira – e única – camiseta do Grêmio, mesmo sendo ele um colorado fanático.

Uma vez, nós fomos ao cinema juntos e assistimos *Monstros S.A.*, uma animação que contava a história de uma menina e suas aventuras com dois monstros simpáticos. Um era um monstro verde de um olho só, e o outro era um monstro peludo e grande, que na maior parte do tempo cuidava da menina, a Boo. Naquele momento, nos identificamos, eu como Boo e ele como Sullivan, o monstro grande. Depois do filme, as lembrancinhas do McLanche Feliz eram os personagens do filme, e ele comprou um para ter o Sullivan. Por muito tempo o boneco ficou na cabeceira da cama dele.

Outros fatos que me fazem lembrar o Dindo são o cursinho pré-vestibular Anglo e o Colégio Anchieta, onde estudei minha vida toda. Depois de passar pro segundo grau, na hora da chamada sempre tinha a pergunta "Tu és parente do Prego Fischer?", pois por muito tempo ele lecionou literatura lá, e conhecia todo mundo. Todos sempre o lembravam com muito carinho, e eu ficava de pombo-correio, levando recados. Desde que o Dindo começou a trabalhar no Anglo, eu sabia que ia passar por lá na época do meu vestibular, e antes disso eu já frequentava o cursinho para visitá-lo durante algumas tardes. Então, quando chegou a minha vez de prestar o concurso, era olhar pro Anglo que eu me lembrava dele. Todos os professores repetiam a música, que o Dindo tinha como "lema", e que eu ouvi dele nos meus momentos de dificuldades no colégio e levo até hoje comigo: "Tudo é uma questão de manter a mente quieta, a espinha ereta e o coração tranquilo".

Luíza Fischer da Cunha, *sobrinha*

Quando era pequena, eu e o tio Prego tínhamos muito em comum. Gostávamos do Garfield, dos Três Patetas, de Nescau e de deitar na rede. Algum tempo passou e nós ainda tínhamos muito em comum: gostávamos dos Beatles, de montar surpresinhas de Kinder Ovo, do filme *Hair* e de Playmobil. Nos últimos tempos, continuávamos tendo coisas em comum: Jorge Drexler, Monty Python, romances policiais, jogar paciência e, mais do que tudo, assistir a *Whose Line Is It Anyway?*, que eu não tenho certeza se mais alguém no mundo acordava cedo nos fins de semana para assistir.

Como sempre tivemos gostos parecidos, nada era mais natural do que "trocarmos figurinhas", críticas e dicas, especialmente musicais, nos almoços de domingo ou nas visitinhas que eu e minha mãe fazíamos a ele, das quais eu sempre saía com uma pilha de CDs a serem escutados, comentados e devolvidos. Através dele eu conheci de The Doors a Jarabe de Palo, sempre com ele ao lado do som, com uma mão no botão do volume e a outra segurando a caixinha do CD e dizendo "Gurdulu, presta atenção nessa parte... viu? Essa música foi escrita baseada num conto...".

Acho que essa influência musical começou quando ele gravou em fita a *Arca de Noé*, do Toquinho e do Vinícius de Moraes, para cada uma das sobrinhas. Lembro de ouvir "A pulguinha", ou "A foca" (que mais recentemente era cantada pro Alfredinho cada vez que ele se enrolava nos primeiros passinhos e caía), desde sempre, e até hoje sei as letras de cor.

Depois veio uma fase Disco da nossa relação. Ele botava som nas minhas festinhas de aniversário e era adorado pelos meus amigos mais próximos. Fazia a piazada dançar até o fim da festa ouvindo ABBA ou Village People.

Alguns anos mais tarde, passamos ao rock'n'roll, sem nunca abandonar todas as músicas boas que havíamos descoberto até aí (minhas primeiras lições de que manter a mente aberta não valiam só pra pessoas novas no colégio ou professoras de dança...). E junto com a fase rock vieram os filmes, seriados e livros. Vieram as conversas mais sérias e os "ensinamentos" sobre a ironia que era tão característica dele, e hoje um pouco minha também.

Nossa última fase foi a de músicos independentes, menos conhecidos, mais calmos. E nessa fase eu tive tempo ainda de prestar atenção no jeito com que ele preparava as aulas, na sonoridade da voz dele quando falava, no jeito que ele tratava o Alfredo. Entre esses músicos menos conhecidos, estava ele mesmo. Cada vez que nós conversávamos, ele tinha uma composição nova, uma musiquinha, na verdade, que ele inventava pra acalmar e narrar os acontecimentos da vida do filhotinho dele. Músicas que, em um dia que passei na casa dele para dar uma mãozinha com o piá e com a louça, eu escrevi em uma folha de papel. Depois descobri que ele ainda escreveu mais uma invenção lá...

Quando ele foi pro hospital, ouvi "La edad del cielo", música de um dos nossos favoritos: Jorge Drexler. E ouvi esta música sempre, durante aquele período. Foi esta música que eu fui ouvir também assim que atendi e passei o telefone para a minha mãe no dia 3 de maio de 2007.

Calma, todo está en calma
Deja que el beso dure
Deja que el tiempo cure
Deja que el alma tenga la misma edad que la edad del cielo...

CECÍLIA FISCHER DIAS, *sobrinha*

Quando eu soube que tinha que escrever sobre memórias com o tio Prego, duas me vieram à cabeça. A primeira foi uma tarde nublada em Cidreira. Eu devia ter uns dez anos. Provavelmente, eu estava inquieta em casa (afinal, o que se faz na praia em dias chuvosos?). Não sei muito bem como decidimos fazer isso, mas lembro que ele acabou me levando até o centro, para que eu pudesse andar de skate. Também não sei ao certo quanto tempo aquilo durou, mas sei que ficamos um bom tempo lá. Eu fiquei me divertindo e, ao mesmo tempo, com um remorso por ele ter que ficar sentado lá, lendo. Não pensei que provavelmente ele estivesse se divertindo mais do que eu. É, sim, uma memória pequena, mas significou muito pra mim.

A outra, na verdade, é um conjunto. Eu tinha em torno de seis anos, e ele tinha acabado de dar os primeiros livros da série *Harry Potter* para a Olívia, minha irmã. Lembro que ele lia as histórias para nós. Talvez porque ele simplesmente tivesse habilidade, ou por estar aproveitando, adorando a história tanto quanto nós, mas com essa simples leitura ele fez com que eu tomasse gosto pelos livros. Ler com gosto. Depois disso, me indicou *A fantástica fábrica de chocolate*, antes mesmo de virar filme. Fiquei maravilhada. Ainda me ensinou a ler Sherlock Holmes, uma das coisas mais inteligentes que eu já li.

Com certeza, eu poderia ter me lembrado de inúmeros episódios, mas esses, por mais simples, me vieram rápido à cabeça, e acredito que essa seja a melhor coisa sobre eles.

Liliane Pasternak Kramm, *mãe do Alfredinho*

Falar do Sérgio não é uma tarefa fácil. O que vai para o papel resta estanque, no entanto as vivências foram muito complexas e flexíveis em seus contornos, dependendo de quem as acompanhou. Penso que não há como ser preciso quando se fala da vida.

Coisas e coisas poderiam ser ditas a respeito da vida do Sérgio e em especial do cruzamento de nossos destinos, mas para depor sobre a figura do Sérgio (quiçá eu possa falar mais ao Alfredo) gosto de me lembrar da alegria com que levava a vida, da felicidade que sentia mesmo em fatos simples como tomar uma coca-cola. Ah, quanto o Sérgio comemorava ao tomar uma coca-cola, jogar futebol de botão, ver TV, comer guisado com milho verde! Nestes dias frios como faz agora, quando escrevo, ele iria comemorar toda a manhã sair na rua e tomar vento gelado na cara, como tantas vezes falou.

Parece um pouco paradoxal que uma pessoa tão subjetivamente elaborada amasse se abastecer no dia a dia das coisas simples. Flexível nas ideias, era comodista e reduzido nas questões práticas, tudo programado, nenhuma ousadia de percurso era confortável. Um sujeito que ainda usava lenço de pano no bolso e que talvez não o emprestasse por presumir que todos possuíam o seu.

Fazia graça de tudo, com muitíssima inteligência e delicadeza, às vezes a ponto de deixar a todos desconcertados. Certa vez, durante uma refeição na casa de Cidreira, dona Zélia lamentava que, se pudesse, faria todas as sessões de quimioterapia em lugar do Sérgio. E ele ironicamente disse: "Tudo bem, mãe, tu pode até ir fazer, só que eu acho que não vai adiantar de nada!".

Acho que o Sérgio necessitou e soube viver bem.

Sinto-me imensamente feliz pelo convívio intenso (e tenso) que tivemos. Pessoas absolutamente diferentes vivendo passagens cômicas, como o dia em que o Alfredinho (mais ou menos com 11 meses de idade) subiu, de pé, no banco da motoca que o Dindo Mano deu, para fazer uma apresentação aos pais, e então o Sérgio de súbito foi indo, na maior dificuldade mas calmamente, para segurá-lo e talvez tirá-lo da moto, enquanto eu, paralisada, falei: "Mas, filho, tu nem treinou ainda!". Com sua sabedoria, afastando o caos, sempre ponderou que estas diferenças de postura seriam um fator interessante na criação do Alfredo, pois seríamos pais de múltiplos conceitos e orientações. Fiquei só para a tarefa!

De tudo isso, valeu, além de rescaldos de amadurecimento, de vida, de luta, de morte, o prazer e a beleza indescritíveis de ter o Alfredinho, um amor transmitido, vivido em outro alguém muito amado.

2 – Amigos da juventude e da faculdade

MÁRCIA IVANA DE LIMA E SILVA

Desenho feliz

> *A felicidade aparece para aqueles que choram.*
> *Para aqueles que se machucam.*
> *Para aqueles que buscam e tentam sempre.*
> *E para aqueles que reconhecem*
> *a importância das pessoas que passam por suas vidas.*
>
> Clarice Lispector

Conheci o Prego na SOGIPA, lá nos idos de 1975, 76, numa "reúna", isto é, uma reunião dançante, quando ainda era possível ir e voltar a pé da Assis Brasil até a Barão de Cotegipe, só a gurizada, todo mundo adolescente ou pré-adolescente (na verdade, nem sabíamos que tínhamos este rótulo). Ele me tirou para dançar, e dançamos juntos um montão naquela noite e em muitas outras. De imediato, se estabeleceu entre nós uma amizade que durou para sempre. Mesmo que em algumas épocas ficássemos um tempão sem nos falarmos, havia um dia do ano que sempre dávamos um jeito de mandar ao menos uma mensagem: 5 de outubro. Por estas coincidências do destino, o Prego e eu nascemos no mesmo dia e no mesmo hospital; por isso, brincávamos que éramos gêmeos. Às vezes, ele até me apresentava como irmã gêmea. E algumas pessoas acreditavam...

Não estudávamos na mesma escola; portanto, praticamente não nos víamos durante a semana. Pois bem, nos finais de semana à tarde, principalmente nos sábados, a SOGIPA ainda era nosso ponto de encontro. Ficávamos os mais novos ou sentados conversando, ou jogando pingue-pongue, ou andando de patins (no curto período em que durou a pista) ou assistindo o jogo de vôlei dos mais velhos, pois o irmão do Prego jogava com os amigos (muito tempo depois, "descobri" que o Mano era o Luís Augusto Fischer, hoje meu colega).

Conversávamos muito, pois tínhamos muito em comum: livros, filmes, músicas, a vida à nossa frente, tudo a ser desenhado e um firme propósito de não nos perdermos de vista. E não é que aconteceu assim mesmo! Mesmo não mais nos encontrando em todos os finais de semana, reconhecíamos nossa "irmandade" e a cultivávamos. Anos depois, em 1996, passamos a fazer parte do mesmo coral que ensaiava nos sábados à tarde (mas não na SOGIPA). Adorávamos esta feliz coincidência que nos deslocava para a adolescência, para um tempo em que só havia futuro.

Penso agora no Alfredinho, para quem o pai será, acima de tudo, um desenho. Que seja, pois, um desenho feliz. A felicidade apareceu para o Prego, porque ele sabia chorar, se machucar, buscar, tentar e reconhecer a importância das coisas simples da vida. A felicidade apareceu para mim, porque o Prego passou pela minha vida.

HOMERO JOSÉ VIZEU ARAÚJO

Prego Fischer: acampamento, livros, por aí
Conheci o Sérgio – Prego – Fischer no verão de 1980 para 81. Eu estava saindo do meu primeiro ano no curso de Letras e lá travei contato com Luís Augusto Fischer, o irmão mais velho de Prego. Luís Augusto, sempre um agregador gente fina, tratou de organizar (mas a proposta veio de quem mesmo?) um acampamento de férias na Barra do Ribeiro, ali à beira do Guaíba. Participando do acampamento também estava, num grupo de sete ou oito, o Paulo Seben, também colega da Letras, poeta e figura esfuziante. Enfim, aquela temporada na Barra do Ribeiro me rendeu amigos que cultivo até hoje, até porque Luís Augusto e Seben além de amigos queridos são meus colegas, professores de Literatura Brasileira no Instituto de Letras da UFRGS.

Ou muito me engano, ou já ali se estabeleceu um padrão afetivo do adolescente Prego com o Paulo Seben. Seben era um jovem motor cheio de ideias, sonetos e culpa católica. Prego já tocava violão e demonstrava tranquilidade, mesmo nos momentos mais acelerados do Seben. Havia uma sintonia entre as duas afetividades, em que o juvenil – mas com alguma experiência católica – Prego Fischer amenizava os arroubos do Seben. E, até onde acompanhei a trajetória dos dois, a relação se manteve deste jeito em mais de vinte anos que se seguiram.

Claro, ele continuava sendo o irmão menor, o "prego", do Luís Augusto, com quem sempre mantive e mantenho a amizade mais próxima. Mas tenho na memória aquele garotão de uns catorze, quinze anos, sereno e bem-humorado, e capaz de carregar uma quantidade assustadora de material de camping sobre as costas. O defeito na perna, que o obrigava a apoiar-se em bengala, não o intimidava. Ao longo dos anos sempre associei a postura de ombros um tanto jogados para trás que acompanhava o andar meio gingado do Prego a uma certa audácia, a alguma ousadia adolescente e anticonvencional. Esta é uma impressão que me ficou já daqueles primeiros encontros.

Depois vieram os anos de convivência e conversa. Prego tinha uma capacidade enorme de improvisar a piada, o olho certeiro para o disparate a ser comentado, embora seu humor tendesse ao ameno e bonachão. A paciência para reunir e organizar informação sobre assuntos variados era outro de seus talentos. Ele de vez em quando me apresentava arquivos verbais sobre temas que iam de Bossa Nova e Jovem Guarda a Camões e Renascimento. Compartilhávamos, por exemplo, a admiração por Philip Roth, o grande romancista norte-americano, chegamos a trocar impressões sobre as traduções disponíveis, enredos. Então, em um almoço no Copacabana, quinta-feira, repassando as obsessões rothianas sobre mães judaicas, encrencas sexuais, fixações fetichistas, etc., comentei lá pelas tantas que não havia lido *O avesso da vida*, romance ambicioso da segunda metade dos anos 80. Pior, o romance, que fora lançado pela Cia. das Letras, estava esgotado.

Posso estar fantasiando, a memória e a emoção podem estar me traindo, mas tenho na cabeça que o Prego elogiou o romance e o comparou com o antigo sucesso de Roth, *O complexo de Portnoy*, aquela confissão desabrida e hilária em que sexualidade e constrangimento patético se revezam na elocução do jovem Alexander Portnoy. *O avesso da vida* trazia um intrincado jogo de espelhos em que Nathan Zuckerman é o escritor judeu que comenta a vida de Henry, seu irmão bem comportado, um dentista encrencado com medicações que o deixaram impotente. Na sequência, a narrativa se contradiz e temos Henry comentando Nathan, que, este sim, teria morrido, etc. O Prego resenhou com gosto alguns vaivéns modernistas de Roth e, se não me engano, saudamos com água mineral a inventividade de nosso admirado escritor. Daí a duas semanas, algo assim, o Prego Fischer comparece com um exemplar de *O avesso da vida* e o oferece de presente para mim. Ele estivera garimpando material em um sebo no Bom Fim e deu com o livro, lembrara da lacuna em minha biblioteca e comprara o precioso volume. Fiquei embevecido com a gentileza da lembrança e guardei mais esta evidência da delicadeza e generosidade do amigo. Para chegar ao livro, Prego Fischer lembrara do papo descompromissado em que ele anotara meu interesse, interesse que repercutiu e acendeu a atenção pelo exemplar usado. Vim a ler o livro meses depois e devo ter referido vagamente a sensação de leitura com o Prego. Infelizmente não deu tempo de levarmos adiante esta conversa, entre tantas outras que ficaram como que interrompidas pela morte prematura. Hoje é com emoção que contemplo o volume um tanto maltratado mas tão valioso.

Para mim, o Prego é esta composição de delicadeza afetiva, sensibilidade intelectual e amor pelo detalhe. As edições comentadas que ele fez da lírica de Camões e de *Os Lusíadas* revelam muito desta curiosidade detalhista, sem mencionar que os textos, ainda que didáticos e informativos, revelam prosa ótima e mesmo voo criativo. No Prego, o talento de narrador ficava evidente na conversa viva, no comentário perspicaz, na piada bem encaixada. Uma mistura complexa de amor ao detalhe, sensibilidade afetiva e criatividade verbal que não teve tempo de se realizar em obra mais extensa, mas cuja lembrança é sempre inspiradora e instigante para quem ficou por aqui.

PAULO SEBEN DE AZEVEDO

Todos os colégios têm escadas
É impossível, para mim, chamar o Prego de Sérgio, de Fischer ou de Sérgio Luís Fischer. Em momentos bem-humorados (que na presença dele foram a quase totalidade), é possível dizer Prego Luís ou Prego Luís Fischer. Como eu conheci antes o Fischer, Luís Augusto, o Prego ficou sendo Prego porque eu nunca ouvi o Fischer se referir a ele de outra forma, assim como sempre ouvi o Prego dizer Mano quando falava do Fischer.

O Prego começava a ser engraçado pelo próprio nome. Graças à alcunha que lhe foi pespegada pelo irmão que ele adorava, os ditados populares e os esconjuros ficaram mais divertidos, em especial para quem, como eu, o Paulo Guedes e o próprio Prego (provavelmente ainda), adora trocadilhos. Como não reclamar do cansaço, na presença dele, sem dizer "estou pregado"; ou maldizer a distância de algum lugar sem dizer que fica "na caixa-prego"; ou mandar alguém à merda sem dizer "vai chupar um prego"? Ele, particularmente, bem à diferença de mim (como ficou claro agorinha mesmo), era um trocadilhista sutil, com um humor juvenil pontuado por uma ironia nunca agressiva. Durante anos acalentamos o sonho de criar uma sitcom (ele era fanático por elas) só para ganharmos dinheiro nos divertindo e inventando trocadilhos infames.

O Homero já se encarregou de tratar do memorável acampamento "Sete homens e uma lua", o que suprime um dos meus mais interessantes episódios pregais. Fazer o quê? O Prego diria, vendo meu iminente desespero: "Também não é pra tanto, Seben!", ou, numa versão mais recente, acho que mediada por algum programa de tevê: "Seben... (pausa dramática) menos, eh, eh!".

Era bem do Prego minimizar as dificuldades e manter, como diz o Walter Franco, "a mente quieta, a espinha ereta e o coração tranquilo". Por exemplo, no que dizia respeito às dolorosas sequelas da poliomielite.

A propósito disso, tenho uma história que, na sua despretensão, casa bem com a modéstia dele.

Acontece que minha esposa é pedagoga de deficientes mentais. Durante o curso de graduação na PUC, ela precisou, para alguma disciplina, montar uma edição de um jornalzinho dedicado às deficiências. Uma das pautas era entrevistar um deficiente físico. Lembrando-me da deficiência leve do Prego, eu me ofereci para entrevistá-lo, liberando-a para dedicar mais atenção à deficiência mental, seu interesse maior.

Não me lembro de todas as perguntas e respostas, mas fiquei vivamente impressionado com o que ele disse quanto à maneira como encarava o seu *handicap*: simplesmente não fazia caso dele, agindo como se não fosse diferente em nada das outras pessoas. A perna mais curta e mais fraca (e quanta dor ele enfrentou para torná-la menos curta, suportando meses a fio aquela geringonça que mantinha uma fratura aberta, com um milímetro separando os dois pedaços do osso!) era apenas uma variável da equação, assim como, por exemplo, o salário a receber como professor ou a cultura educacional da escola em que lecionaria. Em centros de eugenia e de culto às aparências como os Colégios Anchieta e Farroupilha, frequentados pela fina flor da juventude endinheirada de Porto Alegre, era um ídolo dos alunos, isso que, no Anchieta, tinha precisado conviver com a sombra gigantesca do irmão que lá antes lecionara com tanto sucesso, e ainda por cima com o peso de ser conhecido pelo mesmo nome de guerra, Fischer. Ainda hoje me aparecem alunos me confundindo ao falar do Fischer que lhes deu aula no Ensino Médio ou no cursinho, mercados dos quais o Luís Augusto está afastado há décadas...

Mas a variável da equação: ele jogava futebol, tirando partido das pernas extras que eram as suas muletas (depois passaria a usar apenas uma bengala), se bem que fosse craque mesmo era no futebol de botão; dirigia um automóvel hidramático por ele batizado de Jorginho (outro trocadilho: era um Dodge Polara, carro médio fora de linha havia muito tempo), amigo do meu Agenor, um fuça mecânico e chegado numa mecânica, aliás. E subia escadas. Com esforço extra e muita dor nas costas (assim como outro bom amigo e excelente professor, também falecido, o Raul Pinhatário, este portador de anemia falciforme).

O prédio do Anchieta não tinha (terá agora?) elevador, e ele lecionava no terceiro andar (pé-direito enorme). Sei que havia escadas também no Farroupilha, no São João, em tudo quanto é estabelecimento de ensino em que trabalhasse. E, perguntado sobre a maior dificuldade para um portador de deficiência física como ele no dia a dia, respondeu com singeleza e bem-humorada resignação (eu podia até ver o sorriso dele do outro lado da linha do telefone):

– Todas as escolas têm escadas...

PAULO COIMBRA GUEDES

O melhor de todos

Quando me veio na cabeça a notícia de que, a exemplo do futebol, da bossa nova, da capoeira e da caipirinha, o mundo lá fora também estava aderindo à dupla sertaneja, que até no Extremo Oriente já fazia sucesso uma parceria entre um japonês de Shiga e um português de Goa, que cantavam *O menino da porteira* em português, japonês, tâmil e urdu, eu me botei a elaborar essa besteira em silêncio, à espera do nosso encontro anual de janeiro para a avaliação das redações do vestibular da UFRGS.

Os brasileiros também são engraçados, mas, como cultivam a espontaneidade – que consideram uma virtude –, só conseguem fazer piada com a circunstância, como se estivessem dando uma notícia, repassando um boato, botando pra circular uma fofoca. Por isso, se entregam com açodamento infantil às piadas dos outros e vão logo fazendo a pergunta certa como, por exemplo – *E qual é o nome dessa dupla sertaneja?* – para que venha logo a próxima piada. Eles não são capazes nem da nossa frieza elaborativa nem da nossa, digamos assim, responsividade vigilante.

Como nós consideramos a espontaneidade a mais deplorável das babaquices, nós criamos, desenvolvemos e aperfeiçoamos uma espécie de capoeira do discurso. Falamos sempre em duas línguas: uma delas avança dizendo coisas que circulam e arrodeiam, e a outra faz a perna de apoio, o pé atrás. Isso nos faz, além de frios e calculistas (o Frio e o Calculista compõem uma das nossas mais veneráveis duplas sertanejas), permanentemente – quase de nascença – paródicos. Não era assim que a Elis Regina cantava? Que compõem e cantam Adriana Calcanhotto, Claudio Levitan, Frank Jorge, Nico Nicolaiewsky e Hique Gomes? Que desenha (e escreve) o Edgar Vasquez? E em que outro lugar do mundo o Xico Stockinger teria atarraxado aquelas pirocas de vela de automóvel nos guerreiros dele?

Daí, que, em silêncio elaborativo, aguardei o encontro de janeiro: pérolas só aos muito poucos: os que estivessem tomando cafezinho com o Prego e o Seben. Fiz uma conversa comprida, em que entrou a possível transferência do Pato pro Milan, falei do documentário sobre Mestre Bimba e as diferenças entre a Capoeira Regional e a de Angola, a caipirinha na França e juntei as coisas pra introduzir a tal dupla sertaneja, e nenhum dos dois perguntou o nome da dupla. Quem perguntou foi um estrangeiro que estava no grupo. *Bonsai e Benfica*, disse eu. E aqueles quatro dias renderam outras tantas muitas duplas sertanejas globalizadas e multiculturais; além disso, fomos unânimes na eleição da melhor dupla sertaneja brasileira – Lobão e Loborges –, melhor principalmente porque, chamando-se um e outro exatamente como se chamam e certamente sabendo um do nome do outro e, sem dúvida, o outro do nome do um, resistiram à tentação de formar a melhor dupla sertaneja do Brasil. Pode-se esperar algo melhor de uma dupla sertaneja?

É assim que nós somos, nós, os portoalegrenses, os portoalegreses: aqui a gente debocha tanto do que nunca foi e nunca mais será que a grandiloquência da gauchada interminavelmente vem parafraseando desde sempre, quanto da candura dos que nos informam que Porto Alegre é, singelamente, demais. Só que o Prego era o melhor de todos nós: ouvíamos a entrevista da Secretária de Cultura – *eu muito tenho andado por esse interior afora...* –, e ele arregalou os olhos: *interior? afora?* Ele era o melhor porque nele esse cálculo, essa frieza, toda essa minuciosa elaboração paródica era absolutamente espontânea.

EVELI SEGANFREDO

Prego, uma apreciação
Quando Ítalo Calvino opõe o peso à leveza, em *Seis propostas para o próximo milênio*, advoga em favor da leveza, inclusive na literatura. Creio querer lembrar sempre de meu amigo Sérgio Fischer assim, de uma forma leve, porque leve era como me sentia em sua companhia. Pois bem, findo o introito, vamos à história.

Prego era um menino, um cara legal – como ele costumava dizer de si mesmo – que conheci na época da graduação em Letras na UFRGS. Não me lembro de termos sido colegas de aula; o que nos aproximou foi a sequência de cadeiras em que mais se aprendia sobre as pessoas, Bar I, Bar II, Bar III e por aí afora.

Eu já estava lá quando ele chegou, com seu jeito manso e seu humor *sui generis*: um toque, uma frase, e ele desmontava tudo. Foi o que bastou para que nos tornássemos companheiros inseparáveis de incontáveis noitadas juvenis.

Era década de 80, e o Prego me apresentou às canções suaves de Lô e Márcio Borges, que eu amei, aprendi e desafinava solto acompanhando seus dedos ao violão. Foi através dessas canções que se foi descortinando a sensível suavidade de meu amigo.

Havia um grupo mais velho que me introduziu ao circuito de bares eleitos pela estudantada. Gente do movimento estudantil, que gostava da boemia. Gente que frequentava a sessão da meia-noite do extinto cinema ABC, na Venâncio, depois de fazer uma boquinha no Pedrini, antes da reforma deste século. Gente que tinha afinidade com a poesia da vida. Gente, enfim, com quem gostava de beber e conversar sobre cinema, literatura, política, música, artes e abobrinhas – por que não? – na esticada noturna.

Por um determinado período, um bar era eleito como ideal para receber o grupo, que ia chegando aos poucos. Travávamos amizade com os donos, uns davam palinha ao violão, batucava-se nas mesas ao final da noite. Um dos lugares que habitamos por uns tempos foi o Caminho de Casa, que é o mote dessa história.

O Prego e eu havíamos passado pelo habitual ritual noturno: um telefonema, uns chopes e uns bolinhos de queijo no Pedrini – eram deliciosos, chopes e bolinhos –, uma sessão de cinema à meia-noite no ABC. E foi aí que tudo começou a dar errado: no meio do filme, despenca do teto esburacado um gato preto, pra desconcerto da plateia, que, após breve alvoroço, se manteve nos assentos até o final. Encerrada a sessão, convidei o Prego pra conhecer o tal Caminho de Casa e seus frequentadores. Ele tentou recusar o convite, brincando com o fato de que gatos pretos são agourentos. Insisti, e ele cedeu, como sempre fazia aos meus apelos.

Isso devia ser umas duas da manhã. Nenhum de nós tinha carro, mas eu, que já havia ido várias vezes ao bar, afirmei que era próximo e valia a pena a caminhada. Lá fomos. Andamos, andamos, andamos, e nada! Tenho fama de distraída, razão pela qual não dirijo até hoje, e o Prego sabia disso. Não demorou muito para ele concluir o óbvio: estávamos perdidos na madrugada da Cidade Baixa. Naquela época, mesmo que boêmio, o bairro não tinha o movimento que tem hoje, mas havia transeuntes. Eu, preocupada com a encrenca em que nos havia metido e já constrangida com a aparente inesgotável paciência de meu amigo, tratei de logo interpelar um passante:

– Onde fica o Caminho de Casa? – atirei, sem dar boa noite nem contextualizar a situação.

O Prego interceptou qualquer resposta que o moço pudesse dar, com um sorrisinho irônico e o comentário:

– Tu quer saber o da tua ou o da dele?

Eu, que já conhecia o jeitaço do Prego, desatei a rir, mas o homem seguiu, sem nos dar mais atenção. Naquela noite, chegamos, de táxi, cada um a sua casa, por diferentes caminhos.

Penso que essa breve apreciação sobre o Prego e o relato desse episódio contribuam para sustentar a máxima de Calvino: "mais leveza, menos peso" em nossas vidas, e que, talvez, o Alfredinho, filho amado do meu querido amigo, possa, através dessas singelas – pueris até – lembranças que guardo de seu pai, identificar nele uma rara singularidade humana e inspirar-se nela.

JOÃO ARMANDO NICOTTI

Conheci o Prego em 1985. Nos formamos juntos, trabalhamos no Anchieta e em Caxias, corrigimos provas de redação da UFRGS, torcemos pelo mesmo time de futebol, nos aperfeiçoamos nos trocadilhos e nas ironias, gostamos de livros e de literatura, fui seu padrinho de casamento, visitamos a Europa e a Argentina, palestramos juntos diversas vezes, vivemos situações desconcertantes outras tantas (e a de ontem foi a pior!) e sempre tivemos, um pelo outro, respeito e admiração por nossas convicções (incluindo as incertezas...). Hoje, quando cheguei em casa (depois de cerca de treze dias convivendo com ele no hospital e após uma longa noite que não sabia muito bem se era de espera... do quê?), me senti mais sozinho. Lembrei de uma frase que ele dizia para mim: "O Nicotti não envelhece, porque a cada ano ele vai ficando mais jovem. Nasceu com 120 anos...". Fui à biblioteca e peguei o livro d'*Os Lusíadas* que ele autografou para mim em 2002. Diz, então, o seguinte: "Para o inigualável Nicotti, grande amigo e saudoso colega, com um abraço 'adamastoriano'! Sérgio 'Prego' Fischer". Então, fui dormir... pensando no Gigante que, com sua bengala, batia no chão para me livrar deste pesadelo...
Porto Alegre, 04 de maio de 2007

RICARDO SILVESTRIN

Bengala
Charme, bom gosto, elegância. Esses também eram atributos do Prego. Poderia andar com uma deselegante muleta de metal, daquelas com apoio para o cotovelo, mas não. Ele usava uma charmosa bengala de madeira. Assim o conheci na Letras da UFRGS. Fomos da mesma geração, barra oitenta e cinco. Numa tarde, estávamos na minha casa fazendo um trabalho para a cadeira de Língua Portuguesa. Enquanto conversávamos, toquei um pouco de violão. Tinha estudado e aprendido algumas posições, mas não consegui ter a disciplina necessária para ir adiante. O que fazia era combinar essas posições em composições improvisadas, mas já sabendo que não iria virar uma música reconhecível. O Prego ouviu e disse que aquilo que eu tocava fazia sentido. Tinha uma lógica musical. Ele sabia tocar violão. Fiquei feliz, pois a música e as artes em geral são sempre cercadas de restrições a quem se aproxima. A gente desiste cedo de desenhar, achando que não sabe, que o desenho não fica igual às coisas e pessoas reais. Se nos dissessem que não é para ficar mesmo, que é impossível ficar igual, que o legal do desenho é ser desenho e não coisa ou pessoa, talvez nos encorajássemos a continuar. Para o Prego, o que eu sabia de música poderia servir para alguma coisa. Mais tarde, fui aprender

que eu poderia compor músicas junto com quem toca. Há espaço para criar, cantando, letra e melodia. Mas, nessa época, ainda não sabia disso. O Prego também escrevia, mas nunca me mostrou. Apenas falou várias vezes que iria mostrar. Dizia que tinha umas novelas policiais, uns poemas, anunciava que iria trazer e nada. Acho que várias pessoas sabiam, como eu, que ele tinha essa produção, mas creio que poucas conheceram de fato. Nesse clima de conversa e violão, os trabalhos ficavam em segundo plano, tendo que ser terminados depois, com cada um fazendo uma parte sozinho e juntando no dia de entregar. Sobrava até tempo para jogarmos botão. O tempo em que deveríamos estar fazendo os trabalhos. Quando nos formamos, convidamos as professoras Eveli e Rove, nossas colegas da Letras, para montar uma escola especializada em Língua Portuguesa. Era o Língua. Fizemos o registro e conseguimos um lugar no prédio da Cruz Vermelha. O aluguel era baixo. Podíamos pagar. Entretanto, passado algum tempo, sem muitas explicações, fomos informados de que não nos alugariam mais as salas. Terminou aí quem sabe o que poderia ter sido um longo e divertido convívio. Depois, vieram os rumos diferentes para cada um, os casamentos, filhos, empregos. Mas ainda fomos amigos no Orkut.

FLÁVIO AZEVEDO

A formatura do Prego
Quando entrei no curso de Letras da UFRGS, o Prego já estava lá e era para mim um colega mais velho, apesar de ele ser um ano mais moço. Eu o via como alguém que já dava aula, falava com experiência, citava (e certo!), dominava a leitura com prazer, com aquela voz risonha, acompanhada sempre de um olhar generoso. Era sensato. Estávamos no finzinho da ditadura, e ainda havia muitos radicalismos. Fundamos o CEL – Centro dos Estudantes de Letras, quando pipocavam as mais variadas tendências do movimento estudantil. O Prego era a voz da consciência, com uma grande capacidade de conciliação, sem abrir mão de suas próprias ideias.

Esse Prego Político segui encontrando quando trabalhamos juntos no Colégio Anchieta, ainda antes da formatura. Com seus 25 anos de idade foi se constituindo numa liderança entre os professores, onde dinossauros do saber ainda lecionavam. E essa liderança era gentilmente compartilhada. Percebia como ele fazia questão de nos colocar em evidência nesse movimento, como quem empurra um amigo pro palco.

E tinha o Prego das Festas. Nas reuniões dançantes do colégio ou da turma da faculdade, lá vinha ele pra roda, com a maior animação.

Pendurava a bengala na presilha da calça e sacudia o tronco e os braços com muito ritmo, empolgado. Nem numa pista de dança ele deixava que os outros o olhassem como um deficiente físico, porque quem assim o percebesse era porque não prestava atenção no todo que se apresentava. Quando não era na dança, era o Prego do Violão. O barato dele era tocar junto com algum amigo. Com ele não tinha aquela coisa de "ei, me ouçam". A música sempre foi para ele esse prazer coletivo.

O Prego Competente e o Prego Piadista foram ficando mais evidentes para mim quando começamos a corrigir as redações do vestibular da UFRGS juntos. A seriedade e a qualidade do trabalho naquelas salas coordenadas pela Maria Isabel Xavier, a Elisa Henkin, a Susana Guindani e o Luís Augusto Fischer contrastavam com o divertimento que cada comentário paralelo propiciava. Aí os grandes parceiros eram o Prego e o João Armando Nicotti. Nem sempre diversão é sinônimo de displicência.

No final do ano de 1988, o Instituto de Letras da UFRGS fez uma desova de professores formados no mercado que há muito esperavam pelo fim do curso. Coisa comum: o pessoal entra, começa a dar aula, diminui o número de cadeiras que pode fazer, já nem sabe a qual turma pertence. Mas esse ano prometia. Alguns ainda ficaram devendo umas poucas cadeiras, como os músicos Sérgio Karam e Leo Henkin, os poetas João Ângelo e Ricardo Portugal, mas a fornada tinha uma turminha boa. Olhando a foto da formatura, se vê, da esquerda para a direita, o Nicotti, eu, o Prego, a Luísa Canela, a Adriane Ricachevski, a Beatriz Gil, a Luciene Simões, o Jaime Ginzburg, a Ana Liberato, o Zeca Volpato e tantos outros que estou esquecendo não pela importância, mas porque meu olhar se fixa na fila da frente. No vídeo, que por sorte algum marido de formanda gravou (sim, já existia vídeo naquela época), vejo o Prego e eu conversando acho que mal-educadamente durante toda a formatura. Na mesa dos trabalhos, o paraninfo Luís Augusto Fischer, o mano, que nos colocou nos trilhos da Literatura, e o homenageado Paulo Guedes, que nos despertou a paixão por dar aula.

Poucos sabem que aquela cerimônia foi um golpe. Principalmente o Prego, o Nicotti, a Luciene, a Adriane e eu ficamos indignados quando vimos a formalidade que alguns colegas nossos desejavam. Togas (impensável, naquele tempo, para aquela geração jeans/camiseta), Hino Nacional (símbolos da pátria lembravam a ditadura), discursos caretas... Olhando para esse acontecimento com nossas retinas fatigadas, foi uma criancice, mas nos divertimos com a avacalhação. Colocamos uma banda de jazz (Paulo Dorfmann, Gastão Villeroy, Luizinho Santos, Foguinho e Jua Ferreira), o Nicotti e a Luciene deram conta muito bem da apresentação, e acho que o Prego e eu conversamos o tempo todo para ver se estava funcionando a grande irreverência que bolamos coletivamente. A maioria dos colegas não sabia o que estava acontecendo, o que foi ainda mais divertido.

Depois ainda tive o prazer de dividir microfone com o Prego Palestrante, de um senso de humor refinado, que logo viria a ser também o Prego da Mesa das Quintas no Copacabana.

E foi sobre a formatura que ele quis conversar comigo no nosso último encontro no hospital. Quando cheguei lá, os pais dele estavam no quarto, com mais alguns colegas de trabalho. Ele organizava as recuperações de matéria, como faria para repor as aulas que tinha perdido no cursinho, achando que em mais uma semana ou duas estaria de volta na batalha. Disse para ele que minha esposa Loraine sempre se lembrava do amigo tocando uma música de Crosby, Stills, Nash and Young, e ele respondeu que sabia exatamente qual era, e mandou dizer pra Lora que ia tocar pra ela assim que deixasse o hospital. Sem que se pedisse, saíram todos do quarto por um momento, me propiciando a gentileza de ter um minuto solo com ele, e o Prego falou disso. Dessa formatura. De quanta coisa tinha ali entre os formandos, das brincadeiras, o que representava aquela mesa de trabalhos com o mano como nosso dindo, de como nos curtíamos mutuamente.

Saindo do quarto me dei conta de que o danado do nosso amigo arranjou um jeito de transformar a última lembrança que me ficaria. Se pensasse no hospital, viriam as memórias da formatura. Então revi o vídeo e chorei pela emoção de ter me formado com todos esses Pregos.

MARIA ISABEL XAVIER

Nosso jogo
Eu e o Prego gostávamos de livros policiais e tínhamos uma brincadeira desde o tempo da faculdade, lá nos primeiros anos 80. Nós escolhíamos algum personagem do livro que estávamos lendo e incorporávamos o "tipo" ou uma parte dele. Além disso, claro, brincávamos com algumas cenas e as semelhanças ou diferenças que elas tinham com nossas vidas. Achávamos também, o que era muito divertido, associações possíveis entre nossos amigos e os personagens. Eu dizia, "Ah... eu faria melhor"; e ele respondia "Mentira, lembra daquela vez lá na Praia do Barco", etc.

Um dos nossos últimos jogos, muito produtivo por sinal, foi com o par Adamsberg e Clarisse, ambos da Fred Vargas, que é uma escritora mulher apesar do nome. A Clarisse como personagem não nos interessa aqui, que eu não sou besta, mas o Adamsberg, que era o Prego, rendeu muitos meses.

O Adamsberg é teimoso. Apesar de seu brilhantismo, ele se nega a usar o raciocínio lógico para solucionar seus conflitos e segue por meandros inusitados. Ele não vê o óbvio; em compensação, enxerga o que ninguém viu. Ele é um tanto anticonvencional, mas surpreendentemente preza muito algumas instituições: a família, a Igreja, o clube. Ele fala muito bem e usa analogias surpreendentes, por sua beleza e singularidade, para explicar seus pontos de vista. Que são às vezes esquisitos. Ele gosta de poesia, embora seja um delegado. Ele congrega pessoas que não combinam nem um pouco umas com as outras, mas que acabam, por causa dele, funcionando juntas. É desligado em termos de dinheiro, e consegue gastar uma fortuna numa bobagem indescritível. Principalmente se esta bobagem for um presente. É desorganizado, atrapalhado e, por outro lado, perfeccionista e metódico. Pode? É meio tímido, mas adora a noite, a mesa de bar, a madrugada, o "*spleen*" dos bêbados e dos desgarrados, embora costume se manter sóbrio.

Como se vê, o Adamsberg era um prato cheio. E, é claro, estou deixando de fora muita coisa, pelo menos a parte em que discordávamos, e que era, portanto, mais saborosa e explosiva. Dava para implicar, discutir altas filosofias, fazer piadinhas, lembrar a juventude, evocar antigos namoros, gozar a vida e da vida (na cara do diretor que tava entrando na sala dos professores), tudo isso num código que só nós entendíamos. Algumas associações acabavam sendo compartilhadas com mais gente, e o jogo ficava mais divertido. O bom de um jogo desse tipo é que dá para dizer barbaridades, verdades e bobagens através de terceiros. E terceiros fictícios – os personagens –, o que não só facilita muito o processo, mas também ofende menos e, curiosamente, emociona mais.

Era maravilhoso. Andávamos brincando de Adamsberg em qualquer lugar, até durante reuniões de área ou no corredor antes de entrar em sala de aula, no Anchieta, onde trabalhamos juntos por uns vinte anos. A habilidade do Prego no jogo era incrível. Ele era tão ágil que conseguia brincar, evocando as cenas mais sutis e comprometedoras, ao mesmo tempo em que conversava com um colega sobre futebol ou explicava uma bobagem sobre o Arcadismo para um aluno ou comentava um orçamento com o pessoal do marketing. O Prego manejava o social com uma fluidez invejável, sem perder nunca o ritmo. (Essa habilidade, na verdade, o Adamsberg não tem, não sei se a gente comentou isso. Ele ia achar um elogio e tanto e ia me perdoar por várias maldades. Por uns dias.)

O Prego sustentava, em qualquer espaço em que estivesse, diferentes interlocuções. E cuidava para que todo mundo se sentisse ouvido. Por ser muito inteligente, ele era muito rápido na sua percepção, mas dava sempre a impressão de que não tinha pressa, e de que cada um de nós merecia dele todo o tempo de que ele dispusesse. E certamente todo o afeto. Eu fiquei sem o nosso jogo e perdi assim um certo jeito de "ler" que eu tinha, para referir de forma oblíqua a Cecília Meireles, que ambos amávamos. Agora, quando eu leio os meus livros policiais, fico sem poder implicar com ninguém. Não tem mais a mesma graça e nunca mais vai ter. Dá uma sensação horrível, como se 25 anos da minha vida tivessem de repente emudecido.

LEO HENKIN

Porto Alegre, noite de uma terça-feira meio fria, meio úmida, do ano de dois mil e alguma coisa.

São quase cinco pras oito e quarenta e eu me apresso pela Osvaldo Aranha, entre pivetes e pós-new-punks (que algum tempo depois deram origem aos emos); cruzo a Lancheria do Parque, dou uma clássica olhadela para ver se tem alguém conhecido ou não e sigo, impregnado dos odores de algum "x"-alguma coisa que grelha na chapa; aperto o passo e viro à direita na João Telles; compro meu ingresso e, ofegante, subo lentamente a íngreme escada do Bar Ocidente. O burburinho de vozes vai aumentando, e o meu suor também. Fim da escada, giro 180º, me aproximo da porta, reconheço um Bowie entre ruídos de copos e garrafas e risadas e conversas. Peço licença, empurro e afasto gente, abrindo caminho. Avanço e cruzo o vão da porta. De repente, sinto uma pressão na altura das canelas que me impede de seguir. Instintivamente olho para baixo. É uma bengala. Em seguida, num *timing* perfeito, a voz: "Ingresso, por favor".

Abracei o Prego efusivamente como sempre, "E aí, meu velho", "E aí, velhão", "Beleza", "Massa", e fomos tentar uma mesa. Entre amigos pedimos ele uma cerveja e eu uma água.

– Hmm, virou mocinha, é?

Lembrei a ele que eu nunca fora muito de cerveja, que era só um vinho de vez em quando, e falei que era isso que dava a gente só se encontrar de dois em dois anos, e que os verdadeiros amigos não esquecem as predileções e as esquisitices dos verdadeiros amigos. E que mocinha era ele que ficava analisando poesia.

– Melhor que fazer musiquinha...

– Pois é, não tenho culpa. Eu queria fazer Medicina, mas minha mãe me obrigou a fazer música – engatei minha melhor piada.

– Mas então faz música de homem pelo menos...

E assim seguimos e brindamos, eu com água e ele com cerveja, a mais um reencontro bienal (às vezes trienal, outras anual), jogando conversa fora, rindo e berrando, competindo com o New Order do DJ e com os ônibus que arrancavam no corredor lá fora. O bom de reencontrar amigos como o Prego é ter a certeza de que, apesar de nos vermos muito pouco, nada mudou em vinte e tantos anos no que se refere à amizade em si, e que o nível de intimidade para zombarmos um do outro e dos outros continua rigorosamente o mesmo, em plena e exuberante adolescência. Para compensar a exiguidade dos nossos encontros e reafirmar cumplicidades, havia um *modus operandi*: começar com pequenas sacanagens, recorrer a velhas e boas piadas, velhos e bons causos em comum. E eram vários, inúmeros, que compartilhamos principalmente nos tempos em que frequentamos juntos algumas cadeiras da faculdade de Letras na UFRGS. O preferido dele era o meu comportamento quase delinquente juvenil nas aulas de Linguística. O meu era vê-lo zombar de uma certa professora de Literatura Portuguesa.

– A boneca vai querer mais água? Vou pegar mais uma cerveja...

No "palco", Kátia Suman se ajeita num banquinho e se prepara para dar início a mais um Sarau. Digo ao Prego que participei de um encontro com o Márcio Borges sobre composição uns tempos atrás e que comprei o seu livro sobre o Clube da Esquina. Ele perguntou se gostei e eu disse que sim, mas que era muito focado no Bituca e que o livro sobre os mineiros geniais ainda estava para ser escrito. Ele disse "Por ti". Eu disse "Tá louco". E ele "Não te mixa". O Prego tinha dessas, incentivador sutil, que intimava daquele jeito despretensioso, leve, solto, brincalhão. Um ano depois, me cobrou em um café: "E o livro, tá pronto?". Lembro de outras tantas palavras incentivadoras, em nossas inúmeras e longas conversas no Campus, violão na grama, solzinho de inverno na cara, quando falávamos sobre inseguranças profissionais, muito mais minhas do que dele.

Dois sujeitos muito estranhos se aproximam de nossa mesa.

– Leo, aí vem a tua turma, vou deixar vocês à vontade.

Mais risos, e mais brindes. Ele com cerveja, eu com o vinho de alguém.

De um banquinho, Cláudio Moreno observa a fauna. Em outro banquinho, Luís Augusto Fischer segura um livro com marcadores, cruza uma perna e coça a barba olhando para o chão. Falo pro Prego que tinha lido em algum jornal um artigo do Fischer e que eu tinha gostado muito. Não lembro exatamente as palavras que o Prego usou, mas algo muito forte brilhou nos olhos dele, ao comentar as coisas que o mano andava escrevendo nos últimos tempos, e eu pude sentir toda a sua admiração pelo amigo e irmão, ídolo e guru (pois assim são os irmãos mais velhos, ídolos e gurus). Pensei então no meu irmão, que é mais velho e também é meu ídolo e guru.

– Então tá, né? Boa noite, a gente tá começando mais um Sarau.

Assim falou Kátia Suman.

E assim foi, mais uma bueníssima noite divertida na companhia do Prego. Nessa noite "pingamos", como sempre, em vários assuntos em comum. Filmes, livros, bandas e opiniões sobre quase tudo. Não faltaram promessas, como em todos os nossos encontros, de nos encontrarmos mais, me avisa disso, me avisa daquilo, me grava o fulano, etc. Mais um encontro bacana, intenso e prazeroso, como devem ser os encontros com aqueles de quem gostamos, admiramos e com quem nos sentimos em casa sempre.

FRANCINE ROCHE

"Temos que andar mais rápido", disse o Nestor. Estávamos atrasados para o encontro com o Prego na rodoviária. Nossa incumbência era a de comprar as passagens para Barra do Ribeiro, onde iríamos acampar com um grupo grande de amigos. Era o inigualável verão de '82!

Enquanto corríamos, perguntei ao Nestor qual era mesmo o nome do Prego. "Sérgio", respondeu-me. Ainda não conhecia pessoalmente o "irmão do Fischer" e, por um instante, tive um estranhamento com seu apelido. Ao chegarmos próximo do lugar marcado, avistamos o Prego encostado na grade que delimita o espaço de embarque. Ele estava incrivelmente imóvel, olhando à sua frente, como se meditasse, em contemplação. Naquele momento, poucas pessoas passavam e nenhum ônibus estava estacionado nos boxes, aumentando, assim, a impressão de que tudo estava parado à volta.

Nestor fez menção de chamá-lo, mas eu o detive. Ignorava a razão, mas não podíamos romper aquela quietude. Então, esperamos, a poucos metros dele, observando-o com simpatia; afinal, a pressa não existia mais. Quando o Prego nos percebeu, após as apresentações, iniciamos uma conversa que me pareceu muito inusitada. Mesmo tendo esquecido as palavras, a lembrança que me surge daquela conversa é a do ritmo ágil e prazenteiro com que o Prego, sem alarde, a conduziu. Falávamos de literatura, cada um por sua vez e a cada vez, a palavra de um girava no dizer do outro – acrescida, desenvolvida e, com toda a pretensão daqueles jovens tempos, mais bela. Sentidos novos vinham, e o Prego conseguia acolhê-los e relançá-los, com graça.

Imbuída daquele improviso criativo, aproximei-me do Prego e, à queima-roupa, lhe dirigi uma pergunta, quase um enigma. Lembro-me que era uma questão cheia de dúvidas e mistério que me assolava há um bom tempo e que precisava de um endereçamento para emergir. Prego, com um sorriso, respondeu-me rapidamente, como se fosse um haicai

– prosaico, certeiro e tão contraditório quanto sintético. Suas palavras me atingiram em cheio: fiquei fixa, olhando pra ele, em suspensão. Percebendo minha perplexidade, ele tampouco rompeu o silêncio; voltou a sorrir, direcionando novamente seu olhar ao vazio dos boxes. Imitei-o, situando meu olhar também ao horizonte e, dali, voltamos a animar a conversa que havíamos deixado.

Assim me lembro do Prego com seu estilo sutil e divertido em construir e compartilhar sentidos.

CLÁUDIA LAITANO

Dois encontros

Amizades são relações tão essenciais quanto diversas. É quase como se cada amigo, ou cada tipo de amigo, ajudasse a dar forma a uma parte de nós. Há os amigos de convívio longo e intenso, quase parentes, os de camaradagem superficial e descontinuada e aqueles em que o carinho e o mútuo interesse sobrevivem até mesmo à convivência espaçada.

Minha relação com o Prego era desse último tipo. Durante boa parte das nossas vidas, eu e o Prego nos encontramos não mais do que algumas vezes por ano. Às vezes por acaso, na saída de um cinema ou na entrada de um bar, quase sempre na Feira do Livro de Porto Alegre e algumas poucas vezes voluntariamente, combinando um chope para colocar os assuntos em dia.

Nesse tipo de amizade, constituída por uma sucessão de reencontros que se estenderam da adolescência até a vida adulta, cada momento acabava sendo o instantâneo de uma época: o vestibular, as viagens, o primeiro emprego, o casamento, os filhos, as separações. Relembrar meus encontros com o Prego é quase como olhar retratos em um álbum (e como seria bom se uma recordação tivesse o poder de materializar-se em uma fotografia nunca feita). Uma história com começo, meio e um fim absurdamente fora de hora. São as duas pontas dessa história que eu gostaria de contar aqui.

Algumas pessoas têm a capacidade de reconstruir cenas inteiras das suas vidas e das vidas das pessoas próximas. Não é o meu caso. O fato de eu me lembrar de cada detalhe daquele dia do verão de 1984 em que conheci o Prego é surpreendente. Mas compreensível: foi um dia para entrar para a história, pelo menos para a minha.

Eu e a minha melhor amiga estávamos passando as férias com a minha família em Tramandaí, o primeiro descanso depois de meses estudando para o vestibular de Psicologia. Passei em segundo lugar, depois de levar bomba no ano anterior. O clima era de "mundo, aqui vou eu", uma euforia com a entrada na faculdade misturada com a excitação dos primeiros namoros, a descoberta recente da política e da música, o clima pré-Diretas Já e coisa e tal. Em muitos sentidos, era o primeiro verão do resto da minha vida.

Minha amiga estava namorando um rapaz de Novo Hamburgo que costumava veranear com os primos ali ao lado, em Cidreira. O amor era grande, e a distância pequena, de modo que a visita era previsível, ainda que não anunciada – não havia telefone fixo na praia e muito menos celular. O apaixonado apresentou-se lá em casa acompanhado de um pequeno e animado *entourage*: os dois primos de Cidreira, um deles o Prego, e mais um amigo comum. Chegaram chegando. Todos uniformizados com camiseta e bermuda nas mesmas cores, bonés virados para trás e improvisando uma serenata na porta. Depois dessa impactante *ouverture*, as horas seguintes não foram menos divertidas e agitadas. Teve roda de violão, longos bate-papos, caminhada na praia, encontro com outros amigos nossos que estavam em Tramandaí – um pacote completo com tudo que eu mais gostava de fazer aos 17 anos.

Os meninos eram todos mais velhos do que nós, já estavam na faculdade, falavam de política, de literatura, de música. E a gente era a plateia perfeita para aquele espetáculo de bom humor e inteligência, cheias de curiosidade sobre o mundo "adulto", universitário, que se abria diante de nós naquele verão.

Naquele grupo de rapazes inteligentes e interessantes, minha identificação imediata foi com o mais novo da turma, o menino com cabelinho de anjo que tinha quase a minha idade e que pacientemente respondeu todas as minhas dúvidas a respeito de coisas tão profundas quanto o tipo de classe e de quadro-negro que eu iria encontrar na faculdade. O Prego era daquelas pessoas que fazia o interlocutor se sentir bem, porque parecia genuinamente interessado pelo que os outros tinham para dizer – qualidade mais rara do que parece. Era inteligente como os outros três, mas o menos "fazido", e sem dúvida o mais doce.

Pelos anos seguintes, sempre que eu encontrava o Prego era em relação àquela tarde que eu nos media. Era inevitável pensar em quantas coisas que seriam importantes no nosso futuro já se esboçavam ali naquele primeiro encontro, que por acaso acabou associado na minha memória a uma espécie de baile da Ilha Fiscal da adolescência ou, para usar uma imagem menos pessimista, a cerimônia inaugural da vida adulta.

Nosso último encontro, na Feira do Livro de Morro Reuter de 2006, seria quase tão especial quanto o primeiro. Não era para ser uma despedida, mas se nós tivéssemos planejado uma última cena para essa amizade feita de encontros esparsos talvez ela não ficasse tão delicada e coerente.

Como naquele verão de 22 anos antes, passamos o dia inteiro juntos. Visitamos as barraquinhas de livros, passeamos pela cidade, tomamos uma cerveja no bar, tudo isso entre um compromisso e outro da Feira do Livro – ele dando uma palestra sobre literatura, eu conversando com um grupo de alunos de uma escola local. Era um dia de sol quase frio, perfeito para sentar no banco da praça e conversar sem pressa. Eu já sabia que ele estava doente, mas nunca falamos sobre isso. O assunto principal, como não poderia deixar de ser, era o deslumbramento com o Alfredo, as coisas que ele já fazia, e como era lindo, e querido, e como filhos faziam a vida da gente mais complicada e mais simples também.

Não era para ser uma despedida. Nossa amizade começou com uma explosão de energia, aquela energia que a gente só tem quando aparentemente todas as coisas são possíveis. E terminou no banco de uma pracinha ensolarada, com a serenidade que, idealmente, esperamos encontrar em algum momento longínquo da maturidade – quando conversas no banco da praça em dias de sol já fazem parte da rotina.

Seria um epílogo, se não perfeito, pelo menos adequado – se tivesse acontecido pelo menos 30 anos depois.

ADRIANE FRAGA RICACHESKI

Antônio Sérgio
A palavra saudade não diz a falta.
Filho, estou no sexto mês da tua gestação e eu e o teu pai já sabemos como tu vais te chamar: Antônio Sérgio. Gostamos de nomes que façam parte da nossa história, como o da tua irmã Maria Augusta – uma homenagem a duas das tuas bisavós. No teu caso, Antônio está na família da vó Lia há algumas gerações, e Sérgio é inspirado na lembrança e na saudade do amigo celebrado aqui nesta publicação. Tu não fazes ideia da alegria que é te sentir chegando e te antever no mundo – um mundo de enredos cujas personagens são nossos familiares, nossos amigos, enfim, são todos os nossos cúmplices (ao escrever esta frase, estava pensando, sim, no Prego, mas também em todos aqueles que conheci, que consegui manter por perto, aqueles a quem eu amo).

Eu e o André nos apaixonamos em 2004, rapidamente namoramos, engravidamos, nos casamos e ficamos em estado de graça com a chegada da tua irmã em 2005, mas já nos conhecíamos há alguns anos e volta e meia – um de nós sempre comprometido – nos encontrávamos em praias, saraus e noites. Havia pessoas em comum nas nossas andanças e relacionamentos, e um cara em especial, o Prego. Era um dos grandes amigos do teu pai e meu amigo há mais de vinte anos, desde o curso de

Letras. Segundo o relato da dupla, o André arrastava uma asa por mim já havia algum tempo e recebia informações a meu respeito, mais ou menos atualizadas, através do Fischer – que é a forma como o teu pai sempre o chama –, pois eu e o meu antigo colega nos falávamos pelo menos umas três vezes ao ano em eventos relacionados ao nosso trabalho de profes de português ou por aí, pelos bailes da vida.

De amigo passou a ser também nosso cupido (a propósito, "anjo" é mesmo um qualificativo que lhe cabe muito bem). Aproximamo-nos muito por conta disso tudo e pelo fato de estrear tardiamente na arte de ser pai junto com a gente. Esperávamos, trocando figurinhas e desejos, pelo Alfredo e pela Gugu, os quais chegaram fortes e ainda mais encantadores do que imaginávamos que poderiam ser. Embalamos – eu, o André, o Prego e a Liliane – um o filho do outro e a nós mesmos, experimentando novidades que traziam receios, inseguranças, muitas alegrias e a descoberta do amor incondicional. O que vamos viver novamente contigo daqui a poucos meses aprendemos na companhia do inspirado e divertido Prego Fischer – um homem que, definitivamente, não era dado a arroubos sentimentais: extremamente sensível, contudo nada explosivo, só deixava que transbordassem mesmo o cuidado e o carinho pelo filho.

Compreendes agora, Antônio Sérgio, o que parte do teu nome significa para nós? Significa escolher a vida pelo que ela tem de mais emocionante, de mais duradouro, pedaço por pedaço do que vamos nos tornando, mesmo que estejamos impedidos de recebê-la através do sorriso, do jeito manso de chegar, do olhar firme, do abraço e do beijo do amigo que inacreditavelmente foi, mas que é capaz de reunir a todos que aqui escrevem e tudo que estas páginas nos dizem. Significa que te amamos.

Abril de 2009

3 — COLEGAS E AMIGOS DA VIDA ADULTA

DENISE SIMAS BAPTISTA

Espanha
No verão espanhol de 92 o Prego e eu retornamos ao Brasil depois de um período na Espanha. Na verdade tudo havia começado um ano antes, em 1991, quando ele foi me encontrar em Madri para fazermos uma viagem de mochila através de vários países da Europa. Fazia seis meses que eu estava morando lá, estudando. Acho que o ano de 91 foi tremendamente marcante na vida dele: além da viagem de férias pela Europa, a gente se casou, e ele ganhou uma bolsa de estudos do governo espanhol para fazer um curso de Linguística e Literatura.

A viagem pela Europa foi uma grande diversão. Viajamos todo o tempo em trem durante 21 dias conhecendo vários lugares: Barcelona, Nice, Mônaco, Florença, Veneza, Milão, Zurique, Colônia, Amsterdã, Bruxelas, Bruges, Paris...

Em cada cidade que chegávamos eu queria ver tudo, mas o Prego, com aquele jeito sábio, dizia: "Deni, pra mim conhecer o quarteirão já é o suficiente". Eu não entendia muito bem aquilo, como é que alguém viaja milhares de quilômetros, para ver só o que tem no quarteirão?! Pra mim conhecer uma cidade significava ver tudo, e o Prego, com algumas voltas no quarteirão, vivia tudo! Acabei aprendendo muito com ele nesta viagem. E só sei que foi assim que fizemos nosso giro pela Europa, conhecendo o quarteirão de cada país por onde passávamos.

Em 1992 voltamos à Espanha para permanecer ali seis meses. O Prego se sentiu em casa desde o primeiro dia, afinal, perto do Hostal do Paco, nosso hotelzinho no centro de Madri, nossa primeira "casa", havia incontáveis livrarias e sebos, e caminhando um pouco mais chegávamos à Casa del Libro, um templo do livro. Todos os romances policiais que ele amava, e que ainda não haviam sido traduzidos ou lançados no Brasil, estavam ali naquela livraria da Gran Vía. Ele passava por ali quase todos os dias, quando voltava da aula, pra dar uma olhadinha. Difícil esquecer o brilho nos olhos e o modo como movimentava os dedos manuseando os livros, era um prazer infinito. E eram infinitas as horas que passava na Casa del Libro.

Também adorava sentar nos cafés madrilenhos, desde os mais históricos como o Gran Café de Gijón, que no passado foi frequentado por Lorca, Dalí e Buñuel, até os mais populares e por isso mais madrilenhos ainda, como o que ficava na frente do nosso hotel, onde tomávamos o

Depoimentos | 253

café da manhã, Los Pinchitos. Ali o Prego sempre pedia café com leite e churros, o churro espanhol, mais fino e sem recheio.

Depois fomos morar num bairro afastado do centro, que ficava perto do estádio Vicente Calderón, do Atlético Madrid, que não era o time do coração do Prego, ele gostava mesmo era do Barcelona. Não lembro exatamente quando começou a paixão do Prego pelo Barça, mas sei que o Cruyff, jogador que ele admirava desde a época da "Laranja Mecânica", a seleção holandesa de 74, e que na época era técnico do Barcelona, era um dos responsáveis pela sua paixão pelo time "blaugrana". Ele dizia que o Cruyff tinha um jogo elegante. E o Prego sempre gostou do jogo limpo e da elegância na vida. Sei que havia ainda outro forte motivo que o fazia preferir o Barcelona ao Real Madrid, a resistência à Ditadura Franquista que o Barcelona e a Catalunha representavam, coisa que o Prego foi conhecendo melhor e admirando cada vez mais durante este período em terras espanholas.

Nossa vida em Madri era tranquila como o Prego, aulas de manhã, estudos e passeios à tarde, algumas viagens por cidades da Espanha nos fins de semana. Numa dessas viagens ele se acidentou feio. Tropeçou e caiu sobre o joelho, e foi obrigado a passar um mês andando de muletas. Mas em nenhum momento deixou de ir às aulas, e não permitiu que a família soubesse do acidente, não queria preocupar ninguém. O titã Prego.

Todo domingo ele tinha o costume de comprar o El País, e aproveitar pra fazer as coleções que o jornal lançava. E como era domingo, ele descia até uma "churreria" perto de casa, descoberta por ele, e comprava uma porção de churros pra gente tomar com chocolate quente.

Um dos lugares que o Prego mais gostava em Madri era o Museu do Prado. Era fissurado pelo *Jardim das delícias*, do Hieronymus Bosch. Sempre que ia ao Prado ia primeiro fazer uma reverência ao quadro. Depois visitava os outros pintores. E curtia muito ir ao Centro de Arte Reina Sofía pra ver a obra do Dalí. Tínhamos carteiras de estudante do curso e isso nos fazia entrar sempre de graça.

Em Madri ele viu pela primeira vez nevar forte, o que não é muito comum por lá, pediu que eu tirasse fotos dele, com chapéu, na neve, para mandar à família.

Na segunda semana de Espanha comprou uma TV. Depois de um mês na frente dela falava espanhol quase fluente, imitando muito bem o sotaque madrilenho. Como era talentoso! Nas aulas, além da simpatia que distribuía, e do grupo de fãs femininas que tinha, ele intervinha sempre, e uma vez chegou a fazer piadinha, em espanhol, com Bernard Pottier, um linguista francês que era professor convidado, e o cara riu! O Prego adorava lembrar desse feito.

O Prego foi um dos alunos mais bem classificados no curso, e como prêmio lhe deram uma nova bolsa, para fazer um curso de um mês em Málaga, em julho. Era um curso cujas cadeiras valiam para um futuro Doutorado na Espanha. Mas sabem o que o Prego fez? Voltou ao Brasil. Sentia saudades de casa, da família, e principalmente da Olívia; estávamos na Espanha desde janeiro, e isso era muito tempo segundo ele. "Já está ótimo assim", me dizia, "a gente nem esperava fazer tudo isso!". Assim, simples! Ou ainda, "así de sencillo", expressão que ele adorava dizer.

Eu amei muito o Prego, e este amor, hoje transformado, fará sempre parte de mim. Ele foi a pessoa mais importante durante um longo e lindo período da minha vida, das nossas vidas. Vivemos muita coisa bonita juntos. Decidi deixar registrado um período da vida dele que só eu testemunhei. Um período que ele se orgulhava de lembrar, talvez porque tivesse sido inesperado deixar o seu quarteirão para andar por quarteirões por ele *nunca dantes navegados*.

Dias antes da sua última viagem ele me disse que sonhava um dia ir à Espanha com o Alfredinho adolescente: "Mas, agora, uma viagem de pai e filho", ele falou.

RUBEN DANIEL CASTIGLIONI

O Prego tentou convencer um torcedor do Peñarol, que sou eu, a ser colorado. Tinha esses delírios. Mas havia coisas das quais nós dois gostávamos. De *Les Luthiers*, por exemplo, aqueles argentinos fora de série. O Prego era fã: sabia de cor as músicas, as poesias, os trejeitos. E sempre que nos encontrávamos, eles entravam na nossa conversa. E a gente ria e se divertia. Mas tínhamos nossos temas "sérios" também, principalmente nos últimos anos, quando falávamos sobre o que fazer, qual o melhor rumo, com quem ficar, aonde ir, essas coisas simples da vida. O curioso é que ele sempre dava um jeito de mostrar que quem necessitava de alguma ajuda era você, que quem necessitava desse amigo solidário e parceiro era sempre você, porque seus problemas eram evidentemente maiores. Por isso, esse Prego era capaz de te acordar de manhã bem cedo e, por telefone, te ler ou recitar alguma aventura luthieresca, inspiradora e cômica, que te deixava feliz e te mostrava que a vida, apesar de tudo, é a melhor coisa que temos.

Nós dois tínhamos um projeto também: velejar. Ir pelo Guaibão, Lagoa dos Patos, Lagoa Mirim, e enfim, chegar a Punta del Este, de alguma maneira atravessar o Atlântico e, na Espanha, ir ver uma partida do Barcelona, seu time de lá, do outro lado do mundo. O barco, mesmo pequeno para tamanha aventura, estava ancorado e pronto, mas tempo, esse nunca tivemos.

E, pelo que pudemos fazer, posso dizer que foi uma honra e um privilégio ter conhecido um desses seres humanos excepcionais que aparecem só de vez em quando neste mundo: Sérgio Prego Fischer.

FÁTIMA RODRIGUES ALI

> *O inferno dos vivos não é algo que será; se existe, é aquele que já está aqui, o inferno no qual vivemos todos os dias, que formamos estando juntos. Existem duas maneiras de não sofrer. A primeira é fácil para a maioria das pessoas: aceitar o inferno e tornar-se parte deste até o ponto de deixar de percebê-lo. A segunda é arriscada e exige atenção e aprendizagem contínuas: tentar saber reconhecer quem e o que, no meio do inferno, não é inferno, e preservá-lo, e abrir espaço.*
>
> Ítalo Calvino – *As cidades invisíveis*

O Sérgio, o Prego, o Professor Fischer, o Pescador – difícil de dizer por quantos nomes ele será lembrado. Por outro lado, quem o conheceu e teve o prazer de conviver com ele, vai lembrar certamente que era uma criatura amável, um professor e escritor talentoso, um amigo e colega divertido, espirituoso, dono de um humor inigualável. Não virá ao caso lembrar, quando se pensar nele, que teve uma doença grave ainda muito pequeno, que passou a infância fazendo cirurgias e tratamentos dolorosos para minimizar as sequelas da paralisia infantil. O fato de ter sido um portador de deficiência física, neste mundo que só atenta para a beleza e a perfeição, se o incomodou, não deixou que se percebesse – porque o Prego soube, sempre soube, abrir espaço – e ser alegre e deixar as pessoas a sua volta alegres também – dentro daquilo que poderia ser um verdadeiro inferno para qualquer pessoa banal.

Eu poderia referir aqui vários momentos divertidíssimos que passei perto dele, ouvindo suas tiradas impagáveis sobre as pessoas, o mundo, a literatura, os alunos, mas sei que muitos outros amigos dele, que vão escrever estas memórias também, falarão disso. Ele era um cara popular, carismático, que ganhava a simpatia de qualquer um minutos após conhecê-lo. Quero lembrar aqui o quanto ele era, também, generoso – capaz dessa generosidade que tanta falta faz neste mundo.

Uma vez, estávamos – todos professores de Língua Portuguesa fazendo um bico – trabalhando com avaliação de redações de um concurso que não vem ao caso. Entre nós havia um colega doente, passando um período ruim por conta das recorrentes viroses oportunistas que acometem os soropositivos – caso desse colega. Esse rapaz nem poderia estar ali, trabalhando naquelas condições de saúde; alguns de nós sabíamos, no entanto, que ele precisava trabalhar e ganhar aquele dinheiro. Lembro que havia uma espécie de rodízio, entre alguns poucos dos homens que estavam ali, para acompanhar discretamente esse colega a cada vez que ele ia ao banheiro, pois ele poderia desmaiar. E lembro – sobretudo – do Prego fazendo isso: cuidando de longe esse amigo, esperando uns minutos, cada vez que ele saía da sala, para depois ir atrás dele, ver se ele estava bem. Foi uma semana de trabalho difícil, tensa e triste, pois acreditávamos que no ano seguinte aquele colega, dado o avanço da doença, não estaria mais conosco. Estávamos errados, felizmente; hoje, passados mais de dez anos desse episódio, esse colega está vivo e, pode-se dizer, com a saúde estável. Quem não está mais entre nós é o Prego, confirmando as estatísticas: câncer mata mais do que Aids.

Por que pensei nessa história lúgubre? Porque não sei se a mim comoveu mais a fragilidade daquele colega doente ou a solidariedade dos que o ajudavam a passar, do modo mais digno possível, por aquele momento – capitaneados pelo Prego. Porque foi aí, nesse episódio que, apesar de já conhecer o Prego há anos, percebi uma outra dimensão dele: não só brincalhão, não só irmão mais novo do Luís Augusto, mas um ser dotado de uma grande nobreza.

Eu tenho mania de fazer declarações às pessoas, quando há razões que as mereçam: gosto de dizer aos amigos (e até aos não amigos) o quanto os admiro, o quanto são bacanas, brilhantes, inteligentes. Não ligo para o que acham disso – faço isso porque sei que nem sempre a oportunidade se apresenta uma segunda vez – e eu já perdi algumas oportunidades. Sempre quis dizer ao Prego o quanto achei bacana aquela atitude dele, mas não disse – e não haverá outra oportunidade senão agora. Digo, então, para os amigos dele, para os que não o conheceram e lerem seus textos, para o filho dele: eu admirava o Prego por ele ser um cara de grande coração, um amigo generoso e solidário – um homem que soube abrir caminho, sempre com sua bengala, e trazer a felicidade para quem vivia perto dele.

DIANA LICHTENSTEIN CORSO

Ensina-me a ler
Leitura e juventude não precisam ser antagônicas. Ao contrário, os anos de formação são os de maior absorção de referências culturais, é quando elas são mais marcantes e tem-se tempo e impulso de beber em

grandes goles. Pena que essa gana de viver dos adolescentes encontre-se, via de regra, tão distante dessa fonte. Exceções à parte, no melhor dos casos, eles têm acesso ao cinema, a músicas mais complexas, a programas de tv menos *trash*. No pior, satisfazem-se com uma vida medíocre de diz que diz, fica não fica, vai não vai, num mundo simbólico da dimensão de um bairro.

Por uma via avessa, preparar o vestibular, muitos jovens veem-se obrigados a prestar atenção nas aulas de literatura. A cada tanto, uma lista de títulos de leituras obrigatórias é divulgada. Como fazer para que a lista não provoque apenas uma corrida ao Google, em busca de resumos e macetes? É aqui que entram os professores de cursos pré-vestibulares. O professor de cursinho vive num difícil equilíbrio: entre o espetáculo e a seriedade, do exercício da autoridade sem autoritarismo e, principalmente, da capacidade de conectar-se com uma nova geração sem renegar a própria.

Esses mestres, artistas do entusiasmo, aproveitam-se dessa enviesada oportunidade de atenção e tentam aproximar da literatura milhares de jovens enfastiados. Ao invés de resumos e dicas, eles revestem essa lista de vida, dando a Eça, Machado, Camões e muitos outros um novo brilho, estabelecendo pontes com as novas gerações. Fazem o que faz um bom pai e um grande didata, ou seja, apresentar o mundo e seu acervo de referências aos novatos na vida.

A ocasião é ímpar: os alunos estão lá porque querem e precisam aproveitar essa oportunidade; já o professor não precisa avaliar, é visto como um aliado na luta pela aprovação. Isso os coloca na privilegiada posição de terem a autoridade do conhecimento, mas sem sua dimensão de cobrança. Essa relação tinha tudo para ser perfeita, mas não é bem assim. Freud observou, num texto dedicado ao cinquentenário da fundação de seu colégio, que a relação entre professor e aluno é herdeira direta da ambivalência dedicada ao pai. O pai é admirado pelo filho, de onde provém a identificação, tanto quanto violentamente agredido e desprezado, para não sucumbir sob sua sombra. A escola é a primeira relação de autoridade extraparental que conhecemos, e para ela carregamos nossas malas de conflitos domésticos. Por isso, mesmo os mais carismáticos entre os mestres precisam suportar a agitação, a irreverência, a desatenção e até a agressividade de seu público.

Um dos malabaristas dessa arte se foi. Nossa cidade acaba de perder precocemente Sérgio Fischer, escritor, professor de letras, especialista em Camões. Mas também muitos jovens perderam seu professor de literatura, o qual, mesmo muito doente, ainda subia ao palco para ensinar, com tal vitalidade que muitos alunos nem notaram que seu corpo colapsava. Mestre que é mestre ensina também com seu exemplo. Só nos resta aprender as lições desse esforço apaixonado.

ARTHUR DE FARIA

Voltimeia a vida apresenta uma dessas. Pra gente, antes dos 40 anos, quando pensa que dá tempo pra tudo. Não precisa correr, dá tempo. Pra tudo. Dá, sim. Dá tempo inclusive de ficar mais amigo daquele cara que é amigão de vários amigos teus, irmão de um irmão de coração teu, primo de um colega de banda, um cara bacana, engraçado, querido, inteligente, culto sem ser cabeção. Um cara com quem, ao longo de 20 anos, tu teve umas 4 ou 5 conversas, todas elas engraçadas, divertidas, longas e cheias de risadas, em lugares tão improváveis quanto um bar com música ao vivo em Gravataí, horas comentando uma que outra obsessão: pés femininos, Chico Buarque, apresentadoras de TV, pessoas bizarras da família da gente e da dos outros.

E aí tu fica sabendo que o cara tá doente, e fica sabendo que é sério. E quem te conta é teu irmão de coração, que é irmão de sangue dele. E tu tá exatamente naquele maldito limbo de não ser íntimo o suficiente pra que uma aparição tua, do nada, não pareça mais má do que boa ideia. E tu não aparece.

Mas tu fica lá, lembrando. Lembrando que a única gravação (em VHS!!!) que tu tem do teu primeiro show, que se chamava Café Nice, é justamente a da estreia, 1991, junho, Sala Álvaro Moreyra. E que só existe porque era o Prego filmando. O Prego que era primo do Geraldo, que, por sua vez, era violonista do mesmo Bando Barato pra Cachorro em que tu tocava e que estava ali, estreando. E aí tu tinha até esquecido disso, mas um dia tu pede pra uma amiga tua, que também era amiga dele, passar de VHS pra DVD, e ela te devolve com lágrimas nos olhos.

E aí tu bota pra rodar e tu nem lembrava que era tudo narrado por aquela voz inconfundível dele, aquela risada generosa, curta, e é ele que entrevista as pessoas no final do show, por trás da câmera. E tu lembra que o melhor nos ensaios do bando era a casa do pai do Geraldo, sempre repleta de Fischers de todas as idades, jogando botão, rindo, abrindo a porta praquele literal *bando* de gente que ia lá tocar todo sábado à tarde. E sempre muita gente, e o Prego sempre o Fischer mais próximo de todos, comentando, rindo, debochando.

Um mestre. Um mestre do deboche, da ironia. Da sacada rápida, do trocadilho infame como só são os bons trocadilhos. Um cara muito, muito bacana, mas que passou 20 anos a uma pessoa de distância de ti.

Mas calma, que a vida é longa e mais cedo ou mais tarde a gente vira amigo de verdade, sem um entre-amigo pra fazer a liga. Era óbvio. E, por isso, nada premente que isso acontecesse. Era pra logo. Seria só uma mudança de bairro, um bar coincidentemente frequentado, um projeto conjunto. Ia acontecer. Mais cedo ou mais tarde.

Não teve mais tarde.

MARIA ELIZABETH PEREIRA DE AZEVEDO

> *A simplicidade é o último grau de sofisticação.*
> Leonardo da Vinci

Este tempo é um tempo dentro de um outro tempo: um tempo de saudade! Permitir-se reviver um tempo de saudade é testar a saúde da alma! A saudade vai ficando igualzinha à profunda dor da ausência que está sendo curada – vai enfraquecendo e, quando se percebe, a saudade vai ficando tênue, quase indolor e a alma fica leve, livre e de tão antiga ela até parece que rejuvenesce.

Foi no ano de 1995 quando eu, Maria Elizabeth Pereira de Azevedo, mais conhecida por Bebeth, a professora de Francês, fui admitida no Colégio Anchieta para substituir o professor André. Foi então que na primeira reunião de professores do Primeiro Ano do Ensino Médio conheceria meus colegas. Estava assustada. Lembro bem da fisionomia de todos eles, mas o que mais me chamou a atenção foi a de um jovem professor de Literatura. Seus cabelos encaracolados, seu semblante bíblico, não combinavam com um certo ar irônico, e em suas abordagens observei que ele transitava com muita propriedade com o poder das palavras: uma ironia sutil, inteligente, quase francesa. Intrigou-me ainda mais seu apelido – Prego!

Três anos se passaram para nos aproximarmos. Foram momentos, semanas, muitas histórias vividas neste convívio docente e discente, muitos embates, conflitos na formação de mestres e discípulos, todos inseridos no mesmo processo, registrando a aprendizagem diária. Meses, dias intensos transcorridos na continuidade de um longo tempo, acredito eu que de uma admiração mútua, instalou-se a confiança, a cumplicidade, a solidariedade. A amizade nascida finalmente é identificada pela emoção mais pura – a da ternura. Lembro do primeiro objeto-símbolo com o qual ele me presenteou: uma coruja feita em origami. Creio que na sua doce intenção ele estava me ofertando o símbolo da sabedoria, e na minha interpretação a maneira como eu teria que transitar na minha missão como professora. Ainda tenho guardado comigo dentro de um Caderno Azul este objeto que considero um elo-talismã feito em simplicidade, revelando e descortinando a sua forma de ser.

Então um dia exercitei o meu trabalho de pescadora. Tentei pescar a alma transparente daquele homem-menino. Enchi-me de coragem e falei: "oi, meu Menino Jesus de Praga". Simplesmente captei o seu olhar e o seu sorriso silencioso.

Esta foi a maneira como eu comecei a chamá-lo, passando as mãos por sua cabeça e fazendo-o ouvir as palavras de sempre: "Ah! Esses cabelinhos encaracolados como o meu Menino Jesus de Praga". Na Semana

Literária do ano de 1998 apresentamos o Café Literário, e nesta ocasião criei um significativo relicário para o meu colega Prego. De um tronco de árvore (do meu pinheiro tombado) cuja forma era um pequeno altar. No meu olhar de metida a artista preguei muitos pregos tentando alcançar aquela alma tão transparente. Depois fui a Gramado e escolhi uma linda imagem do Pequeno Menino Jesus de Praga, o protetor da minha ancestralidade familiar. Finalmente foi entregue. Sei que ele ficou muito contente, pois muito tempo depois estávamos frente um ao outro na sala dos professores e ele contou-me que, vasculhando suas coisas, encontrara uma corrente com a medalha do Menino Jesus de Praga presente de sua avó. Foi um relato que muito me marcou. E na dimensão do Oculto do Aparente estas trocas muito representaram em nossas vidas. Símbolos, amizade e solidariedade sempre se faziam presente entre nós. E quando deixava escapar alguma lamúria do cotidiano ele simplesmente me dizia: "C'est la vie, Bebeth, como dizia Camões". Então simplesmente ríamos.

Transcrevo o poema que o Prego me presenteou pela passagem do amigo-secreto. A missão de cada professor era a de confeccionar ou criar um presente para o colega. É o meu Guardado Literário, o mais caro, simplesmente tocante.

Para cumprir a missão de presentear o amigo-secreto com algo feito por mim

Quando pedem que faça algo, escrevo.
Sem as artes de quem transforma em flores
qualquer matéria, mistura de cores,
mando flores-palavras a quem devo.

Fico de longe e, alheio, observo,
busco a vista ativa dos caçadores
que miram alvos, atingem amores;
acho as palavras, e em sonhos me atrevo.

Toma estes versos qual mão que te afaga
o rosto e entre olhares repete
um sorriso que te mando feliz.

Como Bogart, diria que Paris
estará sempre conosco, Bebeth!
Do teu Menino Jesus de Praga.

Com um grande beijo,
Sérgio Fischer, 21/12/98

LEANDRO SARMATZ

É difícil precisar essas coisas, porque não recordo muito bem quando aconteceu, mas suspeito que deve ter sido por volta de 1998, mesmo já sendo amigo do irmão mais velho desde 1991. As datas, sempre as datas: realmente fiquei muitos anos sem conhecê-lo, assim me parece. Ouvia uma referência aqui e ali, afinal de contas todos fazíamos parte do mesmo mundinho cultural da cidade. Quando fomos apresentados, talvez em 1998, rapidamente sentimo-nos muito próximos um do outro. Havia entre nós um gosto pelos trocadilhos, tanto que um par de anos depois chegamos a nos declarar – junto com outro amigo bem mais jovem que nós dois, que aliás não regulávamos em idade mas éramos mais próximos em termos geracionais – os "Hell's Angels da Garoa", tentativa de arremedar o prazer diabólico que encontrávamos nos jogos com palavras junto a uma referência à cidade para a qual eu estava prestes a ir de mudança. O trio formou-se, ainda sem o nome gracioso, no inverno de 2000, durante um seminário de história literária. A partir daí, cruzávamos a cidade à noite em seu Monza hidramático, todos um pouco altos depois de alguns drinques, íamos jogar sinuca, ouvíamos samba e exercitávamos uma camaradagem tipicamente masculina, sem que isso excluísse, contudo, os flertes de alguns de nós com um outro trio de garotas que haviam sido colegas de faculdade do mais jovem do grupo e que muitas vezes nos acompanhavam nas conversas e nas diversões. Foi um período de tempo relativamente concentrado, como costumam ser esses encontros em que todo mundo é moço e cujas vidas ainda não foram completamente determinadas por amores, nascimentos, mudanças de rumo, devastações pessoais, a longa pilha de mortos que vai se formando na soleira de nossas casas. Quando me mudei de cidade, em 2001, mantínhamos algum contato via email, nos encontrávamos quando eu passava alguns dias para rever a família e uma antiga namorada, e uma vez, acho que por causa de negócios, ele esteve na minha casa durante um final de semana e ficou dormindo num sofá-cama verde de que mais tarde, em 2004, quando troquei de endereço, acabei me desfazendo porque estava bastante desmantelado. Na sexta-feira em que ele chegou, era início de 2002, eu estava tão extenuado pelo dia de trabalho que fui incapaz de levá-lo para tomar alguns goles. Demos só uma passada no café que havia nos arredores do meu prédio, onde ele me contou uma história horrendamente triste sobre desamor, então voltamos para casa. No dia seguinte, recuperado, levei-o de táxi para uma livraria, depois caminhamos um pouco em direção a um bar para comer algo e tomar alguns chopes, o tipo de circuito básico para alguém que nunca havia estado na cidade. Não lembro direito, por mais que tente recuperar, da última vez em que o encontrei. Provavelmente foi em novembro de 2004, quando passei uns poucos dias na casa dos meus pais, e, numa tarde em que o termômetro na avenida acusava 32 graus centígrados, fui procurá-lo em um curso onde ele era, naquela altura, um dos sócios. Não recordo da conversa, nem se fizemos trocadilhos ou quem foi que reclamou da vida. Só tenho alguma certeza de que, na hora das despedidas, já na calçada, eu devo ter dito algo direto e simples no estilo "tchau, Prego" – e que no dia seguinte ou no próximo eu já teria que tomar o avião de volta para minha cidade.

ANA MARIA MARSON

Prego 1
O que o Prego mais gostava em mim era a facilidade que tenho pra perder o controle, em qualquer situação. E, claro, por conta disso, adorava me sacanear. Pois bem, andava eu às voltas com estudos sobre Dyonélio Machado quando ele se apresentou, no cursinho dele em que eu trabalhava, com uma edição antiga de *Os ratos*, autografada pelo autor, dizendo que havia comprado pra mim, mas que me daria sob uma condição: que eu conseguisse um livro autografado pelo autor dele – e todo mundo sabe que o autor do Prego era Camões.

Imediatamente eu concordei, sim, eu daria um jeito, devia ter num sebo, eu tinha uma amiga em Portugal, eu conseguiria certo, mas que ele me desse duma vez, porque aquilo ali era um espetáculo e era pra mim, ele já tinha dito, e eu ia conseguir, só não tinha como ser naquele momento... A essa altura do acontecimento, ele já estava dando barrigadas de riso. Eu perguntei qual era o problema, e ele: "Eu não posso acreditar que tu tenha levado isso a sério, mas o pior é que tu levou! Que ma-ra-vi-lha!". Ao que eu retruquei: "Mas e qual é o problema? Então não tinha papel nem caneta na época do Camões?". Ele, às gargalhadas, dizia: "Agora foi demais! Calma... calma... Te controla... eu vou te dar o livro... Ou melhor, não te controla, que isso tá muito bom! Continua me explicando, por favor, não para!". E o pior é que eu segui tentando argumentar, o que me rendeu meses e meses de risadas do Prego, que não podia me enxergar com livro na mão ou me ouvir falar de algum livro, por um bom tempo, que lá se vinha aquela gargalhada frouxa.

Prego 2
O que eu tinha em comum com o Prego era uma enorme simpatia pelo grotesco. Tudo o que fosse bizarro nos enchia de alegria, e dali tirávamos risadas que duravam por meses. Pois bem, ele me ligou numa segunda-feira, às onze da noite, no invernão, sabendo que eu estava

atolada de trabalho e com prazos estourados, me dizendo que estava numa pizzaria excelente. Segundo ele me narrou, o garçom falava com a língua presa, mas não no *s*, e sim no *ch*, de modo que o "queijo cheddar" era pronunciado de um jeito que não tinha como imitar, só se eu fosse pra lá pra ouvir. Eu dizendo que não podia. E ele seguia: as pizzas estavam duras e frias, a coisa mais nojenta que ele já tinha comido, mas tudo bem, afinal, era segunda de noite; o garçom só trazia o que ele pedia, o que o fazia ficar desconfiado de que aquele espaço no último pedaço que comeu era, de fato, de uma mordida anterior. E eu já me debatendo, "Putz, ai, não, eu não posso ir". E ele me dizia: "Pensa bem... já tem dois garçons mal-encarados que estão me olhando enquanto bebem uma cerveja e palitam os dentes...". Eu, imaginando o bizarro da cena, dizendo "Tu é f..., tu sabe que eu não posso sair agora!". E ele: "Tudo bem, então não vem, mas eu não sei se tu vai ter outra chance de chegar numa pizzaria em que, além de tudo isso que já te contei, o garçom vem com uma bacia, sabe essas bacias de casa? Então, uma bacia de batata frita murcha, fria e gordurenta e larga uma porção generosa em cima do teu pedaço de pizza com um pegador de massa daqueles de plástico", aí eu não me aguentei e comecei a gritar no telefone, "Para!!! Para de te divertir! Tu não é leal!". Pra quê. Quando ele conseguiu se controlar (e um outro amigo, Fabio Pinto, que estava com ele na pizzaria, depois confirmou que o Prego chorava de rir na mesa), enfim, quando se controlou, disse que esperava qualquer descontrole, mas não esse. Esperava que eu fosse dizer "Que nojo", ou "Para de insistir", mas jamais imaginou que eu iria pedir um absurdo daqueles, parar de se divertir por lealdade. Desde então, quando eu estava por perto, toda vez que ele ouvia a palavra *pizza* ou a palavra *diversão*, o descontrolado era ele.

LUIZ OSVALDO LEITE

Encontros e Desencontros
O mundo dá muitas voltas, oportunizando encontros e desencontros. De 1948 a 1950, frequentei o curso clássico do velho Colégio Anchieta, então localizado na Rua Duque de Caxias. Constituiu-se no meu primeiro e definitivo encontro com as humanidades greco-latinas, com aulas de consagrados mestres, que me marcaram para sempre, a saber: Heinrich Bunse, Milton Valente, Jorge Paleikat, Balduíno Rambo, João Oscar Nedel e Lothar Hessel, entre outros.

Em 1948, com um grupo de colegas, excursionei a Lajeado, em um fim de semana qualquer. Viajamos de ônibus, por estradas sem asfalto e sem pontes, com balsas e chão batido, para um intercâmbio esportivo, capitaneados pelo anchietano lajeadense Ney Santos Arruda, mais tarde destacado líder comunitário, advogado e político da cidade do Alto Taquari. Nossa hospedagem ficou distribuída em residências de famílias locais. Fiquei alojado, com Luiz Fernando Cirne Lima, na casa do conhecido alfaiate o sr. Beno Fischer. Nesta ocasião, soube que o conceituado profissional era pai de dois filhos seminaristas, que eu não conhecia: Eugênio e Bruno. Originava-se o meu primeiro encontro com os Fischer.

Em 1951, com 3 companheiros – um mecânico aeronáutico, funcionário da PANAIR, nascido em Natal, capital do Rio Grande do Norte, hoje sacerdote do clero secular da Arquidiocese Potiguar; um seminarista de Santa Maria e um anchietano colega do curso clássico do Anchieta, ambos já falecidos –, ingressei no Noviciado dos Jesuítas, no Colégio São José, de Pareci Novo, então município de Montenegro. Lá me encontrei com a turma do 2º ano, 23 jovens provenientes do Colégio Santo Inácio, de Salvador do Sul, do Seminário de Gravataí, do Seminário de Santa Maria e do Colégio Marista Rosário, de Porto Alegre. Entre os estudantes de Salvador do Sul, figurava Bruno Fischer, filho de Beno, com o qual fiz, desde logo, cordial amizade, fruto de grande afinidade. Concretizava-se o segundo encontro com os Fischer. Convivi com o Bruno apenas um ano. Seguiu seu caminho, tornando-se professor na área de Letras, como exímio mestre de Latim. Eu segui o meu caminho, como sacerdote e professor, principalmente no Colégio Anchieta, na UFRGS e na UNISINOS. Era o primeiro desencontro com os Fischer.

Tendo ingressado na UFRGS, concursado para o Departamento de Psicologia, do Instituto de Filosofia e Ciências Humanas (IFCH), deparei-me com uma jovem e brilhante aluna, Ana Rosa Fischer, para a qual lecionei, em 1975 e 1976, História da Psicologia e Psicologia da Personalidade. Logo descobri que a estudante era filha do meu ex-colega Bruno. Era o terceiro encontro com os Fischer.

Mais tarde, nos almoços de quinta-feira, idealizados pelo criador da Secretaria Municipal da Cultura (SMC), da Prefeitura Municipal de Porto Alegre (PMPA), Prof. Joaquim Felizardo, e que reúne professores, jornalistas e intelectuais, deparei-me com Luís Augusto Fischer, conceituado professor de Literatura Brasileira e coordenador do Setor do Livro e da Literatura, da SMC/PMPA, na gestão do inesquecível Luiz Paulo Pilla Vares. Com Luís Augusto estabeleci sólida amizade e com ele tenho trocado conhecimentos literários e culturais, principalmente na área de história da cidade de Porto Alegre. Logo descobri que Luís Augusto também era filho de Bruno. Era meu quarto encontro com os Fischer.

Também nos almoços das quintas-feiras, em seguida, surgiu o Sérgio Luís Fischer, mais conhecido como "Prego". Ex-professor da UFRGS e de vários colégios e cursos de Porto Alegre, entre os quais Anchieta, Farroupilha e Israelita, também era homem de Letras – parece que a família é geneticamente determinada para tal área. "Prego" também era filho de Bruno. Nascia o quinto encontro com os Fischer.

O almoço das quintas-feiras era e ainda é integrado por um grupo de seniores: Joaquim Felizardo, Décio Freitas, Sérgio da Costa Franco, Lauro Schirmer, Enéas Souza, Sergius Gonzaga, Voltaire Schilling, Arnaldo Campos, Pilla Vares e eu mesmo. Por um grupo de juniores: Pedro Gonzaga, Daniel Castiglioni, Eduardo Wolf, Marcelo Oliveira e o "Prego". No grupo intermediário figuram Cláudio Moreno, Juarez Fonseca, Luís Augusto Fischer e Flávio Souza.

Além da convivência habitual, dois fatores me ligaram de modo especial ao "Prego": Camões e o S. C. Internacional. Sou colorado do tempo do Rolo Compressor e do Estádio dos Eucaliptos. Vi jogarem Tesourinha, Ávila, Nena, Motorzinho, Carlitos e Adãozinho. Mais tarde, vibrei com Salvador, Oreco, Larri e Bodinho. Já no Beira-Rio, aplaudi Manga, Figueroa, Falcão, Carpegiani, Valdomiro e Lula. Prego era dos tempos atuais. Como era bom dialogar com ele sobre o Colorado. Sabia tudo do Inter e tinha opiniões formadas. Trabalhava com dados concretos e atuais do clube e de seu plantel. Como estaria vibrando com o centenário de seu clube!

Luís Vaz de Camões foi outro elo de ligação entre nós. Meu Camões, mais antigo, foi o do tempo do meu Ginásio. Meu contato se realizava com as dificílimas análises sintáticas, nas aulas do 3º Ginasial, em 1946, com o Prof. Alberto Marques. A edição que primeiramente manuseei foi a expurgada, que ainda possuo, publicada, em 1879, em Bruxelas, na Typographia e Lithographia E. Guyot, pelo Dr. Abílio César Borges, na qual se lê: "Para uso das escolas brasileiras, na qual se acham supressas todas as estâncias que não devem ser lidas pelos meninos". Por sinal, é a primeira obra citada pelo "Prego" na bibliografia consultada do seu livro *Os Lusíadas: Cantos I a V – Luís Vaz de Camões*, publicado pela Editora Leitura XXI, em 2002. No Curso Clássico, com o Prof. Godofredo Fay de Macedo, estudei Camões em edição, sem data e sem editora, com comentários históricos e filológicos do Dr. João Henrique, com o meu registro: "Porto Alegre, 25.09.1950". Esta obra também figura na minha biblioteca.

Mas Camões era impenetrável e, por isso, eu o abandonei, levado pela Filosofia, Teologia, Psicologia e Pedagogia. Somente em 1994, o Luís Augusto Fischer me permitiu a mais bem-sucedida compreensão de Camões, com a valorização dos meus conhecimentos clássicos e da língua latina. Num ciclo realizado no Teatro Renascença e organizado pela coordenação do Setor Livro e Literatura, da SMC/PMPA, cujo chefe era

L. A. Fischer, com o título "Olhar de Viajante", precisei retomar Camões, aos 14.05.1994, em diálogo com Jane Tutikian, professora de Literatura Portuguesa, no curso de Letras da UFRGS.

Já no Século XXI, Sérgio Fischer, em conversas e leituras, ajudou-me a aprofundar o texto camoniano. Sua abrangente introdução sobre a obra-prima *Os Lusíadas*, sua análise detalhada da linguagem quinhentista, seus comentários e notas explicativas, estrofe por estrofe, com referências históricas e mitológicas sobre o texto, foram decisivos. Estou falando de *Os Lusíadas*, mas não posso deixar de registrar a antologia comentada dos sonetos de Camões (*Camões sonetos (Antologia comentada)*. Porto Alegre: Novo Século, 1998), que me fizeram revalorizar a lírica do vate português.

Estes dois fatos tão díspares – Camões e Inter – sedimentaram entre nós afetivo e carinhoso convívio, que se expressou nas dedicatórias registradas nas sessões de autógrafos de seus livros. Em 1998, "Prego" escrevia nos *Sonetos*: "Ao mestre Leite, este meu primeiro estudo da obra de outro mestre". Em 2000, em *Lusíadas: Cantos I e IV* registrava: "Ao professor Leite, minha viagem pelas viagens lusíadas." Em 2001, em *Poesia brasileira: Do barroco ao pré-modernismo*, obra que publicara com o seu amadíssimo mano, Luís Augusto, anotava: "Para o 'Padre' Leite, nosso guru das quintas, um abraço". Em 2002, em *Os Lusíadas: Cantos I a V* assinalava: "Para o mestre Leite, com afeto e admiração".

Entretanto, em 2005, chegou o fatídico anúncio de sua doença. Não quis acreditar! Impossível! Ele era tão jovem! Em 2007, o visitei diversas vezes no Hospital Mãe de Deus, encontrando-o sempre alegre, comunicativo e otimista. Um dia, às vésperas da morte, visitei-o pela última vez. Já estava em coma. Foi o último e derradeiro encontro. Com a abertura generosa da Igreja, dei-lhe a absolvição "in extremis": "Ego te absolvo".

Seguiu-se o desencontro final. Lembrei-me do seu pai Bruno. Eu também perdi um filho jovem, com 24 anos. Um pai não aceita enterrar seu filho. Restou-me a convicção da fé, expressa no Prefácio da Celebração dos Mortos: "Vita non tollitur, mutatur" – A vida não se extingue, se transforma. Creio num último e definitivo encontro, em outra dimensão, com o "Prego" Fischer.

LUIZ PAULO DE PILLA VARES

Uma cadeira vazia
Todas as quintas-feiras um belo grupo se reúne para almoço no Restaurante Copacabana, na Cidade Baixa. A ideia do almoço foi inventada pelo saudoso e querido professor Joaquim Felizardo há anos, liderando a mesa até perto de sua morte. O professor Leite não deixou a peteca

cair e tornou-se o novo decano. São intelectuais, professores, jornalistas, escritores. A conversa corre solta e fala-se de tudo: literatura, jornalismo, política, coisas mundanas, volta e meia algumas fofocas e futebol, é claro. O Leite, o Enéas, o Moreno, o Lauro, o Fischer, o Voltaire e eu somos colorados; o Juarez, o Flávio, o Sérgio da Costa Franco são gremistas; o Sergius Gonzaga não sei para que time torce (penso que é tricolor).

Um dos mais constantes nos almoços das quintas era Sérgio Fischer (também colorado), irmão do Luís Augusto. Sério, circunspecto, culto, professor de literatura, com sua grande cabeça mais parecia um filósofo alemão. Estava seriamente doente. Pois na quinta-feira passada, quando justamente comentávamos o seu estado, o professor Cláudio Moreno trouxe-nos a notícia triste que abalou a alegria que sempre acompanha o nosso almoço: umas duas horas antes, o Sérgio tinha nos abandonado para sempre.

Os seres humanos deveriam ter outros olhos para a morte. Encará-la como um momento, o definitivo, aquele instante derradeiro de que ninguém escapa. Se a natureza não nos deixa qualquer saída, creio que seríamos mais felizes e realizadores se nos acostumássemos com essa ideia, a da nossa irremediável finitude. Mas ainda almejamos a eternidade, para nós e para cada um de nossos próximos. E, assim, a morte (ou a sua perspectiva iminente) sempre se abate sobre nós como um peso quase insuportável, muito mais para quem fica do que para quem fecha os olhos para sempre. A dor permanece por algum tempo, depois a vida vai retornando à sua normalidade. Entretanto, a saudade e a lembrança são permanentes.

Estou convencido de que tudo o que escrevi acima é verdadeiro, especialmente o fato de que a nossa consciência não suporta o que deveria ser visto com naturalidade: nossa absoluta finitude. Mas chegar ao fim aos 42 anos, em plena capacidade intelectual, não é uma brutal injustiça? Foi assim que aconteceu com o professor Sérgio Fischer, o Prego, como era chamado por seus amigos.

Assim, o Prego se foi. Nunca mais o teremos em nossos almoços de quintas. Mas a sua lembrança ficará, a recordação de que por trás daquele olhar sério havia um enorme coração. De agora em diante, em nossa mesa no Copacabana, ficará para sempre uma cadeira vazia simbólica, com tudo o que ela significa de saudade e reconhecimento.

(Luiz Paulo de Pilla Vares faleceu no dia 9 de outubro de 2008, um ano e meio depois da morte do Prego.)

FRANK JORGE

Molecagens e crocâncias

Perdi o meu pai com um ano e alguns meses de vida e percebo a esta altura do meu marmanjismo de 42 anos que aprendi a conviver com isto; jamais entender, aceitar. OK, Freud: você venceu. A partida do querido amigo Sérgio Fischer foi outro episódio igualmente, intensamente, dolorido. Mesmo lembrando do astral e intensidade que o Prego emanava ao natural, para todos, em qualquer situação.

Vamos aos fatos. Tínhamos uma convivência nas noites de terça, no Bar Ocidente, dia do Sarau Elétrico. Eram uns poucos minutos que antecediam o início do Sarau mas de grande camaradagem, cumplicidade e, principalmente, generosidade. Falávamos sobre três assuntos básicos: futebol, literatura e música. Meu lado ranheta de virginiano chato constantemente depreciava minha própria criação textual, que era produzida especialmente para o Sarau; material este muitas vezes elaborado no bochornento calor das urgências.

Nestes momentos, o Prego sempre tinha uma palavra firme e forte de incentivo; destacava minha busca por um traço pessoal nos textos, assim como o caráter crocante de minhas escolhas esdrúxulas de textos de terceiros que eu leria no decorrer da noite. Sugeria a leitura deste ou daquele conto ou poema; conhecia com propriedade minha rala produção! E ainda, em certos momentos, num contexto X, pedia em voz alta a leitura de alguma infâmia Y. Quem sabe, poderia desconstruir um pouco todo o esforço e itinerário temático da noite.

Gargalhadas: minhas, do Prego, da Kátia, do prof. Moreno, do mano Luís Augusto, da plateia; a imagem que guardei dos meus tempos do Sarau (1999/2006). O Prego não era um professor de português e literatura e escritor dando um aval: era um parceiro de molecagens. E assim, eu escrevia e lia.

PEDRO GONZAGA

Permanência

– Chandler ou Hammett? – ele me perguntou, um gole na cerveja.

– Talvez a pergunta certa, meu velho, seja Sam Spade ou Philip Marlowe.

– Spade, claro.

– É, mas o Marlowe tinha um jeito com as mulheres...

– Bem, então ainda havia mulheres fatais – juntando as coisas para partir.

Depois disso, não nos dissemos mais nada.

Me agrada pensar que certos amigos têm uma maneira muito sutil de dizer adeus.

ANDRÉ "FOZZY" KERSTING

Estou longe de ser um especialista em escrita como os meus amigos escribas, intelectuais, literatos e próximos ao texto aqui presentes, acima e abaixo do meu depoimento. Farei, portanto, o relato de acordo com as minhas capacidades toscas e meus limites de analfabeto funcional. Tudo, obviamente, sincero e com muita emoção.

PRÓFASE (antes de...)

Eu já tinha ouvido falar nele. Foi colega no curso de Letras da minha irmã mais velha, Letícia. Sabia que dava aula no Anchieta e no Farroupilha e era irmão do professor da UFRGS Luís Augusto Fischer. A oportunidade de conhecê-lo ocorreu exatamente em 1999, quando, indicado pelo meu amigo Ademir Chiapetti e pelo meu grande amigo e hoje compadre Ronaldo Diniz, consegui uma vaga de professor de biologia no Colégio Farroupilha. Era um final de tarde de uma quarta-feira e a sintonia começou forte. Parei o meu carro no estacionamento e pulei para fora já esticando os músculos que davam sinais de fadiga. Foi quando vi um carinha de bengala parado, em pé, próximo à traseira. Ele apontou para um adesivo no vidro traseiro do meu carro que mostrava os Três Patetas fazendo as suas caretas tradicionais. Então me disse: "Já vi que o rapaz não é sério...". Respondi sem titubear, "Pode apostar que não". Deu uma gargalhada e me estendeu a mão, dizendo o nome, que eu já imaginava qual era. Depois, colocou a mão sobre o meu ombro e fomos caminhando em direção a uma das tantas reuniões que participaríamos daí em diante: "Quer dizer que tu é irmão da Letícia??? Como é que ela tá???"

METÁFASE (o meio...)

A relação de amizade foi instantânea. Ambos éramos librianos, demi-ruivos, apaixonados por música, filmes, comida e tudo que a vida pudesse prover de bom. Partilhávamos um interesse especial pela música argentina. Também éramos violonistas autodidatas, mas ele era daquele tipo irritante (na boa) que sempre sabia colocar um acorde a mais nas músicas. Casei com uma colega de faculdade dele, da qual me aproximei por seu intermédio. Tivemos filhos no mesmo ano. Eu, Maria Augusta, ele, o Alfredo. Duas crianças lindas. O Prego era dono de um humor refinado, de uma bondade sem precedentes. Bondade que a gente só equipara à da mãe da gente. Em 2001, tornamo-nos também sócios em um curso pré-vestibular. Ele assumiu direto o papel de gerente de emoções. Fortes e amenas. Nos momentos mais ásperos, dava um jeito de aglutinar todo mundo. Sempre estava a postos para me mostrar que eu não precisava arrancar o coração e a espinha dorsal de algum dos sócios, pois sempre me mostrava que havia algo de bom nele. Juntamos, acima de tudo, grandes amigos no Anglo. O Schiavoni, professor de História, o Ronaldo, de Física, e o Prego eram aqueles com quem eu sintonizava mais. Mas todos nós abrigávamos um caráter ingênuo e uma vontade enorme de fazer e crescer. Estava escrito. Se o curso ia dar certo ou não, não sabíamos. Mas que seria um bom motivo pra nos encontrarmos, bebermos, conversarmos e rirmos bastante, isso era fato.

ANÁFASE (o quase extremo...)

Meu sonho sempre foi que ele tirasse comigo as férias de verão. Sempre declinava do convite. Sei lá o que ele pensava. Talvez achasse que eu, como biólogo, curtia caminhadas, trilhas. Mas isso eu já havia abandonado uns 40 kg antes e era bem visível. Em 2004, resolvi blefar e dizer para ele e para o Schiavoni que eu havia comprado passagens para nós três. Destino: Argentina. Ele, em choque, topou na hora. Saí dali correndo, fui até a agência efetivar a compra. Foi uma viagem temática que fizemos. O tema era a crise do final dos anos 30 e início dos 40. Passamos alguns dias em Montevidéu e outros tantos na capital portenha. Na capital uruguaia ocorreu um fato hilário. Estávamos em uma boate e, lá pelas tantas, eu disse que ia comprar mais cervejas. Fizemos um rateio rápido e lá fui eu para o balcão. Instantes depois o Schiavoni olhou para o chão e disse: "Gordo burro, deixou cair a grana no chão..." e se pôs a juntar o dinheiro. Quando retornei com as cervejas, o Prego assustado gaguejou: "Como é que tu comprou as biras?". Eu retruquei: "Com a grana, né". Nisso vem o Schiavoni com as mãos cheias de dinheiro e, me vendo com as garrafas na mão, fez uma cara de quem não entendeu lhufas. Nos entreolhamos e fomos rápido para um outro ambiente do bar beber mais Patrícias, custeadas sabe-se lá por quem.

Em Buenos Aires pegávamos táxi pra tudo. Em um deles, um motorista, falando um espanhol enrolado, fac-símile de inglês texano, contava algo sobre a cidade. Eu não compreendia porra nenhuma. Mas o Prego, com seu erudito espanhol madrileno, era sempre o nosso tradutor. E eu, pasmo, ouvia ele responder: " Sí... como no... sí..." e, em seguida, dava gargalhadas. Pensei direto: o papo tá maneiro. Ao chegar ao destino, descemos do táxi e eu perguntei: "E aí?? O que o gringo disse?". E o Prego respondeu: "Putz, desse aí eu não entendi patavinas...". E caímos na gargalhada.

Outra boa foi em um restaurante em Palermo. O Schiavoni havia comprado uma gabardine chique e aquela noite de muito frio estava apropriada para o uso. Jantamos uma talbuada (sic) de parillada típica... com seus riñones, tripa fina dentro de tripa grossa, úberes, morcella e tudo de mais light que tinha. Ao término do banquete, regado a um bom Malbec, o garçom retirou a tábua deixando escorrer um filete do chorume oleoso da janta na gabardine nova do Schiavoni. Eu e o Prego, de frente para o nosso amigo, arregalamos os olhos e, lamentavelmente para os funcionários do restaurante, o Schiavoni percebeu. Olhou o sobretudo e enfureceu. Não disse uma palavra em espanhol, mas os 'funças', se falavam ou não português, entenderam tudo. Nunca vi tanta gente saindo de tudo que era canto com sprayzinho e escovinha. O maître, com as mãos na face, só dizia: "Perdón... Perdón...". E o moreno Schiavoni, em alto e bom som: "Não tem desculpa... não tem...". Ao sair, eu e o Prego quase caímos na sarjeta de tanto rir. O Schiavoni não teve opção: caiu na gargalhada também.

TELÓFASE (o fim)

Um dia, em 2007, saindo de uma aula ele me disse que tava cagado. O câncer de pele que ele havia adquirido dois anos antes estava se tornando difícil de combater. Não foi um ano fácil para mim. Em maio, o Prego resolveu dar aulas de Romantismo e *Lusíadas* no Paraíso. Em agosto, após uma pneumonia estranha, meu pai faleceu, e em novembro, não suportando a ausência dele, minha mãe também resolveu partir. Três mortes que, se não fossem os meus amigos e meus irmãos, e se não fosse olhar para minha mulher Adri e a minha filha Guta, me deixariam pirado. Eu não tenho o gene da religião. Não acredito em nada após a nossa ida a não ser na decomposição bacteriana e fúngica. Mas torço para eu estar errado. E para o dia em que esse corpo, que eu teimo em ofender, deixar a vida que me é tão valiosa, que eu seja levado para o Céu, pois lá eu sei que encontrarei o meu amigo me esperando e, ao colocar a mão no meu ombro, me dirá: "E aí, carinha??? Que bom que tu chegaste... Vou te ensinar a curtir o 'Les Luthiers'. Tem uma loja aqui em cima, a umas dez batidas de asas daqui, que tem toda a coleção de CDs do Charly Garcia... que, aliás, fará um show aqui hoje...".

GUSTAVO DE MELLO

A ternura como convicção

Meus mais belos amigos gostam de perguntar ou se definem como perguntadores. Qual é nossa cultura? Em que lugar do mundo estamos inseridos? Aquele tempo de um ditador em cada país do continente sul retornará? Quantas perguntas foram feitas com o Sérgio? Agora sua companhia é o exercício da leitura e da memória.

Stéfano, meu filho, me pergunta quem era o meu amigo. "Aquele, pai, que encontrávamos para receber emprestados os DVDs do grupo argentino *Les Luthiers*". Era um triunfo superlativo para a desejada ideia de integração latino-americana ter um colecionador das histórias que riam do romantismo e que faziam do humor uma arma de sobrevivência para todos os tempos. Sérgio tinha todos os DVDs dos "juglares", algo bem melhor do que "trovadores" de capa e espada.

O mundo do trabalho sempre foi nossa companhia. Trabalhávamos, em 1984, num cursinho pré-vestibular. Ele chegava andando leve, apoiado na bengala, simpático. Os fins de tarde corrigindo redações dos alunos. Devíamos conversar pouco porque mais tarde, quando nos tornamos amigos, conversávamos sem parar sobre todas as coisas, especialmente sobre esses mundos que são os filhos.

Os assuntos em nossas conversas se empilhavam e apareciam sem qualquer hierarquia. Lembro, por exemplo, que é daquele tempo amarelo das Diretas Já e dos oitenta a acusação feita em algum ensaio ao escritor argentino Julio Cortázar de ter abandonado a literatura pela política. Sérgio amava passear e estar em Buenos Aires. Julio respondera que tinha perdido o encanto com a "arte pela arte". Sérgio leitor, professor, autor, comentarista, nunca abandonou a literatura. Penso nele como em Cortázar: ambos emergiram sob o signo da etimologia da palavra "ingênuo". A palavra que quer dizer: "nascido livre".

Éramos da escola da memória e condenávamos os assassinatos e as torturas que haviam atravessado tantos e tantos anos e que começavam a perder espaço para as democracias recém-nascidas em nossos países. Literatura e política eram importantes companhias para quem sempre apostava com humor no futuro.

Habitantes de vários mundos, passamos a almoçar juntos frequentemente às quintas-feiras, no Copacabana. Também nos encontrávamos nas livrarias ou nos fins de semana – filhos sentipensantes daquela Porto Alegre do "outro mundo possível". Ríamos de muitas bobagens produzidas pelos conservadores e nos preocupávamos com todos os desmontes da década de noventa. Tínhamos tempo para repassar os argumentos da picaretagem que conquistou o mundo em nome de uma modernidade que fez terra arrasada do Estado em todo o continente.

Em nossas conversas da política para a literatura, ganhávamos o aprendizado doloroso da ingenuidade e da fé de um Gimpel, o bobo inventado por Isaac Bashevis Singer. Não sei ou não lembro quem me falou que todo homem tem uma vida privada, uma pública e outra com as mulheres. Sérgio sempre me surpreendia com suas histórias.

Quando governamos o Rio Grande do Sul, avançamos em conversas sobre segurança pública, nos caminhos de superação da violência. Mal sabia eu dos interesses profundos sobre o aparato repressor do Estado gaúcho que parecia cair suavemente nas mãos do professor de aguda inteligência e de uma verve ágil, sobretudo, pelo bom humor.

Às vezes perguntar é ficar sem resposta. Uma pergunta feita por mim no hospital Mãe de Deus recebeu resposta cuidadosa e generosa: combinamos, para as duas semanas seguintes, um encontro como nos almoços das quintas-feiras de sempre. Sérgio falou mais uma vez comigo com voz suave e carinho infinito. Saí convencido.

FABRÍCIO CARPINEJAR

Querido Sérgio "Prego" Fischer

Não consigo me livrar de sua morte. Eu tomo banho, e ela continua me rondando. Eu escovo os dentes, e ela está lá, um cabide onde ponho o casaco na entrada e saída das minhas conversas.

Eu faço amor, eu dou aula, e ela permanece inteira, vigilante. Já cumprimentei sua morte e ela não mudou de posição. Já chorei, já rezei, e ela não vai embora. Decidiu ficar comigo, sua morte, tenho que me acostumar. Assim como você se acostumou a andar de bengala em função da poliomielite da infância.

Sua morte não me pede nada, nem um prato de comida, não emite um som. Incomoda quem nos olha sem falar. Sou capaz de dar tudo para que ela falasse alguma coisa.

Não, longe de ofender sua morte, sua morte não me suja, não me incomoda; ela me desequilibra. Eu fico desnorteado, como quem tem pouca roupa para o inverno, como quem senta nas mãos enrugadas para se aquecer. Estou sem saber onde é o meu lugar e não descobri a pergunta a fazer para retomar o esquadro. Sua morte não mudou a cidade, Porto Alegre continua como estava, o cais brincando em ressuscitar dinossauros, as ladeiras esperando a sombra como uma puta, a luz verde do outono. Como a luz é injusta sem seus cabelos crespos!

Sua morte mudou meu jeito de enxergar Porto Alegre.

Não era grande amigo seu, talvez um conhecido amigo, mais amigo de seu irmão, Luís Augusto.

Vontade de me desculpar por estar escrevendo sobre você, não tinha esse direito. Sua morte não me torna importante, nem sublinhará o que passamos juntos. Mas sua morte me transforma repentinamente em seu familiar. A morte tem disso: de aproximar telepaticamente quem se viu uma ou duas vezes. A morte é a intimidade que deveríamos ter criado em vida.

Fizemos palestras juntos, você me convidou para falar de poesia no cursinho Anglo, li seus sonetos e ensaios, conheci seu filho de fotografia, nos encontramos em vestibulares. Somaremos umas quatorze horas lado a lado e alguns silêncios involuntários.

O que me assusta (de ternura) em sua morte é que você está nela rindo. Não me lembro de seu rosto tomado de severidade. Não o vi sofrendo – o câncer não derrubou sua vontade de levantar o pescoço.

Meu primeiro impulso é tomar da morte seus caninos de volta. Denunciar o furto. Ela poderia ter deixado o riso embrulhado numa gaveta. Não necessitava mexer na gargalhada que demorou 42 anos para soar límpida e segura.

Ah, sua morte é como a blusa de crochê. Daquelas feita pela avó em nossa cor preferida. Puxo um fio e ele não termina de se esconder novamente no conjunto. Fio ardiloso, fio caseiro, fio para dentro.

Começo a falar de sua morte e me bate uma urgência. Vontade de proteger meus filhos, de ser mais domingo quando chego do trabalho. Você morre e eu me apresso a existir. Sinto-me egoísta, porque sua morte me faz pensar em mim e assim esquecê-lo. Eu me defendo da minha morte em sua morte.

Você não podia morrer. Quanta orfandade em seu apartamento. Onde ficarão teus óculos, quem sofrerá do mesmo grau de miopia para empunhá-lo? E o time de botão? E os bilhetes em letra maiúscula? E a lista de chamada? E as chaves com que brincava nos bolsos da calça?

Seu filhote, Alfredo, agora com um ano, terá que perguntar muito sobre você. Deixará espaço entre os ossos dos ombros para o livre trânsito de seu braço. Descobrirá como dividir as sílabas recordando de seu soluço. Ele nunca esquecerá que sua barba o arranhava. Nunca. Você será uma premonição na hora triste e uma lembrança na hora alegre. Você não será um pai ausente, mas uma ausência paternal. Uma ausência abrasada, eu lhe garanto, querido Prego. Uma ausência que cuida. Uma ausência que entusiasma. Uma ausência que frequentará seus sonhos com a pontualidade de quem o espera na escola. E, acima de tudo, seu filho não precisará inventá-lo. Você fez sua parte no amor.

Com todo afeto, Fabrício

LUIZ ANTONIO DE ASSIS BRASIL, *com a colaboração de*
VALESCA DE ASSIS

Prego: antiga denominação nas escolas jesuítas para o pequeno – o curumim –, o aluno das primeiras séries. O "nosso" Prego manteve sempre o apelido, pois era este o seu modo de estar na vida: com a alegria ingênua e desabrida das crianças. Ele foi um típico egresso da educação jesuíta, caracterizada por um racionalismo aplicável, inclusive, à própria religião; ao lado disso, os padres de Santo Inácio caracterizam-se por uma educação humanística completa, ampla e profunda.

O Prego foi professor de nossa filha Lúcia, um dos que a marcaram: sendo quase tão jovem como seus pupilos, tinha sabedoria para mostrar-lhes as seduções da literatura, apresentando-os, inclusive, aos escritores.

Ele possuía um agudo, mas discreto senso de humor. Além disso, era bastante prático. Todas essas qualidades juntou-as num único episódio. Sabemos que ele não se importará dessa inconfidência.

Como ocorria com bastante frequência, Assis Brasil foi fazer uma palestra em escola do Ensino Médio. O professor que o convidara era o Prego. Garantia de turma bem-preparada.

O escritor chegou lá e, como rotina, o Prego o apresentou aos assistentes. Depois de ditas algumas poucas coisas, de imediato a palavra ficou com o jovem público. Começaram as perguntas, sendo que algumas, como sempre, eram repetidas. Como na altura o escritor tinha paciência, respondeu-as, mas sempre com a sensação de que estava sendo redundante.

Bem, terminou o encontro; o Prego, muito gentil, acompanhou o escritor até a saída. Em certo momento, quando já ninguém nos escutava, ele puxou um papel.

"Fiz isto aqui para ti", disse. Peguei o papel. Era uma lista de umas 30 – ou mais – perguntas. Ante a incompreensão de seu interlocutor, ele explicou, com um leve sorriso de cumplicidade: "De tanto ver os escritores respondendo as mesmas perguntas, fiz uma relação dessas perguntas. Na próxima vez, *tu faz* a tua palestra em cima dessas perguntas e não perde tempo. Funciona".

Funciona mesmo!

Generoso e inteligente Prego!

VANESSA LONGONI

Conheci o Prego no ano de 95. Estava começando meu namoro com o Roberto e este estava iniciando um centro cultural que incluiria em suas atividades um curso de espanhol. Este curso seria administrado por um grupo de três professoras. Neste grupo estava a Denise, "gente fina, elegante e sincera", e na Denise estava o meu querido Prego.

Passamos a nos ver regularmente neste centro cultural, e enquanto Roberto, Denise e Cia. Ltda. pensavam sobre diretrizes educacionais e artísticas do mundo, eu e o Prego pensávamos sobre as não diretrizes da vida. Vários assuntos, quase sempre existenciais e musicais. (Prego e sua maravilhosa coleção de CDs, LPs, com que eu me esbaldava e que nos fez até pensar em montar um show, com seleção musical dele.)

O tempo foi passando, a amizade solidificando e os encontros no centro cultural foram transferidos para a casa do casal, mais precisamente o quarto do casal. Afinal de contas, qual o melhor lugar para ver *Friends*? Na cama, né? E ali o final de semana passava voando, nós todos amontoados (eu, Prego, Dê, Roberto, Sole, Rodri), comendo batata pringles e coca-cola (essa não podia faltar!!!) e de vez em quando a sessão *Friends* era pausada para darmos uma olhada no jogo do Inter, para comer os quitutes da Dê e para rirmos das bobagens que eram ditas, enlouquecidamente, enquanto estávamos ali. No inverno valia também usarmos nossas pantufas, e, como amizade permite que a gente coloque a criança da gente pra fora sem medo, confesso que nossas pantufas eram um arraso: abelhas, ursos, tênis gigante e "Ênio e Beto" (adivinha de quem?).

Nos vermos no final de semana era pouco e resolvemos então almoçar juntos toda quarta-feira. O Prego saía da escola e ia me buscar, já com o Monza, no tão famoso centro cultural (eu agora trabalhava lá). Num desses almoços, um final de janeiro num calor insuportável, quando o Prego me viu a primeira coisa que ele disse foi: "Nessa, tu tá tão diferente...". E eu comentei: "Vai ver é este vestido (um vestido amarelo de bolinha branca, mas que era o mais fresquinho que eu tinha), ele me deixa meio gorda", e o Prego me olha, de cabo a rabo, e diz: "Tu tá bonita... com o rosto diferente... tu não tá grávida?", e eu: "Claro que não!". Fomos ao Iguatemi, "um lugar com ar-condicionado, pelo amor de Deus, Prego! Porque eu não sei o que eu tenho, mas tô meio enjoada, minha pressão tá baixa...". E lá eu decidi ir no McDonalds, queria comer algo triplo com muita carne e bacon! Bom, nesta hora, o Prego para, me olha e me diz: "Nessa, não come carne... tu tá grávida".

Semanas depois fiz um teste de gravidez e é claro que estava grávida. Durante minha gravidez almoçamos todas as quartas, falamos da vida, ter filhos, como seria educar, meus medos, os medos dele se fosse pai, vimos roupa pra bebês, carrinhos. Ele foi, como sempre era, um excelente companheiro. Trocamos alguns almoços por cochilos (gravidez e calor dão um sono profundo, e o Prego entendia isso perfeitamente), eu dormia encostada no ombro dele, num sofazinho que tinha neste centro cultural, para minha sorte, porque aquele ombro era macio e quentinho, com direito a cafuné, e para azar dele, porque eu babo quando durmo.

O Prego esteve presente em momentos importantes da minha vida: o nascimento do Carlo (ele e Dê deram pro Carlo a primeira coleção de clássicos infantis), na minha formatura (tive o privilégio de tê-lo como DJ), nas minhas dúvidas (seu carinho e fala foram essenciais para eu tomar decisões) e no meu dia a dia (a presença dele era o que importava e eu me sentia amparada e forte por tê-lo como meu amigo).

De vez em quando me pego escutando Beto Guedes e tomando coca-cola. É que sinto saudade das quartas-feiras.

KÁTIA SUMAN

O Prego pra mim sempre foi uma incógnita. Eu nunca cheguei a conhecê-lo realmente. Acho que ele não se dava a conhecer assim no mole. Retraído, freio de mão puxado, bem na dele. Eu, também retraída, a tal da "tímida espalhafatosa" do Caetano, tinha uma certa dificuldade de engrenar um papo com ele.

A gente conversava, claro. Mas era um papo meio travado.

Ele tinha um senso de humor muito especial, e era aí, na linha da ironia, que a gente se encontrava e o papo fluía.

Das inúmeras vezes em que ele esteve no Sarau Elétrico (evento criado em 1999, encontro semanal para leituras e conversas no bar Ocidente), seja na plateia, seja substituindo o mano Fischer, tenho uma recordação alegre: na hora de falar para o público, a timidez ficava no bolso e ele mandava ver, com carisma e profundo conhecimento de causa.

O Prego era um amante de sonetos e praticava o gênero por gaiatice, com uma facilidade que me deixava embasbacada. O Sarau, desde que começou, elege um tema a cada semana para nortear as leituras. Pois não é que o Prego pegava o tema da semana e fazia um soneto? Geralmente na linha satírica, provocando gargalhadas da plateia. Houve um tempo em que o Sarau sempre encerrava com um soneto do Prego, às vezes lido por ele, às vezes pelo irmão.

Mas acho que o mais importante depoimento que posso deixar aqui é dizer que o namoro do Prego com a Liliane começou no Sarau Elétrico. Eles se conheceram lá.

E desse namoro nasceu a criança mais linda que eu já vi, um anjo loiro de cabelos encaracolados, o Alfredinho.

ABRÃO SLAVUTSKI

A sabedoria dos velhos

Há muito tempo, os jovens de uma aldeia decidiram que não queriam mais saber dos idosos e resolveram eliminá-los. Queriam governar sem os célebres conselhos dos seus pais, que gostavam de opinar, de "dar pitacos", como dizem os adolescentes hoje. Um só filho não aceitou a decisão e escondeu o seu pai numa caverna. Passado algum tempo, houve uma negociação entre essa aldeia e outra, e quando os jovens já iam aceitar a proposta de um acordo comercial, o filho que havia escondido seu pai pediu para que fosse dado um dia para pensarem. À noite, escondido, foi encontrá-lo, quando explicou os detalhes do negócio, pedindo seu conselho. O velho pensou e propôs algumas mudanças nas cláusulas do contrato comercial. Quando os representantes dos dois governos se encontraram novamente, os jovens apresentaram a nova proposta e os da outra aldeia perguntaram: "Vocês têm certeza que todos os velhos já foram eliminados?".

Aprendi a gostar de velhos desde que nasci, através da convivência com a minha Bobe (avó, em iídiche). Ela dizia que não gostava de velhos, mas admirando a ela foi fácil amar as tias e os tios. Hoje a palavra velho é politicamente incorreta, alguns preferem a expressão "terceira idade" ou "quarta idade". A implicância com a expressão não melhorou a vida dos mais idosos. Philip Roth escreveu que "A velhice não é uma batalha, é um massacre", e parece que hoje, mesmo o velho vivendo mais, sua importância familiar diminuiu. No passado, os mais vividos eram mais valorizados que hoje.

Por que escrevo hoje sobre a velhice? Um pouco para matar as saudades dos velhos familiares que já não estão. Mas também porque fiquei impressionado nos últimos dias com a morte de um professor de literatura aos 42 anos. Todos que foram seus alunos e amigos coincidem que Sérgio Fischer foi sábio mesmo sendo jovem. Há um ano e meio, debatemos sobre *O alienista*, de Machado de Assis, e fiquei impressionado com sua capacidade de conversar e trocar ideias sem criar um clima de desafio competitivo. Fiquei com vontade de seguir escutando-o sobre literatura, mas deixei para outra hora.

Desviei do tema dos velhos, mas pensando melhor talvez não. Escrever sobre a velhice e a morte é o caminho de dividir entre todos a tristeza das perdas. E precisamos perceber que nem sempre estamos sós, nem na dor, nem na velhice. Recordei agora a Martin Buber, que tanto amava o conhecimento, quando escreveu que no fim da vida, ao estar morrendo, preferia ter na sua mão o calor de uma mão amiga em vez de um livro. Creio que devemos pensar em recuperar a importância dos velhos, a palavra solidariedade, bem como a alegria dos encontros reais neste mundo virtual! O mundo da cultura já quis mudar o mundo todo, as velhas utopias; logo, quem sabe agora, mais humildes, possamos pensar ao menos na fraternidade. Nas últimas homenagens ao Prego, como o Sérgio Fischer era chamado, seus amigos e admiradores não faltaram.

ERNESTO FAGUNDES

Parceiro
Que saudade, meu amigo!
Lembra quando iniciamos a parceria nos "cantos e contos gauchescos"?

A nossa primeira "apresentação" ou "aula" no ANGLO? Foi um sucesso!!!

Aí virou turnê pelas escolas...

Quando estivemos no Colégio Anchieta resolvemos dar uma incrementada na apresentação levando um chimarrão para fazer parte do cenário. Quando estou recitando "Blau – o vaqueano", tu deste um tapa na cuia, que nos tapou de erva. Foi uma lambança e o riso tomou conta. Parece que foi ontem!!!

Aí fomos ao Colégio La Salle. Depois da nossa apresentação recebemos uma homenagem muito especial: nos deram toalhas brancas de banho de presente – aí outra piada, né? Estavam nos chamando de sujos... Tudo bem que com a nossa estampa parecia que estávamos chegando de la Sierra Maestra.

E o ensaio no teu apartamento? Esse virou outra bobagem!!! Só decidimos os contos e os cantos que iríamos apresentar. Tu chegaste até a ensaiar no ritmo do cajón, aquele instrumento peruano de percussão, que valendo nunca foi tocado. A "aula" seguiu sempre no improviso, violão, poesia, riso e contos gauchescos. Por isso que foi bom...

Lembro tantas coisas boas, meu companheiro... Lembro o teu sorriso quando ficaste sabendo que serias pai... Essa é a vida!

Assim como o Prof. Marquinhos me ligou para nos apresentar, me avisou que estavas no hospital. Eu fui até lá, que nem gato a cabresto, dizer algumas bobagens para te alegrar, com esse meu jeito gaudério que sei que tu gostavas!

Ali conheci a tua irmã, que me falou que esteve perto do tio Darci Fagundes nos seus últimos dias. E eu que sou um cara de família ali me aproximei um pouco da tua... Naquele momento em que só os de fé estão presentes.

Agora recebo outra ligação, a do teu mano Luís Augusto, pedindo para eu escrever um pouco das minhas andanças contigo. Como é bom me lembrar de ti, meu parceiro! Não é fácil escrever porque sabes que não sou nenhum Erico Verissimo, mas neste momento deixo a emoção escrever por mim.

Que o teu filho e os teus familiares saibam a alegria que tu nos deste em poder conviver contigo. Agradeço ao Marquinhos, por ter nos apresentado. Que saudade, meu amigo Sérgio Fischer. Que saudade, meu parceiro!

JANE TUTIKIAN

Começavam, naquele ano, as tardes sempre diferentemente iguais nas salas de aula da Pós-Graduação. Tinha algumas informações sobre os mestrandos e, sobre ele, apenas que era irmão do Fischer. Uma gostava do Woody Allen, outro de poesia, outros de tudo, outro de Graciliano Ramos, outra, ainda, de Machado. E havia os que não gostavam de nada, mas precisavam de créditos. Ele, de Luís de Camões. Diferentes razões para estudar Fernando Pessoa, é verdade, um novo desafio para uma velha professora apaixonada por Literatura Portuguesa e por aquela cadeira.

O Prego sentava na fila do meio e, aos poucos, sem qualquer dificuldade, fomos nos estendendo pontes visíveis e invisíveis, e nosso primeiro pilar foi *Os Lusíadas*. Nos presenteamos com diferentes edições, trocamos livros, informações, impressões de leituras, de filmes, de peças, de pinturas, de pessoas... E houve um dia em que ele me surpreendeu. Estávamos numa roda de alunos, cada um na frente de um *espresso*, no bar do Antônio, e ele perguntou, meio timidamente, se eu aceitaria ser sua orientadora. Aceitei na hora. Ser sua orientadora, já sabia disto então, era um grande presente que recebia na minha vida acadêmica. Brindamos todos com um café e ele passou a ser o meu menino de ouro. Ria, quando eu dizia isso, numa referência ao tempo do Guilhermino César.

Meio tímido, cabelos de cachos, olhar terno e às vezes triste, o Prego era brilhante. E quando, no fundo do corredor, ele apontava com a bengala numa mão, um livro na outra, e um sorriso discreto, eu sabia que vinha coisa boa. E vinha.

Planejamos tudo, o mestrado e o doutorado e, não raras vezes, trocamos ideias sobre nossos próprios projetos de vida. De todos os meus orientandos, o Prego era minha maior aposta.

Mas.

Como o de todo orientando brilhante, o trabalho não deslanchava. Um pouco pelas muitas aulas que dava no cursinho, um pouco pelos livros que tinha que escrever por força de contrato com as editoras. Muito, porque queria ter certeza de estar fazendo o melhor, até pelo mano.

Marcávamos encontros de orientação, todos os meses. Ele vinha, trazia um livro na mão e nada escrito, não justificava nem dava desculpas, apenas dizia tudo o que ia fazer, e eu ouvia e orientava, e me entusiasmava. No mês seguinte, era a mesma coisa: nenhuma linha.

Chegou o momento em que eu tinha que tomar uma atitude. Nossos prazos estavam encurtando e ele precisava decidir. Queria ou não fazer o trabalho, afinal? Se quisesse, era a hora. Marquei o encontro no antigo bar da Filosofia no campus central.

Enquanto pensava em como começar a dizer isso a um orientando que já era amigo, ouvi a batida seca da bengala e me voltei. Com um sorriso diferente, ele largou uma pasta verde sobre a mesa e foi pegar uma água. Senti alívio pelo que não precisaria falar e uma alegria grata por saber que, enfim, o meu menino de ouro começara a produzir seu texto. Ia, sem dúvida, surpreender o mundo da lusofonia!

O Prego, então, disse que precisava me mostrar uma coisa e, de dentro da pasta verde, foi tirando, uma a uma, as fotos do filho e elas, sob um olhar feliz e orgulhoso, quase cobriram a mesa. Os olhos do Prego eram puro brilho! E eu, olhando para o meu menino de ouro e para as fotos do Alfredinho, me dei conta de que tem gente que nasce para um brilho outro, infinitamente maior do que uma dissertação ou uma tese, um brilho "em gente", diria Fernando Pessoa, e ele só ficou maior do que o impossível quando eu disse: mas o menino é muito parecido contigo! O Prego riu com olhos que deixam luz nos olhos da gente e para sempre.

ALEXANDRE SCHIAVONI

Prego Negro Pedro Pescador

"*... na própria ferida reside o remédio.*"
(Nietzsche, *Crepúsculo dos ídolos*)

O Prego para mim foi um martelo. Daquele que fala o Nietzsche. Um martelo ancestral, feito de pedra, diorito. Certa feita, ingenuamente contando para ele algumas experiências de morte que tive e o quanto demorei a entendê-las, ele me segredou outras tantas. O mais importante de tudo, concluiu, é o quanto estas experiências são preciosas para valorizar a vida. Durante todo o tempo em que o conheci, o Prego sempre afirmou a vida e insistia que se deveria colorir tudo que nela há de mais sagrado, a alegria. E é sempre assim que eu vou lembrá-lo: vivo na minha alegria.

A mesa dos nove

A alegria é a prova dos nove... Numa noite linda, crivada de estrelas multicolores, quando me preparei para escrever este texto, sabia que não seria fácil. Foram várias tentativas e um número maior de desistências. Mal algumas pobres palavras começavam a brotar, e junto com elas vertiam inúmeros sentimentos. Fiquei muito tempo esconjurando assombros e receios para que esta escrita larval crescesse minimamente liberta da dor, do tom confessional, do ar de segredo. Tinha medo disso e por isso a abandonei impiedosamente inúmeras vezes. Medo bobo... mas digno de respeito, como todo e qualquer medo. Revolver lembranças levanta poeira e exige valentia. As imagens desbotadas, não sei se pelo pó ou pelo marear do pensamento, dificultam a tarefa do encontro. Lembrar é marcar encontros. Dar brilho, firmar o foco das recordações dá um nó no cérebro, embaralhar os sentimentos faz com que todo o corpo se contorça produzindo coisas. Fazia eu um esforço para que elas fossem, todas elas, boas. Mas e se fossem dolorosas? De novo o medo. Medo das palavras encharcadas de choro. Medo de que o sal das lágrimas se sobressaísse e obnubilasse tudo, preponderasse, fazendo com que todos os temperos tivessem um único sabor. Onde posso eu me posicionar, que lugar posso ocupar neste espaço plano, nesta fina lâmina da escrita rememorada, sem que minha vista fique tão turva que torne opaco o conjunto do que quero dizer, da experiência que quero relatar? Não quero e não posso relatar tudo. Mas que lugar posso ocupar possibilitando um rápido mergulho nesta bela experiência que foi partilhar a existência com o Prego? Assustado, sofrido, só me restou pegar meus carrinhos, minhas 'bolitas', meus brinquedos e me esconder debaixo da mesa. E é daqui que quero falar. Deste canto bem seguro, rodeado por quatro colunas, quatro pernas e um céu bem baixo.

Éramos já bem amigos eu e o Fischer. Vivíamos conversando de um modo estranho, uma coisa meio bipolar. Mesclávamos papos-cabeça com abobrinhas e de lambuja acrescentávamos um guisadinho... de gente. Íamos da Alegria à Tristeza pegando a barca que atravessava o Guaíba. Tá bem... às vezes era um papo meio esquizo... mas era o nosso *métier*. Foi numa destas que aconteceu o ocorrido que vou contar. Havia lá no nosso local de trabalho, no Cursinho, um aluno que era monitor de sala de aula. Como os outros guris, ele nutria uma certa desconfiança a meu respeito: será que o sôr morde a fronha, agasalha o croquete? Estávamos, eu e o Prego, sós na Sala dos Profes, sentados em torno de uma mesa redonda que há tempos estava com um pé em falso. A conversa ficou abalada com aquilo. O Prego inclina a mesa e pede para eu ajustar os parafusos. Os pés defeituosos da mesa ficam entre as pernas do Prego. Fico de quatro em baixo da mesa enquanto o Fischer, balançando-a, vai me orientando: "Não, assim não. Mais para baixo. Aperta mais um pouco. Isto, assim... aaaaasssiiiim... tááá booom!!!". Nisto, entra o aluno e assiste um pouco à cena. Por cima da coxa do Prego eu espicho o pescoço pra ver quem entrou e ficou em silêncio. O aluno fica enrubescido: "Ops! Desculpa, sôres!" e sai. Pausa reflexiva. O Prego estoura numa gargalhada. "Melhor não explicar, senão piora", diz. Eu fiquei sem ação. Corro atrás do menino? Mato-o com um parafuso? Exijo explicações? Qual a melhor pedagogia nesta hora? Digo ao Prego "Tá bem, negão...". Enfim, com este evento, a suspeita dos alunos acabou por ser confirmada. E o Prego estimulava este imaginário... e eu... eu aceitei meu destino.

Nóis, os nêgo

Era Sérgio, com sobrenome alemão, mas era um negão. É assim que gosto de lembrá-lo. Pele alva, quase transparente, a gente via as veinhas azuis... parecia um nobre europeu. E era... só que negão! Era um aristocrata: delicado no trato com todo mundo, tinha gosto pelos embates, defensor infatigável do caminho ético... um guerreiro negão! Eu já chamava o Prego de "negão" havia bastante tempo, mas foi o Luís Augusto que trouxe a público esta revelação. O Prego me contou certa vez sobre uma foto tirada num evento familiar onde aparecia o Seu Bruno, o pai, o Luís Augusto, o Prego e o Alfredinho, o recém-chegado filho do Prego. Brincando, Luís Augusto comentou que eram os quatro negros. Quatro negões dos "bão"! E o que acontece quando quatro negros se encontram? Alegria!

Os negões Prego e o Fozzy Kersting (sic) sempre debocharam alegremente de mim porque eu me dizia preto. Queria usar uma camiseta com a divisa "100% negro!" e eles retrucavam: "Como pode? Olhos verdes, pele clara, sobrenome italiano, ma che, cáspita!". Eu nunca dei bola porque sabia que isto é aquela coisa de nego abusado... não perde a oportunidade de tentar branquear o outro. Sacanagem pura. Mas só é permitida entre os "irmãos". Três negões!!!

O Fischer era um pescador. Quem não experimentou ser fisgado pela bengala dele? Quando ele queria fazer uma brincadeira, dizer olá ou falar algo engraçado utilizava a bengala. Delicadamente, ela se enganchava no pescoço da gente, na perna, no braço... Lembra disso?

Nunca formamos um quarteto, mas experimentamos outros numerais. Nossa amizade formava múltiplos que seguiam lógica e sequência distante daquela apregoada pela matemática moderna. O Prego e eu, o Fozzy e o Prego, eu e o Fozzy... às vezes formávamos triângulos de amizade com seis ou sete arestas, outras vezes círculos de proteção, de vez em quando linha reta ou o número um; também tinha vezes, quando estávamos solitários, formávamos só um pedacinho de alguma coisa que não se sabia o que era... e os outros números e formas sofriam, querendo entender.

Lembro da viagem que fizemos, eu, o Prego e o Fozzy, a Buenos Aires. Vivíamos insistindo para ele ir para a praia com a gente. Já havíamos feito vários programas juntos, eu e o Fozzy, e sempre, sabe como é, ficava aquele vazio, aquela espera de mulher de pescador. E nada! Nunca ele se encorajava de ir. Ameaçava, tinha vontade, a gente via isto nos olhos dele. Mas o medo era sempre maior. Acho que tinha medo da Iemanjá. Ele, na condição de negão-pescador, podia não resistir ao chamado e... ai iê iê ô!!, entraria mar adentro. Num certo ano o Fozzy aplicou uma mentirinha açucarada e lá nos fomos para Montevidéu e depois Buenos Aires.

Lembro dele chegando no aeroporto com a Liliane, a namorada. De longe vi que ele tava com uma cara estranha. Comentei com o Fozzy: "Só falta ele dar pra trás!". Chegamos perto e ele nem disse "Oi, bonecas!" como de costume. Ficou quieto, sentado, com a cabeça baixa. Estava como uma criança que foi ralhada. Sentei ao lado dele. "Conta, negão, o que a Lili fez contigo? Te bateu com a coronha do revólver, te algemou?" Ele sorriu, não disse nada. "Caiu no banheiro" – disse a Liliane com os olhos estalados – "e machucou o joelho." Olhei pro Fozzy que estava com uma expressão de pânico fazendo espelho com a Lili. O Prego emendou "Tá doendo!". Aquele jeitinho dele dizer a coisa me partiu a alma. Era uma criança! Vi ali um gurizinho de oito, nove anos. Abracei-o e disse: "Vai sarar, vai passar... vamos viajar, né?". "Não sei se vou conseguir!" Tive que mudar o tom. Com criança mimada não se deve titubear: "Nem vem, bicha-guisado, tu prometeu que ia e agora vai! E era isso!". Ele sorriu, se levantou, fez uma carinha de dor... e foi... pro portão de embarque. Depois foi só alegria!!! Mesmo quando havia confusão... era alegria!

Prova dos nove

"A alegria é a prova dos nove." Não me lembro quando isto começou... mas foi na primavera do ano anterior. Como num manifesto mântrico-antropofágico, o Fischer me repetia isto inúmeras vezes. Era de fato uma manifestação ancestral e fazia parte daquela linhagem de enunciados que ele entoava e que eu adorava! Se aproximava e falava isto baixinho, de modo que eu tinha a impressão que ele estava a me segregar algo. Era uma alegria! Tinha a impressão de que eu era importante. Na verdade não era segredo nenhum, porque ele os modulava em público, inúmeras vezes. Mas ele tinha aquele jeitinho sedutor de falar coisas importantes: sentava calmamente do meu lado, cruzava as pernas, descansava a bengala num canto qualquer, arrumava os óculos no rosto, se aproximava e falava baixinho: "Tudo é uma questão de manter a mente quieta, a espinha ereta ... (pausa... como quem diz: o resto tu sabe... mas pelo sim pelo não, lá vai) ... e o coração tranquilo". Quantas vezes ouvi este segredo, assim, deste modo. No final, eu sabia, todo mundo era importante mesmo... e o Prego sabia como fazer isto. Até porque isto não é coisa que se diga. É para se demonstrar mesmo... com gestos pequenos, com um olhar, um abraço, um sentar ao lado... e segregar.

Estes dois cânticos eram os preferidos dele, que eu me lembre. Claro, havia aqueles do Camões (que eu nem gosto de lembrar, porque me doem demais...). Havia lá – vou fazer só uma concessãozinha, e nós dois sabemos o porquê – o Velho do Restelo. Nunca soube, depois de tanto brincar com as possibilidades sonoras de pronúncia do velho, se era "restelo" ou "restélo". É um Tirésias! Bradei a primeira vez em que este Velho me foi apresentado pelo Prego. "Um anjo anunciador amaldiçoado." Esta voz retumbante que na praia se ergue sobre todos e toma conta de todo o espaço era, dizia eu, este grego cego que insiste em prever o futuro, mesmo sabendo que isso para nada serve. É um híbrido, um profeta cassândrico. Achei-o curioso desde a primeira vez em que o vi. Tanto eu gostei deste Velho do Restelo... e agora tenho medo de ouvi-lo... Ora, que sei eu de Camões? É até deselegante ficar falando sobre algo que não se conhece. Mas o Prego era tão gentil, tão delicado e curioso, que ficava dando trela e explorando minhas sandices. Ouvia e explorava porque, na verdade, o Prego era um alegre devorador. Alma de argonauta português. Não temia viagens. Pudera! Com aquele sobrenome que para mim (e pra muitos) tinha virado nome, não podia ter outra sina: Fischer. Ouvia os desatinados, os insensatos, e nem se importava saber qual era o destino... Simplesmente ia. Navegava nas sandices da gente vendo coisas raras, como numa noite estrelada no meio do oceano. Ouvinte qualificado, não ditava o rumo, simplesmente ia. Também, com este nome. Só podia ser um grande pescador. Apóstolo pescador... era bonito estar com ele. Sempre gostei de pensar nele assim... um pescador, um navegante, aquele que conhece o mar... e os peixes, e as estrelas, um velho pescador... ah, aquela barbinha e aqueles oculozinhos de velho pescador... Tanto gostava eu deste Pedro, Velho do Restelo...

Pescadores gostam de mar, água. Conheci, bem tardiamente, os mares nos quais o Prego Fischer se banhou toda a vida. Tudo para mim ficou claro. Bastaram alguns breves encontros, sempre pontuados por apreensão, um pouco de dor, um sinal de interrogação, para que caísse o véu dos meus olhos. Orumilaia! Lá estavam seu Bruno e dona Zélia, a origem de toda aquela alegria. Como eu sou lento!!! Sei disso. Mas nunca pensei que fosse tanto. Surge diante de meus olhos, vida. E o que é a vida senão a alegria e a força que dela provém. Tava lá! Seu Bruno e dona Zélia, a prova dos nove.

Perda é uma coisa difícil. A gente não sabe perder. Arre! Já se disse isto inúmeras vezes... mas nunca parece suficiente. Não somos preparados nem criados para isso. Somos uma raça de vencedores. No nosso tempo, é mais difícil ainda perder. Associado ao fracasso, a algo que deixamos de fazer ou que descuidamos, parece não haver espaço ali para o prazer, pra alegria. Mas hoje, com algumas perdas sérias, não penso assim. Noves fora, a conta é sempre positiva. Dificilmente perco. Não porque não faça apostas altas, mas porque sempre ficam coisas, heranças imensas mesmo com as ditas perdas. Elas é que são importantes. Elas é que, no final, valem a pena ser computadas. São elas que restituem a alegria. Ser vencedor, no nosso tempo, é sair do jogo com tudo. Que coisa feia! Este não é um bom jogo. É um jogo de tristes. Gosto do jogo que joguei com o Fischer. Nele todo mundo ganha, basta jogar. Na realidade é assim mesmo. Nem há perdedores, ao menos não grandes perdedores. Há vitoriosos iludidos, trapaceiros ingênuos. Perdedores é difícil haver. Mesmo quando se sai de cena. Quando se joga as cartas e se abandona a mesa. Nem assim...

4 – Alunos

LAURA LICHTENSTEIN CORSO

Um professor que era uma viagem
Sempre gostei de literatura, mas confesso que nunca tive vontade de ler *Os Lusíadas*. Na verdade, tinha decidido não ler. Achava que seria perda de tempo devido à imensidão de conteúdos que deveria estudar para o vestibular; afinal, era só uma questão numa prova, entre centenas de outras igualmente importantes. Mas o professor Fischer conseguiu mudar minha opinião. Não posso dizer que *Os Lusíadas* tenha se tornado o meu livro favorito, porém li a obra por inteiro e, sobretudo, aprendi a respeitar Camões. No fim das contas, acabei acertando a tal questão.

Com a mesma paixão com que Camões transmitiu a história do povo português, o Prof. Sérgio passava para os seus alunos a literatura. Tanto o poeta quanto o professor ficaram imortalizados por contar sobre o que acreditavam. O primeiro, narrando os feitos dos portugueses, o segundo transmitindo essa história de um modo que fosse interessante para jovens, mesmo tendo transcorridos quinhentos anos após sua criação. Foi através desse seu modo de ensinar que em mim ele deixou uma marca, em mim e nas centenas, talvez até milhares, de outros alunos.

Seu jeito de ser professor contava com vigor e emoção. Era como se cada poeta estudado fosse um herói e cada livro um feito grandioso, mas sempre examinados com o olhar crítico e debochado que lhe era característico. Suas tiradas humorísticas eram tão sutis que um aluno mais desatento não as percebia. Sutileza seria uma das palavras que o definiria bem em sala, no meu ponto de vista. Graças a isso, mesmo em suas últimas aulas a maioria dos alunos, inclusive eu, nem percebeu que havia algo de errado com ele.

Infelizmente, fui aluna dele por pouco tempo, mas nunca irei esquecer essa viagem em que ele, como um capitão do seu navio, convidou seus alunos para navegarem em sua companhia. Para os que aceitaram esse convite, ele nos levou para vários mundos de marinheiros lutando contra o mar, gigantes lamurientos, deuses gregos, trovadores medievais, poetas apaixonados compondo lirismo para suas amadas e tantos outros universos.

LOLITA BERETTA

No tempo em que fui aluna do Prego na universidade, acho que era uma bela contrapartida dele a de estar sempre mais cedo na sala de aula. Era o horário depois do almoço, e sem o devido cuidado mesmo um Drummond podia causar má digestão. Ele chegava, e não era para começar mais cedo. Era por gosto, acho, de ir se aproximando das pessoas, antes que viesse a literatura brasileira.

Certa vez uma colega aflita perguntou ao Prego se ele sabia francês. Ele explicou, não sem elegância, que até tinha estudado por um tempo, mas que na separação de bens de uma antiga relação o curso de francês tinha ficado do lado de lá. Outro dia cheguei na sala e ele dava risada sozinho, lendo um e-mail que zombava das óperas chinesas, conhecidas por serem longas demais. Os alunos iam chegando, e ele não se continha: lia em voz alta, parava, voltava a ler, sem jamais alcançar uma leitura inteligível, porque, pelo visto, era divertido demais.

No velório do Prego, um amigo que também tinha sido aluno dele me disse: "e a gente ia criar uma banda...". Era um relato tão simples, mas que dizia tudo. O Prego era professor sem ressalvas e parecia confirmar: a vida é sempre mais bonita que a literatura.

FELIPE ALTENHOFEN

Mr. Fischer – Adorável professor

Conheci o professor Sérgio Fischer no segundo semestre do ano de 2003, quando fui seu aluno no curso pré-vestibular. Minha expectativa era grande em torno daquele professor, pois eu sabia que ele era irmão do Luís Augusto Fischer, um professor de literatura que fazia participações em um famoso programa de rádio da época, e que, de tanto ouvi-lo, comecei a admirá-lo. Desta admiração, e por gostar de ler, eu havia resolvido prestar vestibular para o curso de Letras.

Já nas primeiras aulas com o professor Sérgio vi que minha expectativa tinha razão, pois elas eram realmente muito boas. Seu jeito calmo de falar e de explicar a matéria, seu humor e suas histórias faziam com que todos prestassem atenção na sua aula, mesmo aqueles que achavam que literatura não era uma matéria muito importante para o vestibular.

Como eu era o monitor da minha turma, acabava tendo um contato maior com os professores e, certa vez, num intervalo da aula, comentei com o professor Sérgio que eu iria prestar vestibular para Letras. Acho que ele ficou surpreso e contente com aquilo, e a partir daquele dia começamos a ter uma relação mais próxima, comentando sobre livros, sobre o curso de Letras e tudo o mais relacionado à literatura.

As aulas do professor Fischer eram fascinantes. Ouvi-lo falar sobre Luís de Camões, Eça de Queiroz, Fernando Pessoa, Gonçalves Dias, Machado de Assis e outros grandes nomes da literatura de língua portuguesa era uma experiência indescritível para alguém apaixonado por essa matéria como eu. As interpretações que ele conseguia capturar e repassar aos alunos me faziam pensar em como era bom ter um professor com tamanha sensibilidade e atenção para perceber e explicar coisas que um simples leitor não entende em textos destes escritores geniais, inclusive a ponto de eu me questionar se Letras era o curso adequado para mim, já que eu nunca conseguiria dar aulas com o brilhantismo do professor Fischer. A aula sobre o livro *A rosa do povo*, de Carlos Drummond de Andrade, um livro de poesias difíceis de serem entendidas por um leitor sem tanta habilidade, com a interpretação e os comentários do professor Fischer, fez com que aquele se tornasse um dos meus livros favoritos, tamanha sua sensibilidade de entender e explicar o que o autor queria dizer em cada linha daquelas belas poesias.

Em janeiro de 2004 fiz o vestibular da UFRGS e, aprovado no curso de Letras, qual não foi minha surpresa ao saber que, naquele ano, meu adorado professor Sérgio Fischer estaria dando aulas como professor contratado naquela Universidade. Fiz questão de descobrir qual cadeira que ele daria – Literatura Brasileira A – e matriculei-me na turma dele, para continuar tendo aulas com aquele professor de quem eu tanto gostava. Fiz todo o primeiro semestre do ano de 2004 com o professor Sérgio e, no segundo semestre, matriculei-me novamente na cadeira que ele ministraria – agora Literatura Brasileira B. Infelizmente, por causa dessas voltas que o mundo dá, precisei trancar a faculdade no início desse segundo semestre, e acabei retornando, perdendo o contato com o professor Fischer.

No entanto, ao longo desse um ano de convivência semanal que eu tive com o professor Sérgio Fischer, não foram as ótimas aulas sobre os mais diversos autores que eu tive com ele o que mais ficou guardado na minha memória. Sérgio Fischer ficou na minha lembrança como um professor que, apesar de ter um talento extraordinário, era uma pessoa extremamente simples e gostava de agradar aos outros. Dois episódios que aconteceram envolvendo a mim e a ele nesse período mostram isso. O primeiro aconteceu ainda no ano de 2003, enquanto eu era seu aluno no cursinho. Certo dia, no intervalo da aula, estávamos eu, o professor Fischer e algumas outras alunas do cursinho, conversando sobre literatura. Papo vai, papo vem, comentei com ele que eu estava lendo o livro *Bel-ami*, do escritor francês Guy de Maupassant, um grande clássico da literatura francesa. Comentei com a expectativa de que ele pudesse me mostrar algo que eu não tivesse percebido, alguma das interpretações que só ele tirava dos livros. No entanto, o professor Fischer, ali, cercado de alunos, simplesmente olhou para mim e, com a maior simplicidade do mundo, disse que nunca havia lido aquele livro, e que não conhecia muito da literatura francesa, pois sempre havia preferido a literatura russa e espanhola. Fiquei feliz em ver que um professor, mesmo tendo todo o talento que o Fischer tinha, não precisava ler tudo o que havia no mundo para ser bom, o que me deixou mais confiante para fazer sim o curso de Letras. Também achei legal sua atitude de simplesmente dizer a verdade sobre nunca ter lido esse livro, já que, cercado de alunos, ele poderia ter enrolado e dito que também tinha gostado muito daquele livro, etc., apenas para se passar por alguém que sabe tudo de literatura. Mas não foi o que ele fez, preferindo a humildade.

O segundo episódio aconteceu em março de 2004. Haviam começado as aulas na UFRGS e eu já tinha reencontrado o professor Fischer, o qual se mostrou feliz em saber que eu seria novamente seu aluno. Então, numa noite daquele mês, estava eu em casa, quando toca o telefone, meu irmão atende e me passa o telefone, dizendo que era alguém que queria falar comigo. Do outro lado da linha estava o professor Sérgio Fischer. Quase morri do coração quando ele se identificou, tamanha minha emoção. Ele disse que estava ligando para me convidar para uma aula inaugural das novas turmas do cursinho onde eu havia estudado no ano anterior, a qual contaria com a participação do seu irmão Luís Augusto, que ele sabia que eu admirava, e que como eu havia passado no vestibular seria interessante eu dar um depoimento sobre como aproveitar bem as aulas do cursinho e tal. Fiquei muito lisonjeado e obviamente fui na aula inaugural, ocasião em que ele me apresentou ao seu irmão. Com certeza o Fischer sabia que eu ficaria muito feliz em ser convidado pessoalmente por ele, e por isso fez questão de me ligar, ao invés de pedir para que uma das secretárias do cursinho o fizesse. Preferiu ele mesmo me ligar. E assim ele era. Essa simplicidade, essa vontade de agradar aos outros é o que mais me marcou na relação com essa brilhante pessoa.

Por fim, relato a imagem mais marcante do professor Sérgio Fischer que ficou na minha cabeça. Aconteceu numa manhã de outono, em 2004, no campus da UFRGS. Eu havia acabado de sair de uma aula do Sérgio e estava sentado no pátio, aguardando a próxima aula. Estava nublado naquele dia, e o vento do outono deixava o pátio cheio de folhas secas caídas das árvores. Estava frio. O professor Sérgio passou por mim com sua inseparável bengala e perguntou-me o que eu estava lendo. Mostrei-lhe e ele seguiu seu caminho. Estava indo para o prédio onde funcionava o xerox da faculdade deixar um material. Fischer usava seu tênis Adidas branco, uma calça desbotada preta e sua camisa laranja, abotoada sobre uma camiseta branca. Parecia pouco agasalhado para um dia como aquele, mas não aparentava estar com frio. Estava, como sempre, com seus óculos redondos. Seguiu seu caminho, galgou alguns degraus e entrou no prédio, distante uns trinta metros de onde eu estava. Após alguns minutos, saiu do prédio e sentou-se em um banco que ficava em frente à porta. Fischer estava só no banco. Cruzou as pernas e esticou os braços horizontalmente no encosto do banco, apoiando a bengala no mesmo. Não pegou nenhum livro nem nada para ler. Ficou apenas ali sentado, olhando para o nada. Naquele momento aquele homem de quase quarenta anos, barbas ruivas, sentado ali sozinho, numa posição mais elevada em relação a mim pelos degraus que havia subido, com o olhar distante e o vento frio batendo em sua face, pareceu-me ser o próprio Júpiter, do alto do Olimpo, a observar os simples mortais. E alegra-me imaginar que, naquele momento, aquele deus imortal, sentado ali sozinho, com o olhar longínquo, do alto de toda a sua sabedoria, estava pensando: "As armas e os barões assinalados/ que da ocidental praia lusitana/ por mares nunca de antes navegados/ passaram ainda além da Taprobana...".

JANAÍNA FISCHER

Ssor

É difícil definir a hora em que nos tornamos adultos. De repente a gente olha e já é. Pensando agora, me dou conta de alguns momentos que foram os primeiros convites da vida adulta, e eles acenaram para mim pelas mãos de alguns tios, tias e primos: Geraldo, Nego, Dani, Simone e o Serginho, este, pra mim, o *ssor*.

Era março de 1991, Colégio Anchieta, e eu tava entrando no segundo grau. Nos primeiros dias de aula, o de sempre: professores e alguns colegas novos se apresentando. Eu sabia que o primo do meu pai dava aula de português para o primeiro ano, sabia que ele era um cara legal, simpático, que jogava botão com meu irmão e meus tios, que tinha um problema na perna, que namorava a professora de espanhol e que talvez fosse ser meu professor, a não ser que ele pegasse a outra metade das 8 turmas para dar aula. Ah, e que era colorado, mas isso eu sabia porque, sendo parente, é óbvio, é colorado. Lá pelo terceiro dia de aula entra o professor de português, sim, era ele, passa pela frente dos alunos já sentados, vai até sua mesa, pega a cadeira e coloca bem em frente ao quadro-negro, encarando a turma. Ele se senta. Cruza as pernas e fica nos olhando, com aquela cara simpática ótima dele, semissarcástico, sorriso bom de começar conversa. Eu ainda não conhecia bem essa cara. Tava conhecendo ali. Ele ficou simplesmente nos olhando, esperando alguém falar. Nossos 14/15 anos (piada interna) nos deixavam nervosos em situações de silêncio na aula, aquele ar de que quem falar vai ser ouvido por todos, aquele medo do "dãããããããã" gigantesco ecoando pela sala. Aquela vontade, principalmente dos guris, de dizer alguma bobagem genial. Tá, era só alguém falar. Ninguém falava, risinhos baixos. Ele esperou um pouco até que alguém perguntou o seu nome. Sérgio. Ótimo. Começou a conversa e começou nosso ano letivo com um professor que simplesmente nos olhou como iguais, nos apresentou o mesmo direito à palavra que o dele e que, logo de início, deixou claro que dava o maior apoio às bobagens geniais.

Sair cedo, ter aula de manhã e de tarde, almoçar na rua e só voltar no final do dia também era uma coisa nova para nós, alunos do primeiro ano. Ir do Anchieta ao Iguatemi, aventurando-se pela praticamente inabitada Nilo Peçanha, era o programa para o horário do meio-dia. Eu tinha uma opção: ir de Dodginho até o Iguatemi e almoçar com o *ssor*. Almoçar com um adulto, um jovem, um amigo, um cara que tem carro, que é inteligente e que acha engraçadas as minhas piadas, almoçar com o *ssor* virou hábito nas quintas-feiras de 1991, assim como nosso pedido: Bauru à Petiskeira e um refri. A gente falava de muitos assuntos que eu nem lembro quais são, mas lembro de, em geral, a gente rir muito. Lembro de a nossa turma ter tido uma ótima relação com ele durante o ano, de meus colegas chamando ele de "primo", tirando uma onda comigo e me chamando de protegida do professor. Lembro de, em família, jogar Desafino, jogo de mímica musical com ele e meus tios, e da gente rir muito. Lembro de um dia que eu tava triste mesmo e já não era adolescente e fui conversar com ele, por uma coincidência de ele estar morando perto da minha casa no Bom Fim. Lembro de março de 2007, aniversário do meu pai, em que eu tava morrendo de sono depois do churrasco, pedi um colo pra ele e ganhei até cafuné. Lembro da gente cantando a marcha nupcial quando ele entrava na sala de aula, assim que descobrimos que ele ia casar com a *ssora* de espanhol. Lembro dele reagindo à nossa cantoria do melhor jeito possível, muitas vezes nos regendo com sua bengala. Não lembro a hora em que fiquei adulta. Mas lembro de querer ser como ele.

PS: Bom, vou contar: por um acaso do destino eu e um amigo fomos no *Jornal do Almoço* no ano de 91, como adolescentes convidados para fazer perguntas a um psicólogo. Na hora em que a Maria do Carmo perguntou a minha idade, eu disse "14" e, logo em seguida, "15". Mico ao vivo e a cores. Eu tinha feito aniversário havia uma semana e ainda não tinha me adaptado à idade nova! Resultado: Serginho me chamando de "14,15" pra sempre...

RAQUEL FISCHER BARROS

Me apresento antes de iniciar: me chamo Raquel Fischer Barros, prima do Sérgio Fischer, mais conhecido por Serginho ou Prego. Tive também o privilégio de tê-lo tido como professor duas vezes, uma no colégio e outra na universidade, quando fazia Letras no Campus do Vale, a nossa amada UFRGS.

Como posso expressar o que lembro de Sérgio? Mesmo sem ter tido a oportunidade de conhecê-lo em profundidade, quase sempre sei sentir e captar certas coisas de longe. Ele era uma pessoa com uma ironia inteligente, cheia de doçura, e uma enorme sabedoria, sempre com um olhar inocente. Sei também que, pessoalmente, toda a vida me senti distante de todos em geral, um pouco à parte; menos com o Sérgio, que me fazia me sentir próxima, incluída e livre de ser o que se é. Ele foi/é uma das poucas pessoas que compreendia meu modo não linear e estranho de ver e viver. Uma pessoa sem preconceitos, em todos os sentidos e ângulos que essa palavra possa ter; não só sabia ver, mas olhar tudo como é, com o maior respeito. Com pureza e liberdade na alma.

Me lembro de suas aulas no Anchieta, onde ele queria somente ensinar a belíssima disciplina literária, sem nunca fazer nada para ser gostado; e é isso que é admirável. Ele sempre foi real, leal, verdadeiro; quando a maior parte das pessoas precisam de aprovação e dependem do juízo dos outros, o Sérgio era aberto, sem apegos, como os gatos. Depois, suas inesquecíveis aulas no Campus do Vale, onde todas as discussões nos levavam a aprofundar nossas ideias e criar espaços mentais; sair de suas aulas significava enriquecer intensa e interiormente. Quando passava defronte ao prédio de Letras e me via sozinha comendo um sanduíche no intervalo, me olhava e me observava com compreensão, com ternura; um ser humano, literalmente, de mais alma que corpo.

Me recordo um dia, falando da vida dos poetas e dos escritores pensadores, como se falasse de si; quase sempre homens solitários nos seus próprios mundos, e sem viver longamente. Isso me fazia pensar: por que artistas assim especiais não aguentam a realidade conturbada terrena e morrem tão prematuramente?

A última vez que o vi foi em Guaíba, sítio dos Fischer, lugar mágico, cheio de história e emoção para a nossa família. Era aniversário de meu querido tio Nilton, e foi uma grande e bela ocasião. No Sérgio havia um profundo olhar, com uma felicidade superior àquela dos humanos; então fiz uma foto, com seu filho no colo, onde os dois estavam se adorando; se curtindo e se amando... e alguns meses depois, ele súbito se foi.

Tenho a sensação que o Sérgio é um anjo que passou pela terra, por nós, mortais, deixando sua mensagem. Será que as criaturas melhores devem andar assim tão depressa? Será porque são como as borboletas, que trazem beleza e cor ao mundo, deixam seus rastros e então terminam suas metas? Pode ser que venham à terra por uma última vez, assim podem ensinar; ensinar dignidade, amor, pureza... Sou grata por ter sido uma de suas ovelhas, e na minha pequenez espero ter apreendido ao menos um por cento de sua grandíssima alma. Sérgio, Serginho, Prego, primo, irmão, amigo, professor, sábio, pai... Maestro da vida.

IMPRESSÃO:

GRÁFICA EDITORA
Pallotti
IMAGEM DE QUALIDADE

Santa Maria - RS - Fone/Fax: (55) 3220.4500
www.pallotti.com.br